DROEMER ✶

SIMON AMMER

Das Paradies war früher schöner

KRIMINALROMAN

Besuchen Sie uns im Internet:
www.droemer-knaur.de

Originalausgabe Mai 2024
© 2024 Droemer Verlag
Ein Imprint der Verlagsgruppe
Droemer Knaur GmbH & Co. KG, München
Alle Rechte vorbehalten. Das Werk darf – auch teilweise –
nur mit Genehmigung des Verlags wiedergegeben werden.
Die Nutzung unserer Werke für Text- und Data-Mining
im Sinne von § 44b UrhG behalten wir uns explizit vor.
Redaktion: Nina Hübner
Das Zitat auf Seite 178/179 stammt aus dem Lied »Iṣ schon still uman See«
von Gerhard Glawischnig/Günther Mittergradnegger.
Mit freundlicher Genehmigung.
Covergestaltung: Johannes Wiebel, www.punch-design.de
Coverabbildung: Johannes Wiebel unter
Verwendung mehrerer Motive von stock.adobe.com
Satz und Layout: Adobe InDesign im Verlag
Druck und Bindung: CPI books GmbH, Leck
ISBN 978-3-426-44852-6

1

Kein einziges Mal hatte Benedikt Kordesch während der viereinhalbstündigen Autofahrt gelächelt. Sein Magen schmerzte. Er saß starr auf dem Beifahrersitz, hatte die Hände in die Knie gekrallt und ließ sie nicht mehr los.

Während der Fahrt hatte Oberst Kordesch nur ein paar Sätze gesprochen. Er wusste, dass er der Oberstaatsanwältin Krakauer, die am Steuer saß und ihn immer wieder in ein Gespräch verwickeln wollte, als verschrobener und wunderlicher Mensch erschien. Er kannte das. Menschen wie Wiltrud Krakauer erschien die Welt normal. In Wahrheit aber war nicht die Welt normal, sondern nur ihr eigener Magen. Sie musste nicht mit den dauernden Krämpfen und dem sauren Aufstoßen leben. Sie kannte die chronische Gastritis nicht und konnte niemanden verstehen, der an ihr litt.

Als sie Seeboden erreichten, bewegte sich Kordesch und blickte aus dem Beifahrerfenster auf den Millstätter See. Er wusste nicht, wie viele Jahre er diesen See nicht mehr gesehen hatte. Er war so wunderschön wie immer. Der blaue Himmel darüber strahlte genauso wie in den Julitagen seiner Kindheit, als er hier mit den Eltern Urlaub gemacht hatte. Aber es hatte nicht nur diese perfekten Sommertage gegeben. An manchen Nachmittagen hatte sich der makellos blaue Himmel innerhalb einer Stunde verdunkelt. Schwere Wolken waren vom Großglockner her über den See gezogen, der so tief und so furchteinflößend und doch so schön war, und bald war flutartiger Regen niedergegangen. Hagelschlag war hier auch im Juli keine Seltenheit. Aber sogar die Weltuntergangsstimmung hatte Kordesch als Kind geliebt. Alles hier hatte er geliebt, bis er fünfzehn Jahre alt wurde. Und dann kam sie: die erste Katastrophe in seinem Leben. Doch verglichen mit den späteren

Katastrophen in seinem Leben – besonders mit *der* Katastrophe – war die erste Katastrophe eigentlich lächerlich gewesen.

Hätte Kordesch sich von der Wiener Staatsanwältin nicht überreden lassen, nach Jahren wieder einen Fall als Ermittler zu übernehmen, dann hätte er diesen Sommertag genießen können. Aber er war ihm jetzt schon verdorben. Er wusste nur nicht, was ihn mehr störte: die Gastritis oder dieser Mord an einem Hotelgast.

Sie fuhren durch Seeboden. Kordesch erkannte den Ort nicht wieder, so viele riesige Supermärkte und Geschäfte reihten sich an der Hauptstraße aneinander. Und wie überall folgte auch hier inzwischen ein sinnloser Kreisverkehr dem anderen.

Die Staatsanwältin drehte sich zu ihm. Sie lächelte, als sie sah, dass er seine Knie losgelassen hatte. »Es muss schön sein, in die Heimat zurückzukehren«, sagte sie. »Besonders an einem solchen Sommertag.«

»Bitte schauen Sie auf den Verkehr!«, antwortete Kordesch. Sofort bedauerte er seine Schroffheit und versuchte, freundlicher zu sein: »Ja, ein schöner Sommertag. Für die Angehörigen des Toten ist er vielleicht nicht so schön.«

Auf dem Radweg rechts von ihnen war eine Gruppe von Rentnern auf E-Bikes unterwegs.

»E-Bike – Rollator – Rollstuhl – Tod. Das ist der Lauf des Lebens«, sagte Kordesch. »Ich dachte mir gerade: Nach dem zweiten Schlaganfall kaufe ich mir auch ein E-Bike.«

»Kordesch, ich brauche hier keine Schlaganfälle, das erledigen Sie bitte außerhalb der Arbeitszeit«, sagte die Staatsanwältin. »Noch einmal: Ich will, dass das hier ohne großes Aufsehen abläuft. Wenn es ein Tourist oder eine Arbeitskraft von außerhalb war, war es ein bedauerlicher Einzelfall, der überall hätte passieren können. Wenn es ein Einheimischer war, war es ebenfalls ein bedauerlicher Einzelfall. Sie kennen doch Herrn Schmölzer, den Politiker?«

»Wer kennt den nicht?«, murrte Kordesch.

»Ich sage es Ihnen gleich: Schmölzer wird die ganze Zeit vor Ort sein. Seien Sie freundlich zu ihm. Aber geben Sie ihm keine Informationen. Reden Sie nur mit mir. Und vergessen Sie nicht: Das Ganze ist ...«

»Ein bedauerlicher Einzelfall«, sagte Kordesch.

»Genauso ist es!«

»Sie und Ihre sauberen Parteifreunde!«, sagte Kordesch. Josef Schmölzer war Hotelier und Nationalratsabgeordneter. Und ein persönlicher Freund des Innenministers. Als Abgeordneter hatte er in der Pandemie jene Covid-Hilfen für den Tourismus mitbeschlossen, von denen er als Hotelier selbst mehrere Millionen bekam.

»Ich muss schon sehr bitten, Herr Kollege!«, zischte die Staatsanwältin. »Ich habe nie einer Partei angehört. Niemals! Merken Sie sich das!«

Sie passierten die Ortstafel von Millstatt. Politiker hatten der Wörthersee und der Millstätter See schon immer angezogen. Kordesch erinnerte sich daran, wie sein Vater im Urlaub oft erzählt hatte, dass er als Kind den damaligen Finanzminister Reinhard Kamitz in Millstatt gesehen habe, der angeblich jeden Juli in der Schlossvilla am Südufer des Sees verbrachte. Einen Spaltbreit öffnete Kordesch das Fenster. Bedauerlich, dass er in der Gegenwart lebte und nicht in der Vergangenheit. Bedauerlich, dass er sich nun sehr bald mit etwas anderem beschäftigen musste als mit dem sonnigen Himmel und seinen Erinnerungen.

»Wollen Sie sich eigentlich nicht bei mir dafür bedanken, dass ich Sie an einem Samstag in meinem Privatauto herbringe?«, fragte die Staatsanwältin.

»Es ist der schönste Ort der Welt«, sagte Kordesch. »Das dachte ich – als ich ein Kind war.«

»Dann eben nicht«, sagte die Staatsanwältin. »Stellen Sie mal das Radio an. Bestimmt ist es schon in den Lokalnachrichten!«

»Zahlt sich nicht aus«, sagte Kordesch. »Wir sind gleich da.«

Sie fuhren an der Touristeninformation vorbei, am Minigolfplatz, bogen nach rechts ab, Staatsanwältin Krakauer hielt an und stellte den Motor ab. »Also dann, Kordesch ...«

Benedikt Kordesch seufzte. Musste er wirklich aussteigen? Es war ein Fehler gewesen, zuzusagen. Ja, gut, ein Drittel aller Kolleginnen und Kollegen war krank, ein zweites Drittel auf Urlaub. Warum nur war er nicht krank oder auf Urlaub?

»Alles Gute!«, sagte Krakauer. »Und vergessen Sie nicht, was ich Ihnen gesagt habe: Sie haben meine volle Unterstützung und die des Ministers.«

Kordesch atmete tief ein. Er war angekommen und noch am Leben. Er öffnete die Beifahrertür und stieg aus. Er nahm seinen Trolley aus dem Kofferraum und wollte die Heckklappe mit der Hand schließen. Doch dann erinnerte er sich daran, dass man bei diesen modernen Wagen nur einen Knopf zu drücken brauchte, damit sie automatisch zuging. Kordesch lief um das Auto herum und blieb an der Fahrertür stehen. Die Staatsanwältin hatte das Fenster heruntergelassen.

»Wollen Sie sich bei mir bedanken, dass ich das hier für Sie erledige?«, fragte er.

Die Staatsanwältin blickte ihn an. »Das ist Ihr Beruf, Kordesch! Den haben Sie sich ausgesucht.«

»Danke, dass Sie mich daran erinnern.«

»Schaffen Sie uns einfach das Problem vom Hals«, sagte die Staatsanwältin. »Am besten schnell.«

Kordesch konnte nicht lachen über diese Vorgabe. Krakauer trat aufs Gas, und schon war sie weg. Kurz hoffte er, sie würde irgendwo wenden, vor dem Hotel anhalten und ihn wieder nach Wien mitnehmen. Doch das Auto kam nicht zurück.

Mit dem Trolley in der Hand blieb er vor der Einfahrt zur Villa Paradies stehen. Da standen Sträucher in großen Bottichen am Eingang. Sie blühten in allen Farben. Jemand hatte sich Mühe gegeben.

Er ging durch das Tor. Die Hotelanlage bestand aus zwei Gebäuden, zwischen denen sich ein kleiner Hof und ein paar Parkplätze befanden. Dahinter ein Garten. Kordesch trug seinen Trolley über den Kiesweg. Eine Familie mit zwei Kindern kam an ihm vorbei, ohne ihm Beachtung zu schenken. Alle vier trugen Badekleidung und Gummischlapfen. Die Kinder waren waschelnass. In diesem Treiben fiel Kordesch nicht auf, was ihm sehr angenehm war.

Das Schild mit der Aufschrift *Rezeption* war nicht zu übersehen. Es zeigte auf eine geschwungene Steintreppe, die hinauf zur Villa führte. Kordesch war angenehm überrascht. Er hatte ein protziges Hotel für neureiche Gäste erwartet. Stattdessen wirkte hier alles so, als wäre es aus den Siebzigerjahren – altmodisch, aber mit viel Charme.

Kordesch ging die Stiege hinauf. Er war fast oben, da sah er unter einem Baum in dem kleinen Garten einen Polizisten auf einem Liegestuhl. Er schlief. Kordesch machte kehrt, ging die Stiege wieder hinunter und auf den Liegestuhl zu.

»Herr Kollege!«

Der Polizist reagierte nicht. Kordesch tippte ihm auf die Schulter: »Herr Kollege!«

Erst beim dritten Mal schreckte der Polizist auf und rappelte sich etwas tollpatschig hoch.

»Entschuldigung«, sagte der Polizist. »Man liegt so gut auf diesen ...«

»Herr Kollege, mein Name ist ...«, sagte Kordesch.

»Oberst Kordesch?«, sagte der Polizist und stand auf.

»Bitte den Dienstgrad weglassen!«

Der Polizist war klein und untersetzt und wirkte etwas unsicher. Kordesch schätzte ihn auf Ende zwanzig.

»Sie sind schon da?«, sagte der Polizist hektisch. »Bezirksinspektor Havran.«

Als Kordesch den Namen hörte, krampfte sich sein Magen schmerzhaft zusammen. Er hoffte, dass er sich irrte, und überspielte seine Irritation: »Haben Sie eine Liste mit allen Gästen und Mitarbeitern?«

»Ich muss zuerst Major Stutzer anrufen«, sagte Havran und griff zu seinem Smartphone. »Er wird gleich da sein!«

»Stutzer?«, fragte Kordesch. »Adolf Stutzer?«

»Major Adolf Stutzer«, sagte Havran. »Leiter des Polizeikommandos Spittal an der Drau.«

Schnell stellte Kordesch seinen Trolley ab und griff nach Havrans Hand, um ihn davon abzuhalten, diesen Anruf zu tätigen.

Hinter dem Haupthaus tauchte in diesem Moment ein junges Paar auf und kam auf die beiden zu. Der Mann nickte nur, als er an Kordesch vorbeiging. Die Frau aber, eine junge brünette Dame im gelben Bikini, zwinkerte ihm zu. Beide waren groß, die Frau fast so groß gewachsen wie Kordesch, der Mann noch größer. Kordesch grüßte zuerst ein wenig verlegen. Dann aber blickte er ihr ungeniert nach, wie sie langsam die Stiege hinaufging. Oben angekommen, blieb sie stehen, drehte sich zu Kordesch um und lächelte.

Verwirrt wandte er sich wieder Havran zu, dessen Hand er noch immer hielt. »Hören Sie!«, sagte er. »Ich kenne Stutzer seit sechsundzwanzig Jahren. Es ist halb zwei Uhr am Nachmittag. Um diese Zeit hat er ungefähr zwei Promille Alkohol im Blut. Wir brauchen ihn nicht.«

»Der Chef hat gesagt, ich muss anrufen, wenn Sie da sind.«

Kordesch unterbrach ihn: »In dieser Sache bin ich der Chef. Und ich sage Ihnen, wir brauchen den alten Trottel nicht.«

Havran erwiderte nichts, aber es war ihm sichtlich unrecht, dass er nun nicht tun sollte, was ihm aufgetragen worden war.

»Also, die Gäste …«, sagte Kordesch.

Havran griff in seinen kleinen Rucksack und zog eine Klarsichthülle hervor. Er nahm ein Blatt Papier heraus, das er Kordesch gab.

»Die Zimmernummern und die Gäste stehen alle hier«, sagte Havran und tippte mit dem Zeigefinger auf das Blatt Papier. »Gerhard Hess hat die Leiche gefunden. Heute Morgen kurz nach acht. Seine Frau hat den Toten vor der Rettung gesehen. Sie ist Ärztin. Das Ehepaar Hess wohnt auf Zimmer 21.«

Kurz nach acht. Benedikt Kordesch überlegte, was er an diesem Tag kurz nach acht getan hatte. Er war noch zu Hause gewesen und hatte eine Einkaufsliste geschrieben. Wozu er eigentlich immer Einkaufslisten schrieb? Er wusste es selbst nicht, denn er schrieb immer dasselbe auf diese Listen: Milch, Eier, Brot. Und in diesem Moment dachte er: Milch – Eier – Brot – Tod; das ist der Lauf des Lebens. Diese Einkaufslisten waren Zeugen seines einsamen Lebens und seiner Einfallslosigkeit. In jedem Fall hatte Kordesch an diesem Tag kurz nach acht weder an Kärnten gedacht noch an den Millstätter See. Wenn ihm jemand gesagt hätte, dass er schon ein paar Stunden später dort sein würde, hätte er ihn vermutlich ausgelacht.

»Die Rettung war wieder mal vor der Polizei da?«, fragte Kordesch.

»Die Rettung war zuerst da«, sagte Havran mechanisch nickend.

»Das habe ich mir gedacht«, sagte Kordesch.

Havran ließ sich nicht beirren: »Es gibt nur drei Mitarbeiter: Herr Burgstaller, der Besitzer, seine Tochter Ina und eine Ukrainerin namens Vicky, die die Zimmer und Etagen macht und in der Küche arbeitet. Alle drei wohnen drüben im Nebenhaus. Sie haben alle drei zur Tatzeit schon geschlafen.«

»Die Tatzeit?«

»Es muss zwischen elf in der Nacht und heute Morgen kurz vor acht passiert sein«, sagte Havran.

»Das ist Präzision!«

»Geht im Moment nicht genauer. Gegen elf hat Frau Buzda Karlsbader noch im Garten gesehen.«

»Wer ist das?«, fragte Kordesch.

»Frau Buzda und ihr Mann haben hier ein Zimmer im ersten Stock«, sagte Havran.

»Okay«, sagte Kordesch. »Aber wer ist dieser Karlsbader?«

Havran schüttelte den Kopf und sagte nach einer langen Pause: »Äh, der Tote.«

Kordesch fand den jungen Polizisten zwar ein wenig unbeholfen und unsicher, aber reizend. Er trug alle seine Notizen in makellosem Hochdeutsch vor und machte dabei ein ernsthaftes Gesicht. Bei allem, was er tat, wirkte er aufgeregt, wahrscheinlich deshalb, weil er nach all den Jahren, die er mit Verkehrs- und Parkstrafen, Wirtshausraufereien und Betrunkenen verbracht hatte, nun an einem Mordfall mitarbeiten sollte.

»Ja, natürlich«, antwortete Kordesch.

»Die Gesprächstermine sind alle für heute Nachmittag ausgemacht«, sagte Havran. »Das Ehepaar Buzda wollte morgen abreisen. Ich habe ihnen gesagt, dass Sie erst Ihr Okay geben müssen. Wir fangen um drei mit den Befragungen an. Herr Burgstaller stellt uns das Büro zur Verfügung.«

Kordesch nickte. »Das haben Sie gut gemacht.«

»Sagen Sie!«, sagte Havran. »Haben Sie vielleicht Verwandte in Bleiburg?«

Kordesch blickte auf den Boden. Er hatte wirklich Pech. Nicht nur, dass er Stutzer seit sechsundzwanzig Jahren kannte, nun bewahrheitete sich auch noch die Befürchtung, die er schon gehegt hatte, als Havran sich bei ihm vorgestellt hatte.

»Meine Großtante in Bleiburg hieß auch Kordesch«, sagte Havran. »Und ihre Tochter, Ulrike Kordesch ...«

»Ulli Kordesch war meine Frau«, sagte Kordesch. »Ich habe bei der Heirat ihren Namen angenommen.«

»Also sind wir beide ...«

»Nicht miteinander verwandt!«, sagte Kordesch. »Sie sind mit meiner Ex-Frau verwandt.«

»Wie geht es denn der Ulli?«, fragte Havran.

»Jetzt geht es ihr gut – wir sind geschieden«, sagte Kordesch. »So, nun zeigen Sie mir mal diesen ... Na, wie heißt er?«

Havran lief voran und drehte sich im Gehen zu Kordesch: »Sagen Sie, wissen Sie wirklich nicht, wer Christof Karlsbader war?«

Sie betraten die Villa. Havran führte Kordesch in eine wunderschöne alte, holzvertäfelte Bar mit verspiegelter Rückwand. Sehr ordentlich standen dort in einer Reihe Wein-, Champagner- und Wassergläser, darüber Flaschen mit Schnäpsen und Likören. Das Schönste aber war für Kordesch, dass der Kühlschrank in die Rückwand eingebaut und ebenfalls holzvertäfelt war, wie die Eiskästen in alten Gasthäusern.

»Die Gästezimmer sind im ersten und im zweiten Stock«, sagte Havran.

»Und warum gehen wir nicht hinauf?«, fragte Kordesch.

»Wir holen zuerst Ihren Schlüssel ab.«

»Ah ja. Wo ist die Rezeption?«

»Die Bar *ist* die Rezeption«, sagte Havran. »Der alte Burgstaller nennt diesen Raum den *Schankraum*. Achtung, da kommt er!«

Leopold Burgstaller trat durch eine große Flügeltür aus dunklem Holz, schloss sie hinter sich und sperrte ab. In der Hand hielt er einen riesigen Schlüsselbund. Kordesch hatte im Auto von der Staatsanwältin erfahren, dass Burgstaller schon sechsundsechzig Jahre alt war und es sich noch immer nicht nehmen ließ, die Villa Paradies selbst zu führen. Natürlich war auch er ein Freund des Abgeordneten Josef Schmölzer. Wer ein Hotel am Millstätter See hatte, musste gut organisiert sein. Die Saison war kurz. Die ersten Gäste kamen erst Ende Mai, Anfang Juni. Voll waren die Hotels eigentlich nur im Juli und August und dann eine Woche Mitte September, wenn das Nockalmfestival stattfand. Danach war es auch schon wieder vorbei mit der Saison.

»Ah, der Herr Kommissar aus Wien«, sagte Burgstaller.

»Herr Burgstaller«, sagte Kordesch, als er an die Theke trat. »Benedikt Kordesch. Frau Dr. Krakauer hat für mich reserviert.«

»Es ist alles fertig für Sie.«

Burgstaller griff hinter sich und nahm einen Schlüssel vom fast leeren Schlüsselbrett. Dann kam er hinter der Theke hervor und stellte sich dicht vor Kordesch: »Danke, dass Sie diskret arbeiten. Wir haben zwei fürchterliche Jahre hinter uns mit diesem Corona. Auf heuer habe ich mich gefreut. Und jetzt das!«

»Wir werden uns bemühen, kein Aufsehen zu erregen, Herr Burgstaller«, sagte Kordesch.

»Ja. Danke«, sagte Burgstaller. »Sie haben Zimmer 23 im zweiten Stock. Kommen Sie!«

Zu dritt durchquerten sie den Raum. Der Hotelbesitzer hielt ihnen eine große Schwingtür mit geriffelten Glasscheiben auf. Dahinter lag das Stiegenhaus. Langsam folgten die beiden Polizisten Burgstaller über die knarrende Holztreppe, während Kordesch Havran zuflüsterte: »Ab morgen kommen Sie in Zivil. Dann fallen Sie weniger auf.«

Auf den Fensterbrettern und in Mauernischen hatte Burgstaller Kofferradios, Wecker, Lampen und andere Gegenstände aus den Sechziger- und Siebzigerjahren drapiert. An den Wänden hingen alte, fast schwarz gewordene Landschaften in Öl. Genauso hatte es im Haus von Ullis Mutter in Bleiburg auch ausgesehen. Und nun erinnerte sich Kordesch daran, dass er einmal mit Ulli nach Bleiburg gefahren war, um dort ihre Cousine zu besuchen. Vor der Abfahrt hatte Ulli plötzlich ein Theater gemacht, sie habe kein Geschenk für den kleinen Bernie, woraufhin in einem Spielzeuggeschäft in der Innenstadt noch eine riesige Spritzpistole gekauft wurde. Während der ganzen Fahrt nach Kärnten stritten Kordesch und seine Frau darüber. Er fand es befremdlich, dass kleine Buben immer nur Waffen geschenkt bekamen. Seine Frau fand nichts dabei. Plötzlich war ihm klar: Bernie konnte niemand anderer gewesen sein als der junge Polizist, der gerade in seiner viel zu großen Uniform neben ihm hertrottete.

Zwei Stockwerke ging es nach oben und dann einen Gang entlang, auf dem ein grauer Spannteppich ausgelegt war. Er verschluckte ihre Schritte, und auch die Räder des Trolleys waren nicht zu hören. Zimmer 23 befand sich am Ende des Gangs. Das Zimmer rechts davon hatte die Nummer 22. Es war dilettantisch mit rot-weißem Absperrband verklebt worden. Jetzt baumelten zwei Enden des Plastikbands vom Türrahmen.

»Das war die Versiegelung?«, fragte Kordesch.

Havran stotterte: »Wir hatten sonst nichts dabei. Und wir bekommen keinen weiteren Kollegen, weil bei uns …«

»Ja, ja! Ein Drittel der Kollegen ist krank«, unterbrach Kordesch. »Und das zweite Drittel ist im Urlaub.«

»Woher wissen Sie das?«, fragte Havran.

Kordesch hatte nur kurz Zeit, um sich umzusehen. An den Wänden zwischen den Zimmertüren hingen Lampen mit vergilbten Stoffschirmen. Schon seit geraumer Zeit hatte keine Putzfrau mehr Zeit dafür gehabt, sie abzustauben. Unter einer der Lampen klebte, halb verdeckt, ein kleines, weißes Kästchen. Also gab es hier Videoüberwachung. Der alte Burgstaller war doch nicht ganz von gestern, dachte Kordesch und musste schmunzeln.

»Hier ist Zimmer 23«, sagte Burgstaller und gab Kordesch einen altmodischen Schlüssel mit großem Messinganhänger, auf dem die Zimmernummer eingraviert war. »Der Herr … na ja, Sie wissen schon … er war nebenan auf 22. Sagen Sie, wann kann ich denn sein Zimmer wieder vergeben?«

»Wenn wir mit der Untersuchung des Tatorts fertig sind. Am späteren Nachmittag, würde ich sagen. Die Kriminaltechniker sind doch schon da, oder?« Kordesch warf Havran einen Blick zu. Der nickte.

»Gut, gut«, sagte Burgstaller, während Kordesch sein Zimmer aufsperrte. »Dann kann Vicky noch sauber machen. Warum nur muss mir das passieren? Nie hat es in der Villa Paradies ein Problem gegeben. Und jetzt … jetzt leben wir mitten in einem Krimi.«

Kordesch betrat sein Zimmer und war überrascht, dass der alte Burgstaller ihm folgte. Havran blieb auf dem Gang stehen. Es war fast eine kleine Suite, die aus zwei Räumen und einem Badezimmer bestand. Im ersten Raum befanden sich eine Kommode, ein Sofa und ein Fauteuil. Der Parkettboden knarrte bei jedem Schritt. Durch das Fenster konnte Kordesch bis hinunter zum Seegrundstück des Hotels sehen. Das zweite Zimmer war ein Schlafzimmer mit Doppelbett, einem großen Kasten über die ganze Wand und einem kleinen Schreibtisch. In der Ecke stand ein kleines dreibeiniges Tischchen mit einer Oberfläche aus ausgebleichtem erbsengrünen Linoleum. Alles sah aus wie in den Siebzigerjahren.

Der alte Hotelbesitzer stand wie angewurzelt im Zimmer.

»Herr Burgstaller, ich ziehe mich jetzt zurück«, sagte Kordesch.

Burgstaller schien nicht zu verstehen.

»Wir sehen uns später in Ihrem Büro. Sie wissen schon ... Ich muss Sie befragen. Was gestern passiert ist ...«

»Die Ina müssen Sie auch befragen?«

»War Ihre Tochter gestern im Haus?«

»Sie hat geschlafen«, sagte Burgstaller und schaute auf den Boden.

»Herr Burgstaller, ich muss alle befragen, die sich zur Tatzeit im Haus aufgehalten haben. Deswegen ist niemand verdächtig.«

»Wissen Sie, meine Tochter ... Sie sieht die Dinge hier anders als ich. Sie stellt sich vor, dass man so ein Hotel alleine führen kann. Aber in Zeiten wie diesen ...«

»Herr Burgstaller! Sie sagen mir, was Sie zu sagen haben. Und Ihre Tochter erzählt mir, was sie zu sagen hat. Und jetzt entschuldigen Sie uns bitte!«

Der alte Burgstaller bewegte sich nicht.

»Ach, noch etwas«, sagte Kordesch. »Gibt es hier in der Nähe einen Hof mit Pferden? Also, wo man reiten kann. Reiten und Springreiten?«

»Springreiten?«

»Ich war hier mit fünfzehn Jahren reiten, aber ich kann mich nicht mehr erinnern, wo das gewesen ist.«

»Ich glaube, in Döbriach kann man reiten. Aber die haben Haflinger, die springen bestimmt nicht«, sagte Burgstaller und ging langsam aus dem Zimmer.

Kordesch hatte nicht die leiseste Ahnung, was Burgstaller ihm da eben über seine Tochter hatte sagen wollen. Er wartete, bis er den Alten die Stiege nach unten gehen hörte. Dann schob er schnell seinen Trolley ins Schlafzimmer und ging hinaus auf den Gang, wo Havran immer noch stand und auf ihn wartete.

»Ich dachte schon, der Alte geht nie«, sagte Kordesch. »Also, schauen wir uns die Leiche an!«

2

Die Absperrung von Zimmer 22 war wirklich armselig. Trotzdem fragte Havran, bevor sie eintraten: »Sollen wir das hier wieder zukleben, wenn wir nachher gehen?«

»Sie meinen, das hält irgendwen ab?«, fragte Kordesch. »Sperren Sie einfach zu, und geben Sie mir den Schlüssel.«

Das Zimmer sah gespenstisch sauber aus, so als wäre kurz zuvor noch aufgeräumt worden. Kordesch fand sich selbst bedauernswert. Bei so schönem Wetter musste er einen sehr blassen, kalten Leichnam mit aufgerissenen Augen betrachten.

Kordesch schaute um die Ecke ins Badezimmer und grüßte den Kriminaltechniker, der damit beschäftigt war, nach Fingerabdrücken zu suchen. Der zweite Kriminaltechniker stand gerade vor dem offenen Kleiderschrank, drehte sich um und trat zu Havran und Kordesch neben die Leiche. Karlsbader lag auf dem Bett, das in der rechten Zimmerecke stand. Aus der Mitte der Brust ragte ein Messergriff. Das T-Shirt war bis zum Hals hinaufgezogen. Kordesch trat näher und nahm ein kleines Notizheft und einen Stift aus seiner Brusttasche.

»Das T-Shirt war raufgezogen?«, fragte Kordesch.

»Nein, nein«, sagte der Kriminaltechniker. »Das haben wir gemacht, um die Einstichstelle fotografieren zu können. Das Messer war unter dem T-Shirt.«

Die Leiche lag auf dem Rücken, den linken Arm zur Seite gestreckt, während der rechte über die Bettkante hing. Karlsbader hatte die Augen aufgerissen, als habe er im letzten Augenblick kapiert, dass das sein Ende war. Er hatte keine Tattoos oder Piercings. Seine Füße waren nackt, und seine Zehennägel hätten wohl mehr Pflege vertragen.

Kordesch schrieb noch immer nicht in sein Heftchen. Er stand da und überlegte. Das heißt, er hätte gerne überlegt, aber Havran hörte nicht zu reden auf: »Also, mir tut er ein wenig leid. Er hätte bestimmt noch tolle Sachen geschrieben. Wir haben alle drei Kochbücher von ihm. Haben Sie wirklich noch nie von seinen Rezepten gehört?«

»Jetzt ist es zu spät«, sagte Kordesch. Und zu dem Kriminaltechniker gewandt: »Ziehen Sie das T-Shirt bitte in die Position, in der es war, als Sie ihn zum ersten Mal gesehen haben.«

Der Mann tat, was Kordesch ihm aufgetragen hatte, während hinter ihnen Havran einfach weiterredete: »Ich meine, Starköche wie Ali Güngörmüş oder Ottolenghi sind schon interessant. Aber wer kocht das Zeug? Haben Sie Sumach zu Hause? Oder Za'atar? Wissen Sie überhaupt, was Za'atar ist?«

»Nein, noch nie gehört«, sagte der Techniker, der sich offenbar angesprochen fühlte. Dabei hatte er das T-Shirt wieder über das Messer gezogen.

»Eben«, sagte Havran. »Aber der Karlsbader, der kann das, was wir selber kochen. Was Bodenständiges!«

»Jetzt hören Sie schon auf«, sagte Kordesch. »Das T-Shirt hat keinen Einstich. Das heißt, der Täter hat das Leiberl hinaufgezogen, zugestochen und es dann wieder über das Messer gezogen. Wozu?«

Kordesch zeichnete in sein Notizheft. Er machte eine Skizze mit allen Gegenständen im Raum, die am Tatort lagen, und nummerierte sie. Früher war das bei der Arbeit seine Gewohnheit gewesen. In den letzten Jahren aber hatte Kordesch nur Einkaufslisten geschrieben. Er war außer Übung. Aber er gab sein Bestes, sich selbst nachzuahmen: Nummer 1 war das Messer. Auf dem Nachtkästchen stand eine Lampe, daneben lag ein Buch, unter dessen Umschlag ein Kugelschreiber herausragte. Das waren Nummer 2 bis 4. Nummer 5 war das Handyladegerät, dessen Kabel auf dem Nachtkästchen lag. Kordesch blickte hinter das Nachtkästchen, um die Steckdose zu finden. Karlsbader hatte die Nachtkästchenlampe ausstecken müssen, um sein Handy zu laden, denn es gab nur eine Steckdose. Kordesch kannte das. In alten Hotelzimmern gab es oft nur eine Steckdose hinter dem Nachtkästchen. Aber er war vorbereitet und hatte auf Reisen immer einen Mehrfachstecker dabei.

»Na gut«, sagte Kordesch. »Sein Vorteil ist, er wird zwar nach Spittal an der Drau gebracht, aber er muss es zum Glück nicht mehr lebend sehen!«

»Spittal? Nein! Die Autopsie ist in Klagenfurt«, sagte der Kriminaltechniker. »Das macht die Frau Dr. Schmuttermeier.«

»Warum in Klagenfurt?«, fragte Kordesch.

»Na ja, von den Gerichtsmedizinern in Kärnten ist ein Drittel krank ...«

»Verschonen Sie mich«, sagte Kordesch. Er zog die Latexhandschuhe über, beugte sich über den Toten und tastete seinen Körper ab. »Können wir den Todeszeitpunkt genauer eingrenzen?«

»Schätze mal, dass er seit zwölf Stunden tot ist. Aber bitte warten Sie die Obduktion ab.«

In Karlsbaders Hosentasche fand Kordesch ein ledernes Portemonnaie und hielt es Havran hin. Er tastete weiter, aber da war nichts mehr.

»Wo ist sein Mobiltelefon?«, fragte Kordesch.

»Bisher nicht aufgetaucht.«

»Fehlt in der Küche ein Messer?«

»Konnten wir nicht feststellen. Ich mach dann mal beim Kasten weiter, wenn's recht ist«, sagte der Kriminaltechniker und wandte sich ab.

Havran räusperte sich und lächelte verschmitzt. Kordesch verstand nicht. Havran zeigte auf einen kleinen Kunststoffkoffer, der neben dem Kleiderkasten stand. Er ging und betätigte den Verschluss. Elf nach Größe geordnete Messergriffe wurden sichtbar. Ein Steckplatz war leer. Es fehlte ein Messer. Kordesch schrieb in sein Notizheft. Dann zog er vorsichtig ein Messer heraus, betrachtete die Klinge und zeigte Havran, dass sich darauf Schriftzeichen befanden.

»Was steht hier?«, fragte Havran und zeigte mit dem Finger auf die Klinge.

»Ich weiß nicht, ich kann kein Hirangana lesen.«

»Was?«

»Ich kann keine japanischen Schriftzeichen«, sagte Kordesch. »Aber ich kenne jemand, der japanische Messer gekauft hat und seinen Namen in die Klinge hat eingravieren lassen.«

»Hier steht also sein Name auf Japanisch?«

»Möglich«, sagte Kordesch. »Aber ist es wichtig, was da in das Messer eingraviert ist?«

»Alles kann wichtig sein«, antwortete Havran.

Sieh an, wie altklug und belehrend er schon nach kurzer Zeit geworden ist, dachte Kordesch.

»Bestimmt finden Sie in Spittal an der Drau einen Japanologen, der uns das enträtseln kann«, sagte Kordesch und musste über diese Gemeinheit selbst ein wenig schmunzeln.

»Warum haben Sie denn solche Vorurteile gegen Spittal?«, fragte Havran nun hörbar entrüstet.

»Das sind Urteile, mein Lieber, keine Vorurteile«, sagte Kordesch. »Sagen Sie, ist es wirklich wahr, dass der Bürgermeister von Spittal an der Drau behauptet, Menschen und Pferde durch Handauflegen von Krankheiten heilen zu können?«

»Sollten wir uns nicht eher das Zimmer genau ansehen?«, fragte Havran.

Kordesch hatte es übertrieben. Er wusste es und es tat ihm leid. Er blickte in den Kasten. Penibel gefaltet lagen dort T-Shirts, Polo-Shirts, Pullover und Hosen in säuberlich getrennten Stapeln. Daneben befanden sich einige Exemplare von Karlsbaders Kochbüchern, ebenfalls in Stapeln parallel nebeneinander und noch cellophaniert.

»Ein Pedant«, sagte Kordesch.

»Er war anscheinend ein sehr ordentlicher Mensch«, sagte der Techniker.

»Wie meine Frau«, sagte Havran.

»Wo ist nur sein verdammtes Handy?«, sagte Kordesch.

Der Techniker zeigte zum Nachtkästchen. »Das Ladegerät ist noch da. Es gehört zu einem iPhone.«

Jetzt erst las Kordesch den Titel des Buches auf dem Nachtkästchen. Es war eines von Karlsbaders eigenen Büchern mit dem Titel *Hausmannskost unter fünfzehn Minuten*.

»Er liest vor dem Schlafengehen seine eigenen Bücher?«

»Ich glaube eher, er wollte es für jemand signieren«, sagte Havran. »Darum auch der Kugelschreiber.«

»Haben wir wenigstens seine Nummer?«

»Herr Burgstaller hat mir eine Handynummer von Karlsbader gegeben«, sagte Havran.

»Und?«

»Ich habe ein paar Mal angerufen: Mailbox.«

»Geräteortung?«

»Wie macht man das?«, fragte Havran.

Kordesch ließ sich Karlsbaders Handynummer von Havran diktieren.

»Sagen Sie es den Technikern«, sagte Kordesch. »Das sind die Profis. Die sollen auch bei den deutschen Kollegen die Einzelverbindungen für die Nummer abfragen. Ich muss jetzt kurz die Staatsanwältin anrufen.«

Kordesch ging in sein Zimmer und rief Wiltrud Krakauer an.

»Können Sie schon etwas sagen?«, fragte die Staatsanwältin.

»Er wurde ermordet, so viel ist sicher«, antwortete Kordesch. »Er hatte einen kleinen Koffer mit Messern mit. Die Tatwaffe war ziemlich sicher sein eigenes Messer.«

»Das klingt ja so, als sei der Mord nicht geplant gewesen.«

»Das stimmt«, sagte Kordesch. »Allerdings sieht alles andere so aus, als wäre es ganz planmäßig abgelaufen.«

»Seltsam. Die Tatzeit?«

»Kennen wir leider noch nicht genau. Vor circa zwölf Stunden. Vielleicht haben wir morgen Genaueres.

»War es ein Hotelgast?«

»Jeder, der Zugang zum Hotel hatte, kann es gewesen sein, Frau Staatsanwältin. Es ist leicht, von der Straße hier hereinzuspazieren. Als ich angekommen bin, hat mich auch niemand angesprochen. Es ist ein altmodisches Hotel. Aber wir geben sowieso nichts davon weiter. Bitte kein Detail über die Mordumstände in irgendeiner Presseerklärung.«

»Auch das Messer nicht?«, sagte die Staatsanwältin.

»Keinesfalls! Copycat-Effekt«, sagte Kordesch. »Die beste Prävention ist: Keine Details in der Presse.«

»Gott behüte uns vor einem zweiten Mord«, sagte die Staatsanwältin. »War er schon da?«

»Wer?«

»Josef Schmölzer. Der Abgeordnete.«

»Hat sich nicht bei uns vorgestellt. Alles ist ruhig. Aber wir wissen ja sowieso nichts.«

»Schmölzer ist hochgradig nervös«, sagte Wiltrud Krakauer. »Drei Mal hat er heute schon beim Innenminister angerufen. Sagen Sie zu niemand etwas, auch nicht zu den Kollegen da unten. Da sickert alles durch.«

»Das ist mir klar«, sagte Kordesch. »Also, bis morgen!«

Kordesch hatte das dumpfe Gefühl, etwas vergessen zu haben, aber er ging in Karlsbaders Zimmer zurück. Havran saß auf dem Boden, hatte immer noch die Latexhandschuhe an und durchstöberte den Papierkorb, der in einer Ecke des Zimmers stand.

»Haben Sie noch etwas gefunden?«, fragte Kordesch.

»Nein.«

»Also, Havran, wir machen woanders weiter«, sagte Kordesch. »Die Herren sollen Bescheid sagen, wenn sie fertig sind.«

»Okay«, sagte Havran, der jetzt aufstand.

Die beiden gingen die zwei Stockwerke hinunter in die Bar. Dort wartete schon ein Mann in Polizeiuniform auf sie. Kordesch erkannte ihn nicht gleich, doch kaum hörte er die Stimme des Polizisten, war ihm klar, dass es sich bei dem Kollegen um einen alten Bekannten handelte.

»Bene! Bene! Was macht das große Licht der Wiener Kriminalpolizei wohl hier bei uns in der Provinz?«

Kordesch hasste den Kosenamen *Bene*. Und er hasste den Polizisten Stutzer, den er noch von seiner Zeit auf dem Bezirkskommando kannte. Damals hatte Kordesch für alle Bene geheißen. Und damals hatte das Polizeikommando Spittal an der Drau auch noch Gendarmeriekommando geheißen.

»Er hat Kärnten hochdekoriert verlassen«, sagte Stutzer zu Havran, dem das anscheinend sehr peinlich war. »Und jetzt ist er wohl zu uns zurückgekommen, um uns zu zeigen, wie man es richtig macht. Denn wir, wir machen hier wohl alles falsch.«

Stutzer ging Kordesch jetzt schon auf die Nerven. Er war so provokant wie früher. Und er soff immer noch. Die Alkoholfahne hatte schnell Kordeschs Nase erreicht. Dass Stutzer ständig und ohne Sinn *wohl* sagte, hatte er allerdings wieder vergessen. Wie gut, dass er so vieles vergessen und verdrängt hatte. Aber jetzt war alles wieder da. Leider.

»Stutzer, ich brauche dich hier nicht«, sagte Kordesch. »Du kannst gehen! Ich brauche Havran. Er arbeitet mit mir, bis ich hier fertig bin.«

»Da habe ich wohl auch mitzureden«, sagte Stutzer. »Was meine Männer arbeiten, entscheide immer noch ich!«

»Nein, das entscheidest nicht du«, sagte Kordesch. »Aber wenn du willst, kannst du dich gerne bei der Oberstaatsanwältin in deiner Lieblingsstadt Wien beschweren. Ich gebe dir ihre Nummer. Und jetzt kannst du wieder zu deiner Flüssigmahlzeit zurückgehen.«

»Bene, Bene, Super-Bene«, antwortete Stutzer und lachte. »Das stinkt dir wohl, dass einige von uns noch nach drei, vier Bierchen in den Dienstwagen steigen, hm? Zu dir sind die Kollegen auch solidarisch gewesen, verstehst du? Während du nicht solidarisch bist. Das ist dein Problem, Bene!«

Kordesch spürte, wie er rot im Gesicht wurde, und ging noch einen Schritt auf Stutzer zu. Mit Leichtigkeit hätte er ihm eine

Ohrfeige geben können. Er roch den Schnaps aus Stutzers Mund noch stärker.

»Was hier stinkt, ist was anderes. Und jetzt scher dich zum Teufel!«

»Gut, gut, gut!«, lachte Stutzer. »Du kriegst unseren kleinen Unterkärntner.«

»Stutzer«, sagte Kordesch. »Ich weiß, dass du Ausländer nicht ausstehen kannst. Und Wiener und Salzburger und Niederösterreicher und Linzer. Aber dass du jetzt auch schon Kärntner hasst! Wo ist denn die Grenze zwischen Ober- und Unterkärnten? Sag mir das! Das hat mich immer schon interessiert.«

»Ganz einfach«, sagte Stutzer. »Dort, wo bei jeder Veranstaltung slowenische Lieder gesungen werden müssen – dort ist wohl Unterkärnten.«

Ohne ein weiteres Wort und ohne Stutzer zu grüßen, verließ Kordesch das Hotel durch die Eingangstür. Vor dem Haus blieb er stehen, dann ging er auf die Balustrade zu, die den Platz vor dem Gebäude vom Garten trennte. Kordesch ließ den Blick über das Grundstück schweifen. Durch alte, hohe Bäume blinzelten die Sonnenstrahlen, die der Millstätter See reflektierte. Der Rasen ging bis zum Seeufer und war gut gepflegt. Kordesch ging die Stufen hinunter und folgte dem Weg. Links von ihm, ein Stück Richtung Ufer, befand sich der Swimmingpool und auf der rechten Seite lag ein abgezäunter Gemüsegarten. Eine Zeile mit alten Bäumen grenzte das Grundstück zur Straße hin ab. Einer davon fiel Kordesch besonders auf. Er wirkte so gewaltig und altertümlich, dass er ihn für sich den Urweltbaum nannte. Die riesigen Äste hatten spitze, immergrüne Nadeln. Als er darauf tippte, stach er sich in den Finger.

Zwischen zwei Bäumen entdeckte Kordesch eine kleine hölzerne Hütte. Er ging hinein und sah dort zwei Kühlschränke stehen. Daneben befand sich eine kleine Abwasch und darüber ein Regal mit Gläsern. Eine Frau im Bikini hantierte dort gerade. Sie hatte eben zwei Bierflaschen aus dem Kühlschrank genommen.

In diesem Moment bemerkte sie Kordesch und drehte sich zu ihm.

»Hallo!«

»Hallo!«

Sie hatte langes schwarzes Haar. Braune Augen mit großen Pupillen schauten ihn an. Diese Statur, ihre Hautfarbe, das große schwarze Muttermal über dem Schlüsselbein! Es war keine Frage! Da stand sie: die erste Katastrophe seines Lebens – Gabi Troppan. Sie war dreißig Jahre älter als damals, aber sie sah immer noch hinreißend aus.

»Ich bin Julia. Ist es okay, wenn wir Du sagen?«

Verdammt! Was sollte das? Das war der falsche Vorname! Kordesch war außer sich. Vielleicht gelang es ihm deshalb, in diesem Moment sehr streng zu wirken.

»Na ja«, sagte er. »Ich bin ...«

»Bist du heute angekommen?«, fragte Julia. »Ich habe dich hier noch nie gesehen.«

Irgendwie wollte Kordesch nicht aussprechen, dass er Polizist war. Er musste es dieser falschen Gabi aber sagen.

»Also, es ist so«, sagte Kordesch. »Invasion von Schnittlauch.«

»Was?«

»Ich bin bei der He«, sagte Kordesch.

»Ich verstehe kein Wort«, sagte Julia.

»Polizei. Ich bin Polizist und bin wegen ... Sie wissen schon ... wegen dieser Sache hier. Da ist es besser, wenn ich bis zur Klärung mit allen Gästen beim *Sie* bleibe.«

»Oh«, sagte Gabi – also, diese Nicht-Gabi, die Gabi so ähnlich sah. Kordesch hatte ihren Vornamen schon wieder vergessen, weil ... weil er falsch war.

»Sie sind also der Kommissar?«, fragte sie.

»Ja, also ...«, sagte er. »Ich bin zwar kein Kommissar, aber ich ermittle hier. Wie war noch mal Ihr Name?«

»Julia. Julia Hess.« Sie streckte ihm die Hand entgegen.

»Sind Sie sicher, dass Sie Julia heißen?«

Sie zog die Hand zurück und hielt sie vor Mund und Nase, während sie lachte. »Sie glauben mir nicht? Ich habe meinen Reisepass dabei, wenn Sie nachschauen möchten.«

»Nein«, sagte Kordesch. »Es ist nur ... Sie sehen ... Sie sehen jemandem ähnlich ... Vergessen Sie es gleich wieder!«

»Sie dürfen jetzt sicher auch kein Bier trinken, oder?«, fragte sie.

»Nein.«

»Mein Mann braucht das jetzt. Nach dem Schrecken heute in der Früh«, sagte sie. Immer noch schaute sie Kordesch selbstbewusst und ohne Scheu in die Augen. »Mein Mann Gerhard hat ... er hat den Toten gefunden.«

»Verstehe.«

»Er war ... na ja, wie soll ich sagen ... zur falschen Zeit am falschen Ort. Es hat ihn sehr hergenommen, wissen Sie? Mir hätte es nichts ausgemacht. Ich bin Ärztin. Aber er ist ein Weichei.«

»Der Kollege war schon bei Ihnen wegen der Befragung?«, stotterte Kordesch.

»Um halb vier ist unser Slot«, sagte sie und lachte wieder.

Kordesch nickte. Nun fiel ihm nichts mehr ein.

»Also, dann!«

»Bis nachher, Herr ...«

»Kordesch. Benedikt Kordesch. Verzeihen Sie! Ich habe mich nicht vorgestellt.«

»Bis dann, Herr Nicht-Kommissar«, sagte Julia Hess und ging mit beiden Bierflaschen an ihm vorbei. Dabei berührte sie ihn mit dem Ellenbogen, denn es war eng in der kleinen Hütte.

Weg war sie, die Nicht-Gabi. Kordesch machte einen Schritt aus der Hütte in den prallen Sonnenschein. Langsam und anmutig ging sie, die zwei Bierflaschen in der Hand, barfuß den Rasen hinauf bis zum Pool. Was für eine schöne Frau, dachte Kordesch! Schade, dass sie nicht Gabi hieß. Aber Julia war auch nicht schlecht.

Kordesch drehte sich um, lief weiter hinunter zum Seeufer und betrat den Badesteg. Er musste ins Wasser. Jetzt! Unterhosen sahen heutzutage ohnehin wie Badehosen aus, dachte er. Also zog er die Schuhe, die Hose und das Hemd aus und hüpfte vom Steg ins Wasser. Er hoffte, dass Julia Hess noch oben im Garten stehen und ihm dabei zusehen würde. Ihr Mann war vielleicht ein Weichei. Aber nicht Benedikt Kordesch.

Kordesch hatte vor dem See immer Angst gehabt. Ein Polizeitaucher hatte ihm einmal ein Video gezeigt, das er im Millstätter See aufgenommen hatte. Eine furchterregende, finstere Welt aus bemoosten Baumstämmen und Schwärmen riesiger Fische hatte er da gesehen. Aber in diesem Moment fühlte er sich im Wasser wohl. Mit dilettantischen Bewegungen schwamm er hinaus bis zu einer Boje, an der er sich festhielt. Hundertfünfzig Meter ging es an der tiefsten Stelle im See nach unten. Und Benedikt Kordesch, ein drittklassiger Schwimmer, hatte keine Angst.

Der Badesteg war verwaist. Die meisten Gäste bevorzugten anscheinend den Pool. Nur zwei Kinder standen bis zu den Knöcheln im Wasser und warfen kleine Steine in einen mitgebrachten Plastikkübel. Ein Schwimmer kraulte parallel zum Ufer. Eine Frau fuhr mit einem Stand-up-Paddle weiter draußen den See entlang nach Osten. Sie waren die Einzigen, die er sah. Es war herrlich, wie das gleißende Sonnenlicht auf diese Szene fiel.

Jetzt erst wurde es Kordesch bewusst: Ein Mord hier am See? Das konnte doch nicht sein! Hier waren zwar alle Rassisten und miteinander verfeindet, weil der Zaun zum Nachbarn ihrer Meinung nach um zwei Zentimeter zu ihren Ungunsten verschoben worden war. Aber einen Menschen umbringen – das fiel doch hier niemandem ein.

Kordesch musste lachen. Hatte er sich da gerade selbst bei einem kleinen Rassismus ertappt? Hatte er gerade gemeint, dass nur ein Fremder diesen Mord begangen haben konnte? Er dachte an die Leiche. Und an das Messer, das fachmännisch in den Körper dieses Kochbuchautors gerammt worden war. Und dann fiel ihm ein, was Julia Hess zuvor gesagt hatte: »Mir hätte es nichts ausgemacht. Ich bin Ärztin.«

Nein. Diesen Gedanken musste er sich verbieten. Nicht die Ersatz-Gabi! Kordesch lachte über sich selbst und schwamm langsam zurück zum Steg.

Als er aus dem Wasser stieg, stand das Pärchen vor ihm, das ihm vor dem Hotel begegnet war. Der jungen brünetten Dame im gelben Bikini hatte er für sich schon einen Namen gegeben: die Schwedin. Das kam wahrscheinlich von den blauen Augen und dem gelben Bikini. Sie hatte eine fabelhafte Figur, und so, wie sie sich bewegte, wusste sie das auch. Den Kerl neben ihr – nein, eigentlich stand er einen halben Meter hinter ihr – hatte Kordesch namenlos gelassen. Er produzierte eine riesige Dampfwolke aus einer E-Zigarette. Kordesch konnte ihn auf Anhieb nicht leiden.

Die Schwedin betrachtete Kordesch von Kopf bis Fuß.

»Ach, Frau …«, sagte Kordesch. »Entschuldigung, ich habe Ihren Namen vergessen.«

»Sie haben Ihre Badehose vergessen«, sagte die Schwedin und zeigte auf seine nasse Unterhose. »Ich bin Livia. Und der da heißt Marc.«

Erst jetzt wurde Kordesch klar, was er getan hatte. Um einer Frau zu imponieren, war er ins Wasser gesprungen. Nun stand er nur mit einer durchnässten Unterhose bekleidet vor einer anderen Frau. Sie musste an seiner bleichen Haut und seinem untrainierten Körper sehen, dass er alles andere als ein Naturbursche war. Bis Ende zwanzig war er noch in einem Sportverein gewesen, wo man ihn oft ausgelacht hatte, weil er kaum Körper- und Brustbehaarung hatte. Und nun präsentierte er diesen Körper einer möglichen Tatverdächtigen. Er musste sich irgendwie retten.

»Gut«, sagte Kordesch. »Mein Name ist Kordesch. Hat man Ihnen gesagt, dass Sie uns ein paar Fragen beantworten müssen? Es dauert nicht lang und ist reine …«

»Ihr Kollege hat uns das schon gesagt«, sagte Livia. »Wir sind um viertel vier dran.«

»Alles klar«, sagte Kordesch. »Sie sind aber groß! Sind Sie über 1,80?«

»Ist das schon die Befragung?«, sagte Livia. »Ich bin 1,81.«

»Alle anderen Fragen dann am Nachmittag.«

Kordesch verabschiedete sich mit einer Handbewegung von der Schwedin, ohne ihren Begleiter eines Blickes zu würdigen, und ging den Hang hinauf zum Hotel. Er fand, dass er sich aus der peinlichen Situation ganz gut gerettet hatte. Er dachte an Julia Hess. Noch am selben Morgen hatte er, als die Staatsanwältin angerufen hatte, laut geflucht, weil er nicht nach Kärnten fahren wollte. Und plötzlich stimmte ihn hier alles fröhlich. Eigentlich wollte er den Mord gar nicht schnell aufklären.

3

Kordesch und Havran hatten die Gäste unter sich aufgeteilt. Havran führte die Gespräche in Burgstallers Büro, während Benedikt Kordesch in einem kleinen Kabinett neben der Küche saß, wo sich alte Zeitungen und Bücher neben kaputten Stühlen und Möbelstücken stapelten.

Burgstallers Tochter Ina, die Kordesch als Erste befragte, sah das Chaos in dem kleinen Raum und bemerkte entnervt, ihr Vater könne sich von dem alten Schrott einfach nicht trennen. Nach dem Vortag gefragt, erklärte sie, sie sei noch vor Mitternacht zu Bett gegangen und habe bis sechs Uhr morgens durchgeschlafen. Sie wohne mit ihrem Vater im Nebengebäude und höre nachts und abends nichts. Auch wenn sie das Fenster geöffnet habe und die Gäste noch spät im Garten saßen, aßen, tranken und manche um Mitternacht in den Pool hüpften, störe sie das nicht. Im Gegenteil. Sie sei daran gewohnt und die Geräuschkulisse beruhige sie so sehr, dass sie dabei am besten schlafe.

Über Christof Karlsbader konnte sie nicht viel sagen. Natürlich habe sie gewusst, dass er prominent sei, allerdings kenne sie seine Kochbücher nicht. Sie habe ihn wie jeden anderen Gast behandelt und einmal das Gespräch mit ihm gesucht. Er sei aber schon zu Mittag betrunken gewesen und habe kein Interesse an einer Unterhaltung gezeigt, sondern sich nur für die vorrätigen Weine interessiert.

Kordesch fragte, ob ihr etwas Verdächtiges aufgefallen sei, ob Karlsbader mit irgendjemandem Streit gehabt habe, ob er selbst eine Äußerung über eine Bedrohung gemacht habe, aber immer war die Antwort ein Kopfschütteln. Wenn er richtig rechnete, war Ina Burgstaller sechsunddreißig Jahre alt, doch sie wirkte auf ihn viel älter. Das kam vielleicht daher, dass er die mürrische Art ihres

Vaters in ihr wiedererkannte. Oder schloss er das nur, weil er wusste, dass sie seine Tochter war? Er nahm sich vor, solche Überlegungen nicht zuzulassen. Aber ihr verdrießliches Kopfschütteln erinnerte ihn gleich wieder daran, wie der alte Burgstaller ihn zuvor zum Zimmer geführt hatte, dann aber nicht ging, sondern von ihm wissen wollte, ob er auch seine Tochter befragen müsse. Als ob das nicht selbstverständlich wäre!

Und dann, als die Befragung eigentlich schon vorbei war, taute Ina Burgstaller plötzlich auf und begann, sich lang und breit über ihren Vater zu beschweren. Sechsundsechzig Jahre sei er alt und weigere sich, ihr die Villa Paradies zu übergeben und endlich in den Ruhestand zu treten. Er verstehe vom Geschäft ohnehin nichts mehr, glaube, er lebe immer noch in den Achtzigerjahren, und würde das Hotel lieber verkaufen, als es in den Händen seiner einzigen Tochter zu sehen. Auf Kordeschs Frage, warum sie dann hier die ganze Saison mitarbeite, zuckte sie mit den Schultern und sagte: »Was soll ich denn machen? Soll ich zusehen, wie hier alles verkommt?«

Auch das Gespräch mit Leopold Burgstaller brachte nicht viel ein. Der Alte bemitleidete sich selbst und behauptete immer wieder, er sei durch den Mord in seinem Haus ruiniert, obwohl Kordesch von Ina Burgstaller erfahren hatte, dass das Hotel ausgebucht war und es sogar eine lange Warteliste gab, falls jemand stornierte. Auf die Frage, warum ein berühmter Koch hier Urlaub gemacht hatte, antwortete er nur, es dürfe jeder kommen und im Übrigen hätten schon berühmtere Menschen in der Villa Paradies übernachtet. Er sei jedenfalls – wie jeden Tag – um zehn Uhr abends ins Bett gegangen und habe nichts gehört.

Kordesch spürte Burgstallers Misstrauen. Es kam ihm bekannt vor. In seiner Kindheit waren die meisten alten Männer so gewesen: stur, wortkarg, unfreundlich. Es fiel Kordesch schwer, aber er versuchte, den Alten aus der Reserve zu locken, und sagte: »Herr Burgstaller, ich bin ganz in der Nähe im Mölltal aufgewachsen. Ich war schon als Kind hier am See. Glauben Sie mir, ich verstehe

Sie. Ich will Ihnen helfen, dass Sie diese Sache unbeschadet hinter sich bringen. Aber dabei müssen Sie mir helfen.«

»Mir helfen, mir helfen ...«, brummte Burgstaller. »Was verstehen Sie denn von der Sache?«

»Nichts«, sagte Kordesch. »Darum bitte ich Sie, es mir zu erklären. War Karlsbader geschäftlich hier?«

»Sie sind genauso wie meine Tochter«, sagte Burgstaller. »Sie begreifen nichts. Wir sind kein Hotel wie jedes andere. Wir brauchen Stammgäste. Schauen Sie sich die zwei ... na, wie heißen sie ... das Ehepaar an.«

»Julia und Gerhard Hess?«

»Genau! 2013 waren sie das erste Mal hier«, sagte Burgstaller. »Es ist heuer ihr elfter Urlaub in der Villa Paradies. In Folge! Sie haben sogar in Millstatt geheiratet, weil es ihnen hier so gut gefällt. Oder dieser Apotheker.«

»Herr Kräuter?«

»Der liest alle Bücher über Millstatt. Der kennt sich hier am See besser aus als ich«, sagte Burgstaller. »Über jedes Gebäude kann er Ihnen endlose Geschichten erzählen. Und wo will er absteigen, wenn er im Sommer nach Millstatt kommt?«

»In der Villa Paradies.«

Burgstaller versuchte, mit dem Finger zu schnippen, aber Kordesch sah nur die Handbewegung, bei der kein Laut entstand.

»Genau«, sagte Burgstaller. »Ob die Leute meinen, dass mein Hotel altmodisch ist, oder retro oder wie das heißt – das ist mir scheißegal. Die Gäste, die die Gegend lieben, wohnen hier und nicht in einem neuen Hotel. Hier muss man keine Möbel austauschen und was Modernes hereinstellen.«

»Aber was hat das mit Christof Karlsbader zu tun?«, fragte Kordesch.

»Er war fasziniert von der Villa Paradies«, antwortete Burgstaller.

»Herr Burgstaller, gab es zwischen Karlsbader und Ihnen eine Geschäftsbeziehung?«

»Nein, nein. Er wollte sich das ganze Ding einmal anschauen.«

»Anschauen«, wiederholte Kordesch.

»Warum fragen Sie so etwas?«, sagte Burgstaller. »Sie sagen, Sie sind von hier. Dann sollten Sie auf die Menschen zugehen und ihre Sorgen und Probleme anhören. Der Stutzer tut das. Warum werde ich nicht von ihm verhört?«

»Herr Burgstaller, das ist kein Verhör. Niemand wirft Ihnen irgendetwas vor.«

»Es kommt mir aber so vor«, sagte Burgstaller. »Es geht niemand etwas an, was ich mit jemand anderem aus der Gastronomie bespreche.«

»Aber Christof Karlsbader ist tot«, sagte Kordesch. »Und ich dachte, Sie haben Interesse daran, dass der Mord schnell und diskret aufgeklärt wird.«

»Dann sollten Sie Ihre Zeit nicht mit mir verschwenden!«

So kam Kordesch nicht weiter. Er überlegte und beschloss, die Frage anders zu formulieren. »Wollen Sie mir wirklich weismachen, dass Christof Karlsbader Sie angerufen und hier ein Zimmer reserviert hat, so wie andere Gäste?«

»Nicht ganz«, antwortete Burgstaller. »Herr Schmölzer, der Politiker ... er stammt hier vom See ... Er hat mir gesagt, dass Karlsbader gerne kommen würde.«

»Herr Schmölzer.«

»Genau«, sagte Burgstaller. »Er ist Abgeordneter. Und er tut was für den Fremdenverkehr. Wir haben Corona hinter uns. Jetzt plagt uns die Teuerungswelle. Herr Kommissar, auch wir brauchen jemand, der unsere Probleme ernst nimmt. Und der Schmölzer hat ein Gespür dafür.«

»Und dieser Schmölzer hat Ihnen gesagt, dass Herr Karlsbader hier Urlaub machen möchte?«

»Genau!«

»Ist es üblich, dass Schmölzer Ihnen Gäste vermittelt?«

Der alte Burgstaller schwieg. Kordesch seufzte und klopfte mit dem Kugelschreiber ein paar Mal auf sein Notizheft.

»Hat Herr Karlsbader bezahlt wie alle anderen Gäste?«, fragte Kordesch.

»Er hat noch gar nicht bezahlt«, antwortete Burgstaller.

»Herr Burgstaller«, sagte Kordesch. »Wenn Sie mir nicht antworten wollen, bringt mich das auf einen naheliegenden Gedanken: dass es hier Menschen gab, denen Karlsbader ein Dorn im Auge war, weil sie dachten, Sie wollten ihm das Hotel verkaufen.«

»So ein Unsinn!«, antwortete Burgstaller.

»Dann sagen Sie mir, wie es wirklich ist!«

»Das verstehen Sie nicht«, sagte Burgstaller.

Das Gespräch mit dem Alten drehte sich noch eine Weile im Kreis, bis Kordesch aufgab und ihn gehen ließ. Die Nächste in der Reihe war die ukrainische Putzfrau Victoria Serdyul, die alle Vicky nannten. Sie war zwanzig Jahre alt, fast noch ein Mädchen. Und sie tat Kordesch leid. Beim Sprechen vermied sie jeden Blickkontakt. Ihr Deutsch war hervorragend, was Kordesch überraschte. Aber gleich genierte er sich dafür, dass er sich dabei ertappt hatte, so klischeehaft über eine Frau zu urteilen, die aus einem anderen Land kam.

Um zehn Uhr sei sie wie jeden Tag auf ihr Zimmer gegangen, das sich im Nebenhaus befinde, sagte Vicky, ohne aufzuschauen. Sie müsse morgens um halb sechs aufstehen, das Frühstück vorbereiten, die Zimmer machen und Lieferungen entgegennehmen. Abends sammle und reinige sie am Seeufer und am Pool die Liegestühle, Sonnenschirme und Tische. Anschließend müsse sie die Getränkehütte gut bestückt halten und vom frühen Nachmittag bis zehn Uhr an der Bar bedienen. Als ihre Schicht zu Ende war, sei sie ins Bett gegangen, gleich eingeschlafen und von ihrem Mobiltelefon um halb sechs geweckt worden.

Dieses Mädchen sollte nicht hier sein, dachte Kordesch. Sie musste hier arbeiten, wahrscheinlich für einen Sklavenlohn. Aber in Wahrheit warf sie hier ihr Leben weg, als Saisonarbeitskraft.

»Bekommen Sie gut bezahlt?«, fragte Kordesch.

»Ja«, antwortete Vicky knapp.

»Werden Sie gut behandelt?«

»Die meisten Menschen hier sind gute Menschen. Wie überall.«

Eine ausweichende Antwort. Kordesch fiel nichts ein, was er noch fragen könnte, und er ließ sie gehen. Nach Vicky kam die Schwedin, die eigentlich Livia Mnozil hieß und aus Wien war. Sie erzählte, dass sie im Netz gelesen habe, dass die Villa Paradies der coolste Ort am See sei, ein Geheimtipp und wie geschaffen für kleine Partys mit Freunden. Außerdem habe sie Bekannte in Dellach. Und genau dort sei sie auch am Vortag mit Marc gewesen, und zwar auf einer privaten Party, von der sie erst um fünf Uhr morgens zurückgekommen seien. Beide seien sie »ultradicht« gewesen, als sie zu Bett gingen. Ob sie denn so betrunken noch Auto gefahren seien, fragte Kordesch die Schwedin dann und erhielt die Antwort: »Wir sind in Kärnten.«

Dann lieferte Livia Mnozil eine einzigartige Show ab: Nachdem die Befragung beendet war, wollte sie offensichtlich nicht gehen, schaute Kordesch in die Augen und sagte, ohne mit der Wimper zu zucken: »Merken Sie sich eines, Herr Kommissar: Ich habe Zimmernummer 20, und jeder weiß, dass ich die schönsten Brüste von ganz Europa habe. Schauen Sie vorbei!«

Benedikt Kordesch schmunzelte erst später darüber, als die Schwedin schon längst gegangen war. Als spontane Reaktion schaffte er es nur, Frau Mnozil zu sagen, dass er zunächst ein Verbrechen aufzuklären habe und dafür keine Brustbefunde der Zeuginnen nötig seien. Er nahm sich vor, Havran von diesem Gespräch zu erzählen.

Absichtlich befragte Kordesch Gerhard Hess, der die Leiche gefunden hatte, als Letzten. Er hatte gehofft, bis dahin schon einige Details zu kennen, doch sein Notizheft war fast leer. Der letzte Eintrag lautete: *Die schönsten Brüste von Europa.*

Kordesch, der sich mit eins vierundachtzig immer recht groß gefühlt hatte, war erleichtert, als Hess sich setzte. Der Mann überragte ihn um einen halben Kopf. Hess, Jahrgang 1981, gab an, als Controller bei der Hotelgruppe Diodore zu arbeiten. Er schilderte alles umständlich und wortreich. Gerade, dass er seinen Aussagen nicht zuerst eine kleine Zusammenfassung der Weltgeschichte vom Urknall bis zur Mordnacht voranstellte. Kordesch konnte solche Menschen nicht besonders gut leiden.

»Mein Frau und ich – wir waren gestern abendessen«, sagte Hess. »Im Fischimbiss Laggner in Dellach. Wissen Sie, wir feiern hier eigentlich den ganzen Juli. Wir haben uns hier im Juli 2013 kennengelernt. Heuer ist unser zehnjähriges Jubiläum. Am 15. Juli hat meine Frau Geburtstag. Und am 20. Juli ist unser Hochzeitstag. Wir haben auch hier geheiratet, hier in Millstatt, im Jahr 2018.«

Ja, er war ein Mann der Zahlen und der exakten Angaben, dieser Gerhard Hess. Bestimmt, dachte Kordesch, könnte Hess ihm die momentane Raumtemperatur, die Seehöhe Millstatts, die Wasserstände der Drau und der Lieser und den aktuellen Luftdruck in Hektopascal bis auf die letzte Kommastelle nennen.

»Ich gratuliere«, sagte Benedikt Kordesch. »Wann sind Sie denn zurückgekommen vom Abendessen?«

»Schon um 20 Uhr 10«, sagte Hess. »Vielleicht ein paar Minuten später. Warten Sie, ich habe im Garten noch ein Foto mit dem Handy gemacht, da sieht man die Uhrzeit genau.«

»Das ist exakt genug, Herr Hess. Sind Sie dann gleich aufs Zimmer gegangen?«

»Ja, wir sind gleich aufs Zimmer gegangen. Wissen Sie, es war unser erster Abend. Und wir wollten heute Morgen den Mirnock besteigen. Meine Frau war gestern Abend müde und hat im Gastgarten gefroren. Außerdem glaube ich, der Wein hat ihr nicht geschmeckt. Dabei war es ein sehr guter Sauvignon blanc. Also, eigentlich ein Cuvée mit siebzig Prozent Sauvignon blanc.«

»Und wann haben Sie Christof Karlsbader das letzte Mal gesehen?«, fragte Kordesch. »Ihr Zimmer liegt ja auf demselben Stockwerk.«

»Nicht mehr nach dem Abendessen. Ich hatte einiges getrunken: fast eine Flasche Wein und zwei Prosecchi.«

Kordesch stieß es ab, wie dieser Gerhard Hess den korrekten

italienischen Plural verwendete. Und dann machte er sogar noch eine kleine Pause, in der er wahrscheinlich Applaus dafür erwartete. Kordesch blickte Hess in die Augen und ihm war, als würde ihm eine Maschine gegenübersitzen.

»Also, zurück hier im Hotel bin ich daher sofort eingeschlafen und erst um sechs wieder aufgewacht. Ich wache immer um sechs auf. Ohne Wecker.«

Kordesch fragte noch einmal: »Wann haben Sie Christof Karlsbader das letzte Mal gesehen?«

»Gestern Abend, bevor wir essen gegangen sind«, sagte Gerhard Hess. »Er saß im Garten mit einem Drink. Wir sind genau um halb sieben hier losgegangen.«

»Wussten Sie, dass er ein berühmter Koch ist?«

»Ja, sicher«, sagte Hess. »Ich habe alle seine Bücher. Meine Frau hat gestern Abend gesagt: ›Das ist die Gelegenheit. Kauf dir doch noch eines in der Buchhandlung in Spittal und lass es dir signieren.‹ Jedenfalls hat uns Ina ... also Frau Burgstaller ... sie hat uns gestern ... Gleich beim Einchecken hat sie uns gesagt, dass Christof Karlsbader hier zu Gast ist. Na ja, das ist schon was Besonderes.«

»Wenn ich es also kurz zusammenfasse«, sagte Kordesch. »Sie haben Christof Karlsbader am frühen Abend gesehen und dann nicht mehr.«

»Richtig.«

»Haben Sie mit ihm geredet?«, fragte Kordesch.

»Nein.«

»Hat jemand anderer mit ihm geredet?«

»Nein.«

»Gut. Dann erzählen Sie! Was haben Sie heute in der Früh gemacht?«, sagte Kordesch.

»Wissen Sie, normalerweise stehe ich um sechs auf«, sagte Gerhard Hess.

»Das haben Sie schon gesagt.«

»Weil ich nämlich schon sehr früh Sport mache.«

Kordesch sah ihn verständnislos an.

»Jogging.«

»Sie laufen.«

»Genau. Aber da wir erst am Vortag angekommen sind, war ich in der Früh faul. Ina hat uns für die Wanderung Lunchpakete gemacht. Die wollte ich holen. Wir wollten um 8 Uhr 15 losgehen«, sagte Gerhard Hess. »Ich kann Ihnen den Mirnock nur empfehlen, wenn Sie hier vielleicht etwas Zeit haben. Also, der Wetterbericht war gut. Wenig Wind …«

»Sie wollten also die Lunchpakete holen?«, unterbrach ihn Kordesch.

»Ja. Ich gehe immer vor meiner Frau hinunter«, sagte Hess. »Also, ich bestelle bei Vicky schon zwei Cappuccini für Julia und mich. Aber heute …«

Kordeschs Blutdruck stieg vor Ärger. Also gut, in italienischer Grammatik hatte dieser Hess einen römischen Einser verdient.

»Heute Morgen gingen Sie gar nicht nach unten«, sagte Kordesch.

»So ist es! Auf dem Gang habe ich gesehen, dass bei Karlsbader die Tür offen ist. Ich denke also, er will vielleicht gerade weggehen. Ich warte. Es rührt sich nichts. Dann habe ich geklopft und seinen Namen gerufen.«

»Wann war das?«

»Kurz nach acht Uhr.«

»Und dann?«

»Habe ich das Zimmer betreten.«

»Ja, und? Herr Hess, was haben Sie gesehen?«

»Den Toten.«

»Wo?«

»Auf dem Bett.«

»Und das Messer?«

»Ich … ich weiß es nicht … ich …«, begann Hess zu stottern. »Ich war … unter Schock. Ich habe meine Frau geholt. Sie ist Ärztin. Sie …«

»Und mit Ihrer Frau sind Sie nochmals in Karlsbaders Zimmer gegangen?«, fragte Kordesch.

»Ja, aber nur kurz«, sagte Gerhard Hess. »Mir wurde schlecht. Meine Frau hat mich auf unser Zimmer zurückgebracht. Ich … ich habe mich übergeben.«

»In welcher Position lag Karlsbader auf dem Bett?«

Hess schwieg.

»Hat Ihre Frau das T-Shirt des Toten nach unten gezogen?«

Gerhard Hess saß da, blickte auf den Boden und schüttelte den Kopf.

»Um die Einstichstelle und das Messer zu verdecken?«, fragte Kordesch.

»Ich weiß es nicht«, sagte Gerhard Hess. »Sie hat Polizei und Rettung gerufen und Herrn Burgstaller informiert.«

Dann schwiegen beide lang. »Gut, Herr Hess«, sagte Kordesch. »Danke! Ich hoffe, Sie verstehen, dass ich das alles von Ihnen genau wissen muss. Bleiben Sie noch hier, oder reisen Sie ab?«

»Also, Julia meint …«, sagte Gerhard Hess. »Also, ich meine das auch … wir … wir kommen seit zehn Jahren hierher. Wir wollen der Villa Paradies auch in dieser schwierigen Phase die Treue halten. Wir haben von Millstatt und dem Hotel hier so viel Schönes bekommen. Wir wollen uns jetzt nicht einfach verdrücken.«

»Das finde ich schön«, sagte Kordesch. »Es ist sehr gut, wie Sie das sehen. Ich wünsche Ihnen beiden einen angenehmen Abend.«

4

In der ruhigen Ecke im Garten, wo Kordesch den Kollegen am frühen Nachmittag in einem Liegestuhl schlafend gefunden hatte, saßen die beiden nun, um sich abzusprechen. Havran hatte einen grünen Klapptisch und zwei Sessel, die dort auf dem Rasen gelegen waren, unter einem Baum aufgestellt. Er hatte sich ein Bier genommen. Kordesch trank Tonicwater.

Havran resümierte die Aussagen der Familie Verbeeck aus den Niederlanden, der Familie Herzog und einer deutschen Familie namens Schröder mit einem halbwüchsigen Sohn. Weiters hatte er zwei ältere Ehepaare befragt: die Buzdas – Frau Buzda hatte Karlsbader um kurz nach 23 Uhr noch im Garten gesehen – und einen pensionierten Apotheker mit seiner Frau aus Wien namens Kräuter, der ihm Vorträge über Großegg am Südufer des Millstätter Sees und eine Hochwasserkatastrophe im Jahr 1958 gehalten hatte. Der Mann hatte vom Granatabbau in Radenthein erzählt und unter anderem davon, dass das Ufer des Millstätter Sees früher viel höher gelegen war und das Wasser bis zum Hochgosch hinauf gereicht hatte.

»Der Typ weiß mehr über den See als ich«, sagte Havran. »Dabei lebe ich schon so lange hier. Wir sind ja von Bleiburg hierhergezogen, als ich zehn war. Ich bin in Spittal ins Gymnasium gegangen. Mein Vater stammt aus Molzbichl. Dort wohnen wir noch heute. Er hat nicht gerne in Bleiburg gelebt. Auch mit den Kordeschs ... also mit Ihren Verwandten ...«

»Mit den Verwandten meiner Ex-Frau«, korrigierte Kordesch. Gerade hatte er überlegt, Havran das Du anzubieten, aber in diesem Moment ärgerte er sich so über dessen Geschwätzigkeit.

»Ja, genau«, sagte Havran. »Mein Vater ist mit den Kordeschs nie wirklich warm geworden.«

»Herr Kollege«, sagte Kordesch. »Bevor wir jetzt die Familiengeschichte bis Adam und Eva aufrollen, die auch ihren ersten Wohnsitz aufgeben mussten ...«

»Ja, also«, sagte Havran. »Ich bin in Bleiburg geboren und habe dort nur die Volksschule besucht. Trotzdem bin ich für Stutzer ein Unterkärntner.«

Kordesch seufzte. »Kommen wir vielleicht kurz zu dem Apotheker zurück, den Sie befragt haben.«

»Er ist Pensionist«, sagte Havran.

»Was hat er ausgesagt?«

»Er hat schon ein enormes Wissen.«

»War er zur Tatzeit wach, oder hat er geschlafen?«, fragte Kordesch nun schon deutlich verärgert.

»Also, geschlafen«, sagte Havran. »Wobei er behauptet, dass er um halb eins aufgewacht ist und gehört hat, wie Julia Hess an die Zimmertür vom Karlsbader geklopft hat.«

Kordesch nahm sein Notizheft zur Hand und schrieb. Doch als wolle er ihn aufhalten, fügte Havran schnell hinzu: »Seine Frau, die ich nach ihm befragt habe, sagt allerdings, dass das Unsinn ist und dass ihr Mann immer durchschläft. Außerdem sind die Kräuters im ersten Stock. Selbst wenn Herr Kräuter also ein Klopfen an einer Tür im zweiten Stock gehört hat, kann er nicht gesehen haben, wer an welcher Tür geklopft hat.«

»Na gut«, sagte Kordesch. »Weiter!«

Zwei Frauen, offensichtlich ein Pärchen – Kordesch missfiel, wie Havran das Wort *Pärchen* betonte –, behaupteten, den ganzen Tag am Pool gewesen zu sein und Karlsbader mehrmals in der Getränkehütte gesehen zu haben. Die eine sagte, er habe Weißwein getrunken, die andere Prosecco. Jedenfalls sei er schon zu Mittag einigermaßen alkoholisiert gewesen und einmal schnarchend auf einem Liegestuhl am Pool eingeschlafen. Das deckte sich zumindest mit der Aussage Ina Burgstallers. Kordesch schrieb in sein Notizheft.

Drei männliche Hotelgäste waren allein reisend, sie hatten also niemanden, der ihre Aussagen bestätigen konnte. Zwei von ihnen schliefen im Haupthaus im ersten Stock: Marius Brünner und Kevin Gregorczyk. Ein gewisser Kahr war im Nebenhaus untergebracht, wo es im ersten Stockwerk drei Zimmer gab: Auf Zimmer 3 wohnte Vicky, die Putzfrau, Herr Kahr auf Zimmer 1. Zimmer 2 stand gerade leer.

Kordesch wunderte sich, wie Havran in so kurzer Zeit so viele Menschen befragt haben konnte. Wahrscheinlich hatte er nur eine einzige Frage gestellt. Es war leichtsinnig gewesen, dem jungen Polizisten diese Aufgabe zu überlassen. Er hatte keine Erfahrung darin.

Kordesch blickte auf den Zimmerplan, den er in sein Heft gezeichnet hatte. »Sagen Sie«, sagte er, »verstehen Sie die Zimmernummerierung hier? Warum ist das Zimmer 22 neben Zimmer 20?«

»Ist mir gar nicht aufgefallen«, sagte Havran.

Im ersten Stock befanden sich die Zimmer 11 bis 17, wobei Zimmer 12 neben Zimmer 16 lag. Im zweiten Stock gab es die Zimmer 20 bis 25. Auf 25 wohnten Margit Rabitsch und Lenka Zeman. Das waren die beiden Frauen, die Havran *das Pärchen* genannt hatte. Auf 21 waren Julia und Gerhard Hess untergebracht, Nummer 22 war Karlsbaders Zimmer gewesen, und Zimmer 23, das jetzt Kordeschs Zimmer war, hatte am Vortag noch leer gestanden. Auf Zimmer 20, das unlogischerweise neben Zimmer 22, also dem Zimmer Karlsbaders lag, logierte Livia Mnozil, die schöne junge Frau, die Benedikt Kordesch *die Schwedin* nannte. Ihren Begleiter, einen Marc Wister, hatte Havran befragt. Wister bestätigte, dass er mit Livia gegen fünf Uhr von einer Party in Dellach zurück ins Hotel gekommen sei. Kordesch bat Havran, das Alibi zu überprüfen, und machte Notizen.

»Und was hat Julia Hess gesagt?«, fragte Kordesch.

»Sie und ihr Mann waren in Dellach im Fischimbiss«, sagte Havran.

»Gut, das deckt sich mit der Aussage, die ihr Mann gemacht hat«, sagte Kordesch.

»Seit 2013 kommen die beiden jedes Jahr nach Millstatt.«

»Ja, ja«, sagte Kordesch. »Hochzeitstag, Geburtstag, Cappuccini, Prosecchi, Jubiläici ... bla, bla, bla ... Wann sind sie zurückgekommen?«

»Ungefähr acht, halb neun«, sagte Havran. »Sie sind gleich ins Bett gegangen. Keine Wahrnehmungen zwischen Mitternacht und acht Uhr morgens.«

Die Sonne blinzelte kurz durch die Blätter des großen Baums. Kordesch sah, wie sehr der junge Polizist sich Mühe gab, und war gerührt. Plötzlich hatte er Angst, zu streng zu ihm gewesen zu sein.

»Und in der Früh?«, fragte Kordesch.

»Die beiden wollten eine Wanderung machen«, sagte Havran. »Gerhard Hess hat das Zimmer verlassen, um aus der Küche die Lunchpakete zu holen, die Ina ihnen gemacht hatte. Also, ich meine Frau Burgstaller.«

Kordesch wurde hellhörig. »Sie kennen Ina Burgstaller?«

»Wie gesagt«, sagte Havran. »Ich kenne alle hier seit meiner Kindheit. Also, seit ich zehn bin, denn wir sind ja erst ...«

»Bitte, bitte!«, sagte Kordesch laut. »Erklären Sie mir eines: Ob es der alte Burgstaller ist oder seine Tochter – ich beiße bei beiden auf Granit. Es ist immer dasselbe: Ich frage und bekomme eine ausweichende Antwort. Ich stelle meine Frage andersherum. Wieder nichts! Was haben die zu verheimlichen?«

»Also, man sagt, Leopold Burgstaller ist geradezu besessen von der Idee, dass alle sein Hotel haben wollen«, sagte Havran.

»Warum lässt er es nicht seine Tochter weiterführen?«, fragte Kordesch. »Sie arbeitet ohnehin hier.«

»Das weiß niemand genau. Ich glaube, er hat das Gefühl, dass er dann von einem Tag auf den anderen nicht mehr gebraucht wird.«

»Ich verstehe nicht, warum es niemand klar ausspricht«, sagte

Kordesch. »War Karlsbader hier, weil er sich für das Hotel interessiert hat?«

»Das vermuten alle.«

»Wer sind alle?«

»Alle, die Burgstaller kennen«, sagte Havran. »Aber mit Sicherheit können wir es wohl nur erfahren, wenn auf Karlsbaders Handy irgendwelche Nachrichten gefunden werden.«

»Sein Handy haben wir aber leider nicht«, sagte Kordesch. Er blinzelte kurz, als er in die Baumkrone blickte und bemerkte, dass er müde wurde. Wäre er in Wien, würde er jetzt wahrscheinlich am Donaukanal entlangschlendern. Für Samstag hatte er immer eine eigene Einkaufsliste, auf der schon seit Monaten ein Eintrag stand: Regenschirm. Seit Langem wollte Kordesch in dem schönen Schirm-Geschäft am Franz-Josefs-Kai einen englischen Regenschirm kaufen. Mehrmals war er dort vor der Auslage stehen geblieben. Es hatte ihm aber kein Schirm gefallen, sondern – das Geschäft führte auch Handschuhe – hellbraune fingerlose Autohandschuhe aus Leder. Was aber sollte er mit Autohandschuhen anfangen? Dennoch wäre er auch an diesem Samstag vor der Auslage gestanden und hätte die Handschuhe angeschaut, die ihn an seinen Großvater erinnerten.

Kordesch war aber nicht in Wien. Er saß hier in der Villa Paradies fest und hatte in Stunden nichts Brauchbares herausgefunden und sich stattdessen die Familiengeschichte der Havrans und eine Lektion über die Pluralbildung im Italienischen anhören müssen.

Dann fasste er sich. »Also nochmals zurück zum Ehepaar Hess: Gerhard Hess wollte hinunter in die Küche gehen, um Lunchpakete für die Bergwanderung zu holen.«

»So hat Julia Hess es erzählt. Aber er ist gleich wieder zurückgekommen«, sagte Havran. »Er ist zurückgekommen und hat zu seiner Frau gesagt, dass die Tür bei Karlsbader offen steht und dass er tot im Bett liegt. Dann sind sie beide in Karlsbaders Zimmer gegangen.«

»Hat Julia Hess ihm das T-Shirt runtergezogen?«, fragte Kordesch.

»Das habe ich nicht gefragt.«

»Das haben Sie nicht gefragt!«

»Sie hat etwas Irritierendes gesagt«, fügte Havran hinzu. »Sie hat gesagt: ›Wenn ich jemand erstechen müsste, würde ich es genauso machen.‹ Oder so ähnlich.«

»Haben Sie es nicht aufgeschrieben?«, fragte Kordesch.

»Nein«, sagte Havran. »Ich war so … erschrocken.«

»Weiter!«

»Nichts«, sagte Havran. »Sie sind aufs Zimmer. Julia Hess hat die Rettung gerufen.«

»Die Rettung oder die Polizei?«

»Ich glaube, beide«, sagte Havran.

»Haben Sie es nicht aufgeschrieben?«

»Nein.«

»Und Gerhard Hess hat sich im Zimmer übergeben?«, fragte Kordesch.

»Ach ja. Das habe ich vergessen. Er hat sich übergeben.«

Inzwischen stand die Sonne schon tiefer, und die ersten Gäste kamen vom Pool auf das Haupthaus zu. Sie gingen hinein und kehrten bald wieder mit Gläsern zurück. Die meisten tranken Bier oder einen Aperitif: dem Augenschein nach Aperol Spritz, Prosecco oder gespritzten Wein. Wenig später hörte Kordesch das Gläserklirren vom Pool, als sie einander zuprosteten. Das Leben schien wieder zur Normalität gefunden zu haben. Regen war keiner gekommen. Tatsächlich ein perfekter Sommertag, der zu Ende ging, dachte Kordesch.

»Da ist noch etwas«, sagte Havran. »Es ist wahrscheinlich unsinnig, die Sache überhaupt zu erwähnen …«

»Kollege, ich bestimme hier, was Unsinn ist und was nicht«, sagte Kordesch. »Also, raus damit!«

»Auf der Wache in Spittal hat gestern Frau Laggner aus Dellach ihren Mann als vermisst gemeldet«, sagte Havran.

»Ja, und?«, sagte Kordesch.

»Erwin Laggner ist ebenfalls Gastronom. In Dellach. Und Vermisstenanzeigen sind selten hier. Sehr selten.«

»Eigenartig! Was passiert jetzt in der Sache?«

»Major Stutzer kümmert sich darum«, sagte Havran, der nun schon das zweite Mal seine inzwischen leere Bierflasche anschaute. Kordesch sollte ihm erlauben, ein zweites Bier zu holen, aber er brachte es nicht über die Lippen. Er hasste Bier, und vor allem hasste er es, dass Bier den Menschen die Konzentration raubte.

»Stutzer? Indem er alle Bars und Cafés und Saufhütten der Gegend besucht?«, brauste Kordesch auf. »Geht Ihnen der alte Trottel nicht manchmal auf die Nerven?«

»Noch zwei Jahre, dann ist er Geschichte«, sagte Havran.

»Zwei Jahre!«, stöhnte Kordesch. »Das sind 1.460 Weinflaschen im Dienst.«

»1.462«, sagte Havran. »2024 ist ein Schaltjahr.«

»Gut«, sagte Kordesch, der versuchte, ernst zu bleiben, jetzt aber kurz lächeln musste. Havrans letzter Satz hätte von Gerhard Hess sein können. »Also, wenn morgen Zeit bleibt, fahren Sie zu der Dame nach Dellach.«

»Wollen Sie nicht mitkommen?«, fragte Havran.

»Lieber Kollege, ich habe keinen Führerschein, leider oder zum Glück – wie Sie wollen«, sagte Kordesch.

»Aber ich kann doch fahren!«

»Ich befürchte, ich habe auch keinen Beifahrerschein. Nein, wirklich, Autofahren ist für mich sehr anstrengend. Tun Sie mir das nicht an! Ich muss morgen schon mit Ihnen nach Klagenfurt zur Gerichtsmedizin fahren. Das reicht.«

Eigentlich wollte Kordesch Havran jetzt von der Befragung der Schwedin und der Einladung auf ihr Zimmer erzählen, doch er kam nicht dazu, denn in diesem Moment kam der alte Burgstaller aus dem Haus und ging geradewegs auf sie zu.

»Meine Herren«, rief Burgstaller ihnen entgegen. »Mir ist zu

Ohren kommen, dass Sie meine Tochter verdächtigen, diesen ... dass sie ... also ... nein!«

Der alte Mann blieb vor ihnen stehen und wirkte plötzlich streng und autoritär. Kordesch konnte sich gut vorstellen, dass seine Tochter mit ihm eine Menge Streit hatte. »Meine Herren, es gibt Konflikte zwischen meiner Tochter und mir. Aber das geht zu weit. Sie ist keine Mörderin.«

»Herr Burgstaller«, antwortete Kordesch. »Wir verdächtigen noch niemand. Wer hat Ihnen denn das gesagt?«

»Das tut nichts zur Sache!«

»Wir haben gerade alle Gäste befragt«, sagte Kordesch und lehnte sich in seinem Sessel vor. »Momentan wissen wir noch gar nichts. Was mich allerdings sehr interessieren würde, Herr Burgstaller, wären die Bilder der Überwachungskamera im zweiten Stock.«

»Ich ... also ich weiß nicht, was Sie meinen, Herr Kommissar«, sagte Burgstaller, der plötzlich nervös wurde.

Auch Havran machte große Augen.

»Ich bin kein Kommissar«, sagte Kordesch. »Und ich rate Ihnen, sich nicht dumm zu stellen. Ich habe die kleine Kamera neben der Lampe auf dem Gang bemerkt. Sie überwachen Ihre Gäste. Ich gehe davon aus, dass Sie die behördliche Genehmigung dafür eingeholt haben. Aber das geht mich nichts an. Ich will die Aufnahmen aus der Tatnacht sehen.«

Havran schaute ganz schuldbewusst, so als könnte Kordesch ihn nun rügen, weil er nicht selbst nach einer Kamera Ausschau gehalten hatte. Aber Kordesch hatte seine Aufmerksamkeit ganz auf Burgstaller gerichtet. »Wieso haben Sie nicht gleich gesagt, dass Sie hier Kameras haben, Herr Burgstaller?«, fragte er.

»Das geht niemanden etwas an«, sagte Burgstaller ertappt und verärgert zugleich. »Und ich verlasse mich darauf, dass ich deswegen keine Schwierigkeiten bekomme. Versprechen Sie mir das?«

»Wir ermitteln in einem Mord. Ich verspreche hier niemand irgendwas«, sagte Kordesch und zwinkerte Havran zu. »Sie haben die Dinger also nicht angemeldet. Datenschutzrechtlich ist das sehr problematisch.«

»Bitte sagen Sie den Gästen nichts«, sagte Burgstaller. »Die könnten sich dann vielleicht ...«

»... bespitzelt vorkommen?«, fragte Havran.

»Vielleicht, weil sie bespitzelt werden?«, sagte Kordesch.

»Seit ich niemand habe, der die ganze Nacht an der Bar steht, brauche ich das einfach«, sagte Burgstaller. »Die Leute schreiben auf, was sie konsumieren. Ja! Aber nur, solange sie nüchtern sind. In der Früh sind dann Flaschen leer, die niemand aufgeschrieben hat. Der Junge da, der Zuhälter von dem Busenwunder, der nimmt sich jede Nacht etwas und schreibt es nicht auf.«

Kordesch hätte am liebsten laut gelacht. Wenn der Alte zornig war, gab er also schnell preis, was er von seinen Gästen hielt. Im Grunde beleidigte er damit Livia Mnozil mehr als Marc Wister. Jetzt aber blickte Kordesch Havran ins Gesicht und sagte: »Tja, leere Flaschen sind ein Problem, ich weiß! Aber deswegen gleich Überwachungskameras?«

Burgstaller entgegnete empört: »Sie haben keine Ahnung, was die Getränke jetzt kosten. Die Teuerung frisst uns ...«

»Und am nächsten Tag schauen Sie das ganze Video an?«, fragte Kordesch.

»Nur stichprobenartig, mehr Zeit habe ich nicht.«

»Also, wie viele Kameras gibt es?«, fragte Kordesch streng.

»Eine im Schankraum, eine auf dem Gang im ersten Stock und die dritte im zweiten Stock.«

Kordesch überlegte, ob man auf den Aufnahmen wohl sehen konnte, wer in Karlsbaders Zimmer gegangen war. Und dann kam ihm ein ganz anderer Gedanke: Er hätte es sich gerne in einem Liegestuhl bequem gemacht in dieser warmen Sommernacht, hätte in den klaren Sternenhimmel geschaut und ein wenig an Gabi Troppan gedacht. Vielleicht auch an Julia Hess. Oder an beide. Jedenfalls wäre ihm das lieber gewesen, als Überwachungsvideos anzuschauen.

5

Kordesch und Havran standen um den Schreibtisch im Büro des alten Burgstaller, der auf seinem Computer gerade eine Datei öffnete. So hilflos, wie der alte Herr sich manchmal stellte, war er wohl doch nicht.

»Es ist mühsam. Ich glaub, ich nehme mir noch eine zweite Ukrainerin«, sagte Burgstaller. »Wenn die ganze Nacht jemand an der Bar stehen würde, dann wäre das mit dem Mord vielleicht auch nicht passiert. So, da ist es! Das sind die Videos von gestern. Die Nummer drei ist die Kamera im zweiten Stock.«

»Sie können inzwischen gehen, Herr Burgstaller«, sagte Kordesch.

»Aber nicht, dass ihr mir da auf dem Computer herumtut!«

»Keine Angst, Herr Burgstaller«, sagte Havran. »Wir kopieren nur diese drei Videos auf einen USB-Stick. Dann sind wir schon wieder weg.«

Der Alte ging, schloss aber die Tür hinter sich nicht. Sie machten sich an die Arbeit. Havran, der keine Anzeichen von Müdigkeit zeigte, nahm einen USB-Stick aus der Hosentasche, setzte sich und steckte ihn an.

»Läuft!«, sagte Havran. »Das dauert vielleicht ein paar Minuten. Wollen wir inzwischen das Video vom zweiten Stock anschauen?«

»Haben Sie keinen Hunger, Havran?«, fragte Kordesch.

»Und wie. Schon seit Stunden«, sagte Havran.

»Ja, wieso sagen Sie denn nichts?«

»Ich habe eine Idee. Ich könnte beim Steak House bestellen. Echtes Angus-Rind. Das ist hervorragend.«

»Warum nicht. Die liefern hier?«

»Ich kenne den Chef«, sagte Havran, der plötzlich aufgeregt

war. »Wenn ich anrufe, lässt er es herbringen. Wollen Sie ein Filetsteak? Ich finde das ja langweilig. Ich nehme das Rib Eye. Und dazu Zwiebelringe und Knoblauchbaguette. Hervorragend.«

»Filetsteak. Und bitte nichts mit Knoblauch!«, sagte Kordesch, der bereits den Anfang des Videos abspielte.

»Blutig oder medium?«

»Well done. Ich kann kein Blut sehen.«

Havran ging vor die Tür, um zu telefonieren. Kordesch ließ sich auf den Schreibtischsessel sinken und blickte sich um. Es herrschte ziemliche Unordnung. Offensichtlich druckte der Hotelbesitzer alle Reservierungen und Rechnungen aus. Die Warteliste, die mit der Hand geschrieben war, lag ebenfalls da. Der erste Name unter der Kolonne *Juli* war mit Leuchtstift markiert. Tja, wenn jemand stirbt, wird ein Zimmer frei, dachte Kordesch. Jedenfalls bewunderte er die zittrige, aber doch sehr gleichmäßige Schreibschrift von Burgstaller. So schön mit der Hand schreiben – wer konnte das heute noch?

Kordesch hatte sich die winzige Kamera unter der Lampe genau angesehen und ein wenig im Internet recherchiert. Sie war von der billigen Bauart und eher für die Beobachtung von Kinderzimmern gedacht als für die Gebäudesicherung. Burgstaller litt anscheinend nicht nur unter Kontrollwahn, sondern war auch noch geizig. Kordesch erwartete entsprechend nicht viel von den Aufnahmen. Tatsächlich war die Auflösung der Bilder, die er jetzt betrachtete, nicht besonders hoch, zumal bei Nacht und in einem nur von etwas Kunstlicht erhellten, schummrigen Gang. Der Bildausschnitt zeigte die Zimmertüren, nicht aber den Treppenaufgang, der im toten Winkel lag. Kordesch nahm die Maus, stoppte das Video, bewegte den Balken weiter auf 3:30 Uhr morgens und drückte wieder auf *Play*. Er dachte zuerst, er habe den Play-Button nicht erwischt, dann aber bemerkte er, dass sich der Balken weiterbewegte. Das war seltsam. Man sah nur Schwarz. Er ging wieder zum Anfang des Videos. Da war es ganz normal. Kordesch konnte zum Beispiel erkennen, wie die Schwedin mit ihrem Typen das Zimmer verließ. Das war um 19:32 Uhr.

Havran kam zurück ins Zimmer. »In fünfundzwanzig Minuten ist er da«, sagte er.

Kam es ihm nur so vor, oder hatte der junge Polizist an diesem Tag Selbstvertrauen gewonnen, fragte sich Kordesch. Havran wirkte jetzt plötzlich bestimmend, während er am Nachmittag noch unsicher gewesen war.

»Hat auch Vorteile, Polizist auf dem Land zu sein, nicht wahr?«, sagte Kordesch. »Kommen Sie, Havran: Sehen Sie sich das an. Oder wissen Sie was? Können wir nicht Du sagen? Ich kenne dich ja schon, seit du ein kleiner Bub warst. Ich bin Benedikt.«

»Bernhard. Aber du kannst Bernie sagen«, sagte Havran und strahlte.

»Zu mir bitte nicht *Bene* sagen!«, sagte Kordesch. »Also hier, schau mal!«

Kordesch stoppte das Video und ging wieder vor auf 3:30 Uhr.

»Man sieht ja nichts«, sagte Havran.

»Eben«, sagte Kordesch.

»Drück nicht auf Stopp, sondern fahr mit dem Balken langsam zurück«, sagte Havran.

Kordesch zog den Balken, so langsam er konnte, nach links. Es war schwarz, schwarz, schwarz, und dann war plötzlich wieder das Bild des menschenleeren Gangs im zweiten Stock zu sehen.

»Hier stoppen«, sagte Havran.

»Okay«, sagte Kordesch.

»Und jetzt langsamer abspielen!«

»Wie mach ich das?«

»Klick oben auf *Playback*, *Playback-Speed*, *Lower*.«

»Ach, ihr jungen Menschen«, sagte Kordesch voller Neid.

Sie betrachteten zusammen die ereignislosen Bilder, bis Havran plötzlich aufgeregt auf den Monitor zeigte: »Da! Jetzt wackelt die Kamera. Um 3 Uhr 25 stülpt jemand etwas Schwarzes über die Kamera. Oder klebt sie ab.«

»Der Täter weiß also, dass dort eine Kamera ist«, sagte Kordesch.

»So, wie du es wusstest«, sagte Havran und fügte vorwurfsvoll hinzu: »Ohne es mir zu sagen.«

»Eine kleine dienstliche Wahrnehmung von mir«, antwortete Kordesch.

»Na ja, den Alten hast du damit ziemlich überrascht.«

»Irgendwie musste ich ihn ja aus der Reserve locken.«

»Lass langsam weiterlaufen«, sagte Havran, der Kordesch mittlerweile schon herrisch vorkam. Und tatsächlich, um 3:34 Uhr wurde das schwarze Band – oder was immer es war – wieder weggezogen. Die Kamera wackelte ein wenig, und man sah erneut den Gang im zweiten Stockwerk.

»Wir haben ein Zeitfenster für die Tat«, sagte Havran.

»Ja«, sagte Kordesch. »Ich frage mich nur …«

Er hielt mitten im Satz inne. Havran starrte ihn an.

»Ich möchte etwas ausprobieren«, sagte Kordesch dann und sprang auf. »Ich hole den alten Burgstaller.«

»Wozu?«, fragte Havran.

»Damit er uns das Bild einschaltet, das die Kamera jetzt gerade aufnimmt.«

Havran setzte sich an die Tastatur, nahm die Maus, machte ein paar Klicks, und schon sah man die drei aktuellen Bilder nebeneinander.

»Super! Wie gut, dass ich dich habe«, sagte Kordesch. »Jetzt pass auf. Schau immer genau auf den Schankraum und das Bild vom zweiten Stock. Ich gehe nach draußen, versuche dann unbemerkt an der Kamera in der Bar vorbeizukriechen, gehe in den zweiten Stock, verdunkle die Kamera, decke sie nach drei Minuten wieder ab und versuche dann, das Haus zu verlassen, ohne dass du mich siehst. Okay?«

Noch bevor Havran antworten konnte, war Kordesch durch die Tür. Er ging durch die leere Bar und verließ das Haupthaus. Vor dem Eingang blieb er stehen. Verstohlen sah er sich um. Er wartete kurz, dann legte er sich auf den Boden und robbte über die Schwelle. Zum Glück war niemand da, der zusah, wie Kordesch nun in der Ecke des Raumes hinter die Bar und weiter über den Boden bis zum Stiegenhaus kroch. Dort angekommen, stand er auf und ging in den zweiten Stock, wo er sich wieder auf den Boden legte. Er krabbelte in den toten Winkel der Kamera. Er hatte vergessen, etwas zum Abdunkeln der Kamera mitzunehmen, also zog er den linken Schuh und den linken Socken aus. Er nahm ihn, stülpte ihn über die Kamera und legte sich wieder auf den Fußboden.

Plötzlich ging die Tür von Zimmer 21 auf. Julia Hess trat auf den Gang, schloss die Tür hinter sich und sperrte ab. Sie ging den Gang entlang, da bemerkte sie Kordesch, der auf dem Boden lag.

»Herr Kordesch«, sagte sie und legte die flache Hand auf die Brust. »Was machen Sie da? Belauschen Sie etwa das junge Paar hier in Zimmer 20?«

»Nein«, sagte Kordesch. »Ich wollte nur ...«

»Ach, Sie warten bestimmt auf die junge Dame«, sagte Julia Hess.

»Welche Dame?«

»Kommen Sie! Tun Sie nicht so«, sagte sie. »Vor ihr sind Sie in der Unterhose vom Badesteg in den See gesprungen. Sie ist auch wirklich sehr hübsch.«

Julia Hess hatte es also gesehen.

»Woher wissen Sie das?«

»Ich bitte Sie«, sagte sie. »Hier spricht sich alles sofort herum. Wollen Sie nicht aufstehen?«

»Nein«, sagte Kordesch. »Ich liege dienstlich hier. Ich muss auf dem Boden der Tatsachen bleiben.«

Julia Hess schaute zum Lampenschirm hinüber. Als sie Kordeschs Socken sah, lachte sie. »Ach, diese dummen Kameras!«

»Von den Kameras wissen Sie auch?«

»Wir kennen doch unseren Herrn Burgstaller!«, sagte sie. »Er spielt hier NSA wegen ein paar Weinflaschen. Sagen Sie, wie ist es so da unten?«

»Staubig«, sagte Kordesch. »Der Teppich muss dringend gesaugt werden. Und jetzt bitte, gehen Sie. Ich ermittle hier.«

Julia Hess lachte. Sie ging weiter den Gang entlang und verschwand im Stiegenhaus. Kordesch wartete. Dann stand er auf und befreite die Kamera von seinem Socken. Er wollte nicht noch eine peinliche Begegnung mit einem Hotelgast riskieren. Er zog den Socken und den Schuh wieder an und ging dann zurück in Burgstallers Büro.

»Also, was hast du gesehen?«, fragte er Havran.

»Im Barraum nichts. Im zweiten Stock hast du die Kamera abgedeckt. Als das Bild wieder da war, bist du vor der Kamera gestanden und hast dich gebückt.«

»Perfekt«, sagte Kordesch. »Hast du mich gesehen, bevor die Kamera abgedunkelt wurde?«

»Nein«, sagte Havran. »Ich habe dich nur aus der Bar hinaus in den Garten gehen sehen.«

»Siehst du!«, sagte Kordesch. Er zeigte auf den Monitor. »Man kann einfach durch die Tür und hinter der Bar entlang bis zum Stiegenhaus, ohne auf dem Video aufzutauchen.«

Es gefiel Kordesch, wie verzweifelt Havran dreinschaute und den Kopf schüttelte.

»Und das heißt?«

»Es kann jeder gewesen sein«, antwortete Kordesch. »Jeder, der von draußen kam. Der Täter konnte so wie ich in den zweiten Stock gelangen, die Kamera verdunkeln, den Mord begehen, die Abdeckung wieder von der Kamera nehmen und auf demselben Weg hinauskommen.«

Havran seufzte. Plötzlich aber grinste er über das ganze Gesicht: »Das heißt aber, die Zeit, in der die Kamera abgedunkelt ist, ist die Tatzeit?«

»Jawohl!«

In diesem Moment läutete Havrans Handy. Das Gespräch dauerte nur zwei, drei Sekunden.

»Unser Essen! Ich gehe hinaus«, sagte er.

»Wieso bringt er es nicht herein?«, fragte Kordesch.

»Nein, das geht nicht«, sagte Havran. »Daniel und der alte Burgstaller sind verfeindet.«

»Dann komm gleich nachher auf mein Zimmer«, sagte Kordesch und zog den USB-Stick aus der Buchse. »Ich schaue mir die restlichen Aufnahmen später an. Ich sage dem Alten nur schnell Bescheid, dass wir hier fertig sind.«

Havran ging hinaus zum Parkplatz, um die Steaks in Empfang zu nehmen. Kordesch war kaum durch die Tür von Burgstallers Büro, da hörte er ein Brüllen aus der Küche. Er ging leise zur Küchentür und lauschte.

»Wenn du da hingehst, dann ändere ich mein Testament. Und dann brauchst du auch hier nicht mehr mitarbeiten.«

Die Stimme des alten Burgstaller war unschwer zu erkennen. Dass er aber so laut werden konnte, überraschte Kordesch.

»Dass du dich mit solchen Verbrechern einlässt! Weißt du, was die wollen? Die wollen hier alles übernehmen. Die wollen dich und mich draußen haben.«

Das klang nach der Stimme von Burgstallers Tochter. Kordesch war nicht ganz sicher. Aber wer konnte es sonst sein?

»Du redest schon wie der Jürgen«, sagte Burgstaller.

»Der steht mit zwei Angestellten die ganze Saison im Geschäft und rackert sich ab. Der lässt sich nicht so eine Ausländerin bringen wie du. Von diesen Gaunern!«

»Na und? Die arbeitet brav von der Früh bis in die Nacht, wie es sich gehört«, sagte Burgstaller. »Ich habe immer das Richtige getan für dieses Hotel. Gott ist mein Zeuge!«

»Welcher Gott? Der russisch-orthodoxe?«

»Ich habe genug von deinen Frechheiten«, sagte Burgstaller. »Du gehst da morgen nicht hin, verstanden?«

»Von dir lasse ich mir nichts vorschreiben!«

Kordesch hatte den Kopf nur ein wenig in den Türspalt gesteckt, um zu sehen, mit wem der Alte redete. Doch Ina Burgstaller entdeckte ihn sofort.

»Ja, Herr Kommissar?«

»Herr Burgstaller, Sie können Ihr Büro wieder absperren«, sagte Kordesch laut. »Herzlichen Dank für alles.«

Dann ging er schnell davon. Havran stand schon mit dem Essen neben der Stiege. Sie gingen in Kordeschs Zimmer, wo sein Laptop auf dem Schreibtisch stand. Er steckte den USB-Stick in den Rechner und spielte das Überwachungsvideo von Anfang an ab. Havran hatte zwei Pappteller und Holzbesteck ausgepackt und servierte Kordesch ein Steak, was dieser rührend fand. Dann aßen sie.

»Koste doch die Zwiebelringe! Ich habe zwei Portionen bestellt.«

Auch das fand Kordesch rührend, er musste aber passen: »Ach, Zwiebel und ich …«

Nun fiel es Kordesch ein: Er hatte bei der Bestellung gar nicht an seine Gastritis gedacht. Aber wenn er ehrlich zu sich selbst war, spürte er in diesem Moment keine Krämpfe. Auch seine Speiseröhre brannte nicht. Er hatte Hunger, riesigen Hunger.

»Ein Bier?«

Kordesch hörte auf zu essen.

»Weißt du, dass ich seit sieben Jahren keinen Alkohol mehr getrunken habe?«

»Wow«, sagte Havran. »Wozu denn das?«

»Mach mir das nicht nach! Es waren die furchtbarsten sieben Jahre meines Lebens.«

»Dann trink jetzt ein Bier«, sagte Havran.

»Nein«, sagte Kordesch. »Ich hasse Bier. Außerdem schlafe ich dann sofort sein. Und ich will das Video noch anschauen.«

Havran schüttelte den Kopf und aß genüsslich weiter. Kordesch war verblüfft. Er nahm einen weiteren Bissen von seinem Filet. Sogar das Essen schmeckte ihm hier und war ungewöhnlicherweise mehr als bloße Nahrungsaufnahme. Die chronische Gastritis schien am Millstätter See Urlaub zu machen. Und er musste zugeben, dass er, als Havran seine Dose aufriss, ein wenig neidisch war. Aber Kordesch musste wach bleiben und das Video anschauen, und er wollte in der Früh um 3:25 Uhr in Karlsbaders Zimmer gehen, um genau dasselbe zu tun, was der Täter vierundzwanzig Stunden davor getan hatte. Das hatte er von seinem früheren Kollegen Werner Mendel gelernt: Die Tat so genau wie möglich nachstellen, am selben Ort, zur selben Zeit, und sich in den Täter hineinversetzen. Zuerst aber musste er Havran loswerden.

»Hier ist die Liste, die ich für dich geschrieben habe. Alles, was da draufsteht, muss ich morgen wissen. Okay? So! Und du fährst jetzt nach Hause«, sagte Kordesch.

»Irgendwie hast du es mit dem Listen-Schreiben«, sagte Havran. »Lass mich vorher wenigstens aufessen.«

»Deine Frau wird schon warten.«

Havran zuckte mit den Schultern. »Ach, meine Frau ist Kummer gewohnt.«

»An Kummer gewöhnt man sich nicht. Wenn es euch wirklich gut geht, strapaziere das Glück nicht«, sagte Kordesch.

»Sie wird ohnehin schlecht auf mich zu sprechen sein, weil ich auswärts gegessen habe«, sagte Havran.

»Glaubt sie, dass du ihr Essen verschmähst?«

»Nein, sie will nicht, dass ich so viel Geld ausgebe.«

Das war Kordesch nun unangenehm. Der junge Kollege hatte für ihn bezahlt.

»Sag mir, was es gekostet hat. Das geht natürlich auf mich!«

»Das passt schon so«, sagte Havran. »Du zahlst das nächste Mal.«

»Also gut«, sagte Kordesch. »Ich danke dir. Aber kannst du deiner Frau nicht sagen, dass ich das Essen bezahlt habe?«

Havran lachte. »Sie sieht mich an und weiß, dass ich lüge. Sie hört mich, wie ich am Eingang den Schlüssel umdrehe, wenn ich nach Hause komme, und weiß: Er hat drei Bier getrunken. Und es stimmt haargenau! Immer!«

»Wirklich? Das ist Wahnsinn! Wir könnten sie brauchen«, sagte Kordesch. »Sie sieht sich die Verdächtigen an und sagt uns, wer es getan hat. Geht das?«

»Ich glaube, Mord ist nicht ihr Ding«, sagte Havran.

Kordesch lebte nun schon zu lange allein und hielt es nicht gut aus, ständig von jemand anderem umgeben zu sein. Er hatte das Gefühl, dass er in Havrans Anwesenheit keinen klaren Gedanken fassen konnte. Nun fiel ihm aber doch noch etwas ein, was er von dem jungen Polizisten wissen wollte: »Ich muss dich was fragen. Aber bitte: Darüber zu niemand ein Wort. Schon gar nicht zu Stutzer.«

»Frag!«

»Ich bin vorher an der Küche vorbei«, sagte Kordesch. »Da hat der Burgstaller mit seiner Tochter gestritten.«

»Ich höre seit Jahren, dass die zwei immer streiten«, sagte Havran.

»Und er rief so etwas wie: ›Du wirst dort morgen nicht hingehen.‹ Oder so ähnlich!«

»Er meint wahrscheinlich die Demo«, sagte Havran.

»Welche Demo?«

»Du weißt nichts davon, oder?«

»Wovon?«, fragte Kordesch ungeduldig. Havrans umständliche Art nervte ihn.

»Ach, wir Kärntner!«, sagte Havran lachend. »Wir gehen immer davon aus, dass alle alles über uns wissen. Wir haben hier seit zwei, drei Jahren einen reichen Russen. Einen Investor.«

»Einen Oligarchen?«

»Könnte man sagen«, sagte Havran. »Er heißt Fjodor Krutov. Na ja, und ein paar Politiker und Unternehmer scharwenzeln immer schön um ihn herum. Zum Beispiel der Marchetti.«

»Der Bauunternehmer?«

»Du kennst ihn?«, fragte Havran erstaunt.

»Den kennt doch jeder. In Wien hat er gerade ein großes Museum gebaut.«

Havran nickte. »Seine Villa ist hier am See. Ja, der Marchetti hat sich sehr um Krutov bemüht. Und der Schmölzer natürlich auch.«

»Nationalratsabgeordneter und persönlicher Freund des Innenministers«, zitierte Kordesch die Staatsanwältin.

»Auch das. Aber der Schmölzer hat auch ein Hotel in Dellach und eines am Wörthersee. Krutov hinterlässt in der Gegend eine Geldspur. Er fördert alles: Betriebe, Sportvereine, Parteien. Alle, die zu ihm freundlich waren, kriegen Geld. Und jetzt hat er einen Plan: Er hat ein Grundstück gekauft, am Zwergsee, zwischen Millstatt und Pesenthein, und will dort eine russisch-orthodoxe Kirche bauen. Der Marchetti soll sie bauen. Ein Millionenprojekt. Und Schmölzer soll in der Politik dafür Stimmung machen. Es sind aber auch viele dagegen. Und die demonstrieren morgen.«

»Ina Burgstaller hat irgendwas gesagt wie: ›Er hat sich die Ausländerin bringen lassen.‹ Da meint sie wohl das Zimmermädchen, oder?«

»Also, es ist so«, sagte Havran und hielt plötzlich inne. Er wurde leise: »Das darfst du aber niemand erzählen, und es darf auch niemand hören.«

»Bernie, wir ermitteln in einem Mordfall. Ich muss alles wissen!«

»Meinst du, dass der Mord damit zu tun hat?«

»Das kann ich nicht ausschließen«, sagte Kordesch.

»Also, der Daniel, der das Steak House führt, hat mir das erzählt«, sagte Havran. »Angeblich bringen Krutov und Schmölzer ukrainische Mädchen zum Arbeiten hierher. Es fehlen ja überall Saisonkräfte. Die Ukrainerinnen arbeiten fleißig, also bis zu fünfzehn Stunden am Tag, auch wenn sie Corona haben oder krank sind.«

»Corona?«, fragte Kordesch. »Gibt es das noch?«

»Das gibt es schon noch, aber wir tun so, als wäre es nicht mehr da«, sagte Havran und trank seine Bierdose leer. Mehrmals drehte und schüttelte er die Dose über dem geöffneten Mund, um ja den letzten Tropfen herauszubekommen.

»Die meisten hier wollen keine Ausländer, aber sie brauchen die Mädchen einfach«, redete Havran weiter. »In der Stunde kostet so eine sieben Euro. Fünf kriegt sie selbst und zwei Euro bekommt Krutov. Daniel macht da nicht mit. Er findet, dass das unfairer Wettbewerb ist. Aber jetzt rechne das mal aus! Manche sagen, dass Krutov schon zweihundert Saisonarbeiterinnen ins Land gebracht hat. Sie arbeiten sechzig Stunden und er bekommt zwei Euro pro Stunde. Das macht 24.000 Euro in einer Woche.«

»Aber wenn das zweihundert sind, wieso redet von denen keine?«

»Vielleicht weil sie zufrieden sind, dass sie hier Arbeit haben?«

»Das ist keine Arbeit, das ist Sklaverei. Sind die illegal hier?«

»Nein, der Schmölzer macht das irgendwie legal. Er gibt sich als Menschenfreund, der Kriegsflüchtlingen hilft und trotzdem keine Ausländer will. Weil das immerhin keine muslimischen Frauen sind, sondern gut integrierte Ukrainerinnen.«

»Und Vicky ist eine von ihnen?«

»Genau. Jetzt gibt es Gastwirte, die da mitmachen, und welche, die dagegen sind. So wie Daniel. Aber bei manchen gibt es intern Streit deswegen.«

»Verstehe! Ina Burgstaller will das nicht, aber der Alte schon.«

»Genau! Und es gibt einige Leute, die sagen, dass Krutov gar kein Wohltäter ist, sondern bestimmte Absichten hat. Er macht bei jedem Grundstück Druck und will es kaufen. Oder er will Hotels oder Restaurants übernehmen und mit neuen Leuten führen.«

Kordesch schrieb in sein Notizheft und nickte. »Jetzt verstehe ich. Burgstaller hat mir gesagt, dass Schmölzer diesen Karlsbader hierhergebracht hat. Heißt das, dieser Krutov will die Villa Paradies kaufen und Christof Karlsbader hätte die Leitung übernehmen sollen?«

Havran warf seine Arme zur Seite: »Das vermuten die meisten hier.«

»Und wenn der alte Burgstaller das Hotel verkauft, dann fällt seine Tochter um ihr Erbe um.«

Havran drückte den Zeigefinger auf seine Lippen und sah Kordesch mit entsetztem Blick an. »Bitte sag ihr nicht, dass ich dir das alles erzählt habe.«

»Was ist schlimm daran, die Wahrheit zu erzählen?«

»Damit hat Ina ein Motiv.«

Kordesch lachte. Er lachte lang und legte sein Notizheft zur Seite: »Ein Motiv! Ein Motiv! Du bist auch so einer, der sich aus Fernsehkrimis seine Welt zusammenbastelt. Ein Motiv ist wie Corona: Jeder hat es irgendwann. Mein lieber Freund Bernie! Hast du *Der Moses des Michelangelo* von Freud gelesen?«

Nun schnitt Havran eine seltsame Grimasse, die Kordesch noch nie gesehen hatte, die aber eindeutig verriet, dass er nichts von Freud gelesen hatte.

»Freud schreibt, dass ein russischer Kunstkenner namens Lermolieff …«

»Ach, überall sind diese Russen!«, sagte Havran mit einer abschätzigen Handbewegung.

»Das war nur ein Pseudonym, in Wahrheit war er Italiener und hieß Morelli. Aber egal. Dieser Morelli identifizierte in Gemäldegalerien auf der ganzen Welt zahlreiche Gemälde, die keine Originale, sondern nur Kopien waren, oder die man fälschlicherweise als das Werk eines berühmten Malers ausgestellt hatte. Und er konnte das mit einer einfachen Methode: Er sah sich nicht das zentrale Motiv des Gemäldes an, sondern kleine Details: Finger, Ohren, Gläser, Kerzen, Hunde, Wolken. Alles, was unwichtig erschien. Er verglich diese Details mit einem Original des betreffenden Malers, und so sah er, dass die Kopisten und Fälscher sich um das, was ihnen unwesentlich erschien, nicht gekümmert und sich damit verraten hatten.«

»Also, das ist toll«, sagte Havran. »Sehr interessant. Aber was hat es mit unserem Mord zu tun?«

»Das weiß ich leider auch noch nicht«, sagte Kordesch. »Ich

wollte nur sagen: Ob Ina Burgstaller diesen Karlsbader aus gutem Grund nicht mochte, ist mir egal. Ich sehe mir an, wie sich die Menschen hier verhalten. Wie ihr wirkliches Handeln ist und was sie nur vortäuschen.«

Kordesch stand auf, um Havran zu zeigen, dass es nun Zeit zu gehen war. »So, jetzt habe ich dich aber lange genug aufgehalten. Ab mit dir nach Hause. Und steck den Zettel mit meiner Liste ein.«

Havran saß immer noch da und begann nun, die ganze Liste zu lesen, aber Kordesch ging zur Zimmertür und öffnete sie. Bedächtig stand der junge Polizist auf, steckte den Zettel in seine Hosentasche und trottete auf Kordesch zu. Dann blieb er plötzlich vor ihm stehen.

»Na ja, da hast du ja genug Material mit deinen Videos«, sagte Havran. »Aber sag: Glaubst du, dass der Mörder ... also ... glaubst du, dass man so weiterleben kann, wie man bisher gelebt hat, wenn man jemand getötet hat?«

»Das kann man nicht.«

»Das glaube ich auch«, sagte Havran.

»Ich glaube es nicht nur«, sagte Kordesch. »Ich weiß es.«

6

Benedikt Kordesch begleitete Bernhard Havran noch zum Parkplatz, um sich nach dem Essen ein wenig die Beine zu vertreten. Havran redete in einem fort von Ina Burgstaller.

Und nun begriff Kordesch, was Ina quälte. Schon als Mädchen hatte sie im Hotel ihres Vaters mitgeholfen. Damals lebte ihre Mutter noch und auch der Großvater. Beide starben im Jahr 2000, als Ina vierzehn war. Der Vater und sie zogen in das Haus, das ihre Mutter geerbt hatte. In der Saison arbeiteten beide im Hotel, bis Ina 2004 zuerst nach Klagenfurt an die Uni und dann zwei Jahre später nach Wien ging. Sie hatte das Studium der Geologie abgeschlossen und nach einem Praktikum sogar ein Jobangebot gehabt. Doch just in diesem Jahr begann der Vater zu jammern und zu lamentieren, er schaffe das alles nicht mehr, und sie solle ihn doch mit dem Hotel, das sie einmal erben werde, nicht alleine lassen. Da ließ sie sich breitschlagen. Der alte Burgstaller machte aber keine Anstalten, Ina das Hotel zu übergeben. Jahr für Jahr wurde er paranoider und geiziger und misstrauischer. Sogar das Büro sperrte er ab, damit sie nicht hineinkonnte.

Denn die Villa Paradies war plötzlich Sommer für Sommer ausgebucht. Der alte Burgstaller, der seit dem Tod des Großvaters nichts verändert hatte, glaubte immer noch, er hätte das Haus so gut in Schuss gehalten und es sei modern. In Wahrheit aber kamen junge Leute aus der Stadt, die den nostalgischen Flair suchten, *vintage* oder *shabby chic*, wie es heutzutage hieß. Die meisten Gäste wollten kein modernes Hotel, sondern liebten den Retro-Charme von Häusern wie der Villa Verdin und der Villa Paradies.

Und nun wartete Ina Jahr für Jahr darauf, dass der Alte sich zurückzog.

Ina Burgstaller führte einen Kampf, einen Kampf gegen ihren eigenen Vater. So hatte Kordesch es verstanden. Und nach den Gesprächen, die er mitgehört hatte, war Kordesch ganz sicher: Ina Burgstaller wollte die Villa Paradies retten und im Familienbesitz behalten. Denn die Villa Paradies – so fand sie – gehörte ihr.

Nachdem Havran gefahren war, ging Kordesch in sein Zimmer. Endlich war er allein. Er hatte sich auf einen ruhigen Abend eingestellt, den er mit den Aufnahmen der Überwachungskameras verbringen wollte. Er würde sich jeweils gezielt die halbe Stunde vor und nach dem festgestellten Zeitfenster der Tat vornehmen und ansonsten einen Schnelldurchlauf machen. Kordesch bemerkte, dass Havran die zweite Bierdose, die er bestellt hatte, nicht getrunken hatte. Nun stand sie da und brachte Kordesch in Versuchung.

Kordesch nahm die Bierdose, stellte sie in den Kasten, damit sie aus seinem Blickfeld verschwand, und machte sich an die Arbeit.

Eine gute Stunde später wusste er, dass Christof Karlsbader um neun Minuten nach Mitternacht auf sein Zimmer gegangen war und die Tür hinter sich geschlossen hatte. Weiters war nun klar, dass drei Menschen bei der Befragung nicht die Wahrheit gesagt hatten. Erstens Julia Hess, die nicht von halb neun Uhr abends bis acht Uhr morgens auf dem Zimmer gewesen war, sondern um 21:04 Uhr nochmals das Zimmer verlassen hatte. Von unten zurückgekommen war sie um 00:31 Uhr, blieb dann vor Karlsbaders Zimmer stehen und klopfte an die Tür. Niemand öffnete, sie klopfte nochmals, und danach ging sie wieder auf ihr Zimmer. Dieser pensionierte Apotheker, den Havran befragt hatte, hatte also recht gehabt. Aber hatte der alte Mann wirklich in der Nacht ein Klopfen gehört, oder wollte er sich nur interessant machen? Zweitens und drittens: Livia Mnozil und Marc Wister. Die beiden waren nicht zusammen gegen fünf Uhr auf ihr Zimmer gegangen.

Immer wieder ging Kordesch im Video auf 00:31 Uhr und schaute sich an, wie Julia Hess an Karlsbaders Tür klopfte. Sie klopfte zweimal, in einem Abstand von etwa dreißig Sekunden. Was sie wohl von Karlsbader gewollt hatte?

Kordesch stand auf und ging unruhig im Zimmer auf und ab. War diese Julia vielleicht viel durchtriebener, als er vermutete? Er hatte gehofft, sie als Verdächtige schnell ausschließen zu können. Das war jetzt nicht mehr möglich. Er machte sich Vorwürfe. Er hätte ihre Befragung selbst durchführen müssen. Havran hatte wahrscheinlich nur die üblichen Routinefragen gestellt und sich von der schönen Frau Doktor an der Nase herumführen lassen. Jedenfalls hatte sich Julia Hess mit der Lüge verdächtig gemacht. Eine Medizinerin und ein so perfekter Stich direkt ins Herz. Das Gute war, dass Kordesch jetzt Grund genug hatte, sie sich selbst noch einmal vorzuknöpfen.

Aber wie hatte Julia Hess überhaupt davon ausgehen können, dass Kordesch sie nicht auf dem Video entdecken würde? Erst vor Kurzem hatte er vor ihr auf dem Boden gelegen, und sie hatte ihm gesagt, jeder Stammgast wisse, dass Burgstaller hier ein wenig NSA spiele. So ähnlich hatte sie es formuliert. Hatte sie nur etwas verschwiegen, um sich interessant zu machen?

Außerdem hatten die Schwedin und ihr Freund ihn belogen. Marc Wister war um 2:28 Uhr auf das gemeinsame Zimmer gegangen, Livia Mnozil erst um 4:53 Uhr. Sie waren also nicht zusammen zurückgekommen.

Benedikt Kordesch blickte auf die Uhrzeit, die sein Laptop anzeigte. Es war kurz nach neun. Anderthalb Stunden hatte er dafür gebraucht, die Aufnahmen der Kamera aus dem zweiten Stock zu analysieren. Er würde also noch drei Stunden für die anderen beiden benötigen. Nun aber beschloss er, dass es wichtiger war, sich diesen Marc Wister und die Schwedin vorzuknöpfen. Er atmete tief ein und gab sich einen Ruck.

Kordesch verließ den Raum und ging den Gang entlang in Richtung von Zimmer 20. Als er eine laute Frauenstimme hörte, blieb er stehen. Sie brüllte im Zimmer so laut, dass man draußen jedes Wort verstand.

»Was bildest du dir eigentlich ein? Du Nichts! Du impotentes Arschloch! Machst da vor meinen Augen mit dieser Putzfrau herum. Du kannst gleich verschwinden! Geh und wisch mit ihr die Scheißhäuser!«

Die Tür zu Zimmer 20 ging auf, und ein sichtlich erniedrigter Marc Wister kam mit einer Sporttasche in der Hand heraus. Dann wurde die Tür lautstark zugeschlagen und von innen zugesperrt. Kordesch musste schmunzeln. Hatte der alte Burgstaller Wister nicht als Zuhälter bezeichnet? Wie ein Zuhälter sah er jedenfalls nicht aus, wie er da mit hängenden Schultern auf dem Gang stand und nicht wusste, wo er hinsollte.

Kordesch machte einen Schritt auf den jungen Mann zu. »Ach, Frauen«, sagte er. »Das wird schon wieder!«

»Haben Sie da vor der Tür spioniert?«, fragte Wister.

»Nein! Aber nein!«, sagte Kordesch. »Ich wollte zu Ihnen. Also, wenn Sie morgen wirklich abreisen wollen, müssen Sie mir unbedingt heute noch ein paar Fragen beantworten.«

»Wer sagt, dass ich abreise?«

Kordesch ging nicht darauf ein. »Es muss natürlich nicht sein«, sagte er. »Sie könnten auch morgen ins Polizeikommando Spittal an der Drau kommen und werden dort von mir befragt. Nur abreisen können Sie eben vorher nicht.«

»Bringen wir's hinter uns!«, sagte Wister. Kordesch wies ihm den Weg zu seinem Zimmer. Sie traten ein. Kordesch holte die Bierdose aus dem Kasten und stellte sie auf den Tisch.

»Bitte setzen Sie sich«, sagte Kordesch. »Ich habe da noch ein Bier übrig. Möchten Sie?«

»Nein, danke. Ich bin Veganer.«

»Oje. Und Bier ist nicht vegan?«

»Die meisten werden mit Tierfetten geklärt«, sagte Marc Wister. »Und Tierfette stehen nicht auf dem Etikett, weil sie als Hilfsmittel gelten und nicht als Inhaltsstoffe.«

Ein wenig Small Talk war immer gut vor einer Befragung, das hatte Kordesch gelernt. Dabei beherrschte er Small Talk eigentlich nicht. Aber die von Havran zurückgelassene Bierdose hatte ihm einen Anlass gegeben, und dafür war er dankbar.

»Herr Wister«, sagte Kordesch, schlug sein Notizheft auf, blätterte bis zu einer bestimmten Seite und las dann kurz. »Sie haben bei der Befragung durch meinen Kollegen angegeben, Sie wären heute in den frühen Morgenstunden zusammen mit Ihrer Freundin ...«

»Sie ist nicht meine Freundin.«

»... zusammen mit Frau Mnozil um fünf Uhr morgens von einer Party in Dellach in die Villa Paradies zurückgekommen.«

Marc Wister wirkte verunsichert. »Hab ich das?«

»So steht es hier.« Kordesch deutete auf die Notizen, die er gemacht hatte, als Havran ihm Wisters Befragung geschildert hatte. »Nun habe ich aber Erkenntnisse darüber, dass Sie möglicherweise gar nicht mit Frau Mnozil ins Hotel zurückgekommen sind. Und ich wollte Sie also fragen, ob Sie Ihre Aussage von heute Nachmittag vielleicht ergänzen oder korrigieren wollen?«

»Ja, verdammt, ich habe gelogen«, sagte Marc Wister und wagte nicht, Kordesch dabei anzuschauen. »Livia hat gesagt, dann bekommen wir keine Schwierigkeiten.«

»Wenn Sie die Unwahrheit sagen, bekommen Sie keine Schwierigkeiten?«, sagte Kordesch. »Es ist umgekehrt: Weil Sie die Unwahrheit gesagt haben, bekommen Sie jetzt Schwierigkeiten. Also, bitte, die wahre Geschichte!«

»Ich bin schon um zehn zurückgekommen«, sagte Marc. Er hatte die Ellbogen auf die Oberschenkel gestützt und blickte zu Boden, während er redete.

»Sie waren also um zehn Uhr auf Ihrem Zimmer?«

Marc richtete sich plötzlich auf und blickte Kordesch in die Augen. »Nein, ich war bei Vicky. Im Nebenhaus. Zimmer 3.«

»Sie meinen Victoria Serdyul, das Hausmädchen?«

»Gibt es noch eine andere Vicky?«

»Und wann haben Sie das Nebenhaus verlassen?«, fragte Kordesch.

»Ich glaube, so um zwei«, sagte Marc. »Ich weiß es nicht mehr.«

»Zum Glück kann ich Ihnen da helfen«, sagte Kordesch. »Um 2 Uhr 28 sind Sie auf Ihr Zimmer gegangen, wie die Aufnahmen der Überwachungskamera zeigen.«

»Der alte Burgstaller hat Kameras installiert?«, fragte Marc ungläubig. »Der ist komplett paranoid. Deshalb wusste er also, dass ich mir vorgestern ein Bier genommen und nicht aufgeschrieben habe. Das ist krank. Darf der das überhaupt?«

»Ich bin hier, um einen Mord aufzuklären«, sagte Kordesch. »Und wann kam Frau Mnozil aufs Zimmer?«

»Sehen Sie das nicht auf dem Video?«

»Ich höre es lieber von Ihnen«, sagte Kordesch.

»So um fünf. Sie war komplett dicht«, sagte Marc. »Ist gleich eingeschlafen.«

»Dummerweise bedeutet das, dass Sie während der Tatzeit im Hotel waren und kein Alibi haben«, sagte Kordesch.

»Dann müsste man doch auf dem Video sehen, wie ich in das Zimmer von diesem Kochbuchheini gehe!«

Kordesch sah den Mann an und fragte sich, ob er womöglich wirklich nichts von den Kameras gewusst hatte. Dann könnte er sie auch nicht zugedeckt haben und käme als Täter nicht infrage. Er beschloss, Marc Wister vorläufig noch nicht aus dem Kreis der Verdächtigen auszuschließen.

»Sie haben recht. Das würde man bei der Auswertung der Bilder sehen. Aber bis dahin kann es jeder Gast im Hotel gewesen sein.«

»Ich war's aber nicht«.

»Wir werden sehen«, sagte Kordesch. »Ihr Verhältnis zu Frau Serdyul. Da muss ich mehr drüber wissen.«

»Ich … ich habe mich öfter mit ihr unterhalten und … Ich habe mich in sie verliebt … Wir haben uns geküsst«, sagte Marc. »Und ich dachte, sie ist auch in mich verliebt. Aber … sie …« Er begann zu schluchzen.

Benedikt Kordesch musste sich eingestehen, dass er den jungen

Mann, als er ihn das erste Mal auf dem Badesteg gesehen hatte, unsympathisch gefunden hatte. Aber jetzt tat ihm Marc Wister fast leid. Eine unglückliche Liebe als junger Mensch hier am See. Woran erinnerte ihn das nur?

Plötzlich schrie Wister fast unter Tränen: »Sie müssen ihr helfen. Da stimmt was nicht. Ihre Beine, ihr Unterleib ... Sie ist voller blauer Flecken und Wunden.«

»Moment, Moment«, sagte Kordesch. »Haben Sie sich also öfter mit ihr getroffen?«

»Ja. Jeden Tag.«

»Haben Sie mit ihr ...?«

»Habe ich nicht. Aber darum geht es doch gar nicht«, sagte Marc und schluchzte wieder. »Vicky hat Angst. Panische Angst. Sie müssen ihr helfen.«

»Also, Sie glauben, sie wird geschlagen.«

»Geschlagen, gefoltert, vergewaltigt, ich weiß es doch nicht«, sagte Marc. »Und jeden Tag oder jeden zweiten Tag kommt dieser fette Typ mit dem fetten Auto, und sie muss mit ihm mitfahren.«

»Wer ist das?«

»Ich weiß es nicht.«

Kordesch nahm den Laptop und suchte nach Bildern des Nationalratsabgeordneten Josef Schmölzer. Er fand eines auf der Homepage des Parlaments. Er drehte den Laptop, damit Marc das Display sehen konnte.

»Der da?«

»Ja! Genau! Der ist das. Was macht das Schwein mit ihr?«

»Herr Wister, bitte keine Anschuldigungen«, sagte Kordesch. »Ich werde der Sache nachgehen. Aber jetzt müssen wir ein Zimmer für Sie finden. Denn Sie müssen erst einmal hierbleiben. Kommen Sie!«

Kordesch verließ mit Wister das Zimmer und sperrte ab.

»Kommen Sie mit. Frau Burgstaller wird das regeln.«

Binnen weniger Minuten hatte Wister von Ina Burgstaller das

letzte freie Zimmer im Nebenhaus bekommen. Er bedankte sich und ging sofort hinüber. Ina Burgstaller sagte, sie habe noch Gartenarbeiten zu erledigen, und verschwand ebenfalls.

In diesem Moment trat der alte Burgstaller mit einem dicken Mann im schwarzen Anzug aus dem Büro. Kordesch konnte sehen, dass Burgstaller nicht erfreut war, ihn anzutreffen.

»Herr Kommissar, darf ich Ihnen den Herrn Abgeordneten Schmölzer vorstellen?«

Der dicke Mann drehte sich zu Kordesch. Er sah ähnlich aus wie auf dem Foto, das Kordesch wenige Minuten zuvor gegoogelt hatte, aber er war in Wirklichkeit viel älter und noch fülliger.

»Ah, der Herr Polizist aus Wien«, sagte Schmölzer.

»Benedikt Kordesch«, sagte Kordesch.

»Kommen Sie voran?«, fragte Schmölzer. »Die Sache ist eine Katastrophe für den Fremdenverkehr hier. Unser Ruf steht auf dem Spiel. Können Sie mir schon von ersten Ergebnissen berichten?«

»Sie werden verstehen, dass wir, auch in Ihrem Interesse, keine Ermittlungsdetails nach außen geben«, sagte Kordesch.

»Herr Polizist aus Wien! Ich stehe mit dem Innenminister in regem Austausch«, sagte Schmölzer schnaufend. Er musste kurz pausieren. Das weiße Hemd sah aus, als würde es beim nächsten Atemzug platzen. »Wir brauchen jetzt Schadensbegrenzung. Schauen Sie den braven Herrn Burgstaller hier an. Der zerbricht sich den ganzen Tag den Kopf, wie die Saison zu retten ist. Heute sagen die Gäste, sie bleiben, und morgen reisen sie dann ab und wollen keine Stornogebühren bezahlen, weil hier ein Mord passiert ist. Ich bin selbst Hotelier, ich weiß doch, wie das läuft.«

»Ich glaube, der Herr Burgstaller hat eine lange Warteliste«, sagte Kordesch. »Aber ...«

»Wissen Sie, was diese Warteliste jetzt wert ist?«, unterbrach ihn Schmölzer. »Nichts ist die jetzt wert! Das sage ich Ihnen!«

»Aber Sie können beruhigt sein, Herr Abgeordneter aus Wien! Ich bin sofort hierhergekommen und habe bis jetzt ohne Pause gearbeitet. In einem fast vollen Hotel müssen alle Gäste erst einmal befragt sein. Und ich stehe mit der zuständigen Staatsanwältin in dauernder Verbindung.«

Schmölzer wischte sich mit dem rechten Hemdsärmel über die schweißbedeckte Stirn, und in diesem Moment fiel Kordesch wieder ein, was er von der Staatsanwältin brauchte: die Handydaten von Karlsbader. Und bei der Gelegenheit auch die von Schmölzer. Aber wahrscheinlich würde es bei Karlsbader länger dauern, weil der ein deutsches Handy hatte. Und bei Schmölzer würde sie sich das nicht trauen, weil er ein Protegé des Innenministers war.

»Ja, diese Staatsanwälte«, sagte Schmölzer. »Die brauchen immer viel zu lange. Das sind Amtshandlungen. Wir hier vor Ort aber brauchen ein schnelles Ergebnis.«

»Dabei können auch Sie helfen, Herr Abgeordneter«, sagte Kordesch. »Kannten Sie diesen Christof Karlsbader?«

Noch mehr Schweiß sammelte sich auf Schmölzers Stirn. Was für ein grausliches Schweißlaberl dieser Mann ist, dachte Kordesch. Schnaufend atmete Schmölzer ein. Kordesch konnte sehen, dass er ihn mit seiner Frage verärgert hatte.

»Herr Karlsbader stand – so wie ich – im öffentlichen Leben. Da läuft man sich schon mal über den Weg«, antwortete Schmölzer ausweichend. »Aber hier im Hotel vom Herrn Burgstaller war er als Privatgast. Er wollte sich in unserem schönen Millstatt erholen.«

Kordesch wusste von Burgstaller, dass Karlsbader durch Schmölzer von der Villa Paradies gehört hatte. Aber er wollte den Alten jetzt nicht gegen sich aufbringen.

»Er war aber auch Gastronom, so wie Sie«, sagte Kordesch. »Nach meinem Wissen führte er drei Etablissements in München. Und Sie empfehlen doch ein so tolles Hotel wie die Villa Paradies bestimmt weiter, oder?«

»Was habe ich, lieber Herr Polizist, mit München am Hut?«, sagte Schmölzer. »Wir sind hier in Kärnten.«

»Wissen Sie eigentlich, dass Erwin Laggner als vermisst gemeldet wurde?«

Schmölzer blickte ihn ganz ruhig an und schnaufte. Kordesch schloss daraus, dass der Abgeordnete von dieser Mitteilung nicht überrascht war. Dann erst drehte er sich zu Burgstaller. Der sah Schmölzer fragend an. »Was, der Erwin?«

»Den kennen Sie aber schon, oder?«, fragte Kordesch Schmölzer.

»Also, ich muss mir Ihren Ton verbitten«, sagte Schmölzer. »Natürlich kenne ich ihn. Jeder am See kennt den Laggner. Und wieso erfahre ich das jetzt erst?«

Jetzt erst? Am liebsten hätte Kordesch laut gelacht. Aber er sagte ganz ruhig: »Für Vermisste ist das Bezirkskommando Spittal zuständig. Wenn Sie sich also an Major Adolf Stutzer wenden wollen. Der hat heute schon alle Bars um den See aufgesucht. Ich möchte Sie aber fragen: Wissen Sie von einer Verbindung zwischen Christof Karlsbader und Erwin Laggner?«

»Ob der Erwin mit dem Karlsbader ...? Also, ich hielte es für besser, wenn Sie in Ihrem Mord ermitteln und nicht Ihren Hirngespinsten hinterher sind«, sagte Schmölzer.

»Ja, da haben Sie recht«, sagte Kordesch. »Vermutlich haben die beiden nichts miteinander zu tun. Ein Kriminalistenhirn versucht immer, zwischen allen Dingen einen Zusammenhang zu finden. Es ist krankhaft. Die Handyauswertung wird diese Frage ohnehin beantworten.«

»Also dann gehen Sie bitte an Ihre wirkliche Arbeit«, sagte Schmölzer. »Grüß dich, Poldi!«

Der letzte Satz galt dem alten Burgstaller, der sich nun ebenfalls verabschiedete. Schmölzer, das grausliche Schweißlaberl, machte sich auf den Weg nach draußen.

Der Hotelchef blickte finster drein. »Sie müssen schon freundlicher sein zu unserem Josi Schmölzer. Den hat uns der Himmel geschickt.«

»Wen der Himmel nicht alles schickt!«, sagte Kordesch. »Politiker, Kochbuchautoren und billige Putzfrauen. Wo ist denn Ihre Tochter? Ich habe eine Frage vergessen.«

»Die ist im Garten«, sagte Burgstaller. »Wahrscheinlich gießt sie den Affenschwanzbaum. Das macht sie immer, wenn sie beleidigt ist.«

Kordesch ging schnell hinaus, denn er wollte sehen, ob Schmölzer schon zum Telefon gegriffen und Stutzer oder einen seiner politischen Freunde angerufen hatte. Doch er hätte sich nicht beeilen müssen. Gerade erst hatte der Abgeordnete seinen schwarzen SUV erreicht. Er stieg ein und griff wirklich sofort zum Telefon. Wenn Kordesch nur eine Anrufliste von seinem Handy hätte!

Es war schon dunkel. Kordesch stand neben der Stiege und überblickte das von der Beleuchtung des Pools und des Gartens erhellte Grundstück. Die Erkenntnisse dieses Tages waren mager: Überall im Land fehlte seit der Pandemie Personal, die Kärntner Politik waren immer noch so unerträglich wie früher, und ein versoffener Koch war tot, der behauptet hatte, einen Schweinsbraten in fünfzehn Minuten zubereiten zu können, wofür Kordesch zweieinhalb Stunden brauchte. Es war ein so schöner Tag gewesen und Kordesch hatte nichts davon gehabt. Dabei hätte er einmal gerne eine Fahrt mit einer Fähre gemacht. Die Anlegestelle war ja nur ein paar Hundert Meter entfernt. Gerne wäre er auch einmal zu Fuß um den See gegangen. Und obwohl er es sich verboten hatte, hätte er vielleicht doch ein wenig nach den Orten seiner Kindheit Ausschau gehalten, auch wenn das der todsichere Weg zur Enttäuschung war.

Kordesch sah zu, wie Ina den Boden rund um den Urweltbaum herum mit Wasser besprenkelte. Wie hatte der alte Burgstaller das Gewächs gerade genannt? Affenschwanzbaum. Tatsächlich war es der riesige Nadelbaum, der Kordesch schon am Nachmittag aufgefallen war.

Neben ihm im Garten, wo er noch zu Mittag den schlafenden Bernie Havran hatte aufwecken müssen, saßen vier Gäste. Kordesch musste einfach mithören. Ein älterer Herr redete laut. Vermutlich dieser Apotheker. Kordesch konnte nur die Worte »Überschwemmungskatastrophe«, »damals im Jahr 1958« und »Dr. Kamitz« verstehen. Erst heute Mittag hatte sich Kordesch an den Namen Kamitz erinnert. Wobei es eigentlich nicht seine Erinnerung war, sondern die Erinnerung seines Vaters, der immer wieder von Kamitz gesprochen hatte. Benedikt Kordesch war 1977 zur Welt gekommen, doch aufgrund der vielen Schilderungen seines Vaters hatte er eine indirekte, aber lebhafte Beziehung zu den Fünfzigerjahren.

Ina kam wieder den Hang hinauf und winkte Kordesch zu. Sie zog den Schlauchwagen hinter sich her und besprenkelte die Hecke mit den Stachelbeersträuchern und dann den Gemüsegarten. Plötzlich wurde oben die Eingangstür aufgerissen. Kordesch drehte sich um. Es war Vicky. Sie hatte Tränen in den Augen und lief, ohne ihn eines Blickes zu würdigen, an ihm vorbei und auf Ina zu. Dann kam auch der Hotelchef aus dem Haus gestürmt.

»Ina, kann ich dir helfen?«, hörte Kordesch Vicky fragen. »Bitte, lass mich helfen.«

»Vicky, mach hier kein Theater vor den Gästen! Sonst fliegst du raus!«, rief der alte Burgstaller, der neben Kordesch am Stiegengeländer stehen blieb und schnaufte. »Jetzt sei vernünftig. In einer Stunde bist du wieder zurück.«

Vicky ging auf Ina zu und umarmte sie. Kordesch konnte sehen, dass sie schluchzte. Doch schon wenige Sekunden später stand der alte Burgstaller hinter ihr. Er packte Vicky an der Schulter, drehte sie um und schob sie den Hang hinauf. Verzagt stapfte Vicky die Wiese hinauf zum Parkplatz. Sie verdeckte ihre Augen mit der Hand. Auf dem Parkplatz wartete noch der schwarze SUV, dessen Beifahrertür offen stand. Vicky stieg auf der Beifahrerseite ein und zog die Tür zu.

7

Um viertel elf setzte Kordesch sich an die Bar. Es war niemand da, um zu bedienen. Die anderen Gäste nahmen wenig Notiz von ihm. Er blätterte ein wenig in seinen Aufzeichnungen.

Er nahm sich vor, ab jetzt strukturierter vorzugehen. Noch in dieser Nacht wollte er die restlichen Videos der Überwachungskameras anschauen. Am nächsten Morgen würde er mit Havran zur Gerichtsmedizinerin nach Klagenfurt fahren. Er beschloss, Havran auch nach Dellach zu dieser Maria Laggner zu begleiten. Und dann sollte er den Kreis der Verdächtigen endlich eingrenzen können. Wenn er ehrlich zu sich selbst war, musste er zugeben, dass er für sich schon eine Liste gemacht hatte: Julia Hess, Victoria Serdyul oder Ina Burgstaller – eine von den dreien hatte es getan.

Gestresst kam Ina vom Garten in den Schankraum. »Herr Kommissar, Sie sitzen da ohne Getränk. Sie können sich gerne etwas vom Kühlschrank nehmen. Tragen Sie es dann einfach auf der Liste bei Ihrer Zimmernummer ein.«

»Ich habe es nicht eilig«, sagte Kordesch. »Ein Tonicwater bitte!«

»Ohne Vicky komme ich nicht zurecht mit allem«, sagte Ina, während sie ein Fläschchen Tonic und ein Glas auf die Bar stellte und einschenkte. Dann huschte sie schon wieder davon.

Kordesch fand einen Platz in der Ecke, wo zwei alte braune Lederfauteuils standen. Er musste sich eingestehen, dass er unzufrieden war; unzufrieden mit seinen bisherigen Ermittlungen. Er hätte sich gewünscht, einen begründeten Verdacht gegen Vicky zu haben. Dann hätte er sofort einen Haftbefehl für sie beantragt und sie hier rausgeholt. Die Untersuchungshaft war bestimmt angenehmer, als hier als Sklavin Schmölzers und der Burgstallers zu leben. Was er da vorhin gesehen hatte, hatte ihn schockiert, und er musste die Burgstallers damit konfrontieren. Aber Ina und der

Alte würden alles abstreiten, und er hatte keine Beweise. Schlimmer noch: Er würde damit die Aufklärung des Mordes erschweren. Er durfte hier nicht eingreifen.

Schnell war sein Glas leer. Kurz überlegte Kordesch, ob er sich ein zweites Tonicwater aus dem Kühlschrank nehmen oder sich auf das Zimmer begeben sollte, da kam ein junger Mann auf ihn zu, den er noch nicht kannte. Er stellte sich ihm als Marius Brünner, Zimmer 12, vor.

»Ich wollte Sie nur etwas fragen. Ich hoffe, Sie nehmen es mir nicht übel«, sagte Brünner. »Es interessiert mich einfach: Wie ist das so, Kriminalpolizist zu sein?«

Es war zwar viele Jahre her, aber als Kordesch noch zusammen mit seinem Kollegen Mendel unterwegs gewesen war, hatten sie diese Wie-ist-das-so-Frage als *die Oberarsch-Frage* bezeichnet. Sie wurde einem Polizisten regelmäßig gestellt. Kordesch fand das ungerecht. Niemand fragte je einen Installateur, wie es denn so war, das Leben als Installateur. Werner Mendel – er war leider früh verstorben – hatte einmal eine Excel-Liste mit lauter verschiedenen Antworten auf die idiotischsten Fragen an Kriminalpolizisten erstellt. Kordesch hatte die Liste auswendig gelernt und immer wieder gut brauchen können. Zum Beispiel, wenn Verwandte und Bekannte ihn fragten: »Was tust du eigentlich, wenn es gerade keinen Mord gibt?«

Kordesch wählte Antwort Nr. 4 und sagte zu Brünner: »Man wacht jeden Tag auf und denkt sich: Nein, es kann nicht sein, ich kann es nicht getan haben.«

»Was?«

»Ich kann nicht Kriminalpolizist geworden sein.«

»Aber das muss doch total aufregend sein«, sagte Brünner. »Ich meine, immer ein anderer Fall. Sie müssen technisches Verständnis haben und räumliche Vorstellungskraft, Sie müssen logisch schließen können, aber auch mutig und ausdauernd sein, gut Auto fahren können, ein Gespür für die Menschen haben, fast therapeutische Fähigkeiten sozusagen, einfach alles …«

»Kennen Sie den Apotheker, diesen älteren Herrn, der hier mit seiner Frau Urlaub macht?«

Brünner schüttelte den Kopf.

»Der hält andauernd Vorträge über die Gegend um den Millstätter See. Der kann Ihnen genau sagen, in welchem Jahr Kaiser Scheiß-mit-Reis der Fünfte den Hochmeister des Scheiß-mit-Reis-Ordens zu seinem Minister ernannt hat. Er wird Ihnen auch sagen, wie der Millstätter ist und wie der Charakter des Radentheiners oder des Seebodeners beschaffen ist. Und wenn er nach Griechenland fährt, dann erklärt er dort *dem Griechen* – das muss man unbedingt immer in der Einzahl sagen –, wie *der Grieche* wirklich ist. Sie müssen also diesen Herrn fragen. Der weiß genau, wie *der Kriminalpolizist* ist.«

»Ich glaube, ich hole mir mal etwas zu trinken«, sagte Brünner.

Kordesch bekam nun Gewissensbisse. War er gerade bösartig gewesen? In diesem Moment aber kam das Ehepaar Hess zur Tür herein. Gerhard Hess sah sehr finster drein, setzte aber sofort ein gespieltes Lächeln auf, als er Kordesch sah. Julia Hess hatte eine Art Wollponcho um die Schultern und ging seltsamerweise sofort auf ihn zu. Kordesch stand auf.

»Frau Dr. Hess! Herr Hess!«, sagte Kordesch. »Guten Abend. Ich habe zwar nicht mehr damit gerechnet, Sie heute noch zu sehen. Aber da Sie schon da sind: Ich würde Frau Dr. Hess noch um eine kurze Unterredung bitten.«

»Das passt jetzt nicht gut«, sagte Gerhard Hess. »Meine Frau fühlt sich heute Abend nicht wohl.«

»Ist schon gut, Gerhard«, sagte Julia Hess.

»Wirklich nur zehn Minuten. Ich verspreche es«, sagte Kordesch. »Wir können gleich hier in der Ecke bleiben, wenn es für Sie in Ordnung ist.«

Gerhard Hess wollte etwas sagen, aber Kordesch hatte bereits den Arm ausgestreckt, um der Frau den Vortritt zu lassen. Sie setzte sich auf eines der Lederfauteuils, und Kordesch nahm neben ihr Platz. Gerhard Hess war überrumpelt. Er setzte sich in die andere Ecke der Bar an ein Tischchen, auf dem die Tageszeitungen lagen. Julia Hess gab Ina Burgstaller mit der Hand ein Zeichen. Dann drehte sie sich zu Kordesch.

»Sie haben wieder zum aufrechten Gang zurückgefunden«, sagte sie.

»Ja«, sagte Kordesch. »Es tut mir leid, wenn das vorhin seltsam gewirkt hat. Es war aber Ermittlungsarbeit.«

»Nun, das ist nicht das einzig Seltsame an Ihnen«, sagte Julia Hess. »›Ich heiße Schnittlauch. Ich bin die He.‹ Oder wie haben Sie das bei unserer ersten Begegnung gesagt?«

»Ich habe gesagt: ›Ich bin von der He‹«, sagte Kordesch. »Die He – so nennt man in Wien die Polizei. Nach meinen Informationen sind Sie doch Wienerin, Frau Doktor?«

»Ja, aber das habe ich noch nie gehört.«

»Das weiß sogar ich als Kärntner.«

»Sie sind ein Kärntner?«, fragte Julia Hess überrascht. »Sie sind aber der seltsamste Kärntner, den ich je getroffen habe.«

»Das kann stimmen«, sagte Kordesch. »Aber, Frau Doktor, ich habe Ihrem Mann versprochen, dass wir gleich wieder fertig sind. Also ...«

Nun kam Ina Burgstaller und brachte ein Glas Prosecco. Als sie Kordesch fragend ansah, zeigte er auf sein Tonicwater. Dann ging Ina wieder. Nun hatte Kordesch vergessen, was er sagen wollte.

»Hat Ihnen der Wein beim Essen nicht geschmeckt?«, fragte er.

»Ich hatte nur Soda«, sagte Julia Hess.

»Ich würde sagen: Sie sind verkatert.«

»Stimmt genau«, sagte sie. »Darf ich auch einmal ein bisschen hellsehen? Sie leiden unter chronischer Gastritis.«

»Stimmt auch«, sagte Kordesch. »Nur hier in Millstatt ist sie plötzlich weg. Kein Wunder, dass Menschen hierherkommen, um gesund zu werden. Als Kind wusste ich das nicht.«

»Sie waren schon als Kind hier?«

»Jedes Jahr mit meinen Eltern«, sagte Kordesch. »Aber wir hatten es nicht weit. Ich stamme aus dem Mölltal.«

Sie lächelte und schwieg und wirkte dabei freundlich, aber auch geistesabwesend. Abends sah sie Gabi Troppan nicht mehr so ähnlich, wie sie es untertags getan hatte. Sie war blass, und das Lächeln in ihrem Gesicht wirkte gekünstelt. Kordesch schaute kurz zu Gerhard Hess hinüber. Inzwischen hatte Ina Burgstaller ihm ein Glas Weißwein gebracht, und er las in einer der Zeitungen. Er blickte nicht auf und sah auch nicht zu Kordesch und Julia Hess herüber.

»Frau Doktor«, sagte Kordesch. »Ich musste mit Bedauern feststellen, dass Sie meinem Kollegen bei Ihrer Schilderung der vergangenen Nacht nicht die Wahrheit gesagt haben. Ich frage mich natürlich: Warum? Aber diese Frage müssen Sie mir nicht beantworten, wenn Sie nicht wollen. Allerdings sollten Sie mir trotzdem die richtige Version erzählen.«

Kordesch starrte auf sein leeres Glas. Er wollte verbergen, was er empfand, seit er Julia Hess das erste Mal in der Getränkehütte über den Weg gelaufen war: eine starke Anziehung. Er hielt sie aber auch für fähig, Karlsbader umgebracht zu haben. Warum, wusste er nicht.

»Es tut mir sehr leid, dass ich gelogen habe. Ich wollte es wohl vor meinem Mann verbergen, dass ich … ich weiß auch nicht … Vielleicht geht mir diese Männerwelt schon so auf die Nerven, dass ich nur darauf bedacht bin, allen alles recht zu machen. Auch meinem Mann.«

»Ich habe mit Ihrem Mann gesprochen«, sagte Kordesch. »Er scheint mir kein dominanter Übermann zu sein. Und Sie scheinen mir auch keine Unterfrau zu sein.«

Julia Hess lachte. »Wie meinen Sie das? Das müssen Sie mir erklären.«

Kordesch ignorierte die Frage. »Sofern es für den Mordfall nicht relevant ist, wird Ihr Mann von Ihren Aussagen nichts erfahren.«

»Gut! Das beruhigt mich«, sagte sie.

»Mich nicht«, sagte Kordesch. »Was gibt es denn da so Großes zu verheimlichen?«

»Es ist eigentlich eine Lächerlichkeit«, sagte Julia Hess. »Wir sind gestern früh vom Abendessen zurückgekommen, mein Mann und ich. Die Stimmung war nicht gut. Er hat mich gefragt, ob ich noch Minigolf spielen will. Ich wollte nicht. Er hat mich gefragt, ob wir dieses und jenes machen sollen. Ich wollte ins Hotel. Und als wir wieder hier waren, haben wir auch nicht wie üblich noch zwei, drei Gläser Wein getrunken. Ihm hat das nicht gepasst. Was heißt … er war wütend auf mich. Aber er schluckt das immer runter. So wie jetzt auch. Wir sind aufs Zimmer gegangen. Er hat sich aufs Bett gelegt und ist sofort eingeschlafen. Als er angefangen hat zu schnarchen, konnte ich nicht mehr einschlafen. Also lag ich wach.«

Julia Hess suchte Blickkontakt mit Ina und gab ihr ein Zeichen. Ina Burgstaller kam und füllte Julias Glas auf. Dann ging sie wieder.

»Also, weiter!«, sagte Kordesch.

»Ich bin nochmals hinuntergegangen«, sagte sie. »Habe mir ein Glas Prosecco geholt und bin in den Garten. Da saß Christof an einem Tisch.«

»Sie haben ihn schon vorher gekannt?«, fragte Kordesch.

»Aber nein, wie kommen Sie darauf?«

»Weil Sie seinen Vornamen sagen«, sagte Kordesch. »Als wären Sie mit ihm per Du gewesen.«

»Wir wurden es. An diesem Abend. Er war schon angetrunken. Wir haben noch eine Flasche Prosecco geteilt.«

»Worüber haben Sie geredet?«, fragte Kordesch.

»Er hat geredet«, sagte Julia Hess. »Anfangs war er recht unterhaltsam. Er hat sich über Köche lustig gemacht. Er erzählte eine witzige Geschichte. Er sagte, seine erste Ehe ist in die Brüche gegangen, weil er als frisch gelernter Koch von jeder Mahlzeit, die er seiner Frau zubereitet hat, achtundvierzig Portionen gemacht hat. Das konnten sie natürlich nicht alles essen. Seine Frau bewahrte das viele Essen in Frischhalteboxen auf, aber sie musste es bald wegwerfen, weil der Kühlschrank randvoll war. Zuerst ist sie wegen der vielen Aufbewahrungsboxen zu einem Therapeuten gegangen, dann hat sie ihn verlassen. Geglaubt habe ich ihm das natürlich nicht.«

Gerhard Hess blickte nun doch zu ihnen. Kordesch hatte keine Ahnung, wie lang er da schon mit seiner Frau saß, aber es waren bestimmt mehr als die zehn Minuten, von denen er gesprochen hatte. Hess gab seiner Frau ein Zeichen, indem er mit dem Zeigefinger nach oben deutete. Dann verschwand er im Stiegenhaus.

»Mein Mann geht schlafen«, sagte Julia Hess. »Er steht sehr früh auf und macht sein Lauftraining, wissen Sie.«

»Dann lasse ich Sie jetzt gehen«, sagte Kordesch. »Ich muss aber darauf bestehen, dass Sie morgen ...«

»Nein, nein«, unterbrach sie ihn. »Ich bleibe noch. Das ist okay. Mein Mann ist Kummer gewöhnt.«

»Diesen Satz habe ich heute schon einmal gehört«, sagte Kordesch. »Aber von einem Mann.«

»Was Sie sich alles merken«, sagte sie. »Sie sind doch ein Profi in Ihrem Fach, auch wenn man es Ihnen nicht gleich anmerkt.«

Ohne dass Ina Burgstaller gerufen worden wäre, brachte sie nun die Proseccoflasche, aus der sie Julia Hess zuvor eingegossen hatte, an den Tisch. Es wirkte wie ein eingespieltes Ritual. Geht der Mann, bringt die Burgstaller die ganze Flasche, dachte Kordesch.

»Wollen Sie auch?«, fragte Julia Hess, die sich selbst einschenkte.

»Nein, danke«, sagte Kordesch. »Ich lebe schon lange ohne Alkohol. Was hat Karlsbader noch gesagt?«

»Er wurde immer besoffener«, sagte sie und blies eine Haarsträhne aus ihrem Gesicht. »Ich habe zugehört, konnte ihm aber nicht mehr folgen. Ich habe angekündigt, zu Bett gehen zu wollen. Dann sagte ich allerdings, dass ich gerne noch ein signiertes Buch von ihm hätte. Für Gerhard.«

»Das hat ihm geschmeichelt.«

»Mein Mann war ganz außer sich, als er von Ina erfahren hat, dass Christof Karlsbader hier ist. Aber natürlich hatte er seine Bücher nicht mit. Und als ich Christof das erzählte, sagte er, er hätte Bücher auf seinem Zimmer. Inzwischen hatte er meinen Namen wieder vergessen. Ich sagte ihm ein zweites Mal, dass ich Julia heiße, dass ich aber ein signiertes Buch für meinen Mann Gerhard wolle.«

»Sind Sie einander nähergekommen?«

»Ich dachte schon, dass Sie das fragen würden«, sagte sie. »Nein. Nein, da war nichts. Er war auch wirklich nicht sehr ... appetitlich.«

»Das war der einzige Grund, sich nicht mit ihm einzulassen?«

»Was unterstellen Sie mir da?«, sagte Julia Hess. »Ich liebe meinen Mann. Ich habe keinen Grund, mir so etwas anzutun. Das bringt nichts, außer dass man danach ewig Reue empfindet.«

»Und was geschah dann?«

»Plötzlich ist er aufgesprungen«, sagte sie. »Er wankte hier durch den Eingang und schaffte es gerade durch den Türstock. Ich bin im Garten sitzen geblieben, weil ich dachte, dass er aufs Klo muss oder noch etwas zu trinken holen will. Aber er kam nicht mehr zurück. Ich habe gewartet. Mir wurde kalt. Irgendwann bin ich rauf in den zweiten Stock. Seine Tür war zu. Ich habe geklopft.«

Benedikt Kordesch saß still da und öffnete sein Notizheft: »Um 0 Uhr 9 ist Karlsbader auf sein Zimmer gegangen. Um 0 Uhr 31 haben Sie geklopft«, sagte Kordesch.

»Kann sein. Ich habe gewartet und noch einmal geklopft. Und ich dachte, er ist eben eingeschlafen. Es war ja auch kein Wunder, so betrunken, wie der war.«

»Das habe ich ohnehin auf dem Video gesehen«, sagte Kordesch. »Und die Tür war zu?«

»Natürlich war die Tür zu.«

»Und dann?«

»Dann bin ich aufs Zimmer gegangen.«

»War Ihr Mann zu dieser Zeit im Zimmer?«

»Natürlich, er lag im Bett und hat geschlafen.«

»Und Sie haben das Zimmer bis kurz nach acht Uhr morgens nicht mehr verlassen?«

»Nein!«

»Und haben Sie gesehen, wie Ihr Mann um kurz vor acht aufgestanden ist und das Zimmer verlassen hat?«

»Ja«, sagte Julia Hess. »Also, er kam, um mich zu holen, nachdem er …«

»Nachdem er Karlsbaders Leiche gefunden hatte«, sagte Kordesch. »Ich frage aber, ob Sie gesehen haben, wie er aufgestanden ist und das Zimmer verlassen hat.«

»Also, wir haben zwei Räume, ein Schlafzimmer und ein anderes Zimmer mit einem Einzelbett. Gerhard hat auf dem Einzelbett geschlafen.«

»Sie haben ihn also nicht aufstehen und nach draußen gehen sehen?«

»Nein. Herr Kordesch … also wirklich … Glauben Sie ernsthaft, dass er …«

Benedikt Kordesch saß still da: »Was ich glaube oder nicht glaube, Frau Dr. Hess, ist ganz egal. Ich glaube Ihnen, was Sie gerade erzählt haben. Ich verstehe zwar immer noch nicht, warum Sie das erst verschwiegen haben …«

»Ich sagte doch schon: mein Mann …«, sagte Julia Hess. »Oder vielleicht wollte ich einfach Ihnen gegenübersitzen. Als wir uns heute das erste Mal begegnet sind, da haben Sie etwas Komisches gesagt: ›Sind Sie sicher, dass Sie Julia heißen?‹ Was haben Sie damit gemeint?«

»Das habe ich wirklich gesagt?«, wunderte sich Kordesch. »Entschuldigung, das war sehr dumm von mir. Es war … Sie haben so ausgesehen, als könnten Sie jemand sein … jemand, den ich seit dreißig Jahren nicht gesehen habe.«

Nun war es ganz still. Kordesch sollte das Gespräch wirklich beenden.

»Wie hieß sie?«

»Gabi«, sagte Kordesch.

»Gabi«, wiederholte Julia Hess.

»Frau Dr. Hess«, sagte Kordesch. »Sie haben Christof Karlsbader vor seinem Tod als Letzte gesehen und mit ihm gesprochen. Ich muss Sie um Ihre Aussage auf dem Polizeikommando bitten. Wenn Sie möchten, holt Kollege Havran Sie morgen ab und bringt Sie dorthin.«

»Ich verstehe.«

»Hat Karlsbader wirklich nicht gesagt, warum er hier ist?«, fragte Kordesch. »Hat er nichts über die Villa Paradies gesagt?«

»Nein.«

Kordesch schüttelte Julia Hess die Hand. Sie sah nun traurig aus, machte aber keine Anstalten, aufzustehen und zu gehen. Kordesch verabschiedete sich und ging auf sein Zimmer. Er wollte sich nur kurz auf das Bett legen, schlief aber sofort ein. Einmal wurde er kurz wach. Er drehte sich um und schlief weiter. Um 3:10 Uhr läutete der Alarm seines Mobiltelefons.

Kordesch hatte sich vorgenommen, genau vierundzwanzig Stunden nach der Tat den Weg des Täters zu rekonstruieren. Aber jetzt war er müde. Er hatte einen Widerwillen gegen seinen eigenen Plan und hätte am liebsten weitergeschlafen. Früher hatte er immer eine Rekonstruktion zur Tatzeit gemacht, und dabei waren ihm noch interessante Details aufgefallen.

Was ihm schon beim mühevollen Aufstehen einfiel, war die Frage, ob der Täter im Affekt oder geplant gehandelt hatte. Wurde der Mord im Affekt begangen, dann war der Täter sicher noch wach gewesen und hatte vielleicht getrunken. War der Mord geplant, so war er bestimmt nüchtern geblieben und hatte vielleicht versucht, ein wenig zu schlafen. Ob das wohl möglich war, wenn man einen Mord plante?

Und es gab eine dritte Variante: Der Mord war geplant gewesen, sollte aber aussehen, als habe ein Hotelgast ihn im Affekt verübt. In diesem Fall fiel der Verdacht eindeutig auf Ina

Burgstaller oder Victoria Serdyul. Dafür sprach, dass das Messer aus Karlsbaders Köfferchen die Tatwaffe war. Denn man musste schon von diesem Messer wissen. Ein Betrunkener, der in Karlsbaders Zimmer kam, würde wohl kaum die Messer entdecken und dann beschließen, den Kochbuchautor zu töten. Kordesch selbst hatte den Messerkoffer bei der Untersuchung des Tatorts ja auch erst gesehen, als die Kriminaltechniker ihn darauf hinwiesen.

Kordesch zog sich die Schuhe an und ging in den Barraum. Es herrschte gespenstische Stille. Niemand war mehr da. Die Gäste hatten die leeren Gläser, Flaschen und Schalen auf die Budel gestellt. Die Tür nach draußen war nicht abgesperrt. Kordesch öffnete sie einfach und ging in den Garten. Zwei Minuten wartete er vor der Tür. Dann öffnete er sie und robbte das zweite Mal an diesem Tag über den Fußboden hinter die Bar und zum Stiegenhaus. Schon um 3:14 Uhr war er bei der Kamera im zweiten Stock angelangt. Er hatte sich verfrüht und musste nun neun Minuten warten. Hinter den Türen blieb alles ruhig. Während er im toten Winkel hockte, dachte er an Julia Hess. Ob sie Alkoholikerin war? Es wirkte ein wenig so. Ihr Mann schlief getrennt von ihr. Die Hess'sche Ehe schien nicht gerade glücklich zu sein, obwohl doch in wenigen Tagen der Hochzeitstag und Julias Geburtstag gefeiert werden sollten. Über diesen Betrachtungen wäre Kordesch beinahe eingeschlafen. Er musste sich zwingen, wach zu bleiben.

Um exakt 3:23 Uhr dunkelte er die Kamera ab. Diesmal hatte er schwarzes Klebeband mitgebracht. Er riss ein Stück ab und klebte es auf das Objektiv. Wenn der Täter davon ausgegangen war, dass er Karlsbader noch würde überwältigen müssen, dann war nicht viel Zeit. Kordesch ging zur Tür von Zimmer 22, holte den Schlüssel aus seiner Hosentasche und sperrte auf.

Es war beklemmend, das Zimmer zu betreten, in dem Karlsbader erstochen worden war. Hatte er dem Mörder geöffnet? Sehr unwahrscheinlich. Wenn Karlsbader im Rausch schon das Klopfen von Frau Dr. Hess nicht gehört hatte, dann wahrscheinlich auch nicht das Eindringen des Täters. Der brauchte nur zum Bett zu gehen. Stopp: Der Mörder nahm das Messer aus dem kleinen Kunststoffkoffer, der neben dem Schrank stand. War das so geplant gewesen? Wenn nicht, musste also der Täter eine eigene Tatwaffe mitgehabt haben, die er dann nicht benutzte. Und Karlsbader musste geschlafen haben oder ohnmächtig gewesen sein, damit der Täter in aller Ruhe zu einem Messer des Starkochs greifen konnte. Wenn Karlsbader geschlafen hatte, war alles kein Problem. Der Mörder hatte ihm das T-Shirt hochgezogen. Warum und wozu? Das verstand Kordesch noch immer nicht. Vielleicht, damit er die perfekte Einstichstelle besser sehen konnte? Er hatte nur einmal zugestochen und das Messer stecken gelassen.

Kordesch stellte sich neben das Bett und machte eine Bewegung, als stäche er auf jemanden ein, der auf dem Bett liegt. Wohl hatte der Täter Handschuhe an und Karlsbader den Mund zugehalten. Elf Minuten hatte der Täter gebraucht, bis er wieder bei der Kamera war. Kordesch beeilte sich also. Er ging und ließ die Tür offen. Warum eigentlich hatte der Täter die Zimmertür offen gelassen? Damit man Karlsbader früher finden würde?

Kordesch ging zurück zur Kamera. Er hatte noch zwei Minuten bis 3:34 Uhr. Es hatte Sinn gemacht, den Hergang zu rekonstruieren. Alles ging sich aus. Kordesch aber glaubte in diesem Moment zu wissen, dass es sich nur ausging, wenn man alles genau geplant hatte.

Er entfernte die Abdeckung der Kamera und kroch zurück über den Gang. Er ging die Stiege hinunter und robbte wieder an der Bar vorbei. Über den Boden wälzte er sich durch die Tür in den Garten. Genauso musste es der Täter gemacht haben.

Er ging auf sein Zimmer. Er konnte jetzt nicht schlafen. Stattdessen sah er sich das Video des Barraums aus der Tatnacht an. Um sieben Minuten nach Mitternacht ging Christof Karlsbader Richtung Stiegenhaus und um halb eins Julia Hess. Das passte zu ihren Aussagen. Um 2:26 Uhr kam Marc Wister ins Haupthaus und um 4:50 Uhr Livia Mnozil. Das Video endete um fünf Uhr. Nun sah er sich noch das Video aus dem ersten Stock an, denn vielleicht war der Täter nicht von draußen gekommen, sondern aus dem ersten Stock. Doch zwischen kurz nach Mitternacht und 3:23 Uhr ging im ersten Stock keine einzige Zimmertür auf. Der Täter war also von draußen gekommen. Oder, fragte sich Kordesch, sollte er besser sagen: die Täterin?

8

Noch anderthalb Stunden schlief Benedikt Kordesch. Um halb acht stand er auf und ging nach unten. Schon als er den Schankraum betrat, kam das Ehepaar Buzda auf ihn zu und fragte ihn, ob sie nun abreisen dürften. Etwas überrumpelt gab er sein Okay. Er war nicht ganz bei der Sache, denn er beobachtete, wie vier Leute an der Rezeption standen und auf den alten Burgstaller einredeten. Kordesch bestellte bei Vicky Tee. Sie sagte, Frühstück gebe es erst um acht. Er wollte ohnehin nichts essen. Zwar ließ ihn seine Gastritis tatsächlich in Ruhe, seit er in Millstatt angekommen war, aber er traute dem Frieden nicht und wollte lieber nichts riskieren. Morgens nur ein warmes Getränk, das war immer das Beste.

»Ich bringe den Tee dann hinaus«, sagte Vicky. Sie wollte ihn loswerden.

»Also man frühstückt im Garten?«, fragte Kordesch.

»Das Buffet ist hier herinnen«, sagte Vicky. »Aber wenn es nicht regnet, wollen alle im Garten sitzen.«

Kordesch ging hinaus, die Treppe hinunter und setzte sich an einen der Tische. Zwölf Tische waren unter einem Sonnendach aufgestellt. Von hier sah man bis zum Pool. Wirklich schien bereits die Sonne. Es war angenehm warm, was darauf hindeutete, dass es wieder ein heißer Tag werden würde. Auf jedem Tisch stand ein Zuckerstreuer. Sonst war alles leer. Es war noch niemand da. Kordesch konnte in seinen Notizen blättern und überlegen, was er an diesem Tag tun wollte.

Nach allem, was Kordesch am Vortag von Marc Wister gehört und danach im Garten gesehen hatte, verfolgte er einen klaren Plan: Vicky so schnell wie möglich von hier wegzubekommen. Es war sicher kein Problem, für sie Haft zu beantragen, trotzdem musste er etwas liefern, das als ausreichender Tatverdacht durchging.

Als Vicky den Tee brachte, bat Kordesch sie, ihm zu zeigen, wo die Zweitschlüssel für die Zimmer aufbewahrt wurden.

An ihrer Miene sah Kordesch, dass sie gar nicht begeistert war, von der Arbeit abgehalten zu werden. Aber wie er vermutet hatte, führte sie ihn nun wieder ins Haus. Sie ging durch den Barraum und am Frühstücksraum vorbei, der also bei Schönwetter ohnehin nicht benutzt wurde. Von dort ging es rechts in einen kleinen dunklen Gang, den sie entlangging, und dann traten sie durch eine alte hölzerne Schwingtür in die Küche. Vicky ging auf eine alte Kommode zu und griff nach etwas, das ganz oben lag. Es war ein Schlüssel, mit dem sie nun eine Lade aufsperrte, die wiederum voller Schlüssel war. Manche hatten einen Messinganhänger mit der Zimmernummer, wie die Schlüssel, die die Gäste bekamen. Andere waren nur an Schnüren befestigt, an der kleine handbeschriebene Zettelchen hingen, wahrscheinlich als Ersatz für die verloren gegangenen Anhänger.

»Das sind aber viele Schlüssel«, sagte Kordesch. »Wie viele Zweitschlüssel gibt es für ein Zimmer?«

»Für manche einen, für andere drei«, sagte Vicky. »Hier ist Chaos.«

»Wer hat hier Zutritt?«

Vicky zuckte nur mit den Schultern.

»Hören Sie zu, Vicky«, sagte Kordesch. »Sie brauchen keine Angst vor mir haben. Ich kann Sie von hier wegbringen. Und ich werde Sie vor Schmölzer schützen!«

Doch seine Sätze hatten nicht den gewünschten Effekt. Im Gegenteil. Vicky wich einen Schritt zurück. »Ich muss jetzt arbeiten. Haben Sie noch Fragen?«

»Hat Christof Karlsbader Sie bedroht oder Ihnen Gewalt angetan?«, fragte Kordesch.

Das erste Mal bei diesem Gespräch blickte Vicky ihm in die Augen. »Nein, der war immer nur betrunken.«

»Und Josef Schmölzer?«

Nun senkte Vicky wieder den Kopf. Sie versuchte, einen Schritt an ihm vorbei zu machen. Im Affekt hob Kordesch den Arm, um sie aufzuhalten, und berührte sie dabei leicht. Vicky zuckte erschrocken zurück. Kordesch ließ den Arm wieder sinken.

»Ich will Ihnen helfen, Vicky«, sagte Kordesch, aber da rannte sie schon davon Richtung Bar.

Kordesch stand immer noch vor der Kommode. Er hätte sich ohrfeigen können. Keineswegs hatte er Vicky berühren wollen. Er nahm jeden einzelnen Schlüssel aus der Lade. Dabei fand er zwei Schlüssel, auf denen die Nummer 22 stand, nahm einen Plastikbeutel aus der Hosentasche und verstaute sie. Dann legte er die restlichen Schlüssel wieder zurück.

Kordesch verließ die Küche und setzte sich wieder an seinen Tisch. Inzwischen hatte sich rechts von ihm, dort wo er am Vortag Havran erspäht hatte, Lenka Zeman mit einem Buch in einen Liegestuhl gesetzt. Er hatte versagt. Der Mission, Vicky zu retten, hatte er nur geschadet. Er dachte daran, was ihm an diesem Tag noch bevorstand: in einem Auto mitfahren. Schon wieder! Er trank einen Schluck von seinem Tee. Dann kam Gerhard Hess in Joggingkleidung vom Laufen. Er hatte einen kleinen Rucksack um.

»Guten Morgen«, sagte Kordesch. »Was ist denn das für ein schöner Rucksack?«

»Guten Morgen«, antwortete Gerhard Hess. »Mein Laufrucksack. Zehn Liter. Ich bin eine Runde um den See gelaufen. 28,53 Kilometer. Meiner Frau ist in der Nacht nicht gut gewesen. Wir wollten heute zum Baden nach Pesenthein. Das Wetter ist so schön. Aber wir werden wohl heute in der Villa bleiben.«

Kordesch nickte und kam sich dabei albern vor. Warum erzählte ihm dieser Hess das alles?

»Oh«, sagte er dann zögerlich. »Hoffentlich nichts Ernstes.«

»Ich gehe jetzt unter die Dusche«, sagte Hess und verschwand. Noch bevor Kordesch klar wurde, dass ihm an diesem Tag eine

Autofahrt nach Klagenfurt zur Gerichtsmedizin und wieder zurück bevorstand, kamen Margit Rabitsch und das Ehepaar Kräuter in den Garten und setzten sich an einen Tisch. Lenka Zeman stand aus ihrem Liegestuhl auf und gesellte sich zu ihnen. Als bald danach Ina Burgstaller mit einem Tablett kam und allen Kaffee servierte, nützte Kordesch den Tumult, ging unter den großen Baum und legte sich auf einen Liegestuhl, der allerdings nah genug an den Tischen stand, sodass er das Gespräch mithören konnte.

»Ich habe es ja gewusst!«, sagte Ina Burgstaller. »Gestern haben alle gesagt, sie bleiben. Und heute sind fünf Zimmer frei.«

Kordesch spitzte die Ohren. Während alle nun an ihrem Kaffee nippten, blieb Ina neben dem Tisch stehen.

»Was ist eigentlich, wenn einer von denen der Mörder war?«, fragte Lenka schließlich.

»Die Polizei hat ja ihre Daten«, sagte Ina. »Aber sie dürfen nicht ins Ausland reisen. Dafür geben sie natürlich jetzt auch uns die Schuld. Und kommen nie wieder in die Villa Paradies!«

»Also wir bleiben bis zum Ende der Woche«, sagte Margit.

Lenka fügte hinzu: »Und wir kommen nächstes Jahr wieder!«

»Das ist schön von euch«, sagte Ina. »Vicky ist gleich mit dem Frühstück fertig, dann könnt ihr euch was holen. Lasst es euch gut schmecken.«

Kordesch hatte dem Ehepaar Buzda an diesem Morgen wie gewünscht die Erlaubnis zur Abreise erteilt. Aber tatsächlich waren zusätzlich vier andere Gäste abgereist. Die Familie Herzog, Kevin Gregorczyk und Herr Kahr, der im Nebenhaus gewohnt hatte, waren wortlos davongeschlichen. Die deutsche Familie hatte sich zuvor auf ein langes Gespräch mit dem alten Burgstaller eingelassen, in dem sie ihm erklärten, sie könnten ihrem Sohn so etwas nicht zumuten. Burgstaller hatte immer nur genickt und dieselben Sätze wiederholt: »Ich verstehe Sie. Aber Sie müssen uns auch verstehen. Wir sind verzweifelt. Wir haben nichts Böses getan.« Er hatte sie allerdings nicht umstimmen können.

Ina schien sich vorgenommen zu haben, nun wenigstens mit allen Gästen, die sich am Pool oder im Garten einfanden, ein ganz normales Gespräch zu führen. Vielleicht würde das die Gemüter beruhigen.

»Wir waren gestern am Egelsee«, sagte Lenka. »Der ist wirklich fantastisch.«

»Ich muss zugeben, ich bin dort seit zwanzig Jahren nicht mehr gewesen«, sagte Ina. »Es gehen auch wenige Gäste dorthin. Manchen ekelt es davor, dort zu schwimmen.«

»Das ist ja das Gute, dass es da so leer ist«, sagte Margit. »Man darf nur auf drei Holzpritschen liegen und wird aufgefordert, das Moor sauber zu halten.«

»Und die Egel stören euch nicht?«, fragte Ina.

»Man sieht sie nicht«, sagte Margit. »Außerdem sind es keine Blutegel, sondern Pferdeegel. Das steht zumindest auf den Informationstafeln.«

»Also, wir kennen die Gegend hier wie unsere Westentasche«, sagte Herr Kräuter. »Aber ich muss zugeben: Am Egelsee sind wir noch nie gewesen.«

»Noch nie?«, fragte Lenka amüsiert. »Dann sollten Sie dort einmal hingehen. Es ist paradiesisch.«

»Ich habe bei Daniel Kotz vom Egelsee gelesen«, sagte Herr Kräuter. »Kennen Sie Daniel Kotz?«

Alle am Tisch schwiegen.

»Daniel Kotz war der Wegbereiter des Tourismus in Millstatt«, sagte Herr Kräuter. »Er stammte eigentlich aus Gmünd und war Uhrmacher. Dann hat er in Millstatt als Postmeister begonnen, die Tochter eines hiesigen Gasthausbesitzers geheiratet und mit ihr das Gasthaus übernommen. Da er täglich mit der Post nach Spittal und zurück fuhr, begann er bald, Gäste aus Spittal abzuholen und nach Millstatt zu kutschieren. Mit sensationellem Erfolg.«

»Zum Egelsee ist er aber nicht mit der Kutsche gefahren, oder?«, fragte Margit.

»Nein.«

»Ich glaube, die Damen haben gerade vom Egelsee gesprochen«, sagte Frau Kräuter.

»Das weiß ich doch«, sagte Herr Kräuter ungehalten.

»Aber du redest von irgendeinem Kutscher.«

»Er war nicht einfach irgendein Kutscher«, sagte Herr Kräuter. »Jetzt hast du mich ganz durcheinandergebracht. Nein, ich weiß schon, was ich sagen wollte. Daniel Kotz hat den ersten Reiseführer über die Gegend hier geschrieben. Er heißt *Millstatt und seine Umgebung* und ist aus dem Jahr 1884. Und dort habe ich vom Egelsee gelesen.«

»Das ist ja wirklich sehr interessant«, sagte Lenka.

Es war anscheinend nicht leicht, Herrn Kräuter, dieses sprechende Lexikon der sinnlosen Informationen, zu stoppen. Wie oft hatte Ina Burgstaller in den letzten Jahren wohl all diese Geschichten von Daniel Kotz, dem heiligen Domitian und dem Verlauf der alten Römerstraße schon gehört? Es gelang ihr schließlich, die Aufmerksamkeit auf sich zu ziehen: »Heute Abend dürfen wir jedem Zimmer eine Flasche Wein oder Prosecco spendieren. Für unsere besten Gäste. Danke für eure Treue!«

»Es tut mir sehr leid, Frau Burgstaller, dass Sie jetzt so ein Chaos hier haben«, sagte Herr Kräuter. »Furchtbare Sache mit diesem toten Koch. Aber vielleicht nützt es Ihnen ja einmal.«

»Wie sollte uns das wohl nützen?«, sagte Ina. »Die Gäste haben Angst und laufen davon.«

»Aber vielleicht kommen sie nächstes Jahr und sagen: Das ist das Hotel, in dem der berühmte Mord stattgefunden hat«, sagte Herr Kräuter.

»Hans, jetzt ist es aber gut!«, zischte ihn seine Frau an.

»Millstatt ist eh schon wieder ins Gerede gekommen«, sagte Lenka.

»Wo denn?«, fragte Margit.

»Auf Twitter«, sagte Lenka.

Ina lachte. »Twitter! Um Himmels willen.«

»Heißt das jetzt nicht X?«, fragte Margit.

Lenka nickte nur kurz. »Da war vor ein paar Monaten erst die Sache mit dem Wutwirt.«

»Ach, der Jürgen«, sagte Ina.

»Wer ist das?«, fragte Margit.

»Der mit der Pizzeria, der angekündigt hat, keine Ausländer mehr zu bedienen«, sagte Lenka.

Ina wollte offensichtlich ablenken: »Herr Magister Kräuter, sind Sie auf Twitter?«

»Nein«, sagte Herr Kräuter. »Aber ich weiß, was das ist. Das hat doch dieser Milliardär gekauft ... der ... na, der diese Autos baut ... Wie heißt er noch, Irmgard?«

»Und was steht jetzt auf Twitter?«, fragte Margit.

»Dass in drei Tagen der Spatenstich für eine russisch-orthodoxe Kirche in Millstatt stattfinden soll«, sagte Lenka. »Angeblich gibt es heute eine Demo dagegen.«

»Das stimmt«, sagte Ina. »Aber bitte, sagt das nicht vor meinem Vater. Es regt ihn fürchterlich auf.«

»Na ja, und jetzt der Mord«, sagte Lenka. »Was ist, wenn das alles zusammenhängt?«

»Nein!«, sagte Herr Kräuter. »Ich bin mir ganz sicher, dass es sich dabei um eine Beziehungstat handelt.«

Während Ina, Margit und Lenka lachten, fauchte Irmgard Kräuter ihren Mann nun regelrecht an: »Hans, du bist jetzt still! Hier ist ein Kriminalkommissar, der dafür zuständig ist. Deine Hirngespinste behältst du besser für dich!«

»Aber Irmgard, ich ...«

Margit fiel dem alten Herrn ins Wort: »Aber das ist doch interessant. Ich würde gerne Ihre These hören.«

Alle wurden nun still und starrten gebannt auf den alten Apotheker. Nur seine Frau vergrub das Gesicht in ihren Händen.

»Also ich habe in der Nacht ... Ich bin da kurz auf gewesen ...«, sagte Herr Kräuter. »Es war so um halb eins. Oder etwas später. Da hat sie an seine Tür geklopft.«

»Wer?«

»Na, die Frau … von … von dem Paar, das jedes Jahr herkommt. Diese Ärztin.«

»Julia Hess?«, fragte Ina.

»Frau Dr. Hess«, sagte Herr Kräuter und nickte. »Sie hat bei diesem Karlsbader angeklopft.«

Jetzt wird es interessant, dachte Kordesch.

»Hans, mach dich nicht lächerlich«, sagte Irmgard Kräuter. »Wir sind im ersten Stock. Karlsbader war im zweiten Stock. Du kannst gar nicht gehört, geschweige denn gesehen haben, dass sie bei ihm geklopft hat.«

»Wo soll sie sonst geklopft haben?«, fragte Herr Kräuter. »Doch nicht an ihrer eigenen Tür?«

»Wir sind im selben Stockwerk wie Karlsbader«, sagte Lenka. »Wir haben nichts gehört! Und meine Frau wacht in der Nacht beim kleinsten Geräusch auf. Nicht wahr, Margit?«

»Also, Herr Kräuter«, sagte Ina Burgstaller. »Ich hoffe, Sie haben das dem Kommissar erzählt. Aber ich möchte Sie schon bitten, keine Vermutungen über unsere Stammgäste zu verbreiten.«

»Ich sage doch nur, was ich gesehen habe«, sagte Herr Kräuter.

»Nein, du sagst, dass es eine Beziehungstat war, aber das weißt du gar nicht«, sagte Irmgard Kräuter. »Und du hast auch nichts gesehen. Weder wer geklopft hat, noch wo er geklopft hat. Wenn da überhaupt ein Klopfen war. Und wie spät es war, weißt du auch nicht.«

»Ich bin noch in der Lage, auf die Uhr zu schauen, meine Liebe!«

»Ich glaube wirklich, wir sollten uns diesen herrlichen Morgen nicht verderben«, sagte Margit. »Wir lassen den Herrn Kommissar seine Arbeit machen und hoffen doch wohl, dass es kein Gast von hier war.«

»Er ist kein Kommissar«, sagte Herr Kräuter eingeschnappt.

»Also, wir möchten eigentlich Wurst und Käse hier kaufen und mit nach Hause nehmen«, sagte Lenka. »Wo kriegt man denn diese Kärntnerwurst und den Käse, den es hier beim Frühstück gibt?«

Der gut gemeinte Themenwechsel kam zu spät und war zu offensichtlich. Es war klar, dass Frau Kräuter sich für ihren Mann schämte, und der war gerade beleidigt. Inzwischen kam der Vater der holländischen Familie mit zwei Kindern an ihnen vorbei. Die Kinder, die bereits Badesachen trugen, liefen vor zum Pool. Der Holländer grüßte, indem er die Hand hob.

»Käse kriegst du hier überall«, sagte Ina. »Aber wenn ihr früh aufsteht, könntet ihr am Donnerstag nach Spittal zum Wochenmarkt fahren. Dort gibt es alles. Der geht allerdings nur bis Mittag.«

»Es soll hier eine Käserei in den Bergen geben, habe ich gelesen«, sagte Margit.

»Die Alexanderhütte«, sagte Ina. »Die gibt es leider nicht mehr. Herr Magister Kräuter, wann ist die Alexanderhütte abgebrannt?«

»3. Juli 2021«, sagte Herr Kräuter kurz angebunden.

»Er weiß wie immer alles, unser Magister Kräuter«, sagte Ina. Sie hörte noch ein wenig dem Gespräch zu, das nach der kurzen peinlichen Situation zum Glück nicht einschlief, sondern sich jetzt um die Sehenswürdigkeiten im Maltatal drehte. Nach einer Weile entschuldigte sie sich, sie müsse sich um den Pool kümmern.

Als sie sich von der Gruppe entfernte, schob Kordesch seinen Liegestuhl hinter einen Baum, um von dort aus unbemerkt den Rasen, der zum Seegrundstück hinunterführte, beobachten zu können.

Ina Burgstaller ging zuerst zum Pool, wo die zwei Kinder der holländischen Familie im Wasser herumtollten. Der Vater saß in der Badehose auf einem Liegestuhl und las auf seinem Tablet, bis Ina kam und ihn in ein Gespräch verwickelte.

Kordesch las die Zeit von seinem Handy ab. Noch dreißig Minuten hatte er Zeit, bis Havran ihn abholen würde. Es war wieder so schön wie am Vortag, sogar noch schöner. Und es kam ihm vor, als verhöhnte ihn die Sonne dafür, dass er sich vor einer Autofahrt fürchtete. Das trübte seine Stimmung.

9

Havran kam bei bester Laune zum Dienst. Man sah es ihm gleich an: Er und seine Frau waren immer noch verliebt. Das Glück, das er ausstrahlte, war unerträglich. Noch dazu sah er in Zivilkleidung zehn Jahre jünger aus als in Uniform.

»Na, ausgeschlafen?«, fragte er lächelnd.

»Es geht so«, sagte Kordesch. »Aber zuerst muss ich diese Fahrt überleben.«

Sie fuhren los, und Kordesch versuchte es zuerst mit geschlossenen Augen. Doch nach kurzer Zeit öffnete er sie wieder. Havran war sehr gesprächig.

»Also, ich habe die Liste fertig«, sagte Havran.

»Die Liste?«, fragte Kordesch.

»Na, meine Aufgaben«, sagte Havran. »Also, das Alibi von diesem Wister hält nicht. Der war zwar auf der Party in Dellach ...«

»Aber er ist schon vor zehn wieder gegangen.«

»Woher weißt du das?«, fragte Havran.

»Er hat es mir selbst gesagt.«

»Also, die Gastgeberin konnte nicht sagen, wann er gegangen ist«, sagte Havran. »Um Mitternacht war er jedenfalls nicht mehr da. Und schon als sie gekommen sind, sollen diese Livia und er ...«

»Die haben nur gestritten.«

»Das weißt du auch schon?«, fragte Havran. »Sag, hast du mich da eine Fleißaufgabe machen lassen?«

»Ist hier nicht Tempo achtzig vorgeschrieben?«, sagte Kordesch. »Du fährst hundertzwanzig.«

Kordesch wusste, dass er dem jungen Polizisten auf die Nerven ging, und jetzt hatte er ihm auch noch seinen Ehrgeiz genommen. Aber er ertrug diese Kärntner Fahrweise nicht und hatte Angst vor jeder Kurve.

»Ist dir schlecht?«, fragte Havran.

»Es war nur ein Tee«, sagte Kordesch. »Ich glaube, er bleibt unten.«

»Ich muss es dich jetzt fragen«, sagte Havran. »Du hast gestern gemeint, du hast keinen Führerschein. Aber man braucht doch einen Führerschein, um bei der Polizei aufgenommen zu werden.«

»Ja, Bernie, du hast recht«, sagte Kordesch. »Und ich erzähle es dir gleich. Du wirst es ohnehin von Stutzer erfahren. Ich hatte vor sieben Jahren einen Unfall. Dabei ist ein Kind gestorben.«

»Uff!«

»Ja, mein Lieber, das werde ich ein Leben lang nicht mehr los«, sagte er. »Es gab ein Verfahren. Ich wurde freigesprochen.«

»Was ist passiert?«

»Das Kind ist zwischen zwei Autos von rechts einfach auf die Straße gelaufen. Ich habe noch gebremst, aber – es war zu spät. Ich war von einer Feier mit Kollegen losgefahren, wo ich drei oder vier Bier getrunken habe. Die Kollegen haben das vertuscht. Wie, weiß ich nicht. Vermutlich haben sie von einem nüchternen Kollegen die Werte genommen. Jedenfalls stand da im Protokoll null Komma null Promille. Sonst wäre ich geliefert gewesen. Das meint Stutzer, wenn er sagt, die Kollegen wären mir gegenüber solidarisch gewesen.«

»War Stutzer mit dabei?«

»Nein, das war in Wien. Aber jeder bei der Polizei wusste davon, auch Stutzer. Und er erzählt es heute noch herum.«

»Und darum hast du seit Jahren nicht mehr als Kriminalist gearbeitet?«

Kordesch stutzte. »Woher weißt du denn das?«

Betreten antwortete Havran: »Stutzer natürlich.«

Kordesch zuckte mit den Achseln. »Ich war fertig. Depressionen, Selbstmordgedanken. Eineinhalb Jahre nach dem Unfall ließen Ulli und ich uns scheiden. Ich musste etwas anderes machen. Zum Glück habe ich dann einen Bürojob in der Zentrale bekommen.«

»Es ist gut, dass du jetzt wieder draußen bist aus dem Büro. Man muss solche Dinge überwinden.«

»Hast du Kinder, Bernie?«

Havran grinste. »Nein, aber gestern war ein besonderer Tag. Isabella hat mir mitgeteilt, dass der Test positiv war.«

»Mensch, Bernie, gratuliere«, sagte Kordesch. »Deswegen strahlst du heute wie zehn Kerzenleuchter.«

»Es ist ein fantastisches Gefühl«, sagte Havran.

»Ja, sicher! Fantastisch. Aber jetzt stell dir vor, ich hätte dein Kind überfahren. Du würdest es mir nie verzeihen. Selbst wenn ich nicht schuld daran war. Selbst wenn es mir direkt vors Auto gelaufen ist und das Bremsen nichts mehr half. Du würdest mich hassen. Du würdest mir den Tod wünschen. Und das zu Recht.«

»Aber vielleicht machen sich die Eltern dieselben Vorwürfe? Dass sie das Kind unbeaufsichtigt auf die Straße haben laufen lassen ...«

»Ja, vielleicht«, sagte Kordesch. »Aber jetzt zur Sache. Dieser Marc Wister war gestern bei Vicky. Der steht auf sie. Aber sie hat ein anderes Problem. Wister sagt, dass sie blaue Flecken am Unterleib hat. Ich habe gestern gesehen, wie Burgstaller Vicky fast gezwungen hat, zu Schmölzer ins Auto zu steigen.«

»Das wundert mich nicht«, sagte Havran. »Ich habe dir ja gestern erzählt, wo die Mädchen herkommen. Man hört immer wieder, dass die Herren sich da bedienen.«

»Welche Herren?«, fragte Kordesch. »Karlsbader und Schmölzer?«

»Von Karlsbader weiß ich es nicht«, sagte Havran. »Aber Schmölzer und Erwin Laggner: Ja.«

»Mann!«, rief Kordesch so laut, dass Havran erschrak und fast das Lenkrad verrissen hätte. »Und da schaut ihr einfach zu und tut nichts?«

»Was können wir denn tun?«

»Pass auf: Ich möchte versuchen, dass wir Vicky als Verdächtige in Untersuchungshaft nehmen«, sagte Kordesch. »Sie hat mir heute die Zweitschlüssel zu den Zimmern gezeigt. Sie konnte also leicht Karlsbaders Zimmer aufsperren.«

»Klar, sie putzt ja dort jeden Tag.«

»Außerdem kann niemand bestätigen, dass sie zur Tatzeit auf ihrem Zimmer war«, sagte Kordesch.

»Und das reicht aus?«, fragte Havran. »Da müsstest du auch Ina und den alten Burgstaller in Haft nehmen.«

Havran hatte recht. Kordesch schwieg. Er war zornig. Zornig, weil er machtlos war. Machtlos gegen das Unrecht, das hier vor sich ging. Sie erreichten das Landeskrankenhaus, das jetzt Klinikum Klagenfurt hieß. Havran parkte das Auto und wollte schon aussteigen.

»Bernie«, sagte Kordesch. »Könntest du zu den Kriminaltechnikern fahren? Wegen der Handydaten von Karlsbader. Und bitte gib ihnen das. Ich will alle Fingerabdrücke, die darauf sind.«

Kordesch nahm den Plastikbeutel aus der Hosentasche.

»Was ist das?«, fragte Havran.

»Das sind die zwei Ersatzschlüssel zu Karlsbaders Zimmer, die es in der Villa Paradies gibt«, sagte Kordesch. »Vielleicht hat der Täter einen davon benutzt.«

»Wird gemacht, Chef«, sagte Havran.

Kordesch stieg aus. Er betrat das Krankenhaus und fragte beim Portier nach dem Weg zu Frau Dr. Schmuttermeier, der ins Untergeschoss führte. Er läutete und nannte über eine Gegensprechanlage seinen Namen. Es dauerte einige Zeit, bis die Tür geöffnet wurde.

Die Ärztin herrschte Kordesch sofort an: »Bitte FFP2-Maske aufsetzen!«

Er blickte erschrocken drein. Die Ärztin seufzte und verschwand wieder. Dann kam sie mit einer in Cellophan verpackten FFP2-Maske zurück. Kordesch stellte sich vor. Dann riss er die Verpackung auf und legte die Maske an.

»Ach, so sehen Sie aus, Herr Kordesch«, sagte Schmuttermeier. »Ich habe Sie mir anders vorgestellt, kleiner und dicker.«

»Ich arbeite daran«, sagte Kordesch.

Dr. Silvana Schmuttermeier war eine schlanke, groß gewachsene Dame. Ihr Haar war säuberlich hochgesteckt, das Make-up saß perfekt, und sogar ihre Arbeitskleidung wirkte, als könne sie damit in die Oper gehen. Nur die Gummischlapfen, die sie trug, machten sie zum Fußboden hin gewöhnlicher. Auch ihr Hochdeutsch war sehr gepflegt, es verriet keinen lokalen Dialekt, und sie machte davon ohne Unterlass Gebrauch.

»Also, Beziehungen haben Sie, das muss man Ihnen lassen. Ihre Frau Staatsanwältin drangsaliert mich stündlich. Was glauben Sie, was hier los ist? Ich habe noch 147 Verletzungen zu dokumentieren und einundzwanzig Leichen in der Warteschlange. Aber einer Juristin ist das nicht begreiflich zu machen. ›Ultradringend!‹, sagt die Dame zu mir. In ganz Kärnten arbeitet zurzeit ... na, Herr Kordesch, was schätzen Sie? Wie viele Gerichtsmediziner arbeiten gerade jetzt in ganz Kärnten?«

Kordesch zog die Schultern hoch.

»Eine«, sagte Schmuttermeier. »Eine einzige! Und das bin ich. Deshalb wundern Sie sich nicht darüber, wie es hier aussieht. Das hier ist eine hundertdreijährige Dame.«

Schmuttermeier zeigte auf eine der drei Leichen, die vor ihnen lagen.

»Die Wirtschaftskrise, den Austrofaschismus, die Nazis und den Zweiten Weltkrieg hat sie überlebt«, sagte Schmuttermeier. »Und jetzt ist sie an Covid gestorben.«

Sie beugte sich über die Leiche der alten Frau.

»Sie müssen sich ihre Haut ansehen«, sagte Schmuttermeier. »So glatt und rosig. Wie von einer Sechzehnjährigen. Das ist bei Ihrem Freund anders.«

Dr. Schmuttermeier machte noch drei Schritte, dann standen sie vor der Leiche von Christof Karlsbader. »Malignes Melanom«, sagte sie. »Also Hautkrebs.«

»Heißt das, er wäre bald gestorben?«, fragte Kordesch.

»Das muss nicht sein. Aber seine Leber ...«

»Alkohol?«

»Alkohol und Kokain, und das nicht zu knapp.«

»Hatte er vor dem Tod Geschlechtsverkehr?«, fragte Kordesch.

»Nein«, sagte Schmuttermeier. »Und das wäre sich mit zweieinhalb Promille wahrscheinlich auch nicht mehr ausgegangen.«

Silvana Schmuttermeier zog das Leichentuch beiseite. Christof Karlsbader hatte sich nicht verändert. Er sah so aus, wie Kordesch ihn am Vortag gesehen hatte, nur noch ein wenig blasser.

»Also, passen Sie auf: Er ist verblutet. Ein Messerstich. Unter dem Rippenbogen genau ins Herz.«

»Irgendwelche Kampfspuren?«

»Keine weitere Gewalteinwirkung.«

»Todeszeitpunkt?«

»Schwer zu sagen. Gestern zwischen Mitternacht und fünf Uhr morgens vielleicht.«

»Aufgrund einer Videoüberwachung glauben wir, sagen zu können, dass der Stich zwischen 3 Uhr 23 und 3 Uhr 34 erfolgte.«

»Das klingt plausibel.«

»Und wie lange hat es gedauert, bis er tot war?«

»Nach diesem Stich? Höchstens ein bis zwei Minuten. Warten Sie!«, sagte Schmuttermeier und griff nach der Tatwaffe. »Schauen Sie her! Das ist ein koreanisches Messer, zehn Zoll lang, also 24,5 Zentimeter.«

»Koreanisch?«, sagte Kordesch enttäuscht. »Dann können die Schriftzeichen auch nicht Hirangana sein.«

»Bevor wir damit beginnen, Herr Bildungsbürger ... Darf ich fortfahren?«

Streng, sehr streng blickte die Forensikerin Kordesch aus dem Augenwinkel an. Er verstummte sofort.

»Die Klinge dieses Messer ist aus nicht-rostfreiem Stahl«, sagte Schmuttermeier. »Sie ist noch viel schärfer als die eines rostfreien Messers. Das hier geht in einen Körper wie durch Butter. Man braucht nicht viel Kraft.«

»Ja, ich verstehe«, sagte Kordesch. »Eigentlich hatte der Herr einen schönen Tod, nicht wahr? Sich besoffen hinlegen und dann schnell verbluten.«

»Wenn Sie das so sehen wollen.«

»Deshalb wundere ich mich«, sagte Kordesch. »Wie sehen Sie das? Tötet man so im Affekt oder wenn man wütend ist? Tötet man so einen persönlichen Feind?«

»Also, das ist nicht mein Fachgebiet, Herr Kordesch«, sagte die Ärztin.

Es läutete. Schmuttermeier stand fluchend auf. Sie öffnete, und Havran steckte seinen Kopf bei der Tür herein.

»Ist Oberst Kordesch hier?«, fragte Havran. »Ich bin sein Gehilfe.«

»Maske aufsetzen!«, sagte Schmuttermeier ebenso scharf wie zuvor bei Kordesch. Auch ihm musste sie eine neue Maske bringen. Dann betrachtete sie den eingeschüchterten Havran und lachte: »Na, so was! Da hat der Ritter von der traurigen Gestalt auch noch einen Sancho Panza an seiner Seite.«

Benedikt Kordesch hätte gerne mitgelacht, denn wirklich hatte die Gerichtsmedizinerin da etwas Treffendes über die Statur von Havran gesagt. Wobei er es andererseits ein wenig beleidigend fand, dass er selbst eine traurige Gestalt sein sollte. Aber Kordesch war in diesem Moment dabei, sich vorzustellen, wie Vicky, Ina Burgstaller und Julia Hess auf Christof Karlsbader einstachen. Am besten hätte das natürlich Julia Hess gemacht, aber sie schied aufgrund der Überwachungsvideos als Täterin aus. Wenn Karlsbader Vicky etwas angetan hatte, dann hätte sie ihn im Affekt und nicht so kaltblütig getötet. Also war für ihn Ina Burgstaller zurzeit die Hauptverdächtige. Er wusste aber nicht, wie er das Havran beibringen sollte, denn der kannte die Burgstallers schon seit seiner Kindheit und nahm sie immer wieder in Schutz.

»Wir sind schon fertig, Kollege«, sagte Kordesch und stand auf. »Und die arme Frau Doktor hier hat noch viele Kunden in der Warteschlange.«

Havran und Kordesch verließen das Krankenhaus. Beim Ausgang angelangt, zogen sie sich die FFP2-Masken vom Gesicht und gingen zum Auto. Havran schien sehr aufgeregt zu sein. Er redete schon auf dem Weg zum Wagen ununterbrochen: »Die Geräteortung hat übrigens nicht geklappt, aber wir haben die Rufdaten von Karlsbaders Handy«, sagte er.

»Na also. Plötzlich geben sie Gas«, sagte Kordesch.

»Es scheint leider ausgeschaltet zu sein, oder der Akku ist leer. Aber rate mal, wer ihn als Letzter angerufen hat.«

»Julia Hess?«, tippte Kordesch.

»Daneben!«

»Ina Burgstaller?«

»Bingo!«

»Sehr gut«, sagte Kordesch, der seinen Hauptverdacht nun bestätigt sah. »Wann hat sie ihn angerufen?«

»Am Freitag in der Früh«, sagte Havran.

Kordesch schüttelte den Kopf. »An seinem Todestag. Warum ruft sie ihn an? Er wohnt in ihrem Hotel.«

Havran wusste keine Antwort. Und Kordesch auch nicht. Aber trotzdem hatte er einen entschlossenen Gesichtsausdruck, als er die Autotür öffnete und sich auf den Beifahrersitz des Wagens setzte. Er wusste nun genau, was er als Nächstes tun wollte.

»Gut«, sagte Kordesch zu Havran, der den Wagen gestartet hatte. »Wir fahren nach Millstatt und befragen Ina Burgstaller. Und danach fahren wir nach Dellach zu dieser Frau Laggner.«

Den dritten Punkt verschwieg er Havran noch, dass er nämlich versuchen wollte, einen Haftbefehl für Victoria Serdyul zu kriegen, um sie aus der Villa Paradies rauszuholen.

»Wie schätzt du sie ein?«, sagte Havran und geriet ins Stocken. »Ich meine Ina. Ich kann dazu ja nichts sagen. Traust du ihr das zu? Dass sie jemand umbringt?«

Kordesch hatte schon erwartet, dass so etwas Ähnliches kommen würde. Er antwortete daher ganz ruhig und fast nebenher, während er auf seinem Mobiltelefon die Nachrichten der Staatsanwältin Krakauer durchscrollte.

»Davon darf sich ein Ermittler nicht leiten lassen. Ich bin gestern den Weg des Täters exakt nachgegangen«, sagte er und blickte nun doch von seinem Mobiltelefon auf. »Wir kennen die Zeiten exakt vom Video, und ich sage dir: Es kann nur jemand getan haben, der das Hotel gut kennt, weiß, wo die Kameras sind, und die Tür zu Karlsbaders Zimmer schnell aufsperren konnte.«

Havran verstand wohl, doch bereitete ihm die Sache sichtlich Unbehagen. Irgendwie rührte das Kordesch auch, doch er konnte sich nicht darum kümmern und musste der Staatsanwältin ein SMS schreiben: »Vernehmen jetzt erste Verdächtige. Hatte Telefonkontakt mit dem Ermordeten und es uns verschwiegen.«

Endlich hatte Kordesch Zeit gewonnen. Denn die Zeit raste. Obwohl Kordesch, wenn er es wagte, auf die Straße zu blicken, sagen musste: Es war eher Havran, der raste. Er bewältigte die Autofahrt von Klagenfurt zur Villa Paradies in Millstatt, für die das Navi 57 Minuten berechnet hatte, in 48 Minuten. Kordeschs Glück war, dass er in Gedanken so damit beschäftigt war, die richtigen Fragen für die Vernehmung von Ina Burgstaller zu formulieren, dass die sportliche Fahrweise des Kollegen ihm nicht Angst machte.

»Ich bin übrigens noch nicht fertig – also wegen deiner Liste von gestern«, sagte Havran. »Bei den Einsatzzentralen haben sie mir zwei Notrufe bestätigt. Rettung um 8 Uhr 14, Polizei um 8 Uhr 16. Julia Hess hat bei beiden ihren Namen angegeben.«

»Perfekt, danke«, sagte Kordesch, der in Gedanken woanders war. Er versuchte, sich sein erstes Gespräch mit Ina Burgstaller zu vergegenwärtigen. Ihr Alibi, sie sei vor Mitternacht zu Bett gegangen und habe bis sechs Uhr morgens durchgeschlafen, war ohnehin relativ wertlos. Gesprächig geworden war sie erst danach, als sie ihm erklärte hatte, wie gut und tief sie neben der Geräuschkulisse des Hotels schlafen konnte. Durch die Ablenkung mit dieser Geschichte hatte sie sich wohl selbst zu beruhigen versucht und vor allem vor Kordesch Ruhe ausstrahlen wollen. Auch ihre lange Tirade über ihren Vater war letztlich nichts als Ablenkung von den eigentlichen Fragen gewesen.

»Aber sag mal: Hast du keinen Hunger?«

Auf Bernhard Havran war Verlass – auf seine Loyalität und darauf, dass er alle zwei Stunden hungrig wurde, dachte Kordesch. Bestimmt war es gut, sich auf das Gespräch mit Ina Burgstaller vorzubereiten. Und außerdem hatte Kordesch auch Hunger. Er hatte nicht gefrühstückt, und sein Magen war wie am Vortag erstaunlich ruhig.

Also fiel die Wahl auf die See-Villa, vor der Havran parkte. Schon beim Betreten des schönen Gartens direkt am See war Kordesch erfreut. Erstens waren sie hier ungestört. Und zweitens konnte Kordesch hier den Kollegen einladen und damit die Schuld vom Vortag begleichen.

Sie setzten sich und bekamen die Speisekarte überreicht, suchten aber bereits, als der Kellner noch neben ihnen stand, die Vorspeisen aus, weil sie so hungrig waren. Dann schwiegen beide und blickten auf den See.

»Dieses Essen geht auf mich«, sagte Kordesch. »Und bitte keine Diskussionen. Wir müssen uns jetzt konzentrieren.«

Es dauerte nicht lange, da wurden die Vorspeisen serviert. Havran schmeckte das Tatar vom Hirsch. Kordesch hatte Mousse vom Büffelmozzarella gewählt, weil er sicher war, dass sein Magen das gut vertragen würde.

»Wann haben die denn die Fingerabdrücke von den Schlüsseln?«, fragte Kordesch.

»Heute Nachmittag, haben sie gesagt«, sagte Havran. »Aber wenn dort Inas Fingerabdrücke zu finden sind, heißt das wohl nicht viel.«

»Da hast du recht«, sagte Kordesch. »Mich würde aber interessieren, ob Vickys Fingerabdrücke drauf sind.«

»Und der alte Burgstaller?«

»Glaubst du, der kann noch am Boden hinter der Theke durchrobben?«, fragte Kordesch. »Und warum sollte er Karlsbader umbringen, wenn er ihm sein Hotel verkaufen will?«

»Siehst du«, sagte Havran und deutete mit der Gabel auf ihn.

»Es hat seinen Grund, dass du ein Krimineser geworden bist und ich ein normaler Polizist bleibe. Du bist gescheiter als ich.«

»Unsinn«, sagte Kordesch. »Aber eines ist jetzt wichtig, Bernie! Du musst deine persönliche Bekanntschaft mit den Burgstallers, mit jedem hier, für einige Zeit vergessen. Wir müssen sie in die Enge treiben und ihnen unangenehme Fragen stellen. Verstehst du?«

»Bin ich zu nett zu ihnen?«, fragte Havran.

»Nein«, sagte Kordesch. »Ich meine nur, wir dürfen uns jetzt nicht mehr beirren lassen von diesen … von ihren Ausreden … oder wenn sie …«

Kordesch suchte nach Worten, aber da läutete Havrans Mobiltelefon. Er ging ran, und Kordesch war kurz ein wenig beleidigt. Immerhin hatte die Staatsanwältin Krakauer in den vergangenen dreißig Minuten schon zweimal bei ihm angerufen, doch er hatte, um in aller Ruhe mit dem Kollegen essen zu können, nicht abgehoben.

Havran sah verdutzt drein und sagte nur: »Ja … ja … ich verstehe … ja … ja, wir kommen gleich!«

Dann legte er auf und starrte Kordesch an, der nicht aufgehört hatte zu essen. Dass Havran sich nicht gleich wieder auf sein Essen stürzte, war kein gutes Zeichen.

»Was ist?«, fragte Kordesch.

»Im Strandbad Pesenthein wurde eine Leiche gefunden.«

»Nein, bitte nicht. Bitte sag nicht, dass wir …«

»Doch«, sagte Havran.

»Sag nicht, dass ich mich jetzt sofort wieder in ein Auto setzen muss.«

»Sogar zwei Mal«, sagte Havran. »Du musst ja auch wieder zurück.«

10

Wenn man von Millstatt Richtung Döbriach fährt, kommt man am Ortsende von Pesenthein zu einer kleinen Abzweigung Richtung Campingplatz. Vor dem Campingplatz befindet sich ein Parkplatz. Durch einen Tunnel unter der Bundesstraße gelangt man zum Strandbad.

Für diesen Weg hatten Havran und Kordesch nur wenige Minuten gebraucht. Als sie die Liegewiese des Pesentheiner Strandbades erreichten, herrschte dort ein wüstes Durcheinander. Rettungskräfte, Schaulustige und Polizisten liefen umher. Die ersten Personen, die Kordesch in dem Getümmel entdeckte, waren Julia Hess und ihr Mann Gerhard. Er winkte sie zu sich heran.

»Frau Dr. Hess, Herr Hess«, sagte Kordesch. »Das ist kein schönes Wiedersehen. Waren Sie beide hier, als ...«

»Ja«, unterbrach Gerhard.

»Dann bleiben Sie bitte noch kurz hier, Herr Hess. Bitte sagen Sie dem Kollegen, was Sie gesehen haben. Frau Dr. Hess, würden Sie kurz mitkommen?«

»Nur zehn Minuten, so wie gestern?«, fragte Gerhard Hess.

»Heute brauche ich sogar nur fünf«, sagte Kordesch und wandte sich an Havran: »Nimmst du die Aussage von Herrn Hess auf, bitte!«

Schon zog Kordesch Julia an der Hand auf die Menge zu. Es war das erste Mal, dass er ihre Hand hielt. Kordesch verschaffte ihnen mit Mühe Platz und drängte sich durch. Auch die Rettungskräfte hatten es schwer, vorwärtszukommen.

»Was haben Sie gesehen?«, fragte Kordesch.

Julia erzählte, dass sie auf der Liegewiese auf ihrer Matte gelegen hatten, als ein Junge von vielleicht zwölf Jahren mit einer Taucherbrille aus dem Wasser gestiegen und auf seine Familie zugelaufen sei. Er habe immer wieder laut gerufen: »He is dead. There's a dead body in there!«

Drei Männer seien daraufhin dem Jungen zu der Stelle im Wasser gefolgt, wo er die Leiche entdeckt hatte. Leider hätten viele der Badegäste sich auch an das Ufer gestellt und sofort begonnen, mit ihren Smartphones Bilder und Videos zu machen. Julia beschwerte sich über die Menschen und ihre widerliche Art, Verletzte und Tote zu filmen, als Kordesch den Einsatzkräften seine Dienstmarke zeigte und sich mit Julia zur Leiche vorkämpfte. Da hörte er eine Stimme neben sich.

»Bene, du bist fast schneller als die Polizei!«

Adolf Stutzer stand da und zeigte auf den Toten. »Weißt du, wer das ist?«

Kordesch blieb stehen und betrachtete die Leiche. Ziemlich blass sah sie aus und sehr schmutzig. Das schien nicht zu einer Wasserleiche zu passen. Das Messer steckte genau an der Stelle, an der auch das Messer in Christof Karlsbader gesteckt hatte. Aber es war ein anderes Messer, der Griff war nicht so edel, und es sah auch kleiner aus als das koreanische Messer, mit dem der Starkoch getötet worden war.

»Das ist Erwin Laggner«, sagte Stutzer.

»Bist du sicher?«, fragte Kordesch erstaunt.

»Bene, ich kenne ihn wohl seit dem Tag, an dem er geboren wurde«, sagte Stutzer. »Furchtbar, dass einem Unsrigen so etwas angetan wird.«

Kurz atmete Kordesch ein. »Stimmt«, sagte er. »Wenn wir hier einen toten Unterkärntner liegen hätten, wär es ein Bagatelldelikt.« Dann drehte er sich mit rotem Kopf zu Stutzer. »Vielleicht sollte man es etwas ernster nehmen, wenn jemand als vermisst gemeldet wird! Hättest du nicht die Aufgabe gehabt, nach ihm zu suchen?«

Stutzer schwieg.

»Kollege Stutzer«, sagte Kordesch. »Ich mache hier weiter. Würdest du dich bitte darum kümmern, Maria Laggner Bescheid zu sagen? Sag ihr, dass ich in etwa einer Stunde bei ihr bin, um sie zu befragen. Danke! Und schönen Tag noch!«

Wortlos ging Stutzer davon.

»Na, den haben Sie aber zur Schnecke gemacht«, sagte Julia Hess. »Ich dachte gar nicht, dass Sie so autoritär sein können.«

»Konzentrieren wir uns auf ihn hier«, sagte Kordesch. »Seit drei Tagen wird er vermisst. Ist er ertrunken?«

Sie beugte sich über den Toten.

»Wenn er drei Tage im Wasser gewesen wäre, müsste die Haut schon mazeriert sein«, sagte Julia Hess. »Das Messer geht genau ins Herz.«

»Könnte man an diesem Stich sterben?«, sagte Kordesch.

»Natürlich«, sagte sie.

»Er starb also genauso wie Karlsbader?«

»Ich weiß nicht«, antwortete Julia Hess und drehte sich dann zu den zwei Rettungssanitätern. »Können Sie ihn ganz vorsichtig zur Seite drehen?«

Die beiden sehr jungen Männer machten einen gleichmütigen Eindruck, taten aber sofort, worum sie gebeten hatte.

»Ich glaube, hier ist eine Wunde am Hinterkopf, aber ich kann es nicht genau sehen«, sagte sie.

Kordesch kniete vor der Leiche und betrachtete die Wunde aus der Nähe.

»Schiach«, sagte er. Julia Hess kicherte.

»Na, Sie haben Nerven«, sagte Kordesch. »Was ist denn daran lustig?«

»Dass Sie plötzlich im Dialekt reden«, sagte sie. »So wie mit Ihrer *He* – oder wie heißt das?«

»Jetzt keine Lazi! Wie alt kann diese Wunde sein?«

Julia Hess kicherte noch mehr. »Was heißt denn das wieder? Lazi?«

»Sie sind eine Wienerin, die nicht Wienerisch kann, Frau Doktor«, sagte Kordesch. »Aber bitte! Ich habe keine Zeit. Was sagen Sie zu dieser Wunde?«

»Sagen Sie, haben Sie denn keine Gerichtsmediziner?«
»Doch, doch. Ich wollte nur schnell eine professionelle Meinung. Aber es ist zwecklos«, sagte Kordesch. »Bitte kümmern Sie sich um Ihren Mann. Ich habe Angst, dass er diesen Sommer einen neuen Kärntner Landesrekord im Leichenauffinden aufstellt.«

Julia Hess antwortete darauf nicht, sondern verschwand. Kordesch spürte ein Kribbeln in seinem Bauch. Was war das? Es war nicht die Gastritis. Das Gefühl, als er Julia Hess bei der Hand genommen hatte, durchdrang ihn immer noch. Er hätte jetzt Zeit gebraucht, Zeit, diese letzten vierundzwanzig Stunden noch einmal Revue passieren zu lassen. Aber davon war keine Rede.

Er zog ein Paar Latexhandschuhe aus seiner Hosentasche, kniete nieder, beugte sich über die Leiche und tastete Laggners Kleider ab. Er fand eine lederne Geldtasche, hielt sie hoch und wischte notdürftig das Wasser davon ab. Er klappte die Geldtasche auf und fand etliche Karten in den dafür vorgesehenen Schlitzen, darunter einen Führerschein. Darauf stand auch der Name des Toten: Erwin Laggner.

Kordesch hatte Havran ganz vergessen, der ihm in diesem Augenblick etwas zurief, das er nicht verstand.

»Was sagen Sie?«
»Du bist mit mir per Du!«, sagte Havran.
»Ach ja«, sagte Kordesch. »Kannst du fragen, ob man sein Mobiltelefon gefunden hat? Und ob hier irgendjemand ein Boot in Ufernähe gesehen hat?«
»Ein zwölfjähriger Junge hat ihn gefunden«, sagte Havran. »Er hat mir die Stelle gezeigt. Sind nur drei, vier Meter ins Wasser hinein.«
»Es sieht so aus …«, sagte Kordesch. Er hielt inne, noch immer in der Hocke.

Havran verwirrte diese lange, unerwartete Pause sichtlich. »Was willst du sagen?«
»Fast möchte man meinen …«, sagte Kordesch.

»Was?«

»Dass man wollte, dass er schnell gefunden wird. Ich meine ... Nein, das passt ja nicht ...«

»Benedikt«, sagte Havran, »du wirkst grad etwas daneben. Komm, wir setzen uns ins Auto.«

Tatsächlich. Kordesch war gerade daneben. Er sah dem Treiben einfach zu. Havran gab Anweisungen, die Leiche von Erwin Laggner nach Klagenfurt zu bringen. Frau Dr. Schmuttermeier musste informiert werden. Und natürlich auch die Staatsanwältin Krakauer. Aber Kordesch war gerade zu keiner Handlung fähig.

Bald klopfte er sich die Knie ab und setzte sich in Havrans Auto, während dieser noch einiges regelte. Kordesch fühlte sich wie in einem Dämmerschlaf, nicht unangenehm, aber er war unfähig zu einem klaren Gedanken. Er nahm sein Notizheft und schrieb auf, was ihm einfiel. Es waren nur Fragen: Hat ein Trittbrettfahrer vom Mord an Karlsbader gehört und wollte ihn nachahmen? Ist Julia Hess Nymphomanin? Ist Julia Hess Alkoholikerin? Ist dem Apotheker Johann Kräuter ein Mord zuzutrauen? Wurde Erwin Laggner schon zwei Tage zuvor getötet? War Gabi Troppan aus Seeboden oder aus Pesenthein gewesen? Wo war der verdammte Pferdehof?

Die Fahrertür ging auf. Havran stieg ein.

»So. Wir fahren jetzt nach Dellach«, sagte Kordesch.

»Okay«, sagte Havran.

Diese Gerichtsmedizinerin hatte recht gehabt: Havran hatte wirklich etwas von Sancho Panza. Jetzt aber durfte Kordesch nicht abschweifen. Er musste an alles denken, was man in Spittal brauchte, um die Verdächtigen zu vernehmen. »Wir fahren jetzt zu Maria Laggner und befragen sie. Gibt es dort sonst noch Personen im Haushalt? Kinder? Wie viele Angestellte hat Maria Laggner?«

»Sophie, ihre Tochter, ist schon ausgezogen«, sagte Havran. »Sie studiert in Basel. Zurzeit hat sie nur eine Kellnerin. Eine Ukrainerin.«

»Die ist auch Ukrainerin?«, fragte Kordesch.

»Ja«, sagte Havran schnell.

»Woher weißt du das?«

»Na ja, das weiß man, wenn man immer in dieser Gegend ist.«

»Ja«, sagte Kordesch zornig. »Alles weiß man bei euch, und keiner redet was.«

»Warum regst du dich so auf?«, fragte Havran und ließ den Motor an.

»Ich brauche eine Dolmetscherin für Ukrainisch-Deutsch. So schnell wie möglich!«

»Wozu?«, fragte Havran. »Die beiden sprechen Deutsch.«

»Wenn das hochoffiziell in ihrer Muttersprache abläuft, ist das etwas anderes«, sagte Kordesch. »Die Krakauer …«

Das Handy in Kordeschs Hand leuchtete auf. Er drückte auf Annehmen und hielt das Handy an sein Ohr. Betont ruhig meldete er sich: »Kordesch!«

»Ich weiß schon alles, Kordesch«, sagte Oberstaatsanwältin Krakauer. »Hören Sie gut zu: Morgen gibt es eine Pressekonferenz. In Millstatt. Der Schmölzer will das so. Es soll das Vertrauen in den Ferienort gestärkt werden. Sie sprechen dort.«

»Muss das wirklich sein?«, fragte Kordesch.

»Ich kann es Ihnen nicht ersparen«, sagte Krakauer.

»Und ich kann Ihnen nicht ersparen, dass wir mit Schmölzer reden müssen«, sagte Kordesch.

»Gut. Aber machen Sie das nach der Pressekonferenz. Diskret. Unter vier Augen«, sagte die Staatsanwältin. »Aber bleiben Sie sachlich, lassen Sie sich zu nichts hinreißen. Nur Fakten! Keine Vermutungen! Keine Unterstellungen! Und sagen Sie jetzt schnell: War es derselbe Täter?«

»Dann müsste es einen Zusammenhang zwischen Laggner und Karlsbader gegeben haben. Den sehe ich noch nicht. Andererseits: zwei Morde innerhalb von zwei Tagen im räumlichen Abstand von vier Kilometern und ein ähnliches Vorgehen. Wohl kaum ein Zufall!«

»Vielleicht ein Trittbrettfahrer? Copycat? Sie haben das doch gestern selbst erwähnt.«

»Frau Staatsanwältin, ich muss tiefer in die Verhältnisse der Gastronomie eintauchen. Hier gibt es Verstrickungen mit der Politik. Ich kann mich da nicht raushalten. Wenn es nur einen Täter gibt, dann hat es damit zu tun.«

»Auf der Pressekonferenz morgen sollten wir jedenfalls durchklingen lassen, dass wir bei derzeitigem Ermittlungsstand von zwei Tätern ausgehen«, sagte Krakauer.

»Können Sie mir die Handydaten von Schmölzer und Laggner beschaffen?«

»Wer ist Laggner?«, fragte die Staatsanwältin.

Kordesch wurde ungeduldig: »Der Tote, der gerade aus dem See gefischt wurde: Erwin Laggner.«

»Ach ja. Laggner kann ich versuchen.«

»Wann?«

»Hoffentlich morgen. Was soll ich machen? Heute ist Sonntag.«

»Und Schmölzer?«, fragte Kordesch.

»Das können Sie sich abschminken, Kordesch. Er ist nicht einmal tatverdächtig.«

Doch, dachte Kordesch grimmig. Er ist verdächtig. Verdächtig der Misshandlung von Frauen. Warum sagte er der Staatsanwältin nichts? Weil Vicky leider nicht mit ihm redete. Sie hätte nur nicken müssen, als er sie an diesem Morgen gefragt hatte, ob Schmölzer ihr etwas angetan hat. Aber sie hatte Angst. Und jetzt gingen die Morde vor.

»Drei Tatverdächtige im Karlsbader-Mord möchte ich morgen auf der Wache in Spittal einvernehmen«, sagte Kordesch.

»Na bitte. Das ist doch schon was«, sagte die Staatsanwältin. »Lassen Sie das bei der Pressekonferenz anklingen. Sagen Sie immer wieder dazu, dass wir schon nach 36 Stunden ersten Spuren gefolgt sind. Bla, bla, bla. Sie wissen schon.«

»Mach ich!«

»Sie schaffen das. Ach, noch eine Sache!«

»Ja, bitte?«

»Schicken Sie mir die Handynummer von diesem Polizisten, der da mit Ihnen unterwegs ist. Man weiß ja nie. Vielleicht sind Sie einmal nicht erreichbar«, sagte Krakauer.

»Für Sie bin ich immer erreichbar, Frau Staatsanwältin!«, sagte Kordesch.

»Ja, ja, das sagt meine Tochter auch«, sagte Krakauer. »Und dann muss ich am Samstagnacht die Nachtclubs abklappern, nur um mir am nächsten Tag anzuhören: ›Oh, ich habe auf stumm geschaltet.‹ Oder: ›Oje, ich hatte keinen Akku mehr.‹ Also: Seine Nummer, bitte!«

»Leite ich Ihnen gleich weiter.«

Kordesch legte auf. Der Tag hatte so schön begonnen. Das Mittagessen in der See-Villa hatte gut begonnen. Nämlich mit der Vorspeise. Büffelmozzarella. Kordeschs Magen hatte ihn gut vertragen. Aber jetzt war er aufgewühlt. Aufgewühlt wegen der zweiten Leiche und dieser Julia Hess, die anscheinend an jedem Leichenfundort anwesend war. Eigentlich hatte er sie ja aufgrund der Videoaufnahmen vom Tatverdacht ausgeschlossen.

Sie hatte ein eigenartiges Wort verwendet. Die Haut müsste *marziert* sein. Oder *matzertiert*? Er hatte sich den Ausdruck nicht gemerkt, aber er hatte ihm gefallen.

»Und, was sagt sie?«, fragte Havran.

»Sie will deine Handynummer«, sagte Kordesch. »Nur für den Fall ... Darf ich sie ihr geben?«

»Ja, sicher!«

Kordesch begann auf seinem Mobiltelefon herumzuwischen. Wenn er sich nicht täuschte, fühlte Havran sich geehrt, dass er bei den Ermittlungen eine wichtige Rolle spielte.

»Ach, ich habe vergessen, der Staatsanwältin zu sagen, dass wir eine Dolmetscherin brauchen«, sagte Kordesch.

»Lass, ich kümmere mich schon drum. Aber ich muss dir noch etwas zu Laggner erzählen«, sagte Havran. »Der Erwin ist ein notorischer Fremdgänger. Das weiß jeder hier. Aber niemand redet mit Maria darüber. Immer wieder sieht man ihn in der Saison mit seinem Cabrio durch die Gegend fahren. Meist lacht er sich junge Touristinnen an.«

»Bernie«, antwortete Kordesch. »Ich hab dir das schon erklärt. Hier geht's um Mord. Um zwei Morde. Wir können jetzt niemand schonen, nur weil er oder sie dies oder das nicht hören will. Du musst das begreifen!«

Den Rest der Fahrt schwiegen beide. Aber die Fahrt von Pesenthein nach Dellach war nur kurz. Hier konnte man von der Bundesstraße bis zum See fahren, und als sie das Ufer erreichten, stieg wieder eine Kindheitserinnerung in Kordesch auf. Er glaubte sich zu erinnern, dass er mit den Eltern hier einmal auf dem Campingplatz gewesen war, doch inzwischen misstraute er diesen Gedächtnisblitzen. »Ist hier ein Campingplatz?«, fragte er.

»Ja, hier runter zum See und rechts«, sagte Havran. »Und dahinter ist der Steg, wo die Fähre anlegt.«

Ach, könnte er nur einmal mit einer Fähre fahren, dachte Kordesch. Aber er bemerkte, dass Havran den Wagen im Schatten eines Baumes parkte, und bat ihn kurz um Geduld, um noch einmal die Staatsanwältin anzurufen. Da er nur ihre Mailbox erreichte, sprach er laut und deutlich auf Band, dass er für den kommenden Tag eine Ukrainisch-Deutsch-Dolmetscherin brauchte.

Havran stutzte. Als Kordesch aufgelegt hatte, fragte er: »Traust du mir etwa nicht?«

»Was, wieso?« Erst verstand Kordesch gar nicht, worauf sein Kollege hinauswollte, dann fiel es ihm wieder ein: Bernie hatte ja angeboten, sich um die Dolmetscherin zu kümmern. »Manche Dinge erledige ich eben lieber selbst«, sagte er verlegen.

Kordesch wollte aussteigen, aber Havran, der gerade in den Rückspiegel blickte, hielt ihn zurück: »Warte! Da geht gerade wer aus dem Haus. Moment! Ist das nicht …«

»Ist das Ina Burgstaller?«, fragte Kordesch.

»Sie ist eine Freundin von Maria.«

»Was macht die denn hier?«

»Maria ihr Beileid aussprechen?«, sagte Havran streng. Und dann noch strenger: »Das werden auch wir gleich als Erstes tun.«

Nun hatte Kordesch also auch noch eine Lektion in gutem Benehmen von seinem jungen Kollegen erhalten. Natürlich würde er Maria Laggner als Erstes sein Beileid zum Ausdruck bringen, auch wenn er keines hatte. Und wenn es stimmte, was man ihm erzählt hatte, empfand auch die Witwe kein wirkliches Leid. Was Kordesch hingegen wirklich leidtat, war, dass der Tag sich anders entwickelt hatte als erwartet. Er hatte alles tun wollen, um der Aufklärung des Karlsbader-Mords näher zu kommen, und jetzt hatte er einen zweiten Mord am Hals.

11

Der Parkplatz vom Fischimbiss war noch leer. Über drei Stufen ging es hinauf in den Gastgarten, wo etwa zwanzig Tische aufgestellt waren. Es war niemand da. Die Tür zum Lokal stand offen. Und als die Polizisten sich ihr näherten, schaute eine Frau heraus.

»Wir haben noch zu!«, rief sie. Dann drückte sie die flache Hand an die Stirn, um nicht in die Sonne blicken zu müssen, und betrachtete die beiden, bis sie Havran erkannte.

»Bernie«, sagte sie. »Heute in Zivil?«

»Maria«, sagte Havran. »Ich möchte dir … Also … Mein aufrichtiges Beileid.«

Sie nickte nur kurz. Nachdem Havran sie einander vorgestellt hatte, bat sie die beiden ins Haus. Wenig später saß Maria Laggner mit Kordesch an einem Couchtisch im Wohnzimmer. Es war kurz vor vierzehn Uhr. Sie trank schon um diese Uhrzeit Wein. Havran hatte sie auch ein Glas eingeschenkt, nur Kordesch hatte abgelehnt und nippte an seinem Glas Wasser.

»Frau Laggner, wann haben Sie Ihren Mann zuletzt gesehen?«, fragte er.

»Vor drei Tagen«, antwortete Maria Laggner.

»Sie haben ihn gleich am nächsten Morgen als vermisst gemeldet«, sagte er. »Sie wollten nicht vielleicht noch eine Nacht lang warten?«

In diesem Moment blickte sie ein wenig hilflos, ja sogar Hilfe suchend zu Havran, der ihr zunickte. »Das habe ich doch Stutzer alles schon erzählt«, antwortete sie. »Erwin verschwindet immer wieder. Aber das war anders.«

»Was war anders?«, fragte Kordesch.

»Nie lässt er sein Auto da«, sagte Maria Laggner.

»Wo ist es jetzt?«, fragte Kordesch.

»In der Garage.«

»Sind Sie seither damit gefahren?«

»Nein!«

»Frau Laggner, ich will Ihnen wirklich nicht zu nahe treten. Aber ich habe jetzt zwei Mordfälle zu lösen. Ich sage es einmal so: Ich habe gehört, dass Ihr Mann Sie betrogen hat.«

Wieder, wie um Kordesch zu zeigen, dass er nicht dazugehörte, blickte Maria Laggner zu Havran. »Das wissen alle. Bin ich jetzt verdächtig?«

»Wo waren Sie denn in den letzten Stunden?«, fragte Kordesch.

»Hier!«

»Kann das jemand bezeugen?«

»Ulyana. Meine Kellnerin.«

Maria Laggner sah für Kordesch aus, als würde sie niemals lachen. Und wahrscheinlich hatte sie in ihrem Leben auch nichts zu lachen. Sie hatte ein harmonisches, aber sehr hageres Gesicht mit eingefallenen Wangen und einem Kinngrübchen. Das lange brünette Haar war nach oben gebunden und zusammengesteckt. Auf Kordesch wirkte sie abweisend. Wenn sie sprach, blickte sie entweder über die Person, zu der sie sprach, hinweg oder an ihr vorbei. Das fand er befremdlich.

»Wäre es in Ordnung, wenn der Kollege Ihre Kellnerin befragt?«, fragte Kordesch.

»Kein Problem«, sagte Maria Laggner und drehte sich wieder zu Havran. »Schau, wo sie ist, Bernie, entweder in der Küche oder oben auf ihrem Zimmer. Du kannst ruhig hinaufgehen.«

Havran sah Kordesch fragend an. Es war ganz klar: Der Einheimische war hier willkommen, der Fremdling nicht. Kordesch blieb regungslos sitzen und nickte nur kurz, woraufhin Havran das Wohnzimmer verließ.

»Sie machen heute normalen Betrieb?«, fragte Kordesch.

»Ja, ich arbeite heute. Wie jeden Tag! Ich tue alles fürs Geschäft«, sagte sie. »Und wenn ich nicht arbeiten würde, dann würde ich jetzt auf die Demonstration gegen diese Russen-Kirche gehen. Mein Mann kommt – wenn überhaupt – an dritter Stelle. Es reicht schon, dass ich mich jetzt um einen Sarg und das Begräbnis kümmern muss.«

Benedikt Kordesch nickte. Fast hätte ihm die Frau leidgetan. Aber er wusste, warum sie es trotzdem nicht schaffte, dieses Gefühl in ihm zu wecken: Es war dieses Auftreten, als hätte sie alles im Griff, gerade jetzt, wo alles außer Kontrolle geraten war.

»Sie finden mich wahrscheinlich hart, unmenschlich«, fuhr Maria Laggner fort. »Aber mit meinem Mann kann … mit meinem Mann konnte man nur leben, wenn man sich arrangiert hat. Wir hatten genaue Regeln: Keine kommt mir hier ins Haus!«

»Und das hat er befolgt?«, fragte Kordesch.

»Das hat er befolgt«, antwortete sie. »Es ist hier immer ruhig geblieben. Nur gestern kam eine … es ist unfassbar … sie kam hierher in mein Lokal. Mit ihrem Mann.«

»Wer war das?«

»Ich weiß nur, dass sie Julia heißt. Ihren Nachnamen weiß ich nicht«, sagte Maria Laggner. Sie machte eine Pause, brachte die Weißweinflasche an den Tisch und schenkte sich nach. »Mit der hatte er letztes Jahr etwas. Mitten in der Hochsaison. Sie hat ihm SMS geschrieben. Er hatte sein Handy ja immer herumliegen. Fast so, als wollte er, dass ich das alles lese.«

»Sie heißt Julia?«

Kordesch nahm sein Mobiltelefon und begann darauf zu tippen und herumzuwischen.

»Ja, Julia. Wissen Sie, er hat diese Frauen verehrt. Zwar nur für ein, zwei Nächte, aber er hat sie verehrt. Er hat ihnen erklärt, dass er nur sie liebt und keine andere Frau auf der Welt. Und für achtundvierzig Stunden hat das vielleicht auch gestimmt. Aber manche sind darauf reingefallen und haben gedacht, er hat sich für sie entschieden, er zieht hier aus und lebt mit ihnen zusammen und was weiß ich, was. Sie hören ohnehin nicht mehr zu und spielen nur auf Ihrem Handy.«

»Nein, nein«, sagte Kordesch. »Ich habe nur etwas gesucht.«

Wirklich hatte er gegoogelt, ob die Ordination von Julia Hess eine Webseite hatte. Er hatte Glück und fand dort auch ein Foto von ihr. Nun hob er das Mobiltelefon und zeigte Maria Laggner das Display.

»War das diese Frau?«

Maria Laggner blickte kurz und verächtlich auf Kordeschs Mobiltelefon, sah dann weg und nahm einen Schluck vom Wein.

»Ja, die war das!«, sagte sie.

»Und wie haben Sie reagiert?«

»Ich habe sie erst bemerkt, da hatten die beiden schon bestellt«, sagte Maria. »Also habe ich gewartet, bis sie fertig gegessen haben, bin zu ihr hingegangen und habe sie gebeten, zu gehen.«

»Wie hat ihr Mann reagiert?«

»Der hat das nicht mitbekommen. Er war gerade am Klo.«

»Und dann sind sie gegangen?«

»Ja.«

Das also war der Grund für den frostigen ersten Abend des Ehepaars Hess gewesen! Schon wieder hatte Julia Hess ihm nicht alles erzählt. Kordesch nahm sein Notizheft zur Hand und machte Notizen. Inzwischen schwieg Maria Laggner.

»Und das mit dieser Julia war also etwas Besonderes?«, fragte Kordesch.

»Nein, ich glaube nicht. Also ... sie ist viel älter als seine üblichen ... sie ... sie passt nicht in sein Beuteschema«, sagte Maria Laggner. »Vielleicht hat sie geglaubt, dass es etwas Ernstes ist. Sie war schon früher jeden Sommer hier essen, mit ihrem Mann. Und letztes Jahr hat Erwin dann eben ...«

»Und danach bekam er SMS von ihr?«

»Ja, dieses Können-wir-uns-treffen und so.«

»Und? Haben sich die beiden getroffen?«

»Keine Ahnung.«

»Und mit Ihrer Kellnerin hatte Ihr Mann nichts?«

»Wie gesagt«, sagte Maria Laggner. »Wir hatten klare Abmachungen, und Erwin hat sich daran gehalten: Nicht hier im Haus.«

»Wie war das, als Sie ihn zum letzten Mal gesehen haben?«, fragte Kordesch und nahm sein Notizheft zur Hand.

»Das war am Donnerstag«, sagte Maria Laggner.

»Donnerstag, 6. Juli«, sagte Kordesch langsam und schrieb in sein Notizheft. »Um wie viel Uhr?«

»Um wie viel Uhr!«, wiederholte sie. »Sie haben vielleicht Nerven. Das kann ich Ihnen nicht genau sagen. Wir haben schon offen gehabt.«

Schon am Eingang war Kordesch ein Zettel aufgefallen, der darauf hinwies, dass der Imbiss wegen Personalmangels erst um 17 Uhr öffnete.

»Also nach fünf?«

»Definitiv«, sagte Maria Laggner. »Es war schon später. Ich hatte keine Zeit. Musste hier bedienen. Deshalb habe ich auch gar nicht lange mit ihm geredet. Vielleicht um sieben.«

»Ist er zu Fuß oder mit dem Auto los, wissen Sie das?«

»Zu Fuß. Sein Auto steht in der Garage. Er hat gesagt, er geht zum Boot, weil er dort was machen muss.«

»Welches Boot?«

»Wir haben ein Boot unten am See. Dort wollte er irgendetwas reparieren. Er ist einfach nicht mehr zurückgekommen. Das ist ungewöhnlich. Das war noch nie so. Er sagt mir immer, wenn er weggeht.«

»Und das Boot ist immer noch dort?«, fragte Kordesch. »Hat es seither jemand benutzt?«

»Nein«, sagte Maria.

»Gut! Bitte lassen Sie niemand auf das Boot. Noch heute kommen zwei Kollegen, die dort nach Spuren suchen. Das wird uns vielleicht helfen, den Täter zu finden. Die Herren werden sich auch das Auto ansehen. Bitte versperren Sie die Garage bis dahin«, sagte Kordesch.

»Ich sage es gleich Ulyana.«

»Und während Ihr Mann auf dem Boot war, haben Sie die ganze Zeit gearbeitet?«, fragte Kordesch.

»Wir bedienen dieses Jahr nur zu zweit«, sagte Maria Laggner. »Ulyana macht hin und wieder eine Pause. Ich nicht.«

»Und nach 22 Uhr?«

»Ich dachte, er ist irgendwo etwas trinken gegangen, und habe mich hingelegt«, sagte sie. »Erst als er in der Früh nicht da war, sein Auto aber in der Garage stand, kam mir das komisch vor. Darum bin ich ja zu Stutzer gegangen.«

»Frau Laggner«, sagte Kordesch. »Ich höre, dass hier mehrere einflussreiche Personen den Gastronomen und Hoteliers anbieten, billige Arbeitskräfte zu vermitteln. Wenn ich es richtig verstehe, sind es junge Frauen aus der Ukraine.«

Maria Laggner sah starr vor sich hin und nippte an ihrem Weinglas.

»Ist Ihnen Ihre Kellnerin auf diesem Weg vermittelt worden?«, fragte Kordesch.

»Die Kleine ist super«, sagte Maria. »Anständig und fleißig. Ich wollte sie zuerst nicht, aber jetzt muss ich sagen: Ohne sie müsste ich zusperren.«

»Wo haben Sie sie gefunden?«

»Sie verstehen das Problem hier nicht. Wir kämpfen alle. Es gibt keine Leute in der Gastronomie. Und wenn wir das Problem aussprechen, werden wir dafür angefeindet, so wie Jürgen. Der sogenannte Wutwirt. Sie haben sicher davon gehört.«

»Nein.«

»Sind Sie nicht auf Twitter? Oder auf Instagram?«

»Nein.«

»Also, Jürgen hat eine sehr bekannte Pizzeria. Er nimmt nur österreichische Kellnerinnen und Kellner und rackert selbst jeden Tag wie ein Verrückter. Und dann wird er auch noch von ausländischen Gästen drangsaliert. Er hat gepostet, dass er nächstes Jahr nur mehr Österreicher bedienen wird. Jetzt ist er der Böse. Aber irgendwann, Herr Kommissar ... Irgendwann ist Schluss.«

»Frau Laggner, wir kommen zu weit weg«, sagte Kordesch. »Es geht hier um zwei Morde. Die kann man nicht wegreden. Also: Kannten Sie Christof Karlsbader?«

»Nein, nicht persönlich«, sagte Maria Laggner.

»Aber Sie wissen, wer er war?«

»Selbstverständlich. Fisch sollte man nicht nach seinen Rezepten zubereiten.«

»Kannte Ihr Mann Christof Karlsbader?«

»Das weiß ich nicht.«

»Frau Laggner«, sagte Kordesch. »Wenn Ihr Mann ihn kannte, werde ich das ohnehin herausfinden. Wenn Sie es wissen und es mir jetzt nicht sagen, ist das nicht gut für Sie.«

»Ich weiß es wirklich nicht.«

»Kennen Sie Josef Schmölzer?«

»Den kennt jeder hier.«

»Gibt es eine Geschäftsbeziehung oder irgendeine Verbindung zwischen Ihrem Mann, Christof Karlsbader und Josef Schmölzer?«

»Ich habe meinem Mann gesagt, er soll sich nicht auf diese Sache einlassen.«

»Sie sprechen in Rätseln. Worauf einlassen?«

»Ich habe dieses Seegrundstück hier von meiner Mutter geerbt«, sagte Maria Laggner. »Jede Woche stehen die da und machen mir Angebote. Wir können nicht einmal diese orthodoxe Kirche verhindern. Und warum? Weil die Mehrheit bei uns käuflich ist.«

»Frau Laggner, ich verstehe Sie nicht«, sagte Kordesch. »Sie sind dagegen, Ukrainerinnen anzustellen, aber bei Ihnen ist eine Ukrainerin angestellt, mit der Sie sehr zufrieden sind. Sie sind offensichtlich gegen die Freunde des Oligarchen Krutov, aber Ihr Mann hat genau mit denen Geschäfte gemacht. Stimmt das?«

»Die haben ihn nur ausgenutzt«, sagte Maria Laggner.

»Was hat er genau getan?«, fragte Kordesch.
»Er hat die Mädchen hergebracht.«
»Woher?«
»Aus München.«

Schon lange hatte Benedikt Kordesch nicht mehr in einem Mordfall ermittelt. Ihm fehlte die Praxis, das war ihm selber klar. Aber er fand auch in diesem Fall heraus, was er bei jeder Ermittlung herausgefunden hatte und was ihn doch immer von Neuem überraschte: Es gab zwei Arten von Menschen. Er konnte Verdächtige vor sich haben wie Ina Burgstaller oder Maria Laggner, die mit sichtlichem Unwillen nach und nach zugaben, was er ohnehin schon wusste. Oder er konnte Verdächtige wie Julia Hess vor sich haben, die mit ihm lachten und scherzten und sich gerne mit ihm unterhielten.

Kordesch beschloss, das schwer zu bohrende Brett ein Brett sein zu lassen, und sagte: »Frau Laggner, es ist mir wirklich zu blöd. Ihr Mann wollte das, was er offensichtlich leicht gekriegt hat: Frauen für einen One-Night-Stand. Ich will das, was am schwersten zu kriegen ist: die Wahrheit. Also: Wissen Sie, warum Christof Karlsbader in der Villa Paradies abgestiegen ist?«

»Das weiß doch jeder«, sagte Maria Laggner. »Er hat sich für Burgstallers Hotel interessiert.«

»Macht Sie das nicht wütend?«

»Herr Kommissar! Alle ehrlichen Geschäftsleute hier sind wütend.«

»Auf Krutov und Schmölzer, oder? Oder vielleicht auch auf ihre Handlanger – zum Beispiel Ihren Mann?«

»Glauben Sie, dass ich ihn deshalb umbringe?«

»Ich hoffe nicht«, sagte Kordesch und stand auf. »Ach ja! Haben Sie das Handy Ihres Mann gefunden?«

»Nein.«

»Dann, bitte, schreiben Sie mir seine Nummer auf.«

Kordesch legte sein Notizheft vor Maria Laggner auf den Tisch. Sie nahm ihr Handy, suchte nach der Nummer und schrieb sie mit einem Kugelschreiber, den sie aus der Tasche ihrer Bluse zog, in das Heft. Sie musste sehen, dass Kordesch auf die aufgeschlagene Seite groß »ERPRESST SCHMÖLZER MARIA LAGGNER?« geschrieben hatte. Sie tat so, als hätte sie es nicht gesehen.

»Danke für Ihre Zeit. Ach, bevor ich es vergesse: War Ina Burgstaller gerade bei Ihnen?«

»Ja?«

»Was wollte sie?«

Maria Laggner legte die Stirn in Falten und schüttelte den Kopf: »Mir ihr Beileid ausdrücken. Was sonst?«

Kordesch nickte und ging vom Wohnzimmer, wo sein Gespräch mit Maria Laggner stattgefunden hatte, in die Schankstube. Dort saß Bernhard Havran mit der ukrainischen Kellnerin. Er fragte sie gerade nach ihrem vollständigen Namen und machte sich dabei Notizen.

»Ulyana Serdyul«, hörte Kordesch ihn beim Schreiben laut vor sich hersagen. Dann hielt Havran inne. »Moment mal! Ihr Name ist Serdyul?«, fragte er. Er blätterte in seinen Unterlagen und blickte dann auf: »Genauso wie Victoria Serdyul? Die arbeitet in der Villa Paradies. Sind Sie beide verwandt?«

»Nein«, sagte Ulyana.

»Verstehen Sie mich?«, fragte Havran. »Können Sie mich verstehen?«

»Ja.«

»Wenn Sie möchten, können wir eine Dolmetscherin beiziehen«, sagte Havran. »Verstehen Sie? Ukrainisch-Deutsch. Translation, you understand?«

»Ja.«

»Bitte holen Sie Ihren Pass. Pass? Passport? You understand?«

Wieder sagte Ulyana Ja auf eine Art, dass man nicht wusste, ob sie wirklich verstand. Aber sie erhob sich und ging aus der Schankstube, um anscheinend wirklich ihren Pass zu holen.

Havran stand auf und kam zu Kordesch herüber.

»Was ist?«

»Ich sag's dir gleich: Sie hat denselben Nachnamen wie Vicky. Die Vicky von der Villa Paradies«, flüsterte Havran. »Und sie sagt nur Ja und Nein.«

Ein seltsamer Kerl, dieser Bernhard Havran, dachte Kordesch. Manchmal erschien er ihm so klug und selbstständig. Dann wieder beunruhigten ihn die seltsamsten Dinge.

»Also, bring sie herein!«, sagte Kordesch ungeduldig. Er griff zum Handy und bestellte die Kollegen der Kriminaltechnik nach Dellach, um das Boot und das Auto von Laggner zu untersuchen. Weiters gab er Laggners Handynummer durch, um die Verbindungsdaten abzufragen. Dann beugte er sich wieder über sein Notizheft. Er hatte noch so viel zu tun. Ina Burgstaller stand ganz oben auf seiner Liste. Für den Abend hatte er sich vorgenommen, noch einmal zu versuchen, mit Vicky ins Gespräch zu kommen. Noch dazu musste er sich auf die Pressekonferenz vorbereiten. Er hatte wenigstens einmal eine Schifffahrt über den Millstätter See machen wollen. Und außerdem hatte er vorgehabt, nach dem Pferdehof zu suchen, wo er Gabi Troppan kennengelernt hatte. Aus alldem wurde aber wohl auch heute nichts.

Bernhard Havran kam alleine zurück. Kordesch war ohnehin gerade genervt und wollte schon zu einem Wutausbruch ansetzen. Da sagte Havran: »Sie ist weg!«

»Was heißt das?«, fragte Kordesch.

»Sie ist nicht da.«

Diese Kärntner, dachte Kordesch. Sie bringen Sachen zustande, die unmöglich scheinen. Da übersetzt einem ein Polizist den Satz »Sie ist weg« wie aus der Pistole geschossen in perfektes Deutsch: »Sie ist nicht da.«

»Weggelaufen?«

»Ich weiß nicht. Sie wollte ja nur schnell ihren Pass holen«, sagte Havran hilflos.

»Wo ist Frau Laggner?«

»Sie hat gesagt, sie geht nach oben.«

Kordesch und Havran holten Maria Laggner aus dem Wohnbereich im ersten Stock, doch auch die wusste nicht, wo Ulyana sein könnte. Und sofort stimmte sie Klagen an, wie sie denn alleine den Abendbetrieb schaffen solle. Die beiden Polizisten aber hatten keine Zeit für sie.

»Fahndung?«, fragte Havran.

Kordesch überlegte. Dann sagte er: »Nein!«

Er drehte sich zu Maria Laggner: »Wenn sie auftaucht, sagen Sie mir sofort Bescheid.«

Kordesch überreichte ihr seine Karte. Und er fügte hinzu: »Sie muss morgen nach Spittal auf die Polizei zur Einvernahme. Sie rufen mich sofort an, wenn Sie sie sehen! Suchen Sie sich besser gleich eine neue Kellnerin.«

Und dann saßen Kordesch und Havran schon im Auto und fuhren zurück nach Millstatt. Kordesch war wütend, aber er hielt sich zurück und berichtete Havran knapp, was Maria Laggner ihm erzählt hatte. Doch der Kollege redete in einem fort über Ulyana.

»Was bildet die sich ein, einfach davonzulaufen?«, sagte er. »Und wo will sie überhaupt hin? Ob die was mit dem Erwin gehabt hat und mit der Sache zu tun hat? Also, ich hatte es ihr bisher nicht zugetraut. Die Maria hat von ihr in den höchsten Tönen geschwärmt. Und das, obwohl sie eigentlich keine ... na, du weißt schon ... keine solche Kellnerin gewollt hat. Aber jetzt traue ich es ihr zu.«

»Die läuft nirgends hin«, sagte Kordesch, der hoffte, dass das die letzte Autofahrt dieses Tages war.

»Bist du nicht hungrig?«, fragte Havran. »Also, mir war das Hirschtatar zu wenig. Aber bitte, du darfst mich nicht in so teure Lokale einladen. Mir reicht es, wenn wir uns eine Schnitzelsemmel holen. Hast du was dagegen, wenn ich kurz beim Supermarkt stehen bleibe?«

»Na gut«, sagte Kordesch. »Aber dafür bittest du Ina Burgstaller, dass sie morgen auf die Wache kommt. Und du redest mit der Spurensicherung, wenn sie mit Laggners Boot fertig sind. Und wir brauchen eine Liste von allen Bootsverleihen in der Nähe von Pesenthein. Wer hat ein Boot gemietet? Wie, verdammt, ist dieser Laggner dort ins Wasser gekommen?«

»Soll ich mir das alles merken?«, fragte Havran. Aber Kordesch war ganz in Gedanken versunken und hörte seinem Kollegen nicht zu.

»Und morgen kassieren wir sie alle ein«, sagte er. »Alle kommen auf das Polizeikommando Spittal. Befragung, Protokoll, Fingerabdrücke. Zack, zack, zack!«

»Alle drei?«

»Alle vier: Ina Burgstaller, Vicky, diese Ulyana und Julia Hess.«

»Jetzt hör doch endlich auf mit dieser Julia Hess«, protestierte Havran. »Du hast doch selbst gesagt, dass sie es gar nicht gewesen sein kann.«

»Sie lügt«, sagte Kordesch. »Sie lügt, wenn sie den Mund aufmacht. Und sie verschweigt mir etwas.«

»Also, was soll ich zuerst machen?«, fragte Havran.

»Du gehst zu Ina Burgstaller und sagst, dass sie morgen nach Spittal auf die Wache kommt«, sagte Kordesch.

»Und Vicky?«, fragte Havran.

»Da warten wir noch ab«, sagte Kordesch.

12

Havran blieb wirklich auf einem riesigen Parkplatz vor einem Supermarkt in Millstatt stehen. Kordesch sagte, er werde nun zu Fuß gehen und sich dann kurz zurückziehen.

»Hast du keinen Hunger?«, fragte Havran entsetzt.

»Nein«, antwortete Kordesch.

»Bin ich zu schnell gefahren?«

»Nein«, antwortete Kordesch. »Ich muss jetzt ein wenig durchlüften. Und nachdenken. Ich melde mich bei dir. Wenn ich auf meinem Zimmer bin, haben wir hoffentlich schon die Verbindungsdaten von Laggners Handy.«

Er stieg aus und spazierte vom Parkplatz in Richtung Villa Paradies. Dann aber, nachdem er rechter Hand das Steak House von Havrans Freund Daniel und linker Hand den Lindenhof passiert hatte, ging er die Seemühlgasse hinunter, bis er die Anlegestelle der Fähre *Peter Pan* erreichte. Er las den Fahrplan und stellte fest, dass er nur zehn Minuten warten musste. Er setzte sich auf eine Bank.

Ganz in der Nähe der Anlegestelle befand sich die Statue des heiligen Domitian. Kordesch erinnerte sich: Der Sage nach sollte Domitian die Slawen, die hier am See lebten, zum Christentum bekehrt und tausend heidnische Götzenstatuen in den See geworfen haben. Von diesen tausend Statuen – im Lateinischen *mille statuae* – leitete sich der Name Millstatt ab.

Er stand auf und ging ein Stück, bis er bei der Statue angelangt war, die nur einige Meter vom Ufer im See stand. Domitian streckte die Arme in die Höhe. Sie hielten eine Statue. Vielleicht lagen sie wirklich da unten, die tausend Statuen, dachte Kordesch. Und neben ihnen die Mobiltelefone von Christof Karlsbader und Erwin Laggner.

Kordesch ging zurück zur Anlegestelle. Wie herrlich es war, allein zu sein, wenigstens für kurze Zeit! Vielleicht sollte er wie Gerhard Hess um sechs Uhr aufstehen, um wenigstens am Morgen zwei Stunden für sich zu haben. Und gerade, als er das dachte, lief er Julia Hess in die Arme, die die Überfuhrgasse entlang auf die Anlegestelle zuging. Sie lächelte, aber Kordesch wusste, dass sie mitten in einer gewaltigen Ehekrise steckte und es für sie gerade wenig zu lachen gab. Dafür sprach auch, dass sie, nach dem, was in Pesenthein passiert war, jetzt alleine herumlief.

»Herr Kommissar, Schnittlauch!«, sagte Julia Hess. »Jetzt weiß ich immer noch nicht, wie ich zu Ihnen sagen soll.«

Es war enervierend, immer für einen Kommissar gehalten zu werden, aber bei Julia war es Kordesch egal, wie sie ihn anredete. Außerdem hatte Julia der Begegnung sofort jede Peinlichkeit genommen, gerade wegen dieser Bemerkung und ihrem gewinnenden Lächeln.

»Also, Schnittlauch hat bestimmt noch niemand zu mir gesagt«, sagte Kordesch.

»Oh, doch! Sie selbst«, sagte Julia. »Ich fahre mit der Fähre nach Großegg hinüber.«

»Das wollte ich auch gerade.«

»Also, wenn ich nicht störe, fahren wir gemeinsam«, sagte Julia. »Wollen Sie zum Egelsee gehen oder zum Laggerhof?«

»Ich will nirgends hin«, sagte Kordesch. »Ich wollte wenigstens einmal über den See fahren. Wissen Sie, ich komme hier zu nichts. In dieser schönen Gegend. Und wenn ich den Gästen in der Villa Paradies zuhöre, wie sie von ihren Ausflügen erzählen, nach Radenthein, ins Maltatal, zur Schwaigerhütte und so weiter – dann werde ich ein wenig neidisch. Ich sitze nur in Autos oder arbeite auf meinem Zimmer.«

»Dann sollte ich Sie jetzt nicht stören«, sagte Julia Hess.

»Nein«, sagte Kordesch. »Sie stören nicht. Ich fahre nur hinüber und wieder zurück.«

»Wir könnten kurz dort drüben an diesem Buffet ein Bier trinken«, sagte Julia Hess. »Ich weiß immer noch nicht, wie das Lokal eigentlich heißt. Mein Mann nennt es immer: die Zigarre. Weil das Dach so komisch geformt ist. Oder ist das überhaupt ein Dach?«

Kordesch fand sie immer noch entzückend, aber er war nun doch vorsichtig geworden. Dass sie ihm das Gespräch mit Karlsbader verschwiegen hatte, hatte er sich damit erklärt, dass sie Angst hatte, ihr Mann könne Wind davon kriegen. Nun aber hatte er wieder etwas erfahren, das er lieber von ihr gehört hätte: dass sie Erwin Laggner kannte. Was für eine Untertreibung! Sie hatte mit Erwin Laggner, vor dessen Leiche sie an diesem Tag ohne augenscheinliche Gefühlsregung gestanden war, ein Verhältnis gehabt.

Frau Dr. Hess streckte ihre Hand aus und zeigte auf das andere Ufer. Kordesch bewunderte auch jetzt ihre Kontrolle, ihre Haltung. Das musste man erst einmal schaffen, sich in einer solchen Situation nichts anmerken zu lassen.

»Sehen Sie«, sagte sie. »Das da drüben ist die Fähre. Die sollte fünf Minuten nach der vollen Stunde hier sein. Aber da fährt sie immer erst in Großegg weg. Das ärgert mich jedes Jahr.«

»Haben Sie es eilig?«

»Nein«, sagte Julia Hess und lachte dann. »Ich weiß, es ist lächerlich. Ich bin eben ein Kontrollfreak.«

Beide schwiegen und beobachteten, wie die Fähre am anderen Ufer zuerst ein Stück zurücksetzte, dann langsam Richtung Millstatt drehte und auf die Anlegestelle zutuckerte. Sie standen so nahe beieinander, dass der Wind einmal Julia Hess' langes Haar auf Kordeschs Wange blies. Für eine Sekunde hatte er den Geruch ihres Haars in der Nase. Er erstarrte. Zum Glück dauerte es nicht lange, bis die Fähre das Ufer erreichte.

Die *Peter Pan* legte an und öffnete die Bugklappe. Schnell gingen Dr. Hess und Kordesch an Bord. »Ich zahle für Sie«, sagte Julia Hess. Im Vorbeigehen drückte sie dem Skipper, der hinter dem Steuerrad sitzen blieb und ein mürrisches Gesicht machte, Geld in die Hand. Fahrschein bekam sie keinen.

Die Fähre hatte links und rechts Sitzbänke über die gesamte

Schiffslänge. Julia und Kordesch nahmen auf einer Seite Platz. Im letzten Moment kam noch eine Gruppe von acht oder neun E-Bikern angefahren, alles ältere Menschen mit schwarzen Hosen und orangefarbenen Trikots. Kordesch hörte sie sprechen und schloss daraus, dass sie Holländer waren.

Kopfschüttelnd sah er nun dabei zu, wie die E-Biker ihre schweren Räder an Bord schoben und damit praktisch das gesamte Deck vollluden.

»Sehen Sie«, sagte Kordesch. »Sie ärgern sich über die Verspätung, ich ärgere mich über diese Menschen hier. Ich meine, wozu haben die E-Bikes? Nach Großegg hinüber sind es zehn Kilometer.«

»Dreizehn«, sagte Julia Hess. »Ich weiß das von meinem Mann. Der läuft alle zwei oder drei Tage um den See herum. Und ich muss mir dann anhören, wie weit er gelaufen ist, wie lange er gebraucht hat, was sein bester Kilometer war, wie schnell er im Schnitt gelaufen ist, wie viele Höhenmeter er absolviert hat und so weiter.«

»Immerhin läuft er und fährt nicht E-Bike«, sagte Kordesch.

»Was haben Sie denn gegen E-Bikes?«, fragte Julia Hess.

»Ich sage immer: E-Bike – Rollator – Rollstuhl – Tod. Der Lauf des Lebens.«

»Sie sind aber schon ein sehr mürrischer Mensch.«

Viele hatten das schon über ihn gesagt, und Kordesch widersprach nicht. In Wirklichkeit aber war er in diesem Moment fröhlich. Er machte ein Foto. Schon wieder makelloses Wetter. Julia Hess und er saßen mit Blick Richtung Osten und sahen den Mirnock in der Ferne. Die Reflexion der Sonne auf den Wellen gab schöne Muster. Dr. Hess setzte ihre Sonnenbrille auf. Kordesch hatte seine vergessen.

Nun sagte sie etwas, aber Kordesch konnte es wegen der Motorengeräusche und dem lauten Geschnatter der Holländer nicht verstehen. Er nickte dennoch.

In Großegg stiegen sie aus. Sie mussten warten, bis der mürrische Fährmann aufstand und die lächerliche Kette aushängte. Er grüßte mit einem kaum hörbaren Gegrummel. Sie gingen ein Stück hinauf zur Straße. Die E-Biker stiegen auf und plagten sich nicht beim Anstieg.

»Sollen wir gemeinsam zum Egelsee gehen?«, fragte Julia Hess.

Kordesch zweifelte nicht daran, dass sie diese Frage ernst meinte. Und doch wunderte er sich über die Dreistigkeit. Zwar konnte sie nicht wissen, dass für Kordesch im Moment Ina Burgstaller die Hauptverdächtige war. Aber Julia Hess musste klar sein, dass ihr Mann und sie, wenn nicht unbedingt Tatverdächtige, dann auf jeden Fall wichtige Zeugen waren. Sie waren bei zwei Leichenfunden anwesend gewesen, und Julia Hess hatte Kordesch einmal bei einer Befragung belogen.

Aber Kordesch hatte in diesem Moment einen Geistesblitz. Vielleicht würde er die Frau Doktor ein wenig aus der Reserve locken, wenn er sie überraschte. Sie dachte vielleicht, er könne ohnehin nicht mitgehen. Aber durch ihr Lächeln, ihre lockere Art und die Frage, ob er mit ihr zum Egelsee gehen wolle, sollte er vielleicht denken, dass sie völlig unschuldig und unbefangen war. Wenn sie nun aber für die nächsten anderthalb Stunden an seiner Seite sein musste und gar nicht damit gerechnet hatte? Kordesch hielt sich für sehr schlau.

»Geht nicht«, sagte Kordesch. »Ich muss noch arbeiten. Die Ermordeten werden immer mehr.«

»Schade!«, sagte sie. »Dann gehen wir doch wenigstens in die Zigarre und trinken ein Bier.«

»Wie weit ist es denn zum Egelsee?«

»Ich kenne einen Weg, der ist nur etwas mehr als drei Kilometer lang. Wenn Sie fit sind fürs Bergaufgehen, brauchen wir etwa 35 Minuten hin und 25 zurück. Eine Stunde.«

»Wenn Sie schwören, dass das stimmt!«, sagte Kordesch. »Und wenn es nicht wieder so unvollständig ist wie die Angaben, die ich bisher von Ihnen kenne …«

Julia Hess tat so, als hätte sie die Anspielung nicht gehört oder nicht verstanden. Sie gingen eine schmale asphaltierte Straße hinauf, deren Belag bereits sehr mitgenommen war. Wirklich war es steil und Kordesch hatte Mühe, mit ihr mitzuhalten.

»Verzeihung, ich muss langsamer gehen«, sagte Julia Hess.

»Sie sind fitter als ich«, sagte Kordesch.

Die Straße führte in einen Wald und machte dann einen scharfen Linksknick, fast eine Serpentine. Hier bogen sie auf Julia Hess' Anweisung in den Wald ab. Es war sofort kühler.

»Ich habe Wasser mit, wenn Sie möchten«, sagte sie. Er winkte ab, und nun gingen sie nebeneinanderher. Kordesch wusste, dass er das nicht hätte tun dürfen. Er hatte aber kein schlechtes Gewissen. Und er hatte keine Sonnenbrille dabei. Und keine Trinkflasche. Und kein zweites Unterleibchen und Hemd. Das Hemd, das er anhatte, war jetzt schon verschwitzt.

»Herr Kräuter hat mir gestern vom Hochgosch erzählt«, sagte Julia Hess. »Kennen Sie ihn?«

»So heißt der Berg, auf den wir gerade gehen, oder?«

»Ja«, sagte sie. »Also, Berg ist es keiner. Eher eine Anhöhe. Aber ich meinte, ob Sie Herrn Kräuter kennen?«

»Ich kenne alle Insassen der Villa Paradies«, sagte Kordesch.

»Sie meinen wohl die Gäste«, sagte Julia Hess und lachte. »Noch sind sie keine Insassen und sitzen im Gefängnis. Aber bald sorgen Sie ja dafür.«

»Ich gebe mein Bestes. Es sind schwierige Fälle dabei. Bei Herrn Kräuter muss ich immer in Deckung gehen, sonst ist er gleich bei König Heinrich dem Fünften, der Abgabe des Bannpfennigs und der goldenen Bulle.«

»Ja, er redet viel. Aber er hat mir gestern interessante Dinge über den Egelsee erzählt. Möchten Sie sie hören?«

»Ich vergesse es sowieso gleich wieder.«

»Stoppen Sie mich, wenn ich Ihnen auf die Nerven gehe«, sagte Julia Hess. »Der Höhenrücken, über den wir jetzt gehen, hat früher *Fratres* geheißen. Heute sagt man nur südlicher Seerücken. Früher ist man von Millstatt ins Drautal immer so gegangen wie wir jetzt; also mit dem Boot über den See gefahren und dann über den Fratres, genau genommen nicht über den Hochgosch, sondern über den Kreuzstein, auf dem sich angeblich Reste eines alten Opfersteins der Jesuiten befinden. Auf Wikipedia steht, der Egelsee wurde früher Ecksee genannt. Aber dafür hat Herr Kräuter keine Belege gefunden. Im Mittelalter wurde er allerdings *das Schwarze Seele* genannt.«

Kordesch sagte nichts. Er hatte weiter Mühe, mit Julia mitzuhalten.

»Haben Sie gehört, was ich auf der Fähre zu Ihnen gesagt habe?«, fragte Julia Hess. »Ich glaube nicht. Oder Sie tun nur so. Ich wollte mit Ihnen reden und Ihnen sagen: Vergangenes Jahr, als wir hier waren … also … Mein Mann musste voriges Jahr den Urlaub für zwei Tage unterbrechen und nach Wien fahren, um zu arbeiten. In dieser Zeit … in dieser Zeit hatte ich eine Affäre mit Erwin Laggner.«

»Dafür sind Sie aber sehr souverän vor seiner Leiche gestanden«, sagte Kordesch. »Und war der Zeitraum, in dem diese Affäre stattfand, die letzte Gelegenheit, bei der Sie Erwin Laggner lebend gesehen haben?«

»Ja.«

»Frau Laggner hat mir schon von Ihrer Affäre erzählt.«

»Das dachte ich mir«, sagte Julia Hess. »Mir ist nur nicht klar, woher sie davon weiß.«

»Ach, kommen Sie, Frau Doktor. Hier weiß jeder alles. Das haben Sie doch selbst vor Kurzem zu mir gesagt.«

»Sie sind zornig, dass ich es Ihnen gestern nicht erzählt habe.«

Sie hatte recht. Aber er ging nicht darauf ein. »Frau Laggner sagte aber auch etwas von SMS, die Sie Erwin Laggner geschrieben hätten. Und dass Sie ihn wieder treffen wollten.«

»Wir wollten uns wieder treffen«, sagte Julia. »Es kam aber nicht dazu.«

»Wann haben Sie ihn das letzte Mal gesehen?«

»Im Juli 2022.«

»Sie müssen das auf dem Polizeikommando in Spittal zu Protokoll geben. Wenn Sie wollen, dass Ihr Mann nicht erfährt, dass Sie befragt werden, dann sagen Sie uns, welche Zeit Ihnen passt. Der Kollege holt Sie morgen ab. Bei der Gelegenheit wäre es hilfreich, wenn Sie Ihre Fingerabdrücke abgeben. Das müssen Sie aber nicht.«

»Mach ich gerne.«

»Und ich hoffe für Sie, dass das auch wirklich alles ist. Ich sage Ihnen nur: Wir werten gerade alle Mobilfunkdaten von Erwin Laggner aus. Es kommt alles raus.«

»Ich bin jetzt erleichtert«, sagte Julia Hess. »Wollen wir eine Pause machen?«

Sie blieb stehen. Kordesch blieb auch stehen und sah sie an. Wie schaffte sie es, nicht zu schwitzen? Die Hitze, die Bewegung und dann auch noch das peinliche Gespräch. Kordesch schwitzte für zwei.

»Kein Wasser? Kein Apfel?«

»Ich kann Äpfel nicht leiden.«

»Sie sind aber ein Querulant! Gibt es wirklich nichts, was Sie mögen?«, fragte Julia Hess und wartete kurz. »Und doch glaube ich, dass Sie ein liebeswerter Mensch sind.«

»Ach, glauben Sie das nicht.«

Sie gingen weiter und erreichten bald einen Pfeiler mit verschiedenen gelben Wegweisern. Auf einem davon stand: *Egelsee 45 Minuten.* Kordesch zeigte darauf und drehte sich zu Dr. Hess.

»Haben Sie mich reingelegt?«

Und wirklich dachte Kordesch, dass er Julia in die Falle gegangen war. Was, wenn er erst am Abend oder gar in der Nacht in die Villa Paradies zurückkäme? Er hatte sich noch gar nicht auf die morgige Pressekonferenz vorbereitet. Dort würde er nur Gestammel von sich geben, und die Journalisten und vor allem dieser Schmölzer würden von ihm selbst den Beweis geliefert bekommen, dass Benedikt Kordesch ein Narr war, ein Verwirrter, der als Ermittler in zwei Mordfällen völlig ungeeignet war.

»Ignorieren Sie das. Das ist für Senioren ohne E-Bike! Wie ging nochmals Ihr Spruch? ›E-Bike – Rollstuhl – Sarg?‹«

»E-Bike – Rollator – Rollstuhl – Tod.«

»So wie: Birth – School – Work – Death?«, sagte Julia.

»Sie kennen *The Godfathers*?«

»Jetzt sehen Sie, wie alt ich bin.«

»Ich weiß ganz genau, wie alt Sie sind«, sagte Kordesch. »Sie sind am 15. Juli 1980 geboren. In sechs Tagen haben Sie Geburtstag.«

»Erinnern Sie mich nur nicht daran!«

Durch die hohen Baumkronen drangen manchmal Sonnenstrahlen. Kordesch blickte immer wieder hinauf. Bald bemerkte er kleine weiße Wölkchen, die von Westen her aufzogen. Kordesch war nicht sicher, ob er sich mit diesem Spaziergang nicht lächerlich machte. Er hatte zwei Morde aufzuklären und rannte hier durch einen Wald, der zuletzt im Mittelalter für Kaiser Scheiß-mit-Reis den Fünften wichtig gewesen war. Aber irgendetwas sagte ihm, dass diese Julia Hess mit beiden Morden zu tun hatte. Und war sie nicht mit beiden Mordopfern in Kontakt gewesen? Mit Christof Karlsbader hatte sie wahrscheinlich sogar mehr Worte gewechselt als Ina Burgstaller.

»Ich muss Ihnen jetzt auch noch etwas erzählen zu Ihrem Fall«, sagte Julia Hess. »Aber dann reden wir nicht mehr davon. Nicht dass Sie glauben, ich möchte jemanden denunzieren oder so etwas. Aber vielleicht ist es wichtig, wo Sie sich doch mit der Videoüberwachung beschäftigen.«

»Woher wissen Sie denn das?«, fragte Kordesch.

»Von Ihnen selbst. Sie sind doch vor mir auf dem Boden herumgekrochen wegen der Überwachungskamera.«

»Stimmt! Also worum geht es?«

»Gestern habe ich Vicky und ihre Freundin im ersten Stock gesehen«, sagte Julia.

»Welche Freundin?«

»Die Ukrainerin, die als Kellnerin bei Maria Laggner arbeitet?«

»Das sind Freundinnen?«, fragte Kordesch. »Wussten Sie, dass beide denselben Familiennamen haben, aber nicht miteinander verwandt sind?

»Nein.«

»Okay, erzählen Sie weiter.«

»Also, wir nehmen uns immer frische Handtücher von diesem Holzregal«, sagte Julia Hess. »Gestern, als ich ein Badetuch geholt habe, standen sie dort und kicherten. Ich glaube, sie waren ein wenig betrunken. An der Wand vor ihnen hing ein schwarzes Bikini-Oberteil, und sie taten davor eigenartig herum und zeigten dem Bikini immer wieder den Mittelfinger. Als sie mich gesehen haben, sind sie plötzlich verstummt. Ich habe sie gefragt, was denn so lustig wäre, und sie traten zur Seite und zogen das Bikini-Oberteil weg. Darunter war so eine kleine Kamera. Und Vicky sagte lachend zu mir: ›Sie werden hier rund um die Uhr überwacht. Stalin gegen Damkov!‹«

Kordesch blieb stehen. Er nahm sein Notizbuch zur Hand.

»Stalin gegen Damkov? Was soll denn das bedeuten?«, fragte er.

»Keine Ahnung. Warum?«

13

Kordesch hatte schon zwei Mal gefragt, wie weit der Egelsee noch entfernt war, und Julia Hess hatte jedes Mal geantwortet, dass sie gleich da seien. Als er das dritte Mal fragte, läutete sein Telefon. Er blickte auf das Display und bedeutete ihr mit einer Handbewegung, dass er kurz telefonieren müsse. Es war Dr. Schmuttermeier von der Gerichtsmedizin.

»Herr Kommissar Quijote«, sagte Schmuttermeier. »Ich habe schon wieder eine Leiche von Ihnen. Schon wieder *ultradringend*. Also, sind Sie bereit?«

»Ich danke Ihnen, Frau Doktor«, antwortete Kordesch. »Ja, ich höre zu.«

»Also, zuerst zum Messer: Das wurde post mortem in den Körper gerammt. Warum auch immer. Aber er hat eine zweite Wunde: massiver Schlag auf den Hinterkopf. Compressio cerebri. Er war sicher sofort bewusstlos. Gestorben ist er wohl erst Minuten danach oder vielleicht eine halbe Stunde.

»Die Tatzeit?«

»Nicht sehr seriös, wenn ich mich da festlege«, sagte Dr. Schmuttermeier. »Nach seinem Gesamtzustand zu schließen, ist er etwa drei Tage tot. Also, ich sage mal, am Donnerstag. Und fragen Sie mich jetzt nicht nach einer genauen Uhrzeit.«

Kordesch machte hektisch Notizen in sein Heft, das er auf seinen Oberschenkel gelegt hatte.

»Was Sie interessieren wird: Die Kriminaltechnik hat mir so ein Metallteil gebracht. Das hat man auf Laggners Boot gefunden«, sagte Schmuttermeier. »Ein blau lackiertes Ding. Da ist sein Blut drauf. Und Fingerabdrücke von ihm und einer zweiten Person. Seine Frau hat Ihren Kollegen gesagt, es handelt sich dabei um … warten Sie … ich habe mir das aufgeschrieben: eine Handseilwinde.«

»Handseilwinde«, wiederholte Kordesch und schrieb in sein Heft.

»Das ist die Tatwaffe.«

»Danke!«, sagte Kordesch. »Das ist gute Arbeit!«

»Ansonsten nichts Auffälliges«, sagte Schmuttermeier. »Keine K.-o.-Tropfen, keine Drogen, kein Sex vorher. Da hat jemand einfach nur zugeschlagen. Das allerdings mit ziemlicher Wucht.«

»Kann das eine Frau?«

»Sie sind mir einer! Natürlich kann das eine Frau. Er muss mit dem Rücken zum Täter gestanden sein, und der hat mit dem Ding ausgeholt. Und weil er aus dem See gefischt wurde …«, sagte Dr. Schmuttermeier. »Lange kann er nicht im Wasser gelegen sein. Das würde anders aussehen.«

»Wie lange maximal im Wasser?«, fragte Kordesch.

»Sie mit Ihrem Quantifizierungswahn«, sagte Schmuttermeier. »Höchstens zwei, drei Stunden.«

»Wie soll ich Ihnen danken, Dr. Schmuttermeier?«, fragte Kordesch.

»Sie brauchen sich nicht zu bedanken, aber bitte schicken Sie mir morgen nicht noch eine Leiche!«

»Ich gebe mein Bestes«, sagte Kordesch. »Auf Wiederhören.«

Kordesch legte auf und ging zurück zu Julia Hess. Sie setzten den Weg fort, bis sie zu einer Kreuzung kamen. Von dort stapften sie kurz durch den Wald und erreichten eine Lichtung, an der zahlreiche Tafeln aufgestellt waren, die über das Naturschutzgebiet informierten. Julia Hess lief an ihnen vorbei, und Kordesch folgte ihr. Sie gingen durch das Schilf und standen vor dem Egelsee. Ein Rundweg, an dem drei Holzplattformen aufgebaut waren, führte am Ufer des Moorsees entlang. Die erste Plattform war belegt. Die anderen beiden nicht. Es war ganz so, wie Margit Rabitsch es beim Frühstück beschrieben hatte. Das war vor wenigen Stunden gewesen, aber Kordesch kam es vor, wäre es ein paar Tage her.

»Wir haben Glück. Es ist kaum jemand da«, sagte Julia. »Kommen Sie, wir hüpfen kurz hinein, bevor wir zurückgehen.«

»Ich habe kein Handtuch mit«, sagte Kordesch.

Er hatte natürlich auch keine Badehose mit. Also musste er nun nochmals den Unterhosentrick anwenden, den schon die Schwedin durchschaut hatte.

Kordesch setzte sich und blickte auf das Wasser. Er griff nach seinem Handy. Der See war ganz ruhig. Weiße Wolken zogen vorüber. Die Bäume, der Himmel und die Wolken spiegelten sich in unglaublicher Schärfe und Klarheit auf seiner Oberfläche. Blickte man aber auf das Wasser, war es schwarz. So etwas hatte Kordesch noch nie gesehen. Die Handyfotos vom Egelsee waren die besten Schnappschüsse, die er je aufgenommen hatte.

»Wenn Sie möchten … Ich meine, mir macht es nichts aus, wenn Sie …«, sagte Julia. »Ich habe zwei Handtücher mit. Eines können Sie haben.«

Natürlich ließ er sich breitschlagen. Julia Hess hatte ihre Wanderhose und das T-Shirt abgestreift und stieg über eine Leiter ein. Drei, vier Schwimmbewegungen, und sie war in der Mitte des Sees. Kordesch stand unentschlossen da. Er zog sich ebenfalls aus und wollte gleich direkt von der Holzplattform ins Wasser springen. Doch schon beim ersten Schritt glitt er aus, weil das Holz durch das Moorwasser aufgeweicht und schleimig war. Er landete auf dem Hintern und rutschte ins Wasser. Leider hatte Julia ihn dabei gesehen. Sie rief: »So geht's auch!«

Doch lange schwamm Kordesch nicht. Der kleine Sturz hatte zwar überhaupt nicht wehgetan, aber nur kurz im Wasser, ekelte ihm sofort vor dem See. Es war eine schwarze Brühe, in der man nur wenige Zentimeter weit sah. Was er aber erkennen konnte, waren kleine Larven oder Kaulquappen, die sich im Wasser mit Flügelbewegungen fortbewegten. Von der Wärme seines Körpers angezogen, kamen sie auf seine Arme und Beine zu und schmiegten sich an ihn. Sie waren winzig, aber es waren Hunderte oder Tausende davon. Er schwamm zu der Leiter, die nur wenige Meter entfernt war, und stieg wieder aus dem Wasser.

»Das war's?«, rief Julia Hess vom anderen Ufer des Sees herüber.

»Da sind Tiere drinnen«, rief Kordesch zurück, der in nasser Unterhose neben der Leiter stand.

»Um Gottes willen, diese Natur!«

»Ich mochte sie noch nie.«

»Was mögen Sie denn überhaupt?«

»Wo ist das Handtuch?«

»In meinem Rucksack!«

Kordesch zippte den Rucksack auf. Nicht, dass er das Folgende hätte tun wollen oder sollen, aber er nahm die beiden Handtücher heraus und sah nun, was sich sonst noch in diesem Rucksack befand. Er hatte nur wenig Zeit, denn er wollte nicht, dass Julia Hess etwas bemerkte. Im Rucksack befanden sich ein T-Shirt, eine Trinkflasche, eine Frischhaltebox, in der wahrscheinlich die Äpfel waren, die sie ihm angeboten hatte, ein Taschenmesser, ein Paar Socken und eine durchsichtige Plastikhülle, in der ihr Reisepass verstaut war. Kordesch drehte die Hülle um und sah einen Kugelschreiber und den Zettel eines Hotelblocks vom Goldenen Lamm in Villach. Auf dem Zettel war eine Telefonnummer notiert. Kordesch merkte sich die Nummer und zippte den Rucksack wieder zu.

Er trocknete sich ab, während er sich die Telefonnummer vorsagte, schlüpfte in die Hose, nahm schnell sein Notizheft aus der Brusttasche seines Hemds und notierte die Nummer.

Kordesch saß auf der Holzplattform und blickte auf den Egelsee. Er sah Julia hin und her schwimmen. Manchmal schwamm sie auf ihn zu und lächelte ihn an. Wäre das ein Urlaub, befände er sich jetzt mitten in einem perfekten Abenteuer. Aber leider war dieser Ausflug eine riesige Dummheit von Kordesch. Trotzdem genoss er die Momente in dieser märchenhaften Landschaft, an diesem eigenartigen See, der für ihn nicht beschwimmbar war.

Julia stieg aus dem Wasser, trocknete sich ab und setzte sich neben ihm auf ihr Handtuch. Wenn die anderen Badenden sie beobachteten, mussten sie sie für ein Paar halten. »Ich lasse mich noch kurz von der Sonne trocken, dann gehen wir«, sagte sie. »Ich glaube, Sie sitzen auf Nadeln.«

»Nein, nein«, sagte Kordesch. »Eigentlich will ich nicht gehen. Es ist so schön hier.« Tatsächlich machte er sich Sorgen, dass Havran ihn suchte, aber in diesem Moment tat er so, als wäre er völlig gelassen. Er hatte hier oben am See keinen Empfang, das hatte er vorhin schon bemerkt, nach dem Gespräch mit Dr. Schmuttermeier.

»Das Schwimmen scheint nichts für Sie zu sein.«

»Das war es noch nie.«

»Als Sie gestern vom Badesteg der Villa Paradies in den See gesprungen sind, haben Sie mutiger ausgesehen.«

Kordesch schwieg und blickte in den Himmel.

»Erklären Sie mir eines«, sagte Julia. »Ihre Geschichte mit dieser Gabi – endet sie im Glück oder im Unglück? Ach, ich bin zu neugierig, verzeihen Sie.«

Julia Hess legte sich nun auf den Rücken und blickte in den Himmel, der inzwischen von einem dichten Wolkenmeer bedeckt war. Wortlos saß er neben ihr und blickte auf den See. Dann – er wusste nicht, warum er das tat – legte auch er sich auf den Rücken. Und er glaubte kurz zu spüren, wie Julias Hand die seine berührte.

»Es ist so eine pubertäre, unglückliche Liebesgeschichte. Ich war jedes Jahr mit meinen Eltern hier. Wir waren viel an Kärntner Seen. Nachmittags war ich oft reiten, auf einem Pferdehof, den ich nicht mehr finde. Die Gäste dort bekamen ein Pferd, aber beim Ausreiten war eine erfahrene Reiterin dabei. Das war Gabi Troppan. Es gab einen Parcours zum Springreiten, und sie zeigte mir einmal, wie man mit dem Pferd über das Hindernis springt. An manchen Tagen waren wir nur zu zweit ausreiten, und da haben wir uns angefreundet.«

Fünfzehn Jahre lang war Kordesch mit seiner Frau Ulli verheiratet gewesen und hatte ihr kein einziges Mal die Geschichte von Gabi Troppan erzählt. Warum, wusste er in diesem Moment selbst nicht. Wahrscheinlich fand er noch als Dreißigjähriger, dass die Geschichte lächerlich sei und vor allem ihn lächerlich erscheinen lasse. Später aber hatte er Angst, dass Ulli durch diese Geschichte eifersüchtig wurde. Eifersüchtig nicht auf Gabi Troppan, aber darauf, dass Kordesch einmal verliebt gewesen war. Denn in diesem Moment musste er vor sich selbst zugeben – so eigenartig das auch klang –, dass Ulli und er nie richtig ineinander verliebt gewesen waren.

»Sie sah so aus wie Sie. Sie war damals siebzehn. Ich war fünfzehn. Und eines Abends, nachdem wir die Pferde eingestellt hatten, haben wir uns geküsst. Ich war jung und dachte: Das war es jetzt. Ich liebe dieses Mädchen. Sie liebt mich. Wir werden immer zusammen sein und heiraten. Aber am nächsten Tag – es war zufällig der letzte Urlaubstag – wollte sie davon nichts mehr wissen und sagte, das mit dem Kuss sei eben passiert, aber sie sei nicht in mich verliebt.«

Die arme Frau Dr. Hess, dachte Kordesch. Nun wurde sie ungefragt zu seiner Therapeutin. Nach *der* Katastrophe in seinem Leben, nach jenem Unfall am 27. Mai 2016, der Kordeschs Leben verändert hatte, rieten ihm so viele, eine Therapie zu machen. Er weigerte sich immer, das zu tun, schob es von sich weg, machte sich sogar darüber lustig.

»Mein Herz war gebrochen. Ich wollte es Gabi zeigen und ritt, als wir beim Parcours vorbeikamen, auf ein Hindernis zu. Das Pferd wollte nicht und drehte ab. Ich riss fest am Zügel, spornte es scharf an und ritt wieder auf das Hindernis zu. Doch da bäumte es sich auf, ging mit mir durch und raste auf den Waldrand zu, wo es mich abwarf. Gabi hat mich noch getröstet. Jedem Reiter gehe einmal das Pferd durch. Niedergeschlagen verließ ich den Pferdehof, und da wir am darauffolgenden Tag abreisten, kam ich nicht wieder. Ich bin seither nie wieder auf einem Pferd gesessen.«

Immer noch glaubte Kordesch, Julia Hess' Hand zu spüren, aber vielleicht irrte er sich und wünschte es nur. Sie atmete tief ein und aus.

»Mein Gott, so eine schöne Geschichte«, sagte sie.

»Schön?«

»Ja, schön. So etwas erlebt doch jeder einmal in seiner Jugend.«

»Meinen Sie?«

»Aber sicher! Und diese Gabi sah mir ähnlich?«

»Das kann ich nach dreißig Jahren schwer beurteilen«, sagte Kordesch. »Ich dachte es kurz, als ich Sie das erste Mal gesehen habe.«

Nun fuhr schon eine erste stärkere Windböe durch das Schilf am Ufer. Julia Hess setzte sich auf und blickte Kordesch unbefangen an. »Kommen Sie, wir gehen. Da kommt ein Gewitter.«

Wenige Minuten später waren Julia Hess und Benedikt Kordesch wieder auf dem Fußweg nach Großegg. Da es stetig bergab ging, waren sie tatsächlich viel schneller. Zumindest fand Kordesch, dass die Zeit im Flug verging.

»Zwischen den Bäumen sieht man schon den See«, sagte Julia Hess.

Sie blieben stehen. Schwarze Wolken zogen im Westen auf, und es ging ein frischer Wind. Aus einem Seitenfach ihres Rucksacks zog Julia Hess einen Kunststoffbeutel. Sie stülpte ihn um. Es war eine Outdoorjacke. Sie reichte Kordesch ihren Rucksack und schlüpfte in die Jacke.

»Da kommt ein ordentliches Gewitter«, sagte er.

»Ja, es hat sich aufgeheizt«, sagte sie. »Außen wie innen.«

Sie sah ihm in die Augen. Er wusste nicht, wie ihm geschah. Ob er den Geist der Gabi Troppan beschworen hatte? Ob er sich an diesem Nachmittag von seiner Arbeit, von aller Verantwortung freigenommen hatte? Er küsste Julia Hess. Und sie küsste ihn. Er hielt sie an der Hüfte fest, und nach ein, zwei Minuten ließen sie voneinander und gingen weiter.

Nun war das Gespräch nicht mehr in Gang zu bringen. Alles, was Kordesch zu sagen überlegte, verwarf er wieder.

Es war nicht leicht für Kordesch, wieder einen klaren Gedanken zu fassen. Er zwang sich dazu, an den Fall zu denken und daran, was als Nächstes zu tun war. Vor Kurzem war eine zweite Leiche gefunden worden. Also musste er wissen, wo die Verdächtigen sich zum Tatzeitpunkt aufgehalten hatten.

»Ich muss Sie heute leider noch kurz befragen«, sagte Kordesch. »Beziehungsweise: Mein Kollege wird Sie befragen. Es geht darum, wo Sie am Donnerstag waren. Das ist leider durch den Tod von Erwin Laggner nötig geworden.«

»Bleiben wir beim *Sie*?«

»Ja«, sagte Kordesch. »Solange ich hier ermittle, müssen wir beim Sie bleiben.«

»Ich glaube, Sie sind der Erste, den ich geküsst habe, mit dem ich per Sie bin«, sagte Julia. »Sie müssen übrigens keine Angst haben. Es wird niemand etwas erfahren. Also, von mir nicht. Wir sind nie gemeinsam zum Egelsee gegangen.«

Kordesch hatte gerade etwas in der Art von Julia fordern wollen, eine Art vereinbartes Stillschweigen. Sie war ihm zuvorgekommen. Jetzt fand er das aber ein wenig traurig. Er hatte die Wanderung genossen und war für kurze Zeit ein anderer Mensch gewesen. Die Menschen, die fanden, dass er mit allem unzufrieden war, hatten einfach recht, dachte er.

»Es ist schön, dass Sie eine so positive Einstellung zum Leben haben«, sagte Kordesch.

»Habe ich das?«

»Aber sicher: Sie wandern, Sie schwimmen sogar in einer Kloake, schauen Leichen kaltblütig ins Gesicht, können sich vergnügen und – leben. Ich habe Angst. Ich kann nicht schwimmen gehen, nicht reiten, nicht Auto fahren. Alles nur aus Angst.«

»Sie sind nur zu faul, das zu überwinden«, sagte Julia Hess. »Aber Sie kennen mich nicht im Alltag. Heute Ärztin zu sein, ist einfach schrecklich. Als ich klein war, waren Ärzte Götter. Für meine Eltern und Großeltern gab es nichts Großartigeres als die Tatsache, dass ich Ärztin werden würde. Und ich habe auch immer gerne gearbeitet. Aber in den letzten Jahren – dieser Hohn und diese Aggression überall. Es ist kaum zu ertragen. Die Menschen glauben mir nichts mehr. Sie kommen mit Ordnern in meine Praxis, erklären mir ihre Selbstdiagnose und zeigen mir, dass sie schon alles im Internet gefunden und ausgedruckt haben. Ich kriege so einen Hass auf die Leute.«

»Das verstehe ich«, sagte Kordesch. »Als Polizist ist das nicht viel anders.«

»Überall ist Wut«, sagte Julia Hess. »Ich mag schon dieses Wort nicht: Wutbürger. Was soll das sein? Löst man Probleme mit Wut?«

In diesem Moment läutete Kordeschs Mobiltelefon. Er nahm es aus der Hosentasche. Es war Havran, der beunruhigt klang: »Wo bist du denn? Die Staatsanwältin hat mich schon angerufen. Und ich habe es auch schon drei Mal probiert.«

»Bernie, ich bin in zwanzig Minuten bei dir. Was ist denn los?«

»Wir haben die Handyauswertung von Erwin Laggner«, sagte Havran.

»Okay«, sagte Kordesch. »Hör zu! Wir müssen alle Gäste der Villa Paradies nochmals befragen, wo sie am Donnerstagabend waren. Da ist Laggner wahrscheinlich getötet worden.«

»Okay, ich beginne gleich damit«, sagte Havran.

»Ach, du verdammter Streber«, sagte Kordesch. »Ich bin gleich da. Geh nicht raus. Regen kommt!«

»Ich bin in deinem Zimmer. Ich hoffe, das stört dich nicht.«

Er legte auf und sah auf dem Display zwei entgangene Anrufe von der Staatsanwältin Krakauer und drei von Havran. Er seufzte und steckte das Mobiltelefon ein.

»Man wartet auf Sie«, sagte Julia. »Und ich bin schuld.«

»Alles gut. Der Kollege hängt eben sehr an mir. Ich muss Sie noch etwas fragen«, sagte Kordesch. »Wusste Ihr Mann wirklich nichts von Ihrer Affäre mit Erwin Laggner? Ich meine, Maria Laggner wusste doch auch davon.«

»Oh, jetzt haben Sie sich aber schnell wieder in den Polizisten Kordesch verwandelt. Der Traumichnicht, der Angst vor den Tieren in einem Teich hat, hat mir besser gefallen.«

»Tja, so ist das leider«, sagte Kordesch. »Ich bin, glaube ich, kein Mensch, den man mag.«

»Ich mag Sie. Aber Ihre Frage: Nein, ich bin ziemlich sicher, dass Gerhard nichts von Erwin und mir weiß. Das hätte ich ihm angemerkt.«

»Ich wollte nur sagen: Ich werde dazusehen, dass das nicht rauskommt«, sagte Kordesch. »Garantieren kann ich es nicht. Aber ich denke, Sie haben für Donnerstag ein wasserdichtes Alibi?«

»Am Donnerstag war ich noch in Wien«, sagte Julia Hess. »Und am Freitag bin ich nach Spittal gefahren, und Gerhard hat mich vom Bahnhof abgeholt. Den Rest kennen Sie ja.«

»Okay«, sagte Kordesch. »Das erzählen Sie dann bitte Havran noch mal.«

»Es ist seltsam«, sagte Julia Hess. »Aber seit diesem Freitag hat sich alles verändert.«

»Was hat sich verändert?«

»Ich weiß nicht«, sagte sie. »Gerhard war anders, als er mich abgeholt hat. Hier im Urlaub ist plötzlich alles anders. Wir sind ja Gewohnheitstiere und mögen keine Veränderungen. Es ist so, als wäre eine Zeit einfach vorbei. Vielleicht war es ja nie so, wie ich es mir einbilde. Vielleicht ist alles eine Illusion gewesen.«

Kordesch schwieg. Sie hatten den Waldrand erreicht und liefen die schmale Straße hinunter zur Fähre. Während sie auf die *Peter Pan* warteten, fielen die ersten Regentropfen. Derselbe Fährmann brachte sie wieder nach Millstatt. Auf dieser Überfahrt waren sie die einzigen Passagiere.

Als sie in der Mitte des Sees waren, begann es sehr heftig zu regnen.

»Sie haben wirklich nichts mitgenommen«, sagte Julia. »Wie leichtsinnig.«

»Ich wollte ja nur mit der Fähre fahren. Aber es ist ein sehr schöner Spaziergang geworden. Danke!«

»Schauen Sie auf die Wellen! Ein Einheimischer hat mir einmal gesagt, wenn die Wellen eine weiße Gischt haben, soll man nicht mit dem Boot auf den See hinausfahren. Das kann gefährlich sein.«

»Ich habe eigentlich Angst vor diesem See.«

»Sie reden so oft von Angst«, sagte Julia Hess. »Ich glaube, Sie sind gar nicht so ängstlich, wie Sie tun. Sie sind eigentlich mutig. Diese Gabi hat Ihnen Unglück gebracht. Aber das haben Sie hinter sich. Das ist das Leben. Vielleicht ist sie viel unglücklicher geworden als Sie?«

»Wenn sie immer noch in Kärnten lebt, ist sie bestimmt unglücklicher als ich«, sagte Kordesch.

»Und das mag ich auch an Ihnen – Ihren Zynismus«, sagte Julia Hess.

Es war der letzte Satz, der gesprochen wurde. Die Fähre legte an, und sie stiegen aus. Kordesch zeigte mit einer Handbewegung, dass er das Ufer entlang zum Hotel gehen würde. Es regnete in Strömen. Julia berührte kurz seine Hand, als er nach rechts abbog, sie aber geradeaus die Überfuhrgasse hinaufging. Kordesch drehte sich nicht mehr um, um ihr nachzusehen.

14

Kaum war Kordesch am Tor der Villa Paradies angelangt, begann es zu hageln. Er rannte schnell zum Eingang. Alle Gäste waren bereits nach drinnen geflohen. Kaffeetassen, Wein- und Sektgläser standen noch auf den Tischen im Garten und füllten sich mit Regenwasser oder waren umgekippt. Nun aber kamen Hagelkörner von anderthalb Zentimeter Größe vom Himmel. Man sollte sie auffangen und als Eiswürfel verwenden, dachte Kordesch im Vorbeilaufen. Und schon war er beim Eingang.

An der Bar saßen Marc Wister und Marius Brünner mit zwei weiteren jungen Männern, die Kordesch nicht kannte. Leere und volle Bierflaschen standen auf dem Tisch, und es herrschte gute Stimmung. Kordesch wollte zum Stiegenhaus, doch Brünner rief ihm nach: »Herr Kriminalpolizist, trinken Sie ein Bier mit uns?«

Kordesch ging schnell weiter und rief zurück: »Keine Zeit für Party. Ich komme nach der Aufklärung des Falls. Haltet durch!«

Und schon ging er die Stiegen hinauf und in sein Zimmer, wo Havran saß und auf dem Laptop arbeitete.

»Na, endlich kommst du«, sagte er.

»Warte kurz«, sagte Kordesch. »Ich muss mir trockene Wäsche anziehen. Sogar meine Unterhose ist pitschnass. Und dann muss ich die Staatsanwältin anrufen.« Kordesch zückte sein Notizheft, das ebenfalls nass geworden war, schlug es auf der letzten beschriebenen Seite auf und hielt es Havran hin. »Kannst du mir inzwischen sagen, ob diese Rufnummer einem der beiden Ermordeten gehört?«

»Zu Befehl!«, sagte Havran. »Der Herr Oberst geht spazieren oder als Regenmacher an den See, und wir arbeiten hier.«

»Ja, ja, jetzt reg dich nicht auf«, sagte Kordesch, der sich im Badezimmer umzog und gleich wiederkam. »Was ist denn übrigens mit den Fingerabdrücken auf diesen Zweitschlüsseln, die ich dir gegeben habe?«

»Da sind so viele Spuren drauf, das kannst du vergessen«, sagte Havran. »Willst du mir jetzt endlich einmal zuhören. Ich habe ganz brisante Erkenntnisse über …«

Doch Kordesch hörte nicht zu, nahm sein Telefon und rief die Staatsanwältin an.

»Da sind Sie ja endlich, Kordesch«, sagte Wiltrud Krakauer.

»Was gibt es?«, fragte Kordesch.

»Hat Ihnen Ihr Kollege schon die Handydaten gezeigt?«

»Das machen wir gleich, wenn Sie aufgelegt haben.«

»Dazu eines«, sagte Krakauer. »Nichts, aber wirklich gar nichts darf da nach außen dringen. Haben Sie mich verstanden?«

»Ach, hat der Herr Innenminister schon wieder angerufen?«, fragte Kordesch süffisant. »Ich brauche auch etwas von Ihnen: Haftbefehle für Victoria Serdyul und Ulyana Serdyul. So schnell es geht. Ich will sie morgen zur Vernehmung nach Spittal bringen lassen. Und bitte schicken Sie uns auch diese Frau Dr. Schmuttermeier nach Spittal. Und eine Dolmetscherin für Ukrainisch-Deutsch, bitte!«

»Mensch, Kordesch! Wie oft sagen Sie mir das denn noch?«, sagte Krakauer. »Und warum muss das eine Dolmetscherin sein? Denken Sie denn immer nur an Damen?«

»Keine Zeit für Späße«, sagte Kordesch. »Ich muss jetzt hier weiterkommen.«

Havran, der bisher eifrig auf dem Laptop getippt hatte, hielt inne und schaute ungläubig auf den telefonierenden Kordesch. »Wenn schon die Gerichtsmedizin in Klagenfurt ist, wieso machen wir die Vernehmungen nicht auch dort?«, fragte er leise.

»Weil ich nicht so weit fahren will«, zischte Kordesch.

»Na gut. Sie haben also schon was«, sagte die Krakauer. »Immerhin! Aber ist es auch stichhaltig genug für die Pressekonferenz?«

»Der Mörder von Karlsbader hat hier im Hotel die Überwachungskamera manipuliert. Und eine Zeugin kann aussagen, dass sie Victoria Serdyul dabei gesehen hat, wie sie die Kameras im Haus abgedeckt hat. Außerdem hatte sie Zugang zum Zimmerschlüssel«, sagte Kordesch. »Die andere – Ulyana Serdyul – hat sich heute Mittag unserer Befragung entzogen. Sie wohnt in dem Haus, in dem Erwin Laggner gewohnt hat.«

»Aha«, sagte die Oberstaatsanwältin. »Haut mich nicht vom Hocker. Das sind Indizien. Und noch dazu recht spärliche.«

»Auf dem Gegenstand, mit dem Erwin Laggner erschlagen wurde, sind fremde Fingerabdrücke, die gleichen wir noch ab«, sagte Kordesch. »Wenn die von einer der beiden Frauen stammen, haben wir alles, was wir brauchen.«

»Jetzt sagen Sie nicht, dass Sie auch eine Dolmetscherin brauchen«, sagte Krakauer und lachte. Kordesch schwieg. »Gut! Melden Sie sich morgen vor der Pressekonferenz noch einmal. Wir müssen uns abstimmen. Und tauchen Sie nicht wieder unter!«

Kordesch legte auf.

»Du willst Vicky und Ulyana verhaften?«, fragte Havran.

»Nein«, sagte Kordesch. »*Du* verhaftest sie. Also, im Grunde nimmst du sie nur zu einer Befragung mit.«

»Und das sagst du mir jetzt?«, fragte Havran. »Was kann denn diese Ulyana mit dem Mord an Karlsbader zu tun haben?«

»Ich glaube, sie hat nichts damit zu tun«, sagte Kordesch. »Aber wir … Ich erkläre dir das später. Was ist jetzt mit den Handydaten? Haben wir den fetten Politikerarsch jetzt endlich?«

»Jede Menge Telefongespräche zwischen Laggner und Schmölzer und zwischen Karlsbader und Schmölzer«, sagte Havran.

»Woher kennst du denn Schmölzers Nummer«, fragte Kordesch.

»Die hat mir der alte Burgstaller gegeben«, sagte Havran genervt. »Aber jetzt hör doch mal zu! Das Allerärgste ist: Das letzte

Mal, dass Laggner Schmölzer angerufen hat, war am Sonntag, 9. Juli, um 6 Uhr 21.«

»Das ist heute!«

»Korrekt!«

»Da war er schon tot.«

»Korrekt!«, sagte Havran. »Danach wurde das Gerät abgeschaltet und bis jetzt nicht mehr eingeschaltet.«

»Was schließen wir daraus?«

»Der Täter hat damit telefoniert«, sagte Havran.

»Was hat er Schmölzer gesagt?«

»Das wissen wir nicht. Kann Schmölzer uns das nicht selbst erzählen?«

»Der wird uns gar nichts erzählen«, sagte Kordesch. »Er wird uns sein Handy nicht geben, und wir werden seine Daten nicht kriegen, das geht beim Richter nicht durch. Da müsste er schon wegen Mordes angeklagt sein.«

»Und was noch interessant ist«, sagte Havran. »Erwin Laggner hat mit Julia Hess telefoniert. Mehrere Male. Und zwar einen Tag, bevor er getötet wurde. Und auch noch am Donnerstagmorgen. An dem Tag, als er ermordet wurde.«

»Schau, schau!«, sagte Kordesch. Und schon wieder hatte ihn die Frau Doktor belogen. Die Frau Doktor, die in der Kloake badete. Er war gekränkt, aber versuchte, sich nichts anmerken zu lassen: »Was du da vorhin meintest: Von Karlsbaders Handy aus wurde Ina Burgstaller angerufen, richtig?«

»Richtig! Ina Burgstaller hat einmal mit Karlsbader telefoniert.«

»Das ist allerdings wirklich interessant«, sagte Kordesch. »Wann genau war das noch mal?«

»Am Freitag. Um 9 Uhr 19«, sagte Havran.

»Das heißt ...«, sagte Kordesch.

»Darf ich fertig reden? Du warst jetzt so lange weg«, sagte Havran.

»Ich war eine Stunde weg.«

»Du warst beinah drei Stunden weg, Benedikt.«
»Also?«, fragte Kordesch.
»Ich habe schon fast alle Gäste befragt.«
Kordesch schüttelte verwirrt den Kopf. »Befragt? Worüber?«
»Na, wo sie am Donnerstag waren«, sagte Havran. »Wo sie waren, als Laggner ermordet wurde. Du hast doch am Telefon gesagt, alle Gäste der Villa Paradies müssen dazu befragt werden.«
»Ja, richtig«, sagte Kordesch geistesabwesend.
»Die meisten Gäste waren hier im Hotel. Manche waren noch gar nicht hier am See«, sagte Havran. »Gerhard Hess sagt, dass er beruflich in Ljubljana war.«
»Gut, das überprüfen wir«, sagte Kordesch.
»Habe ich schon. Ich habe in Ljubljana angerufen bei der Firma von Gerhard Hess. Diadem oder so ...«, sagte Havran und blätterte in seinen Unterlagen. »Warte! Diodore, so heißt sie. Hess hat ausgesagt, dass er am Donnerstag, 6. Juli, bei einer Besprechung in Ljubljana war und dort übernachtet hat. Von seinen Kollegen war niemand erreichbar, aber die Sekretärin hat auf der Liste nachgeschaut: Er war als Teilnehmer dieser Besprechung eingetragen. Der Chef von Gerhard Hess, Herr Palatin, war gerade nicht im Haus. Aber ich habe ihm deine Nummer gegeben, und die Sekretärin hat versprochen, zurückzurufen. Ina Burgstaller hat kein Alibi. Jetzt fehlt mir eigentlich nur mehr Julia Hess. Die war am Nachmittag aber nicht hier im Hotel.«

Kordesch stand plötzlich auf, trat ans Fenster und starrte hinaus auf das Unwetter, das über dem See niederging. Dann drehte er sich wieder zu Havran und schüttelte den Kopf.

»Und die Handynummer, die ich dir gerade gegeben habe ... Ist die von Christof Karlsbader?«

»Nein«, sagte Havran. »Karlsbader hatte eine deutsche Rufnummer. Manchmal bist du irgendwie nicht bei der Sache. Hast du was?«

»Hey, du ermittelst hier nicht gegen mich«, sagte Kordesch.
»Mach's nicht so spannend. Ist die Nummer von Laggner?«

»Auch nicht. Wir kennen diese Nummer nicht.«

»Vergleiche sie mit den Nummern, die der alte Burgstaller hat«, sagte Kordesch. »Und sag bitte Ina Burgstaller, sie soll zu mir kommen.«

Benedikt Kordesch ging unschlüssig im Zimmer auf und ab. Eigentlich hatte er duschen wollen, um das brackige Moorwasser von seinem Körper zu waschen. Andererseits wollte er sich auf das Bett legen und wenigstens für ein paar Minuten an Julia denken, an das wunderbare Abenteuer, das ihm der Zufall geschenkt hatte. Oder war es gar kein Zufall gewesen? Kordesch hatte zwei Bilder von Julia Hess. Eine unschuldige, von ihren Gefühlen und momentanen Neigungen beherrschte Frau. Und eine zweite, verschlagene und berechnende Frau. Er durfte nicht vergessen, dass der Messerstich, der Karlsbader getötet hatte, von niemandem so gut hätte ausgeführt werden können wie von einer Ärztin, die genau wusste, wie sie vorgehen musste. Und er durfte nicht vergessen, dass ebendiese Ärztin ein Verhältnis mit Erwin Laggner gehabt hatte. Sie wollte vielleicht mehr von ihm, er aber nicht von ihr. Oder er drohte, sie zu erpressen und ihrem Mann von der Sache zu erzählen.

Aber all das erschien Kordesch nicht wahrscheinlich. Er verzagte in diesem Moment kurz und dachte, dass eine Aufklärung von Karlsbaders Mord womöglich nur mit dem Geständnis des Täters möglich wäre. Bei Laggner war das etwas anderes. Da gab es die Fingerabdrücke auf dieser Bootskurbel. Aber was würde es bedeuten, die Fingerabdrücke von Maria Laggner darauf zu finden? Nichts. Bei Ina Burgstaller oder Victoria Serdyul wäre das schon etwas anderes. Aber würde eine von denen Laggners Leiche zwei Tage lang verstecken, sie dann aus ihrem Versteck holen, ein Messer in seinen Körper rammen, ihn nach Pesenthein transportieren und dort ins Wasser werfen? Nun ja, aber gemeinsam – gemeinsam konnten die Frauen alles schaffen, dachte Kordesch und hielt seinen Gedanken zuerst für perfid. Dann aber erinnerte er sich, dass Ina Burgstaller mit Maria Laggner befreundet war. Und das Verhältnis zwischen Ina und Vicky schien ein sehr gutes zu sein. Was also, wenn die nicht-naheliegende Täterin den jeweiligen Mord verübt hätte und die anderen ihr ein Alibi gaben? Dann hätte Vicky Karlsbader getötet und Ina Burgstaller Erwin Laggner. Und mit der Ermordung Laggners war seiner Ehefrau geholfen. Andererseits: Wenn dieser Krutov dahinterstand, würde er bestimmt schnell neue Hintermänner finden, die auf die Gastronomen und Hoteliers Druck ausübten.

Kordesch setzte sich an seinen Laptop. Was wusste er über diesen Oligarchen, diesen Krutov? Er kannte nicht einmal seinen Vornamen. Das war schnell erledigt: Fjodor Olegowitsch Krutov. Angeblich hielt Schmölzers Partei Krutov seit Jahren die Stange, obwohl es ein Auslieferungsbegehren der USA für ihn gab. Kordesch fand zahlreiche Treffer, darunter den Artikel einer Wochenzeitung. Daraus erfuhr er, dass Krutov seine Unternehmen im Westen über die Amga-Bank steuerte. Die Bank befand sich zu dreiundneunzig Prozent im Besitz der Omnichem Holding, die wieder zu neunzig Prozent Krutov gehörte. Mehr und mehr war Krutov angeblich aber von Gas-Geschäften dazu übergegangen, in Deutschland, Österreich, Italien und Slowenien in Immobilien, die sich in begehrten Tourismuszentren befanden, zu investieren und in Westeuropa große Hotelketten zu erwerben. Diese Geschäfte liefen angeblich über eine zypriotische Gesellschaft, die ihrerseits Teil einer Briefkastenfirma auf den British Virgin Islands war. Vor allem seit Beginn der Corona-Pandemie war es Krutov leichtgefallen, Gastronomiebetriebe und Hotels zu kaufen. Kordesch schwirrte der Kopf.

Und da war noch etwas in sein Notizheft eingetragen: *Stalin gegen Damkov*. Daneben ein riesiges Fragezeichen. Das soll Vicky wegen der Überwachungskamera zu Julia Hess gesagt haben. Kordesch fand einige Menschen mit Nachnamen Damkov, aber ohne Zusammenhang mit der UdSSR oder Stalin. Er fand die russische Stadt Dankov, einen Kaffeemaschinenhersteller aus Malaysien namens Dankoff und eine Sopranistin Damkova, die in den Fünfzigerjahren auf der Zugreise zur Premiere des Rigoletto in Wien bei einem Zwischenhalt ausgestiegen war, um sich zwei Wurstsemmeln zu kaufen, daher den Zug verpasste und nicht rechtzeitig zur Vorstellung eintraf, weshalb die Zweitbesetzung einspringen musste. Und er fand die *Damkom*. Das war ein Komitee für die Unabhängigkeit Georgiens in den Zwanzigerjahren gewesen. Nach der Hinrichtung ihrer wichtigsten Widerstandskämpfer war es im Jahr 1924 zu einem Aufstand der Damkom gegen die UdSSR gekommen, der aber von Stalins Armee blutig niedergeschlagen wurde. Doch das war in Georgien geschehen und nicht in der Ukraine. Vermutlich hatte sich Julia Hess da verhört.

Es klopfte an der Tür. Ina Burgstaller trat ein, hinter ihr Havran. Er kam auf Kordesch zu und flüsterte ihm ins Ohr: »Diesem Mann gehört die Handynummer, die du mir gegeben hast.«

Havran hielt Kordesch einen Zettel hin, sodass nur er ihn sehen konnte. Darauf stand in kindlicher Schreibschrift über der Telefonnummer: *Marc Wister*.

So ist das also, dachte Kordesch. Diese Julia macht sich hier an jeden heran. Im vergangenen Jahr an Erwin Laggner. Dieses Jahr an Christof Karlsbader, Marc Wister und dann an ihn, Benedikt Kordesch. Er war gekränkt.

»Ich gehe lieber hinaus«, sagte Havran. »Ich kenne Ina, seit ich ein Kind bin. Ich bin befangen.«

»Ist gut«, sagte Kordesch und bot Ina einen Sessel an. Sie setzte sich.

»Frau Burgstaller«, sagte er dann. »Das hier ist nur ein Gespräch, und Sie führen es freiwillig. Sie können also gehen, wenn Sie wollen. Allerdings muss ich Sie in einem solchen Fall dann bitten, morgen zu einer Einvernahme auf dem Polizeikommando Spittal zu erscheinen.«

»Aber nein«, sagte sie. »Fragen Sie nur!«

Ina Burgstaller war eine stets hilfsbereite, aber ernste Frau.

Kordesch hatte sie noch nie lachen sehen. Zwar hatte er beobachtet, dass sie häufig auf die Gäste zuging, aber er merkte ihr an, dass sie das tat, weil sie das Gefühl hatte, sie sollte es tun. Es fehlte ihr an Herzlichkeit, und insofern war das Zögern Leopold Burgstallers, ihr die Villa Paradies ganz zu übergeben, ein wenig verständlich. Nicht dass der alte Burgstaller ein herzlicher Mensch gewesen wäre. Nein, aber er wirkte echt. Er trat so auf, wie er war, und genauso, wie die alten Möbel und die Einrichtung in der Villa Paradies, die alte Badehütte und der Garten mit seinen exotischen Bäumen, die noch aus der Kolonialzeit zu stammen schienen, die Gäste mit ihrem Retro-Charme verzauberten, so glaubte man, wenn man mit dem alten Burgstaller sprach, ein Exemplar von früher in freier Wildbahn erleben zu dürfen. Bei Ina Burgstaller hatte man dieses Gefühl nicht.

»Frau Burgstaller«, sagte Kordesch. »Ich versuche, besser zu verstehen, wie das hier am See ist, mit jenen Gastronomen, die anscheinend beim Rekrutieren von Arbeitskräften von eine Gruppe um den Herrn Schmölzer abhängig sind, und den anderen, die es nicht sind. Das sage ich vor allem deshalb, weil wir beim Auswerten der Mobilfunkdaten von Christof Karlsbader auf einen Anruf von Ihnen gestoßen sind. Worum ging es denn da?«

»Herr Kommissar«, sagte Ina Burgstaller. »Wir wissen alle, warum Herr Karlsbader hier zu Gast war.«

»Ich weiß es nicht«, sagte Kordesch. »Sagen Sie es mir!«

»Er hat geplant, die Villa Paradies zu übernehmen«, sagte Ina Burgstaller. »Er hatte wahrscheinlich vor, hier schon in der nächsten Saison selbst zu kochen und so Gäste anzulocken und der Villa Verdin und der See-Villa den Rang abzulaufen. Karlsbader hat einen Milliardär im Rücken, gegen den wir keine Chance haben.«

»Ihr Vater sagte mir, dass Karlsbader ein Privatgast wie jeder andere gewesen ist.«

»Mein Vater! Mein Vater hat sich aus Schwäche und aus Geldgier mit diesen Leuten eingelassen. Wenn die nur eine halbe Million drauflegen, unterschreibt er sofort, und die Villa Paradies ist

Geschichte. Ich bin dagegen, mit diesen Leuten überhaupt Geschäfte zu machen,«

»Wer sind *diese Leute*?«

»Das wissen Sie doch selbst«, sagte Ina Burgstaller, inzwischen ungehalten.

»Wer?«

»Das Geld hat dieser Krutov! Lesen Sie doch im Internet nach. Übermorgen beginnen die Bauarbeiten für seine russisch-orthodoxe Kirche. Eine orthodoxe Kirche in Millstatt. Eine Schande!«

»Wer noch?«

»Der Schmölzer regelt das mit der Politik. Damit Krutov trotz der Sanktionen hier kaufen kann, was er will, und damit die Polizei die Finger von diesen Herren lässt. Und der Karlsbader hat drei Lokale in München gehabt; eines davon ist ein Puff. Von dort kommen die Mädchen, die er zum Arbeiten hier an den See geschickt hat. Das sind alles Nutten. Und der Erwin, der in diesem Puff ein und aus gegangen ist, hat sie hierhergebracht.«

»Erwin Laggner. So ist das also.«

»Ja, genau so ist das, Herr Kommissar«, sagte Ina Burgstaller. »Und schon bald wird es einen Nachfolger für Erwin geben. Und auch der wird versuchen, uns einzuschüchtern. Nur: Ich habe keine Angst! Und wenn da jetzt ein Bandenkrieg ausgebrochen ist und die Morde deshalb passiert sind, dann sage ich Ihnen ehrlich: Mir ist das sogar recht.«

»Ich kann Ihre Wut verstehen, Frau Burgstaller«, sagte Kordesch. »Sehr gut sogar. Aber ich muss zwei Morde aufklären. Ich muss wissen, was Sie mit Karlsbader gesprochen haben.«

Ina schwieg. Kordesch stand auf und ging ein paar Schritte im Zimmer. Er blieb so stehen, dass er Ina Burgstaller den Rücken zuwandte.

»Ich weiß, dass Sie telefoniert haben. Haben Sie ihm gedroht?«

Es war plötzlich so schrecklich ruhig im Zimmer. Kordesch versuchte, wütend zu werden. Es gelang ihm, als er an Julia Hess dachte.

»Haben Sie Christof Karlsbader bedroht?«

»Ich habe ihm gesagt, was wir wissen.«

»Wen meinen Sie mit *wir*?«, fragte Kordesch.

»Es gibt natürlich viele betroffene Hoteliers hier, nicht nur mich«, sagte Ina Burgstaller. »Wir treffen uns manchmal. Wir versuchen, uns zu wehren.«

»Frau Burgstaller«, sagte Kordesch. »Wenn Ihnen Gesetzesübertretungen bekannt werden, dann sagen Sie das mir, und ich werde es an eine zuständige Staatsanwaltschaft weiterleiten. Aber hören Sie auf mit Ihrer Selbstjustiz. Was haben Sie ihm am Telefon gesagt?«

»Dass er verschwinden soll.«

»Ansonsten ...«

»Nichts *ansonsten*!«

»Frau Burgstaller, wissen Sie, wie viele Kameras es in der Villa Paradies zur Überwachung gibt?«

»Natürlich weiß ich das«, sagte sie. »Drei Stück. In der Bar, im ersten und im zweiten Stock. Im Nebenhaus konnte ich es ja gerade noch verhindern. Sonst würde er mich auch bespitzeln.«

»Frau Burgstaller, haben Sie Zugang zu den Zimmerschlüsseln?«

»Warum sagen Sie denn immer *Frau Burgstaller*? Ich bin Ina. Wir können uns duzen.«

»Das sollten wir jetzt nicht tun«, sagte Kordesch.

Ina Burgstaller hob beide Hände und ließ sie auf ihre Oberschenkel fallen, während sie die Augen verdrehte. »Natürlich habe ich Zugang zu den Schlüsseln. Von jedem Zimmerschlüssel gibt es drei Stück. Einer ist für den Gast. Zwei liegen in einer alten Lade in der Küche herum. Und jeder und vor allem jede, die das weiß, kann sich dort ganz einfach bedienen.«

»Wussten Sie, dass Christof Karlsbader immer mit seinen speziellen Küchenmessern in einem kleinen Koffer verreist?«, fragte Kordesch.

»Ich wusste es nicht«, sagte Ina Burgstaller. »Aber gleich am ersten Tag hat er es in der Bar einem Gast erzählt. Völlig besoffen war er. Es war peinlich.«

»Ich darf Sie bitten, dass Sie morgen am Polizeikommando Spittal vorstellig werden und Ihre Fingerabdrücke nehmen lassen.«

»Was ist das jetzt? Bin ich jetzt verdächtig?«

»Ja«, sagte Kordesch. »Sie können gehen.«

Ina Burgstaller stand auf und ging. Kordesch wartete einige Minuten und verließ dann ebenfalls das Zimmer.

15

Schon im Stiegenhaus hörte Kordesch, dass die biertrinkenden jungen Männer immer noch in der Bar waren. Er betrat den Raum und sah sie auf dem großen Ledersofa sitzen. Inzwischen hatte sich Livia Mnozil zu ihnen gesellt. Sie rief sofort nach ihm: »Herr Kommissar, kommen Sie! Ein Drink mit uns!«

Kordesch ging auf sie zu. Er blickte durch die Tür hinaus. Regen und Hagel hatten aufgehört.

»Herr Kommissar, wir machen eine Grillparty. Hier im Garten«, sagte Marc Wister, der schon ein wenig lallte. »Kommen Sie auch?«

»Ja, ich komme«, sagte Kordesch, und schon gingen laute Pfiffe und Yeah-Rufe los.

»Aber unter einer Bedingung«, brüllte Kordesch, so laut er konnte, um sich Gehör zu verschaffen. Es wurde wieder stiller. »Frau Mnozil muss kurz mit mir nach draußen gehen.«

Nun waren es lange Uuuh-Rufe, die folgten. Livia stand auf. Kordesch ging durch die Tür und die Stiege hinunter. Im Garten saß niemand. Tische und Stühle waren nass, und Kordesch hatte keine Ahnung, wie die jungen Leute den Grill in Gang bringen wollten. Wahrscheinlich hatten sie die Grillparty ohnehin nur angekündigt, weil sie gerade besoffen waren.

Kordesch blieb bei der Balustrade stehen, von wo aus er nach seiner Ankunft das Grundstück mit dem Pool überblickt hatte. Die Schwedin stand gleich neben ihm.

»Na, trauen Sie sich endlich, Herr Kommissar?«, fragte Livia. »Was kann ich für Sie tun? Oder werde ich jetzt verhaftet?«

»Frau Mnozil«, sagte Kordesch. »Vorgestern in der Nacht oder gestern frühmorgens sind Sie um 4 Uhr 53 auf Ihr Zimmer zurückgekommen.«

»Wenn Sie das so genau wissen …«

»Ich weiß das genau«, sagte Kordesch. »Sie haben mich belogen. Sie sind nicht zusammen mit Herrn Wister aus Dellach zurückgekommen.«

»Ach, lassen wir diesen sprunghaften jungen Mann«, sagte Livia Mnozil. »Aber bitte, schonen Sie ihn heute. Seine schöne Ukrainerin hat ihm den Laufpass gegeben. Er ist sehr traurig.«

»Haben Sie gesehen, dass die Tür von Karlsbaders Zimmer offen stand?«, fragte Kordesch.

»Ich habe nicht mehr viel gesehen, Herr Kommissar!«, sagte Livia Mnozil. »Um ehrlich zu sein: Ich kann mich nicht erinnern, wie ich ins Zimmer gekommen bin.«

»Wenn Sie eine Unwahrheit zu Protokoll geben, bekommen Sie Schwierigkeiten.«

»Wir machen ein Protokoll?«, fragte Livia und sah ihn herausfordernd an. »Sie und ich? Wann? Wo?«

»Das machen wir morgen auf dem Polizeikommando in Spittal«, sagte Kordesch.

»Yayy! Ich ziehe mein schönstes Kleid an«, sagte Livia.

»Jetzt reißen Sie sich einmal zusammen, verdammt! Hier geht es um etwas Ernstes«, sagte Kordesch sehr laut. »Sie sollten Ihren Verstand so pflegen wie Ihren Körper und nicht nur als Kleiderständer durch die Gegend laufen. Hier geht es um zwei Morde!«

»Sind Sie jetzt fertig?«, sagte Livia. Und kleinlaut fügte sie hinzu: »Es tut mir leid!«

Danach sagte sie nichts mehr. Kordesch ging zurück und setzte sich zu den jungen Leuten auf das Ledersofa. Marius Brünner kam gerade von der Getränkehütte mit einer Tasche voller Bierflaschen zurück. Er musste aber nochmals hinunterlaufen, um Tonicwater für Kordesch zu holen. Brünner entkorkte die Flaschen und gab sie weiter. Dann wurde über dem Tisch zusammengestoßen und einander zugeprostet. Kordesch nahm einen Schluck Tonic, dann verließ er die Bar wieder, um im Garten ungestört mit der Staatsanwältin telefonieren zu können.

»Also, das mit den beiden Ukrainerinnen passt«, sagte Oberstaatsanwältin Krakauer. »Die eine, sagten Sie, hat die Videokamera manipuliert?«

»Zumindest nach der Aussage eines Hotelgasts«, sagte Kordesch.

»Gut, gut«, sagte Krakauer. »Und die andere hat sich ja der Befragung entzogen.«

»Ich brauche noch einen Haftbefehl, und zwar für Ina Burgstaller.« Kordesch fasste seinen Verdacht zusammen und wies vor allem darauf hin, dass Ina Burgstaller Karlsbader angerufen hatte.

»Also …«, sagte Oberstaatsanwältin Krakauer. »Ich meine … Wie heißt es so schön bei uns: Die Suppe ist zu dünn!«

»Sie hat Christof Karlsbader gedroht«, sagte Kordesch.

»Das wissen wir doch gar nicht, Kordesch. Sie hat ihn angerufen, okay. Aber ob das, was sie zu ihm gesagt hat, eine explizite Drohung war …«

»Tja, Ausländerinnen kann man in diesem Land leichter verhaften als Inländerinnen«, sagte Kordesch.

»Jetzt hören Sie auf mit Ihren Weltanklagen!«, sagte Oberstaatsanwältin Krakauer. »Schauen Sie, dass da was herauskommt. Und bitte reißen Sie sich bei der Pressekonferenz zusammen. Wenn das schiefgeht, dann müssen Sie bald mit einem Staatsanwalt arbeiten, der bedeutend unangenehmer sein wird als ich. Guten Abend!«

Es hatte wieder zu regnen begonnen. Als Kordesch auflegen wollte, gelang es ihm wegen der Regentropfen auf seinem Display zuerst nicht, das Gespräch zu beenden. Er fluchte, dann fiel ihm aber ein, dass die Staatsanwältin ihn ja noch hören konnte. Er war ein wenig gekränkt, dass sie seinen Verdacht so kleingeredet hatte, musste aber vor sich zugeben, dass sie recht hatte. Er wischte das Display mit seinem Ärmel ab. Endlich gelang es ihm, aufzulegen. Dann sah er, dass er nur mehr sechs Prozent Akku hatte. Er sollte sein Handy aufladen. Er ging zurück in den Schankraum.

Inzwischen saßen schon etwa zwölf Leute an der Bar, tranken

und unterhielten sich. Margit und Lenka hatten sich auch dazugesellt. Sie winkten Kordesch zu sich. Er setzte sich, und Lenka erzählte, dass sie am Nachmittag mit Ina Burgstaller zu der Demonstration gegen den Bau der russisch-orthodoxen Kirche in Millstatt gegangen seien. Über fünfhundert Menschen seien dort gewesen, und sogar das Fernsehen habe berichtet. Marius Brünner verkündete, schon ein wenig betrunken, er werde trotz des Regens im Garten grillen und das Essen in den Frühstücksraum bringen. Dann könnten alle gemütlich im Trockenen miteinander abendessen.

Dieser Plan des Regengrillens wurde mit großer Zustimmung angenommen. Margit und Lenka holten Besteck und Teller aus der Küche und deckten auf. Ben und Niko, die zwei jungen Männer, die mit Brünner und Wister gekommen waren, rannten lachend durch den Regen in die Getränkehütte, um Bier zu holen. Der alte Burgstaller stand hinter der Theke und freute sich über das Geschäft. Er bediente jene Gäste, die Wein oder Prosecco wollten, und Vicky musste ständig neue Flaschen und Gläser holen und Tabletts voller benutzter Gläser in die Küche bringen. Als Niko dem alten Burgstaller sagte, dass das Bier in der Getränkehütte aus war, sollte Vicky Nachschub aus dem Lager holen. An ihrem Gesicht sah Kordesch, dass sie genervt war. Wahrscheinlich befürchtete sie, nicht um 22 Uhr Feierabend zu haben. Und von Ina Burgstaller sah Kordesch keine Spur.

Auf einmal ertönte Havrans Stimme hinter ihm. Überrascht drehte Kordesch sich um. »Wo kommst du denn her? Komm, wir gehen hinaus.«

Er entschuldigte sich bei Lenka, stand auf und ging mit Havran hinaus.

»Benedikt, ich war gerade in Dellach: Ulyana Serdyul ist um halb fünf ganz normal zum Dienst erschienen. Sie serviert jetzt.«

»Und bist du zu deinem Freitisch gekommen?«

»Was?«

»Hast du gratis etwas zu essen gekriegt?«, fragte Kordesch, der vermutete, dass der Hunger den Kollegen zu dieser Nachforschung angetrieben hatte.

»Reinanke mit Potato Wedges.«

»Gut. Wir tun heute Abend nichts«, sagte Kordesch. »Der Haftbefehl ist durch, ich bekomme ihn als Mail. Ich schreib dir dann ein SMS. Bestätige mir bitte kurz, dass du es bekommen hast.«

»Okay. Ich muss jetzt aber nach Hause«, sagte Havran.

»Ja, natürlich«, sagte Kordesch. »Ich dachte, du bist schon lange gegangen.«

»Ich musste noch alles fertig machen«, sagte Havran. »Übrigens: Das Ehepaar Hess hat in der Pizzeria Arrabbiata reserviert. Und nicht nur das. Dort im Weinkeller essen heute Krutov, Schmölzer und ihre ganze Gefolgschaft.«

»Woher weißt du denn solche Dinge?«, fragte Kordesch.

Havran zuckte mit den Achseln.

»Ja, ich weiß schon: Hier wissen alle alles«, sagte Kordesch.

»Kannst du mir morgen in der Früh eine Sache machen?«, fragte Kordesch. »Kannst du im Hotel Goldenes Lamm in Villach die Gästeliste vom 6. und 7. Juli besorgen?«

»Kein Problem«, sagte Havran. »Das Hotel führt meine Schwägerin. Das geht per Telefon.«

»Wunderbar«, sagte Kordesch.

»Und du willst wirklich, dass ich das morgen tue?«, fragte Havran. »Festnahme von Serdyul und Serdyul?«

»Ja.«

»Aber warum soll die Schmuttermeier auch kommen?«

»Schwör mir, dass du es niemand sagst«, sagte Kordesch.

»Das ist doch selbstverständlich.«

»Nein, ist es nicht«, sagte Kordesch. »Du sagst doch selbst, dass hier alle alles sofort erfahren.«

»Aber du glaubst doch nicht, dass ich weitererzähle, was wir hier herausfinden?«

»Okay, pass auf«, sagte Kordesch. »Die Schmuttermeier brauche ich für eine amtsärztliche Untersuchung.«

»Bei dieser Vicky?«, fragte Havran. »Ich verstehe nicht. Selbst wenn sie es war. Bei Karlsbader und bei Laggner gab es doch keine Anzeichen von Geschlechtsverkehr.«

»Ich glaube, dass Schmölzer Vicky misshandelt. Und ich will, dass sie aussagt.«

»Hat das mit unseren zwei Morden zu tun?«

»Nicht unbedingt. Aber solange sie in Haft ist, ist Vicky vor Schmölzer sicher. Und falls es Verletzungen gibt, brauchen wir das schriftlich von der Schmuttermeier.«

»Der alte Burgstaller wird rebellieren«, sagte Havran. »Und er wird Schmölzer anrufen.«

»Das ist mir klar!«

»Na dann! Gute Nacht, Benedikt«, sagte Havran. »Geh heute früher ins Bett! Denk dran: Morgen ist Pressekonferenz.«

»Ja, ja! Gute Nacht!«, sagte Kordesch. »Nein, warte! Bring mich noch in diese Pizzeria, bitte. Ist das auf deinem Weg?«

Havran und Kordesch gingen zum Parkplatz. Im Garten hatten die jungen Leute mit einer Plastikplane, Zeltstangen und Schnüren ein kleines Vordach gebaut, um den Regen abzuhalten. Sie hatten inzwischen begonnen, Kohle auf dem Griller zu schichten. Aus dem Augenwinkel sah er sie mit einer Flasche Grillanzünder hantieren und hatte die schlimmsten Befürchtungen, da alle schon betrunken waren. Bevor er zur Kriminalpolizei ging und auf dem Bezirkskommando stationiert war, hatte er oft erlebt, dass sich mutige Familienväter, übermütige Halbwüchsige oder Betrunkene zum Teil oder zur Gänze selbst in Brand gesteckt hatten.

Aber die Katastrophe blieb aus. Die Kohle brannte, und der Grillanzünder wurde wieder zur Seite gestellt. Kordesch atmete auf.

»Für Sie Bratwurst oder Fisch?«, rief Wister zu ihm herüber.

»Ich passe«, sagte Kordesch. »Steige beim Dessert wieder ein.«

Havran fuhr Kordesch zum Jachthafen, der etwas außerhalb von Millstatt auf dem Weg nach Seeboden lag. Dort stieg Kordesch vor der Pizzeria Arrabbiata aus. Vor der Tür des Lokals standen einige Menschen, und Kordesch stellte sich in die Schlange. Zum Glück regnete es nur leicht. Immer wenn die Tür aufging, sah Kordesch, dass das Lokal voll war. Das Ehepaar Hess konnte er nicht erspähen. Kordesch setzte die FFP2-Maske auf, die Dr. Schmuttermeier ihm am Vormittag aufgezwungen hatte, vor allem, um nicht erkannt zu werden. Er wartete geduldig.

Einige Minuten später blieben vier große schwarze Autos vor der Pizzeria stehen. Etwa ein Dutzend Männer stiegen aus, betraten das Lokal und liefen zielstrebig durch den Gastraum und eine Stiege hinunter. Die meisten dieser Männer trugen Anzüge. Nur vier von ihnen, von denen zwei vorangingen und zwei dem Tross folgten, trugen Trainingshosen und T-Shirts.

Kordesch trat zur Seite und konnte Josef Schmölzer erkennen. Das grausliche Schweißlaberl ging schnaufend an ihm vorbei, ohne ihn zu bemerken. Er hatte aber nicht erkannt, welcher dieser Männer Krutov gewesen war, dazu sahen sie einander viel zu ähnlich.

Endlich war er an der Reihe. Er trat durch die Tür in den Gastraum. Die Frau vor ihm erklärte gerade dem Mann hinter der Bar in einem Englisch mit starkem slawischen Akzent, dass sie ihren Tisch stornieren musste. Der Mann hinter der Bar, der ein weinrotes Hemd trug und halblanges braunes Haar hatte, brüllte sie an: »You cannot cancel in this restaurant, you understand? This here is not Djibouti!«

Die Frau wollte sich entschuldigen. Doch der Mann hinter der Bar hatte sich bereits zu der Kellnerin umgedreht und ihr befohlen, den Wein genauer einzuschenken. Das musste also der berühmte Wutwirt sein. Kordesch hatte ihn sich älter vorgestellt.

»Go away! And don't come again!«, sagte er noch zu der Dame, als die das Lokal verließ. Jetzt blickte der Wutwirt Kordesch an. »Maske runter! Das macht mich nervös.«

Kordesch nahm die FFP2-Maske ab.

»Bist du alleine?«, fragte der Wutwirt, und Kordesch nickte.

»Pass auf, heute ist der Tag deines Lebens. Du kriegst hier einen Tisch.« Er zeigte auf die Kellnerin. »Sie bringt dich hin!«

Die Pizzeria Arrabbiata war offensichtlich nicht nur für Pizza und Steaks berühmt, sondern auch für Sushi-Spezialitäten. In der Mitte des Lokals befand sich ein Aquarium mit Fischen, Hummern und Krabben, und eine Gruppe Kinder stand davor, um die Tiere anzuschauen. Kordesch las die Speisekarte genau. Er konnte nicht glauben, was er da entdeckte: eine Sushi-Rolle um 2.990 Euro. Die anderen Preise waren völlig normal.

Ein Kellner nahm seine Bestellung auf. Er hatte es eilig. Außer dem Chef waren hier nur eine Kellnerin und ein Kellner tätig und das Lokal war zum Bersten voll. Kordesch wählte als Vorspeise Burrata. Er hatte zwar an diesem Tag zu Mittag schon etwas Ähnliches gegessen, nämlich den Büffelmozzarella in der See-Villa, aber sein Magen hatte ihn so gut vertragen, dass er sich auf die Wiederholung freute. War er schon ein wenig wie Julia Hess geworden? ›Wir sind Gewohnheitstiere, wir mögen keine Veränderung.‹ Das hatte sie zumindest sinngemäß auf der Wanderung am Südufer zu ihm gesagt.

Kordesch zeigte auf die Sushi-Rolle um 2.990 Euro und fragte den Kellner: »Sagen Sie, haben Sie sich hier um eine oder zwei Kommastellen geirrt?«

»Nein, nein, das ist eine Spezialität: die Master-Roll«, antwortete er. »Die ist im Weinkeller gerade zwei Mal bestellt worden.«

Kordesch blieb bei der Burrata und einem Glas Soda. Der Kellner war schnell wieder weg und Kordesch sah sich um. Da entdeckte er das Ehepaar Hess in einem hinteren Raum. Er konnte von Julia aber nur den Hinterkopf sehen. Gerhard blickte zwar manchmal in seine Richtung, hatte ihn aber bisher nicht erkannt. Er sah grimmig drein und redete nicht viel.

Es war kein Wunder, dass der Haussegen schief hing. Und das hatte bestimmt mit Julias Verhalten zu tun. Kordesch hatte unverantwortlich gehandelt, sie zu küssen. Er hätte sich dafür ohrfeigen können. Immer wieder schadete ihm sein Handeln im Affekt.

Auch an diesem Morgen, als er Vicky eigentlich hatte helfen wollen, hätte er nicht den Arm ausstrecken dürfen, um sie am Weggehen zu hindern.

Aber was hatte das mit dem Fall zu tun? Nichts, dachte Kordesch zuerst. Und dann kam ihm der Gedanke, dass es doch damit zu tun hatte. Vicky war traumatisiert. Und sie hatte eine Idee gehabt: Drei Frauen – Ina Burgstaller, Maria Laggner und Vicky selbst – haben zwei Feinde, Erwin Laggner und Christof Karlsbader. Nein, Moment, dachte Kordesch! Sie haben drei Feinde: Erwin Laggner, Christof Karlsbader und Josef Schmölzer. Sie wollten eine ähnliche Tat vortäuschen, damit es aussah, als wären drei Strizzi in ihrem Milieu in Ungnade gefallen. Der scheinbare Zusammenhang sollte den Verdacht auf die Gastronomie lenken. Gut, bei Karlsbader war das wirklich der Grund. Aber beim Mord an Laggner nicht. Und nun wollten sie auch Schmölzer töten.

Die Aussagen von Ina Burgstaller und Maria Laggner zur Gastronomie und zu diesem Oligarchen waren verwirrend. Zum Beispiel die Pizzeria, in der er gerade saß. Hatte ihm Maria Laggner nicht erzählt, dass der Wutwirt nur inländisches Personal nahm und nichts mit Krutov zu tun haben wollte? Gerade saß Krutov aber mit seiner ganzen Mannschaft in diesem Lokal. War der Angelegenheit überhaupt mit Logik beizukommen?

Und plötzlich hatte Kordesch wieder so einen Impuls: Er wollte diesen Krutov vor sich haben, in Wirklichkeit. Er stand auf und ging dieselbe Stiege hinunter wie vorher der Oligarchen-Tross. Links ging es zu den Toiletten, rechts zum Weinkeller. Der hatte eine Glastür, und so konnte Kordesch stehen bleiben und die Männer beobachten. In dem Gewölbe gab es nur einen riesigen Tisch. Um diesen Tisch herum saßen die schwarz gekleideten Herren. Kordesch betrachtete die Runde. Er hatte zwar ein Bild von diesem Oligarchen auf einer Webseite gesehen, aber er erkannte nicht, welcher von den Männern Krutov war.

Plötzlich hörte er, wie sich jemand von hinten näherte. Er

dachte, es wäre der Kellner, und wollte aus dem Weg gehen. Doch als er sich umdrehte, sah er Gerhard Hess.

»Na, Herr Kordesch«, sagte Hess. »Bewundern Sie auch gerade, wie effektiv unsere Sanktionen gegen das russische Kapital sind?«

»Es sieht aus wie ein Geschäftsessen.«

»Ja, ja. Der Geldscheißer und seine Bücklinge«, sagte Gerhard Hess. »Die Eingeborenen dienen dem großen Massa.«

»Ich hätte so gern gewusst, welcher von denen dieser Krutov ist«, sagte Kordesch.

»Sehen Sie den Mann im Trainingsanzug, der ganz hinten rechts in der Ecke sitzt und gerade die Karte zurücklegt.«

»Ja.«

»Der Mann rechts von ihm«, sagte Hess. »Das ist Fjodor Krutov.«

»Der sieht aus wie ein Schlägertyp«, sagte Kordesch.

»Und sehen Sie die drei Rotweinflaschen auf dem Tisch?«, sagte Hess. »Château Lafite Rothschild. Eine Flasche kostet hier achttausend Euro.«

»In wie vielen Schlucken trinken Sie eine Flasche Wein aus, Herr Hess?«

»Ich weiß nicht. Vielleicht fünfunddreißig oder vierzig.«

»Vierzig Schlucke. Also, ein Schluck kostet zweihundert Euro.«

»Schönen Abend«, sagte Hess und ging weiter in Richtung Toiletten.

Kordesch kehrte zu seinem Tisch zurück. Er aß die Vorspeise. Dann kam der Kellner. »Haben Sie schon etwas ausgesucht?«, fragte er.

»Ich muss leider doch schon gehen«, sagte Kordesch. »Zahlen, bitte!«

16

Im strömenden Regen lief Benedikt Kordesch zurück zur Villa Paradies. Aus dem Frühstücksraum hörte er ein Stimmengewirr; man war bester Laune. Er lief die Stiegen hinauf und ging in sein Zimmer, um sich umzuziehen und sein Handy wenigstens für ein paar Minuten aufzuladen. Endlich schlüpfte er aus dem nassen Gewand. Er trocknete sich mit einem Handtuch ab und zog frische Sachen an.

Eine Viertelstunde später betrat Kordesch den Frühstücksraum. Man hatte längst fertig gegessen, aber niemand schien gegangen zu sein. Alle saßen mit Kaffee oder einem Weinglas noch an ihrem Tisch und unterhielten sich. Livia Mnozil winkte Kordesch. Sie saß zusammen mit dem Ehepaar Kräuter an einem Tisch, wo tatsächlich noch ein Sessel frei war.

»Schon toll, die jungen Leute«, sagte Frau Kräuter. »Dass sie hier gute Laune machen, wo einem die Stimmung verdorben wird.«

»Ja, es tut mir leid, liebe Frau Kräuter«, sagte Kordesch. »Ich bin wohl kein willkommener Gast.«

»Aber ich habe doch nicht Sie gemeint. Sie müssen ja Ihre Arbeit machen.«

Kordesch wunderte sich über den alten Kräuter, den jeder wegen seiner langen historischen Vorträge mied. Doch mit der Schwedin, die in einem knappen rot-grau gestreiften Kleid neben ihm stand, unterhielt er sich über ganz andere Dinge. Als es einmal kurz still war, hörte Kordesch den pensionierten Apotheker zu Livia Mnozil sagen: »Und ist die KI wirklich so weit entwickelt, dass so ein Chatbot eine Telefonbestellung abwickeln könnte, ohne dass der Kunde bemerkt, dass er mit einer Maschine redet?«

»Vielleicht bemerkt er es«, sagte Livia Mnozil. »Aber die KI erledigt die Bestellung ohne Probleme und um jede Tageszeit.«

Frau Kräuter war klar, dass Kordesch dem Gespräch ihres Mannes gelauscht hatte, und sie sagte sehr freundlich: »Die jungen Leute hier sind so gescheit und so interessant. Haben Sie diesen Grafen schon gesehen?«

»Welcher Graf?«, fragte Kordesch.

»Heute ist ein neuer Gast gekommen«, sagte Elisabeth Kräuter. »Ein junger Mann … also, jung … Er wird schon vierzig sein, aber für uns ist das eben jung. Er hat sehr gute Manieren. Er soll ein Schloss in der Steiermark haben.«

»Wissen Sie, für die Neuankömmlinge interessiere ich mich weniger.«

»Das ist aber schade, warum denn das?«

»Weil sie nicht tatverdächtig sind.«

»Ach so!« Frau Kräuter lachte, und Kordesch hatte das Gefühl, dass sie ihm dabei mit dem Ellbogen in die Seite gestoßen hatte.

Nun wurde der Trubel groß, denn ein Mann in Jeans und einer eleganten schwarzen Samtjacke kam und fragte, ob noch jemand Kaffee, ein Glas Wein oder einen Digestif nehmen wolle. Hände wurde gehoben, und Frau Kräuter flüsterte Kordesch ins Ohr: »Das ist er. Das ist der Graf. Er wohnt in dem Zimmer, in dem der Kochbuchautor ermordet wurde. Das ist schon ein wenig gruselig, finden Sie nicht?«

Der Graf verschwand nun und kam wenig später wieder, wobei er mit großer Eleganz Wein nachschenkte und Gläser servierte. Kordesch staunte. Drei Mal musste der Graf hin- und hergehen. Dann rief er in die Runde: »Wer möchte noch ein Glas von diesem hervorragenden Riesling?«

Unbemerkt von den meisten Gästen trat nun das Ehepaar Hess in den Frühstücksraum und sah ungläubig um sich. Kordesch sah sie, tat aber so, als würde er dem Gespräch an seinem Tisch folgen. Gleich bemerkte der Graf die beiden und wandte sich an sie: »Schöne Dame, guter Herr, Sie kommen spät, aber wir haben noch ein Tischchen für Sie beide. Bitte, Platz zu nehmen!«

Der Graf winkte sie zu einem Tisch, stellte sich hinter einen Sessel und rückte ihn vom Tisch weg, damit Julia Hess sich setzen konnte. Dann schob er den Sessel galant nach vorne. Sie lachte, während ihr Mann nicht sehr amüsiert dreinschaute.

»Darf ich Ihnen zwei Gläser Wein bringen?«, fragte der Graf.

»Wir bedienen uns schon selbst«, sagte Julia Hess.

»Madame, es gibt mir einen Stich im Herzen. Lassen Sie mich Ihnen beiden zwei Gläser Riesling bringen. Oder soll es rot sein? Dann empfehle ich die Cabernet Sauvignon Reserve«, sagte der Graf.

»Riesling«, sagte Gerhard Hess nur, und bald kam der Graf mit den zwei Gläsern.

»Ein Original, dieser Mann«, sagte Herr Kräuter und meinte damit den Grafen. »Was der Burgstaller am Abend verdienen könnte, wenn der hier angestellt wäre!«

Livia Mnozil begnügte sich mit einem Glas Wasser, was Kordesch verwunderte. Hatte sie nicht in ihrer ersten Aussage behauptet, sie sei von der Party in Dellach gekommen und »ultradicht« gewesen? Plötzlich kam sie ihm so zivilisiert vor.

»Sie geben morgen eine Pressekonferenz, Herr Kommissar?«, fragte sie.

»Richtig«, sagte Kordesch. »Woher wissen Sie denn das?«

»Das weiß jeder«, antwortete sie. »Millstatt trendet auf Twitter!«

»Was werden Sie denn dort sagen, Herr Kommissar?«, fragte Frau Kräuter.

»Ich glaube, es geht vor allem darum, den Menschen die Angst zu nehmen«, sagte Kordesch. Von seiner Position aus sah er in den Barraum. Dort redete der alte Burgstaller mit Vicky und erlaubte ihr anscheinend, nun die Arbeit zu beenden.

»Also, ich habe keine Angst«, sagte Livia Mnozil.

»Ich weiß nicht«, sagte Frau Kräuter. »Der Gedanke, dass hier vor Kurzem jemand getötet wurde … also angenehm ist mir das nicht.«

»Ich meinte nur, dass hier bestimmt keine Frauen ermordet werden«, fügte Livia hinzu.

Kordesch lachte. »Was macht Sie denn da so sicher?«

»Na, es ist doch klar«, sagte die Schwedin. »Hier geht es um Geschäftliches. Das sind die dreckigen Geschäfte von Männern. Und die bringen andere Männer um. Natürlich mitten in der Hauptsaison, weil der Mörder die öffentliche Aufmerksamkeit braucht, um das Geschäft zu schädigen. Die meisten auf Twitter sind dieser Meinung.«

Frau Kräuter wandte sich an Kordesch. »Sind Sie auch auf Twitter, Herr Kommissar?«

»Nein«, sagte er. »Um Himmels willen! Diese Millionen von selbst ernannten Experten und Fußballtrainern und Ärzten und Kriminalbeamten und Auskennern – das ist eine Pest für jeden, der ehrlich seinem Beruf nachgeht. Als Kriminalist muss ich zugeben, dass ich nicht immer alles weiß. Sonst müsste ich gar nicht ermitteln. Für mich: kein Twitter!«

»Dafür erfährt man dort, was die Menschen so denken«, sagte Herr Kräuter. »Das ist mir lieber, als man weiß nichts von ihnen und plötzlich verüben sie einen Terroranschlag.«

Ich hätte mich nicht einmischen sollen, dachte Kordesch. Er ließ die Diskussion nun laufen und hörte bald gar nicht mehr zu, sondern versuchte, Ina Burgstaller zu erspähen. Er konnte sie aber nirgends entdecken. Immer wieder sah er auch zu Julia Hess hinüber, als suche er Blickkontakt. Livia Mnozil bemerkte das.

»Eine schöne Frau, diese Ärztin, nicht wahr?«, sagte sie provokant.

»An schönen Frauen fehlt es hier wahrlich nicht …«, sagte Kordesch.

»Also nein! Herr Kommissar!«, sagte Livia Mnozil. »War das jetzt etwa ein Kompliment?«

»Aber es fehlt an Frauen, die es mit der Wahrheit ernst nehmen«, fügte er hinzu, stand auf und ging in die leere Bar. Er hatte ein SMS erhalten. Es war von Havran und lautete: »Dr. Julia Hess war am 6. Juli 2023 für eine Nacht im Goldenen Lamm in Villach. Schönen Abend, Bernie!«

Kordesch ging ins Freie. Er wollte schreien. Es war nicht zu fassen. Sie hatte ihn schon wieder belogen. Oder vielleicht hatte sie ihn nicht belogen, sie hatte es ihm verschwiegen. Aber warum? Das war nun das dritte Mal. Und er, Benedikt Kordesch, hatte sie geküsst. Er hasste sich selbst. Er musste in Zukunft vorsichtiger sein.

Der Regen hatte fast aufgehört, aber es war nun sehr kühl geworden. Kordesch beschloss, früh ins Bett zu gehen. Aber plötzlich hörte er schallendes Gelächter aus dem Frühstücksraum. Das ganze Jahr über saß er alleine in seiner Wohnung. Und auch in der Arbeit hatte er ein kleines Büro nur für sich. Da war niemand, um ihm Ratschläge zu geben. Dieser Niemand würde ihm bestimmt raten, wieder einmal unter Menschen zu sein. Die Menschen reden nur Unsinn, würde Kordesch sagen. Und du, du redest gar nichts und denkst nur Unsinn, würde dieser Niemand ihm antworten.

Nun konnte er nicht anders und ging doch noch einmal zurück ins Frühstückszimmer. Ben, Niko und der Graf hatten sich in der Mitte der Raumes aufgestellt. Der Graf erzählte gerade etwas, doch immer wieder wurde er von Gelächter unterbrochen. Kordesch hatte den Anfang verpasst. Er stellte sich in die Tür.

»Es ist eigentlich kein Lied vom Millstätter See, sondern vom Längsee«, sagte der Graf. »Aber es ist trotzdem sehr, sehr schön.«

Und dann sangen sie zu dritt:

Is schon still uman See,
hear de Ruada schlågn
und an Vogl im Rohr drin
ba da Finstar klågn.

Wås da Vogl für a Load håt,
brauch ihn neama frågn,
muaß jå selber mei Traurigkeit
übas Wåssa trågn.

Kordesch blickte um sich. Julia Hess wischte eine Träne aus ihrem Auge. Die Schlange, dachte er. Doch auch er war gerührt. Und er dachte an den Längsee und war plötzlich sicher, dass der Pferdehof, den er suchte, nicht am Millstätter See, sondern in der Nähe des Längsees gelegen war. Gabi Troppan kam zwar aus Millstatt oder aus einem Ort hier am See, aber geritten waren sie in der Nähe des Längsees.

Die drei Herren sangen noch die dritte Strophe. Dann brach tosender Applaus aus, und die Sänger verbeugten sich. Aber es blieb nicht still, denn Brünner und Wister hatten sich an Kordesch vorbeigedrückt und an der Bar bereits die Stereoanlage in Betrieb genommen. Disco-Musik ertönte.

Die Gäste im Frühstücksraum erhoben sich, und Kordesch machte Platz, damit sie an ihm vorbeigehen konnten. Einige begannen zu tanzen. Und Kordesch traute seinen Augen nicht: Herr Kräuter hatte Livia Mnozil zum Tanz aufgefordert, und nun shakten sie zu einem Siebzigerjahre-Hit.

Julia Hess kam auf Kordesch zu. »Tanzen Sie?«, fragte sie.

»Wo ist denn Ihr Mann?«

»Der ist schon schlafen gegangen. Der muss ja früh aufstehen.«

17

Am Montagmorgen waren Victoria Serdyul und Ulyana Serdyul schon um sieben Uhr von zwei Streifenwagen abgeholt und ins Polizeikommando Spittal an der Drau gebracht worden. Ina Burgstaller hatte einen gewaltigen Aufstand gemacht und sich bei Kordesch beschwert, warum man Vicky nicht wenigstens nach der Pressekonferenz abholen ließ; dann könne sie zumindest noch die Betten machen. Jetzt sei sie allein im Hotel und müsse sich um das Frühstück und die Reinigungsarbeiten kümmern. Und dann solle sie auch noch irgendwann auf der Polizeiwache erscheinen. Um halb neun machte sich Benedikt Kordesch auf dem Weg zum Kongresshaus. Sein Kopf war nicht ganz klar. Zwar hatte er es geschafft, sich um halb eins von der Party zu verabschieden, aber es war schon die zweite Nacht in Folge mit wenig Schlaf gewesen. Kordesch war einfach zu alt dafür. Der alte Burgstaller hatte ihm eben noch beim Frühstück erzählt, es sei bis vier Uhr morgens gegangen, und er müsse jetzt so viel Bier, Wein und Prosecco nachbestellen.

Kordesch telefonierte mit der Oberstaatsanwältin Krakauer und stellte fest, dass sie nervöser war als er. Dann legte sie endlich auf. Auf dem Weg zum Marktplatz musste er einmal amüsiert stehen bleiben, als er sah, dass es in Millstatt ein Kaffeehaus mit dem Namen *Café Wien* gab. Leiwand, dachte Kordesch. Ein Wiener Café an einem Ort, wo niemand Wienerisch konnte – schon gar nicht die Gäste aus Wien. Und schon wieder war er in Gedanken bei Julia Hess. Er ging auf das Kongresshaus zu.

Der Blaue Saal im Kongresshaus war zu klein. Und der Kleine Saal im Kongresshaus war auch zu klein. Also fand die Pressekonferenz im Großen Saal statt. Dort stand ein langer Tisch mit drei Namensschildern: *Abgeordneter zum Nationalrat Josef*

Schmölzer, Bürgermeister Dipl.-Ing. Hans-Jörg Rohrmoser und *Oberst Benedikt P. Kordesch*. Er betrat den Saal und stellte sich neben die wartenden Journalisten. Er fiel niemandem auf, und das war gut so.

Bald traten Schmölzer und Rohrmoser ein. Der Bürgermeister schüttelte Kordesch kurz die Hand. Für eine Unterredung hatte er keine Zeit. Er sah auch ziemlich hergenommen aus, fand Kordesch. Alle drei setzten sich nun, und die Kameras klickten und blitzten. Der Bürgermeister wollte zu reden beginnen, doch es war noch viel zu laut im Saal und es dauerte lange, bis die Pssst-Rufe in die letzte Reihe vorgedrungen waren.

»Damen und Herren von der Presse«, sagte Rohrmoser. »Erlauben Sie mir zuerst einmal, dass ich im Namen unserer Gemeinde zum Ausdruck bringe, wie schockiert wir über die Verbrechen in unserem schönen und friedlichen Millstatt sind. Unsere Gedanken sind selbstverständlich bei den Angehörigen der Toten.«

Bestimmt hatte Schmölzer selbst gefordert, bei dieser Pressekonferenz auch sprechen zu dürfen, dachte Kordesch in diesem Moment. Ein Abgeordneter zum Nationalrat hatte hier ja eigentlich nichts zu suchen.

»Lassen Sie mich aber auch sagen«, fuhr der Bürgermeister fort, »dass eine Tourismusgemeinde mit einer so kurzen Saison von einem solchen Vorfall, den es in unserer Geschichte nie zuvor gegeben hat, nicht nur schwer betroffen, sondern auch getroffen, ja gefährdet ist. Wir möchten allen Gästen, die sich bei uns aufhalten, und allen, die noch vorhaben, zu uns zu kommen, garantieren, dass Millstatt und Umgebung eine absolut sichere Gegend sind. Ein Sonderermittler der Bundespolizei wird – wie ich hoffe – schnell aufklären, wer hinter diesen schrecklichen Verbrechen steckt. Und wir werden, trauernd um unseren lieben Freund Erwin Laggner, hoffentlich zu der Ruhe zurückkehren, die unser schöner Kurort Millstatt seinen Gästen geben soll.«

Es wurde nun wieder lauter im Saal. Kordesch blickte sich um.

Zu seiner Verwunderung sah er, dass Ina Burgstaller in traditioneller Kärntner Tracht auch unter den Presseleuten saß.

Der Bürgermeister setzte fort: »Ich möchte Sie, Damen und Herren von der Presse, inständig bitten, über die Verbrechen keine Details zu berichten, die nicht von der Polizei bestätigt sind. Um das zu gewährleisten, sitzt der leitende Beamte der Kriminalpolizei Benedikt Kordesch hier bei uns. Er ist übrigens auch Kärntner.«

Kordesch sah, wie Ina Burgstaller sich zu der Frau, die neben ihr saß, beugte und ihr etwas ins Ohr flüsterte.

»Zunächst aber übergebe ich das Wort an den Abgeordneten zum Nationalrat Josef Schmölzer, unseren Schutzpatron des Kärntner Fremdenverkehrs in Wien, der sich heute zufällig in seiner Heimat aufhält«, schloss der Bürgermeister.

Zufällig. Kordesch liebte Zufälle. Er zückte sein kleines Notizheft und notierte den letzten Satz.

Josef Schmölzer hatte sich in einen Anzug gequält, der ihm vor fünf Jahren vielleicht noch gepasst hatte. Er schwitzte und hielt sein Smartphone immer fest in der linken Hand. Er ergriff das Wort: »Meine Damen und Herren! Lieber Hans-Jörg! Die Politik besteht nicht nur aus schönen Tagen, und du, lieber Bürgermeister Rohrmoser, bist jetzt mit einer Situation konfrontiert, die das infrage stellt, was unser schönes Kärnten und unseren schönen Millstätter See ausmacht: Ruhe, Erholung und Geborgenheit für alle. Ich kann aber garantieren, dass niemand, keine einzige Person, bei uns gefährdet ist«, sagte Schmölzer. »Wir werden versuchen – und der Herr Kommissar aus Wien wird uns das gleich genau erläutern –, zügig unser Endziel zu erreichen und den oder die Täter zu überführen. Wir werden für die Bevölkerung und unsere Gäste sicherstellen, dass diese Gegend hier, mit einem der schönsten Seen der Welt, eine der sichersten Gegenden des Landes ist und bleibt, meine Damen und Herren von der Presse!«

Kordesch bedeckte seine Augen mit der Hand. In den Reihen der Journalisten hörte er teils Gelächter, teils Murren.

»Der Herr Innenminister ist informiert«, sagte Schmölzer ungerührt, »und wird seitens der Bundesregierung alles tun, um die schnelle Aufklärung zu unterstützen und dir, lieber Hans-Jörg Rohrmoser, und der Gemeinde Millstatt zur Seite stehen. Danke!«

Kordesch wusste nicht, ob der Dank dem Innenminister oder den Zuhörenden gegolten hatte. Aber zumindest war Schmölzers Bauernschlauheit wasserdicht. Das grausliche Schweißlaberl präsentierte sich hier perfekt: nach unten als Volksvertreter, nach oben als vom Minister selbst unterstützt. Kordesch machte das zornig. Aber er hatte gegen diesen Abgeordneten keine Chance, wenn er nichts gegen ihn in der Hand hatte.

»Ich übergebe nun das Wort an den Leiter der Ermittlungen, Oberst Benedikt Paul Kordesch«, sagte Schmölzer. »Er steht Ihnen danach für Fragen zur Verfügung.«

Schon lange hatte Kordesch seinen zweiten Vornamen nicht mehr gehört. Und schon lange hatte er nicht mehr bei einer Pressekonferenz gesprochen. Er spürte, dass seine Kehle trocken war, und hatte kurz Angst, seine Stimme könnte versagen. Er beschloss, es kurz zu machen.

»Meine Damen und Herren!«, sagte Kordesch. »Ich bin erst vorgestern hierhergekommen, und Sie werden verstehen, dass ich Ihnen nicht viel mitteilen kann und darf. Über laufende Ermittlungen spreche ich nicht und wiederhole die wichtige und richtige Bitte des Bürgermeisters, das auch nicht in der Presse zu tun. Wir haben den deutschen Sternekoch Christof Karlsbader tot aufgefunden, der ganz sicher Opfer eines gezielten Gewaltverbrechens wurde. Die Leiche von Erwin Laggner wurde gestern aufgefunden, wobei allerdings sein Tod schon drei Tage davor eintrat.«

Nun ging ein Raunen durch die Menge und zwang Kordesch zu einer Pause. Dem Bürgermeister gelang es nicht, die Menge der Journalisten zu beruhigen, bis Schmölzer mit sehr lauter Stimme um Ruhe bat. Es war gespenstisch, wie gut das funktionierte.

»Bei Erwin Laggner könnte es sich auch um Totschlag oder Tötung im Lauf einer gewaltsamen Auseinandersetzung handeln«, fuhr Kordesch fort. »Dem Körper wurde nachträglich ein Messerstich zugefügt, wohl um eine Ähnlichkeit mit dem Mord an Christof Karlsbader zu insinuieren. Herr Karlsbader war ein bekannter Gastronom, und es ist nicht auszuschließen, dass das Tatmotiv mit seiner beruflichen Tätigkeit zusammenhängt. Nach jetzigem Stand der Ermittlungen gehen wir davon aus, dass für die Gäste hier keinerlei Gefahr besteht.«

Diese Entwarnung für die Urlaubsgäste sprach Kordesch im Auftrag der Staatsanwältin aus, die eine solche Verlautbarung wahrscheinlich dem Innenminister versprochen hatte, der sie wiederum Schmölzer versprochen hatte. Schmölzer sah jedenfalls zufrieden aus. Bis jetzt!

»Ich werde anschließend sofort nach Spittal fahren und erste Einvernahmen führen. Ich versichere Ihnen, wir werden nicht ruhen, ehe die Sache völlig aufgeklärt ist. Ich danke für Ihre Aufmerksamkeit«, sagte Kordesch.

Schmölzers Gesichts verfinsterte sich nicht, er schwitzte nur mehr und blickte auf sein Mobiltelefon. Die erste Journalistin meldete sich zu Wort: »Karin Lewandowsky, *Die Sonne.*«

Kordesch seufzte. Da meldete sich doch gleich als Erste die berühmteste Klatschtante der Boulevardpresse.

»Gilt es als erwiesen, dass der Messerstich bei Erwin Laggner nachträglich erfolgte?«, fragte Karin Lewandowsky.

»Das ist eine Erkenntnis der Gerichtsmedizin«, sagte Kordesch. »Ich danke Ihnen aber für diese Frage, denn ich habe ganz vergessen zu sagen, dass wir uns bei der Gerichtsmedizinerin Dr. Schmuttermeier in Klagenfurt herzlich bedanken. Obwohl sie immens unter Druck ist, hat unser Fall bei ihr oberste Priorität. Daran sehen Sie, dass unsere Ansage, alle Energie in die schnelle Aufklärung des Falls zu stecken, kein Lippenbekenntnis ist.«

Obwohl andere Hände oben waren, durfte dieselbe Frau Lewandowsky eine weitere Frage stellen: »Gehen Sie von einem Serientäter aus?«

Kordesch lächelte. »Wissen Sie, Gnädigste«, sagte er und blickte der Dame nun ins Gesicht, »ich ermittle seit vielen Jahren. Fernsehkrimis erzählen Geschichten. Hier aber haben wir es mit der Wirklichkeit zu tun. Ich sage Ihnen: Es gibt keinen Serienmörder in Gneixendorf-Unterwipfing.«

Kordesch wollte weiterreden, aber nun brach halb Bestürzung, halb Gelächter im Saal aus. »Also auch nicht hier in Millstatt«, hatte er noch gesagt, aber niemand hatte es gehört. Der Bürgermeister und Schmölzer blickten einander verstört an.

Endlich kam ein anderer Journalist an die Reihe: »Beide Mordopfer waren Gastronomen, und auf Twitter kursieren Gerüchte, dass es in der Gastronomie von Millstatt zwei verfeindete Lager gibt. Stimmt das?«

»Der Herr Bürgermeister hat schon zu Beginn darum gebeten, Gerüchte nicht zu kolportieren. Es stimmt, dass beide Mordopfer Gastronomen waren. Sie waren aber auch beide Rechtshänder und Autofahrer und glichen sich in vielen anderen Punkten«, sagte Kordesch.

»Gibt es einen Zusammenhang zum bevorstehenden Spatenstich für die umstrittene russisch-orthodoxe Kirche in Millstatt?«

»Dafür gibt es derzeit keinerlei Hinweise«, sagte Kordesch.

»Gehen Sie davon aus, dass der Mörder Millstatt bereits verlassen hat und dass er aus dem Umkreis der Münchner Topgastronomie kommen könnte, aus dem das erste Opfer ja stammt?«

»Ich werde hier nicht darüber spekulieren«, sagte Kordesch.

Es gab keine weitere Frage. Schmölzer wirkte nun nervös, fasste sich aber gleich wieder. »Danke, meine Damen und Herren! Ich bitte um Verständnis, dass wir keine weiteren Auskünfte geben dürfen. Sie sind die Ersten, die zum gegebenen Zeitpunkt Details erfahren.«

Schmölzer und der Bürgermeister standen auf und gingen aus dem Saal. Die Journalisten verließen das Kongresshaus. Auch

Kordesch ging nach unten. Noch nie hatte das Rathaus-Café am Marktplatz um diese Uhrzeit einen solchen Ansturm von Gästen erlebt. Kordesch folgte der Menge nicht ins Café. Er blieb am Eingang zum Kongresshaus stehen und wartete, bis Schmölzer aus dem Gebäude kam. Er huschte an Kordesch vorbei und wollte auf sein Auto zugehen.

»Herr Abgeordneter«, sagte Kordesch. »Auf ein Wort, bitte …«

»Ah, der Herr Kommissar aus Wien«, sagte Schmölzer. »Die Lacher waren auf Ihrer Seite. Aber im Ernst: Was sollte denn das mit Gneixenbach und Hintertupfing? Wollten Sie unsere Heimat als hinterwäldlerische Provinz lächerlich machen?« Immer wieder musste Schmölzer schnaufend pausieren. Dabei wischte er sich auch abwechselnd den Schweiß von der Stirn und aus dem Nacken.

»Aber nein«, sagte Kordesch. »Ich musste ein wenig die Vorstellungen zerstreuen, die die Menschen durch das Fernsehen haben. Herr Abgeordneter, ich möchte Sie bitten, heute noch zu einer Befragung auf das Polizeikommando in Spittal zu kommen. Wann passt es Ihnen denn?«

»Befragung? Ich? Wie kommen Sie dazu?«

»Ich muss leider darauf bestehen.«

»Aber ich habe dienstlich zu tun«, sagte Schmölzer. »Und überhaupt … Was soll das? Was erlauben Sie sich? Bin ich jetzt tatverdächtig?«

»Nein, Sie sind nicht tatverdächtig. Aber wir haben festgestellt, dass Sie einen Anruf vom Handy von Christof Karlsbader bekommen haben.«

An dieser Stelle riss Schmölzer in einer Mischung aus Erschrecken und Empörung die Augenbrauen hoch.

»Das kann ich bei meinen Ermittlungen nicht übergehen«, fuhr Kordesch fort. »Der Anruf erfolgte nach Karlsbaders Tod. Sie haben also mit hoher Wahrscheinlichkeit einen Anruf seines Mörders entgegengenommen. Wir müssen wissen, was bei diesem Anruf gesprochen wurde. Und da Sie mir immer sagen, dass

Sie zügige Ermittlungen wünschen, können Sie damit einen Beitrag dazu leisten. Noch zügiger wäre gewesen, wenn Sie mir schon bei unserem letzten Gespräch von diesem Anruf erzählt hätten.«

»Sie haben mich nicht danach gefragt«, sagte Schmölzer. »Ich kann auch nicht immer an alles denken. Was glauben Sie, was ich um die Ohren habe?«

»Herr Abgeordneter, Sie können uns helfen oder nicht. Es ist Ihre Entscheidung. Ich könnte aber nur schwer verstehen, warum Sie es nicht tun sollten.«

»Ich habe diesen Anruf für ein Versehen gehalten.«

»Was war der Inhalt dieses Anrufs?«

»Das war ein Freak. Er hat mir gedroht.«

»Eine Männerstimme?«, fragte Kordesch.

»Nein, das war so mit dem Computer gemacht oder mit einer Handy-App. So eine künstliche Stimme wie beim Navi.«

»Und was hat diese Stimme gesagt?«

»Der Wortlaut ist mir nicht mehr erinnerlich. So etwas wie: *Ihr seid alle dran!* Oder: *Jetzt krieg ich euch alle!* So ähnlich jedenfalls.«

»Wer könnte damit gemeint gewesen sein?«

»Ich dachte, das können Sie mir sagen!«

»Herr Abgeordneter, ich habe Sie bei unserem letzten Gespräch gefragt, ob Sie Christof Karlsbader kannten«, sagte Kordesch. »Woher wussten Sie denn, dass der Anruf von seinem Handy kommt, ohne seine Stimme zu erkennen? Haben Sie seine Nummer in Ihren Kontakten gespeichert?«

»Jetzt reicht es mir mit Ihnen«, sagte Schmölzer. »Ich dachte, Sie wollten hier ernsthaft einen Mord aufklären.«

Schmölzer ging einfach weiter auf sein Auto zu. Kordesch folgte ihm und blieb neben der Fahrertür stehen. Als Schmölzer öffnete, sagte er zu ihm: »Herr Abgeordneter! Sie standen mit dem Mörder in Kontakt. Das ist eine ernste Sache. Zeugen bestätigen, dass es eine Verbindung zwischen Ihnen und Karlsbader gab. Ich kann das nicht außer Acht lassen. Bitte kooperieren Sie. Ansonsten muss ich davon ausgehen, dass Sie die Ermittlungen behindern. Ich bitte Sie also, heute im Lauf des Nachmittags auf dem Polizeikommando in Spittal vorstellig zu werden. Bei Nichterscheinen wird eine Ladung durch die Staatsanwaltschaft erfolgen.«

»Wollen Sie mir etwa drohen, Herr Kordesch? Davon werde ich dem Herrn Innenminister berichten. Machen Sie sich auf Ärger gefasst!«

Schmölzer schlug die Wagentür zu, startete den Motor und fuhr los.

Kordesch hatte nichts anderes erwartet. Er atmete auf. Es waren nur ein paar Schritte ins Rathaus-Café. Dann aber sah er Ina Burgstaller vorbeihuschen und rannte auf die Straße.

»Frau Burgstaller«, rief Kordesch. »Auf ein Wort, bitte!«

Ina drehte sich um und sah ihn mit einem sehr genervten Blick an. Dann hob sie die Hand an die Stirn, um die Sonne abzuschirmen.

»Ich möchte Sie bitten, jetzt nach Spittal aufs Polizeikommando zu kommen und Ihre Fingerabdrücke abzugeben«, rief Kordesch. »Warten Sie dann dort auf mich, ich muss Sie noch was fragen.«

»Wissen Sie, mir reicht es jetzt schon«, sagte sie langsam. »Ich stehe alleine im Hotel und weiß nicht, wo mir der Kopf steht. Sie können doch nicht alle abziehen. Bevor Vicky nicht zurückkommt, kann ich nicht weg.«

Kordesch wollte noch etwas sagen, aber da ging sie schon davon. Für die Pressekonferenz hatte sie Zeit, dachte Kordesch und seufzte. Er ging ins Café und setzte sich unter die Arkaden. Als die Kellnerin kam, bestellte er Kaffee.

Es dauerte nicht lange, da rief Wiltrud Krakauer an. Kordesch machte sich auf eine Standpauke gefasst.

»Gut gemacht, Kordesch«, sagte die Staatsanwältin zu seiner Überraschung.

»Woher wissen Sie das?«

»Na, hören Sie! Ich habe das Live-Streaming gesehen. Aber was sollte das mit Gneixendorf?«

»Gneixendorf-Unterwipfing. Ich habe einfach irgendetwas gesagt. Einen Namen für ...«

Die Staatsanwältin unterbrach Kordesch: »Für? Wofür? Für ein Kaff? Für ein Kuhdorf?«

»Sie haben mir doch eingebläut, der Presse mitzuteilen, dass wir von zwei verschiedenen Tätern ausgehen«, sagte Kordesch.

»Und das mussten Sie unbedingt auf diese Weise zum Ausdruck bringen? Glauben Sie, dass Sie geliebt werden, wenn Sie Millstatt zu einem Kaff erklären?«

»Ich will gar nicht geliebt werden«, sagte Kordesch.

»Lachen musste ich schon«, sagte die Staatsanwältin. »Woher kennen Sie Gneixendorf?«

»Ich sage Ihnen doch, ich habe einfach gesagt, was mir eingefallen ist«, sagte Kordesch.

»Gneixendorf gibt es aber wirklich«, sagte Krakauer. »Ich komme aus Langenlois. Das ist nicht weit entfernt.«

»Die Handydaten von Schmölzer ...«, sagte Kordesch.

»Nicht schon wieder, Kordesch!«

»Hören Sie, Schmölzer hat einen Anruf vom Handy von Karlsbader zugegeben. Nach dessen Tod.«

»Wann? Haben Sie heute mit ihm gesprochen?« Die Staatsanwältin seufzte. »O nein! Heißt im Klartext, dass er jetzt sauer ist.«

»Schmölzer telefoniert mit dem Mörder, verschweigt es uns, und Sie machen sich Sorgen, er könnte sauer sein? Ich sage Ihnen, die Sache kommt hoch«, sagte Kordesch. »Und das ist gut so. Je früher, desto besser.«

»Kordesch, ich habe Ihnen von Anfang an gesagt, Sie sollen Schmölzer mit Samthandschuhen anfassen.«

»Wenn wir dieser Spur schnell nachgehen, können wir vielleicht den nächsten Mord verhindern.«

»Den nächsten Mord?«, sagte Krakauer. »Was sagen Sie denn da, Kordesch? Gibt es jetzt doch einen Serientäter?«

»Wir befragen jetzt erst einmal die beiden Damen. Haben Sie die Dolmetscherin bestellt?«

»Sollte pünktlich da sein.«

»Gut«, sagte Kordesch. »Havran holt mich in einer halben Stunde ab.«

»Ach, steigen Sie einfach wieder ins Auto und fahren Sie selbst«, sagte Krakauer. »Es ist jetzt schon langweilig mit Ihren Allüren.«

18

Den muffigsten Abstellraum im ganzen Polizeigebäude hatte Stutzer Kordesch für die Befragungen zur Verfügung gestellt. Man hatte die kaputten Büromöbel und Kartons mit alten Akten nur schnell zu Seite geschoben und einen Tisch mit drei Stühlen aufgestellt. Es gab keine Fenster, nur zwei Oberlichte. Auf den Tisch hatte man einen Kassettenrekorder gestellt, der aus den Siebziger- oder Achtzigerjahren war. Kordesch war verärgert.

Noch wütender machte ihn, dass weder Julia Hess noch Ina Burgstaller auf die Polizeistation gekommen waren, worum er beide gebeten hatte. Man nahm ihn offensichtlich nicht ernst. Er sollte jetzt endlich andere Saiten aufziehen, dachte er.

Kaum war Kordeschs Ärger ein wenig verflogen, kam Havran und teilte ihm mit, dass die Dolmetscherin sich verspätete. Das war der Gipfel. Alle hier verarschten ihn, und er musste auf der miefigen Polizeiwache Spittal an der Drau, der er vor vielen Jahren für immer den Rücken gekehrt hatte, in der miesesten Abstellkammer sitzen, als wäre er ein alter Schreibtischsessel, der unter dem zu fetten Arsch einen Provinzpolizisten zusammengekracht war.

Kordesch trat auf den Gang. Dort stand Vicky und schaute betreten zu Boden. Sie war eine Viertelstunde vorher zur Untersuchung bei der Gerichtsmedizinerin gewesen und hatte anschließend ihre Fingerabdrücke abgegeben. Ulyana saß im Wartebereich beim Kaffeeautomaten.

»Frau Serdyul«, sagte Kordesch. Er bemühte sich trotz seines Ärgers um einen freundlichen Ton. »Können Sie der anderen Frau Serdyul sagen, dass Sie nun bitte auch zum Kollegen soll? Wegen der Fingerabdrücke. Erklären Sie ihr bitte, wo sie hinmuss.«

Vicky ging die paar Schritte zu Ulyana und sagte zu ihr: »Du musst jetzt auch deine Fingerabdrücke geben.«

»Frau Serdyul«, sagte Kordesch und trat auf die beiden Frauen zu. »Sie sollen es ihr auf Ukrainisch sagen. Ich muss sichergehen, dass alles verstanden wird.«

Vicky drehte sich zu ihm um. »Ulyana und ich sprechen Deutsch miteinander.«

Ulyana, die anscheinend alles, wozu sie aufgefordert wurde, mit demonstrativem Schweigen tat, stand von der Sitzbank auf und ging. Vicky wandte sich ab und ging ein paar Schritte den Flur entlang außer Hörweite.

Kordesch fasste einen Plan. Er winkte Havran zu sich und wies ihn an, zuerst die Gerichtsmedizinerin, dann Ulyana und erst zuletzt Vicky zu ihm zu schicken. Dann verschwand er wieder in seinem Kabuff.

Kurz darauf kehrte Havran zurück und stellte zwei Cappuccino aus dem Kaffeeautomaten vor ihn auf den Schreibtisch. Cappuccini, dachte Kordesch, eigentlich heißt es Cappuccini. »Danke«, sagte er zu Havran, der sich schon wieder umdrehte und das Zimmer verließ. »Es kann losgehen.«

Kordesch musterte die Abstellkammer und atmete tief ein. Sicher hatte Stutzer hier auch irgendwo seine Weinflaschen versteckt. Am liebsten hätte Kordesch ein Handyfoto von diesem Raum gemacht und es der Staatsanwältin geschickt, damit sie sehen konnte, unter welchen Bedingungen er arbeiten sollte.

Es klopfte, und die Gerichtsmedizinerin trat ein. Kordesch stand auf.

»Frau Dr. Schmuttermeier«, sagte Kordesch. »Danke, dass Sie gekommen sind.«

»Gerne, Herr Kordesch«, sagte die Gerichtsmedizinerin. »Auch wenn Sie mich ganz schön von der Arbeit abhalten.«

»Frau Doktor, wir sitzen im selben Boot. Auch ich wollte diesen Fall nicht. Ich würde wirklich gerne etwas anderes machen. Aber die Chefin will es so. Das ist ein Cappuccino, wenn Sie möchten ...«

»Ich trinke nur Kaffee mit Pflanzenmilch. Ist der aus dem Automaten?«

»Ja.«

»Dann muss ich passen.«

»Gut, dann trinke ich beide. Nun zu Victoria Serdyul.«

»Das sieht übel aus. Hämatome, die verschieden alt sind«, sagte Schmuttermeier. »Typische Spuren von Gewalt.«

»Hat sie mit Ihnen gesprochen?«, fragte Kordesch.

»Nein.«

»Das ist auch mein Problem«, sagte Kordesch. »Ich brauche da den psychosozialen Dienst. Ich weiß mir nicht zu helfen. Sie könnte reden und selbst dazu beitragen, dass man ihr hilft. Aber ich befürchte, sie ist zu sehr eingeschüchtert.«

»Traumatisiert«, korrigierte ihn Schmuttermeier.

»Und die andere Frau Serdyul? Ulyana.«

»Die hat nichts dergleichen.«

Nachdem er sich bei Dr. Schmuttermeier bedankt hatte und sie zum Abschied noch bat, sich möglichst schnell die Fingerabdrücke anzusehen und sie mit denen auf der Handkurbel abzugleichen, war Kordesch zufrieden. Es war das angenehmste Gespräch, das er an diesem Tag führen sollte.

Als Nächste kam Ulyana Serdyul herein. Kordesch begann auf seinem Mobiltelefon herumzuwischen. Dann sagte er zu ihr: »Wir warten auf die Dolmetscherin. Die kann Ukrainisch.«

Ulyana saß reglos da und starrte an die Wand. Kordesch legte das Handy weg und starrte auch an die Wand. Auch die Wand war schiach. Aber er musste dieser Ulyana zeigen, dass er die Ruhe selbst war und seine Sache hier durchziehen würde.

Endlich klopfte es an der Tür. Eine freundliche Dame in einem weiten Stoffrock mit rotem Blumenmuster und einem engen schwarzen Oberteil kam herein. Die Schweißflecke unter den Achseln zeigten, dass sie sich sehr beeilt hatte. Sie ging auf Kordesch zu und schüttelte seine Hand: »Hütter-Symonenko.«

Kordesch stellte sich vor und bot ihr einen Kaffee an.

»Danke. Etwas später vielleicht.«

»Wie Sie möchten. Das ist Frau Serdyul.«

Unwillig schüttelte Ulyana die Hand der Dolmetscherin.

»Sind Sie bereit?«, fragte Kordesch und wandte sich dann an Ulyana: »Frau Serdyul, wann haben Sie Erwin Laggner das letzte Mal gesehen?«

Frau Hütter-Symonenko übersetzte die Frage, dann trat Stille ein. Kordesch und die Übersetzerin blickten auf Ulyana.

»Bitte«, sagte Ulyana. »Ich kann auf Deutsch antworten. Erwin ist am Donnerstag zu seinem Boot ...«

Frau Hütter-Symonenko sah Kordesch fragend an.

»Bitte, Frau Serdyul«, unterbrach Kordesch sie. »Ich muss sicherstellen, dass alles korrekt verstanden wird. Bitte antworten Sie in Ihrer Muttersprache.«

»Warum nicht auf Deutsch?«, fragte Ulyana.

»Sie können in Ihrer Sprache sprechen. Das kann doch kein Problem sein.«

Nun schwiegen alle drei. Ulyana blieb regungslos sitzen und blickte zu Boden. Hier stimmte etwas nicht. Kordesch hatte es schon geahnt. Er hatte eine Idee. Er nahm einen Zettel und schrieb etwas darauf. Dann drehte er sich zur Dolmetscherin: »Frau Magister, ich hole doch einen Kaffee für Sie. Ist Cappuccino in Ordnung?«

Frau Hütter-Symonenko sah ihn erst irritiert an, dann aber zwinkerte Kordesch ihr zu, um ihr zu bedeuten, dass er nur wollte, dass sie mit Ulyana alleine war.

»Ja.«

»Ich hoffe, Sie trinken normale Milch?«

»Ja, ja!«

»Gut!«, sagte Kordesch. »Während ich weg bin, übersetzen Sie bitte Frau Serdyul das, was auf diesem Zettel steht.«

So, dass nur sie es sehen konnte, zeigte Kordesch der Dolmetscherin das Blatt Papier, auf das er einen Satz geschrieben hatte: *Bitte stehen Sie auf, Sie können gehen!*

Frau Hütter-Symonenko war immer noch perplex, aber Kordesch war schon durch die Tür. Vicky saß im Wartebereich, blickte ihm aber nicht in die Augen. Er wählte zwei Cappuccino. Dann ging er mit den Kaffeebechern zurück und trat ein.

»Nun, Frau Serdyul, haben Sie verstanden, was Frau Hütter-Symonenko Ihnen gesagt hat?«, sagte Kordesch zu Ulyana und überreichte dabei der Dolmetscherin den Kaffeebecher.

»Danke!«

»Bitte übersetzen Sie, was ich gesagt habe.«

Die Dolmetscherin sagte nun in ukrainischer Sprache etwas zu Ulyana, die starr dasaß.

»Fragen Sie sie bitte, ob sie einen Kaffee möchte«, bat Kordesch.

Wieder sprach die Dolmetscherin Ukrainisch, wieder schwieg Ulyana.

»Fragen Sie sie, ob sie glaubt, dass am Boden des Millstätter Sees wirklich tausend Statuen liegen.«

Frau Hütter-Symonenko hob zwar skeptisch eine Augenbraue, übersetzte aber, was Kordesch gesagt hatte – Ulyana schwieg noch immer.

»Sagen Sie Frau Serdyul, dass sie heute wieder gehen und arbeiten kann, wenn sie uns antwortet. Wenn wir allerdings feststellen, dass sie im Besitz eines gefälschten Passes ist, müssen wir sie hierbehalten.«

Aber das Schweigen war nicht zu brechen. Schließlich ließ Kordesch Ulyana von Havran hinausbringen und Vicky holen. Inzwischen sagte er zu der Dolmetscherin: »Wir machen jetzt noch einmal dasselbe.«

Die Frau Magister blickte immer skeptischer drein. Kordesch konnte ihre Irritation verstehen. Da wurde sie per Anruf auf das Dringlichste nach Spittal an der Drau bestellt, und dann sollte sie gebraucht werden, um festzustellen, dass zwei Frauen keine Ukrainerinnen waren?

Vicky nahm Platz und blickte vor sich auf den Tisch. Die Dolmetscherin sagte denselben ersten Satz wie bei der Vernehmung Ulyanas: »Bitte stehen Sie auf, Sie können gehen!«

Vicky saß da und schwieg.

»Frau Serdyul«, sagte Kordesch. »Wissen Sie, was Frau Hütter-Symonenko da gerade zu Ihnen auf Ukrainisch gesagt hat?«

»Ja«, sagte Vicky.

»Dann tun Sie bitte, was sie gesagt hat«, sagte Kordesch.

»Herr Kommissar«, sagte die Dolmetscherin nun unwirsch. »Ich habe meine Zeit nicht gestohlen. Diese Frau hier kann kein Wort Ukrainisch.«

Der Satz verfehlte seine Wirkung nicht. Tränen traten in Vickys Augen, sie blickte auf und sagte: »Ich bin nicht aus der Ukraine. Ich heiße Victoria Mikadse und komme aus Georgien.«

Sie begann zu schluchzen. Kordesch aber war abgelenkt. Er dachte an Georgien und fragte sich, wann er zuletzt etwas über Georgien gehört hatte. Natürlich: die Unabhängigkeitsbewegung, die Stalin niedergeschlagen hatte. Das war es gewesen, was Julia Hess bei einem Gespräch zwischen Vicky und Ulyana mitgehört hatte. Er nickte der Dolmetscherin zu. »Danke, Frau Magister. Wenn Sie jetzt bitte nach draußen gehen.«

Hütter-Symonenko stand auf und drehte sich zu Kordesch: »Ich muss schon sagen: Ein toller Job, zu dem Sie mich da vergattert haben.« Sie verließ den Raum. Kordesch konnte es hier niemandem recht machen, damit musste er leben. Er legte sein Mobiltelefon auf den Kassettenrekorder, um das Gespräch mitzuschneiden.

»Gut, wir beginnen noch mal: Wie heißen Sie?«

Zuerst noch tränenerstickt, dann immer gefasster, antwortete Vicky: »Mein Name ist Victoria Mikadse.«

»Wann und wo wurden Sie geboren?«

»Ich bin am 3. Februar 2002 in Batumi in Georgien geboren.«

»Können Sie einen georgischen Pass vorweisen?«, fragte Kordesch.

Vicky griff in ihre Tasche, die sie an die Sessellehne gehängt hatte, und zog einen Pass heraus. Sie legte ihn auf den Tisch. Kordesch nahm ihn an sich.

»So, Frau Mikadse. Erzählen Sie bitte, wie Sie nach Österreich gekommen sind.« Und nun musste Kordesch eine lange, sehr traurige Geschichte anhören.

An Vickys achtzehntem Geburtstag borgte ihre Mutter in ihrer Heimatstadt bei einem reichen Mann, den sie *Onkel* nannte, der aber (so dachte zumindest Kordesch beim Zuhören) wohl ein lokaler Mafioso war, genug Geld, damit Vicky nach München fahren und bei einer Billig-Airline die Ausbildung zur Flugbegleiterin machen konnte. München wurde ausgesucht, weil Vicky als Jugendliche Deutsch gelernt hatte und fließend sprechen konnte. Die Ausbildung bei der Airline mussten die Mädchen, die Stewardessen werden wollten, vor ihrem Beginn selbst in bar bezahlen. Vicky hatte sich erhofft, danach als Flugbereiterin angestellt zu werden und genug Geld zu verdienen, damit sie zuerst dem Onkel sein Geld zurückgeben und dann ihre Mutter und ihre zwei Schwestern unterstützen könnte. Aber am Ende der zweiwöchigen Ausbildung wurde ihr mitgeteilt, dass aufgrund einer Krise momentan keine neuen Flugbegleiterinnen aufgenommen würden und die Mädchen sich nur in eine Warteliste eintragen könnten. Vicky verlangte ihr Geld zurück, man sagte ihr aber, sie habe die Ausbildung ja abgeschlossen und könne Stewardess werden, wenn man wieder welche benötige. Da stand sie nun in München, wo sie ein Zimmer mit zwei Rumäninnen und einer Weißrussin teilte. Sie beschloss, nicht zurückzukehren, bis sie nicht zumindest das Geld beisammenhatte, das die Mutter dem Onkel schuldete, ansonsten würde ihre Familie große Probleme bekommen. Wenn Kordesch es richtig verstanden hatte, ging es um achttausend Euro. Die Mutter hatte aber die erste der versprochenen Rückzahlungen nicht leisten können, was die Gesamtsumme nach oben trieb. Die Familie war offensichtlich einem Kredithai aufgesessen.

Zuerst begann Vicky, als Putzfrau zu arbeiten. Über eine Annonce, die ihr eine junge Bulgarin zeigte, bewarb sie sich dann bei einem Nachtclub, der Hostessen suchte. Schnell bemerkte Vicky, worum es dabei ging. Es war Prostitution, aber sie verdiente dabei wenigstens mehr, als sie für ihr Zimmer und ihr Essen brauchte, und errechnete, wie lange sie brauchen werde, um so viel Geld zusammenzubringen, wie sie sich vorgenommen hatte.

»Wer war der Besitzer dieses Nachtclubs?«, fragte Kordesch.

»Christof Karlsbader«, antwortete Vicky.

Die Corona-Lockdowns brachten keine Probleme. Im Gegenteil: Karlsbader öffnete seine Hinterzimmer für reiche und einflussreiche Gäste, und die netten von ihnen steckten Vicky oft hohe Trinkgelder zu. Doch Anfang 2023 wollte Karlsbader Vicky bei diesen Abenden nur mehr selten haben. Sie kellnerte im Nachtclub, aber das Geschäft war mies. Sie sagte Karlsbader, sie müsse mehr verdienen. Er antwortete, dann müsse sie in seinen Lokalen putzen oder auf den Strich gehen.

Es klopfte. Havran kam herein und flüsterte Kordesch ins Ohr, dass die Probe der Fingerabdrücke bei Vicky und bei Ulyana negativ gewesen sei. Das hieß: Die Fingerabdrücke auf der Kurbel der Seilwinde von Erwin Laggners Boot waren nicht von einer der beiden. Bevor Havran ging, flüsterte Kordesch ihm ebenfalls etwas ins Ohr. Dass er nämlich jemanden vom psychosozialen Dienst herbestellen solle.

Vicky redete weiter. Bei einem von Karlsbaders Herrenabenden hatte sie Josef Schmölzer kennengelernt. Der erzählte ihr, dass er für die Sommersaison in Kärnten von Mai bis Oktober Mädchen suche, die in Hotels und Restaurants arbeiteten. Im Winter könnten sie nach Hause fahren. Damit es mit der Arbeitserlaubnis und dem Aufenthalt keine Probleme gäbe, bekäme sie von ihm einen ukrainischen Pass, denn Ukrainern wolle man in Österreich helfen. Vicky war das alles egal, und sie nahm das Angebot sofort froh an, weil sie lieber in der Gastronomie arbeiten wollte, als sich zu prostituieren.

»Und in diesem Pass heißen Sie Serdyul, und Ulyana auch?«, fragte Kordesch.

»Es gab nur drei oder vier verschiedene Namen«, antwortete

Vicky. »Und in fast allen Pässen stand als Geburtsdatum 2.1.2003. Fragen Sie mich nicht, warum.«

»Hat Christof Karlsbader Sie zum Sex gezwungen?«

»Er konnte alle Mädchen haben, wenn er wollte. Aber er war nicht schlimm. Er war immer betrunken. Wenn, dann wollte er nur schnell abspritzen. Danach hat er mich meist beschimpft, dass ich eine dreckige Hure bin, und weggeschickt.«

»Die Ärztin von der Gerichtsmedizin hat an Ihrem Körper viele Spuren von Gewalteinwirkung festgestellt«, sagte Kordesch. »Wer hat Ihnen diese Verletzungen zugefügt?«

Vicky begann zu weinen. Kordesch gab ihr ein Taschentuch. Es war still im Raum. Kordesch fühlte sich, als müsse sein Herz brechen und er auf der Stelle seinen Beruf aufgeben. Er tat sich schwer, ruhig sitzen zu bleiben, nochmals das Bild des Abgeordneten Schmölzer auf dem Handy zu suchen und Vicky das Display vor die Nase zu halten.

»Hat dieser Mann Sie so zugerichtet?«, fragte Kordesch. Ins Mikrofon seines Handys sagte er: »Ich zeige der Befragten eine Aufnahme von Josef Schmölzer, Abgeordneter zum Nationalrat.«

Vicky nickte und schluchzte wieder. Kordeschs Herz raste.

»Frau Serdyul ... ich meine ... Frau Mikadse«, sagte Kordesch. »Bitte sagen Sie laut und deutlich, woher Ihre Verletzungen stammen.«

»Josef Schmölzer hat mich misshandelt und vergewaltigt«, sagte Vicky.

»Mehrmals?«

»Ja.«

»Wie oft?«

»Ich habe nicht mitgezählt.«

Kordesch standen Tränen in den Augen, Tränen der Rührung, aber auch einer unendlichen Wut. Er musste sich jetzt zusammenreißen.

»Bleiben Sie bei Ihrer Aussage vom 8. Juli 2023, dass Sie Christof Karlsbader zuletzt am 7. Juli 2023 um 22 Uhr bei Ende Ihres

Dienstes im Garten der Villa Paradies in Millstatt gesehen haben?«, fragte Kordesch.

»Ja«, sagte Vicky. »Ich habe die Wahrheit gesagt.«

»Stimmt es, dass Herr Marc Wister in den Morgenstunden des 8. Juli bis 2 Uhr 20 auf Ihrem Zimmer war?«, fragte Kordesch.

»Ja.«

»Was haben Sie danach gemacht?«

»Ich bin schlafen gegangen«, sagte Vicky. »Ich musste um halb sechs aufstehen und arbeiten.«

»Von 2 Uhr 20 bis 5 Uhr 30 waren Sie alleine auf dem Zimmer?«, fragte Kordesch. »Es gibt also keine Zeugen?«

»Nein.«

»Die Vernehmung ist beendet«, sagte Kordesch und stoppte die Audio-Aufnahme. Die junge Frau weinte.

»Danke, Vicky! Das ist sehr mutig von Ihnen und wichtig für uns«, sagte Kordesch. »Eine Dame vom psychosozialen Dienst wird sich hier um Sie kümmern. Sie können an einem sicheren Ort übernachten und werden dort versorgt, bis Sie nach Hause fahren können.«

»Nein«, sagte Vicky. »Bitte, ich muss zurück in die Villa Paradies. Ich muss arbeiten. Ich brauche das Geld.«

»Das kann ich nicht zulassen«, sagte Kordesch. »Sie sind hier gefährdet.«

Vicky stand nun auf und fiel vor Kordesch auf die Knie. »Ich bitte Sie, mich zur Arbeit gehen zu lassen.«

Kordesch beugte sich zu ihr. Er hatte sie schon einmal berührt und sich dafür Vorwürfe gemacht. Er redete auf sie ein: »Bitte, stehen Sie auf! Wenn Sie nicht mehr gefährdet sind, sehen wir weiter. Ich sorge persönlich dafür, dass Sie das Geld für die Tage, an denen Sie nicht in der Villa Paradies arbeiten konnten, bekommen. Ich schwöre.«

Damit verließ er das Zimmer. Kordesch eilte über den Gang. Sein Herz klopfte. Zum Glück war die Dame vom psychosozialen Dienst schon da. Er führte sie zu Vicky in den Abstellraum und bläute ihr ein, dass Vicky noch ein Protokoll unterschreiben müsse. Danach solle sie sie in einer sicheren Wohnung unterbringen und niemanden über ihre Identität aufklären.

Dann holte er Havran. Aber er ärgerte sich sofort, dass es keinen Raum gab, wo sie unter vier Augen sprechen konnten. Er zog ihn in die Kaffeeküche und schloss die Tür, die sonst immer offen war.

»Und?«, fragte Havran.

»Sie hat ausgesagt«, sagte Kordesch. »Ich schicke dir meine Audio-Aufnahme. Sofort abtippen und ihr zur Unterschrift vorlegen. Und, Bernie: Kein Wort zu irgendjemand. Das muss zum Staatsanwalt, das muss wasserdicht sein. Kein Kollege hier darf davon erfahren. Sonst weiß Schmölzer Bescheid.«

»Sie hat gesagt, dass Schmölzer…?«

»Misshandlung, Vergewaltigung, möglicherweise Menschenhandel. Und das regelmäßig«, sagte Kordesch. »Aber das muss an die Staatsanwaltschaft weiter, und du schweigst darüber wie ein Grab. Hast du mich verstanden?«

Havran nickte. Kordesch wollte sich nun wieder Ulyana widmen und herausfinden, wie sie wirklich hieß. Als er die Tür öffnete, stand Stutzer davor.

»Stutzer, hast du die ganze Zeit zugehört?«

Stutzer hatte diese seltsame Art, mit verkrampftem Gesicht zu feixen. Es war wohl der Alkohol, der dazu geführt hatte, dass er die Zuckungen nicht mehr kontrollieren konnte. Havran ging schnell davon. Wahrscheinlich wollte er nicht schon wieder bei einem Streit der beiden anwesend sein, dachte Kordesch.

»Bene!«, sagte Stutzer. »Was du wohl immer für Ängste hast. Ich arbeite hier, schon vergessen? Dir war die Arbeit hier zu minder. Du hast dich aus dem Staub gemacht. Ich dagegen arbeite hier wohl bis zu meiner Pensionierung. Aber ich muss dir etwas sagen, Bene. Morgen brauche ich Havran.«

»Wofür?«

»Bei diesem Spatenstich für die orthodoxe Kirche. Wir brauchen dort wohl vier Mann. Krutov kommt persönlich.«

»Ja, wenn ein Milliardär kommt«, sagte Kordesch. »Dann müssen wir Kärntner natürlich die Reihen dicht geschlossen halten. Bitte sehr, schick Havran hin! Nicht, dass etwas passiert.«

»Und wenn etwas passiert«, sagte Stutzer. »Dann haben wir wohl dich, unseren Bene.«

Immer musste Stutzer das letzte Wort haben, dachte Kordesch. Er wollte zwar noch etwas entgegnen, doch in diesem Moment kam Havran auf den Gang gelaufen, sein Mobiltelefon am Ohr. Er rannte und fuchtelte mit der linken Hand in der Luft herum, um Aufmerksamkeit zu erregen.

»Schon wieder!«, rief er.

»Was?«, fragte Stutzer.

»Ein Mord. Im Auto erstochen.«

»Wovon redest du?«, herrschte Kordesch Havran an. »Komm, Bernie, Klartext!«

Havran steckte das Handy ein. »Er ist gefunden worden. Neben seinem Auto. Auf der Straße zwischen Rothenthurn und Großegg.«

»Wer?«

»Schmölzer!«, sagte Havran und ließ dramatisch die Arme fallen. In diesem Moment blickte er seltsamerweise zu Stutzer hinüber und sah Kordesch nicht in die Augen.

»Wer hat ihn gefunden?«

»Zwei Kollegen, die gerade nach Großegg unterwegs waren.«

19

Ich verstehe es nicht«, sagte Havran, der das Blaulicht eingeschaltet hatte und mit 140 Stundenkilometern über die Bundesstraße raste. »Ich verstehe nicht, warum wir Ina nicht gleich auch vorgeladen haben.«

»Bitte schau nach vorne«, sagte Kordesch. »Du fährst wie ein Irrer.«

»Gib zu, du hast dich verzockt«, sagte Havran.

»Ich habe dich damit beauftragt, sie darum zu bitten.«

»Ja, aber gleichzeitig sollte ich eine Liste mit allen Bootsvermietungen machen, mit der Spurensicherung über Laggners Auto reden und jeden einzelnen Gast der Villa Paradies nach seinem Alibi für die Tatzeit des Laggner-Mordes befragen«, sagte Havran. »Ich hatte so viel zu tun, da hab ich das vergessen. Du bist der Chef hier, du hättest mir sagen müssen, was oberste Priorität hat.«

»Beruhige dich«, sagte Kordesch. »Ina Burgstaller wäre nicht freiwillig nach Spittal gekommen.«

»Doch! Wäre sie! Wir hätten einen Mord verhindert, verdammt. Du sagst mir immer, dass die erste Aufgabe des Polizisten ist, eine Straftat zu verhindern.«

»Und die habe ich auch verhindert«, brüllte Kordesch. »Die regelmäßige, wenn nicht tägliche Misshandlung und Vergewaltigung von Vicky habe ich verhindert.«

»Um den Preis eines weiteren Toten!«, entgegnete Havran ebenso aufgebracht. »Sei froh, dass du die Pressekonferenz schon hinter dir hast. Was würdest du jetzt wohl daherschwafeln nach einem dritten Mord?«

Kordesch schlug mit der Faust auf das Armaturenbrett. »Jetzt reicht's mir aber mit dir!«

Havran wurde kurz still. »Ich kenne mich bei deinen Vermutungen nicht mehr aus. Einmal war es nur ein Täter, dann zwei, aber auf keinen Fall ein Serientäter«, sagte er dann. »Einmal haben wir genug Zeit, dann muss alles gleich sein. Einmal ist Julia Hess tatverdächtig und dann wieder nicht. Wenn du nicht gleich mit ihr ein paar Stunden im Wald verschwindest.«

Eine Pause entstand. Kordesch drehte sich zu Havran. »Sag einmal, ermittelst du gegen mich?«

Havran schnaufte.

Ganz leise sagte Kordesch: »Erstens geht dich das einen Dreck an. Und zweitens ...« Nun brüllte Kordesch aus voller Kehle: »Woher weißt du das?«

Havran schwieg. Plötzlich bremste er und bog von der Bundesstraße auf eine kleine holprige Straße ein.

»Ich habe den Fährmann gefragt. *Peter Pan*. Das sagt dir etwas, oder?«

»Du bist ja doch ein Kärntner. Durch und durch«, sagte Kordesch. »Im Mauscheln und Schnattern und Tratschen Europameister. Im Denunzieren Weltmeister.«

»Du bist selber ein Kärntner!«, sagte Havran.

Die Straße führte zuerst auf eine Anhöhe, dann ging es halbwegs gerade dahin. Wenige Minuten später sah Kordesch schon von Weitem einen Parkplatz, auf dem die Einsatzkräfte standen.

»Wo sind wir hier?«

»Von hier aus wandern viele Leute zum Egelsee«, sagte Havran. »Wenn man weiterfährt, kommt man nach Großegg. Das ist dort, wo die *Peter Pan* anlegt. Dort kennst du dich ja schon aus.«

»Bernie, lass deine Anspielungen«, sagte Kordesch. »Wir müssen jetzt aufhören zu streiten und hier weiterarbeiten. Ein dritter Mord! Die Staatsanwältin bringt mich um.«

»Dann sind es vier«, sagte Havran.

»Auf dieser Straße fahren praktisch keine Autos«, sagte Kordesch. »Was wollte Schmölzer hier?«

»Er kann nur nach Großegg gefahren sein, alles andere macht keinen Sinn.«

»Komm, wir steigen aus. Du fragst die zwei Kollegen, die ihn gefunden haben. Ich gehe zu den Technikern.«

Schmölzer, in demselben zu engen Anzug, den er bei der Pressekonferenz getragen hatte, lag bereits auf einer Bahre ein Stück von seinem Wagen entfernt. Kordesch empfand kein Mitleid. Am liebsten hätte er dem Drecksack noch in sein totes Gesicht gespuckt. Dieses Gesicht sah übrigens entspannt und friedlich aus. Ein Messergriff ragte aus dem Blutfleck in der Mitte des weißen Hemds. Für Kordesch war das eine genaue Kopie des Karlsbader-Mordes.

Die Techniker hatten die Stelle markiert, wo die Leiche gelegen war – gleich neben der Fahrertür.

»Hat hier ein Kampf stattgefunden?«, fragte Kordesch.

»Sieht nicht so aus«, sagte der eine Techniker in der in diesem Beruf üblichen Art, die Augen immer bei der Arbeit zu lassen. »Jemand hat ihm das Messer in den Bauch gerammt. Er ist nach hinten gefallen. Hier ist er mit dem Hinterkopf gegen das Auto geprallt.«

Der Techniker zeigte auf die Stelle am Auto. Dann ging er zu der Bahre und drehte mit Unterstützung seines Kollegen Schmölzers Leiche zur Seite, sodass Kordesch seinen Hinterkopf sehen konnte.

»Und hier ist das Hämatom vom Aufprall«, sagte der Techniker.

»Okay«, sagte Kordesch. »Also, der Täter wartet hier. Schmölzer bleibt stehen. Er steigt aus. Sie unterhalten sich. Dann: Zack! Das Messer in den Bauch. Er fällt nach hinten.«

»So sieht's aus!«

»Also, vielleicht eine Geldübergabe oder so etwas«, sagte Kordesch. »Gibt es Reifenspuren von einem anderen Auto oder Fahrzeug?«

»Ein paar Minuten müssen Sie uns schon geben«, sagte derselbe Mann, erneut ohne Kordesch anzuschauen.

Havran kam mit zwei Plastikbeuteln in der Hand dazu und hielt sie hoch: »Brieftasche und Handy.«

»Handy?«, sagte Kordesch. »Wir haben sein Handy?«
Nun war er gleich besser gelaunt.
Havran und Kordesch warteten, bis die Techniker fertig waren. Kordesch bedankte sich bei ihnen.
»Die Leiche zu Dr. Schmuttermeier, bitte«, sagte Kordesch. »Und dann brauche ich so schnell wie möglich Zugriff auf sein Handy.« Er wandte sich an Havran: »Haben wir einen Menschen in Klagenfurt, der uns die Daten da runterkriegt?«
»Ich rufe gleich an«, sagte Havran.
»Wir bringen es selbst hin.«
»Nicht nötig. Die Herren fahren ja sowieso nach Klagenfurt.«
Kordesch schüttelte den Kopf. »Nein, das erledigen wir persönlich. Dieses Handy hüte ich wie meinen Augapfel.«
Ja, Kordesch hatte Angst, dass dieses Handy doch noch verschwinden könnte. Da waren zu viele Menschen, die Schmölzer ergeben waren, und er hatte auch Stutzer in Verdacht. Der würde bestimmt alles für Schmölzer tun. Dass er zum Beispiel nach der Vermisstenanzeige von Maria Laggner weitgehend untätig geblieben war, war ihm schon anfangs verdächtig vorgekommen. Und Kordesch war sich in diesem Moment auch bei Havran nicht mehr sicher. Wer hier Polizist wurde, der lebte in ständigem Austausch mit der lokalen Politik. Ob man wollte oder nicht: Ein Mann mit der Macht eines Josef Schmölzer hatte einen auch nach seinem Tod noch in der Hand.
»Was machen wir mit dem Auto?«, fragte Havran.
»Das kommt auch nach Klagenfurt«, antwortete der Chef der Techniker.
»Können wir aus dem Navi noch die früher eingegebenen Adressen aufrufen?«, fragte Kordesch.
»Ja. Sicher.«
»Die brauche ich auch.«
Und bald saß er wieder im Auto mit Havran. Eine einzige Autofahrerei war das hier in Kärnten. So war es schon in seiner Kindheit und Jugend gewesen. Erst gestern hatte er sich erin-

nert, dass er als Kind mit den Eltern zwar am Millstätter See in einer Pension gewohnt hatte, dass die Eltern ihn aber zum Reiten zu einem Hof in der Nähe des Längsees gebracht hatten. Dort hatte er sich in Gabi verliebt. Gabi mit den langen schwarzen Haaren bis zur Hüfte, die beim Reiten immer zu einem langen Zopf geflochten waren. Gabi in schwarzer Reithose und einem dunkelblauen T-Shirt. Ihr Hals, ihre schöne dunkle Haut. Gabi, das erste Mädchen, das Kordesch geküsst hatte. Trotz des Altersunterschieds – sie war siebzehn und er fünfzehn – hatte sie ihn geküsst. Und danach hatte er nicht mehr schlafen können.

»Das könnten wir doch heute noch erledigen, oder?«

Kordesch hatte Havran nicht zugehört.

»Du bist jetzt der Chef, Bernie«, sagte er. »Ich bin ein verwirrter alter Trottel, der alle paar Minuten eine andere Theorie hat, nichts auf die Reihe kriegt und mit einer Ärztin aus Wien im Wald verschwindet.«

»Mit einer verheirateten und möglicherweise tatverdächtigen Ärztin aus Wien«, sagte Havran.

»Jetzt fängst du wieder damit an, du Arschloch!«, sagte Kordesch.

»Das nimmst du zurück!«

Havran fuhr rechts ran und bremste.

»Was machst du?«, fragte Kordesch.

»Ich steige aus«, sagte Havran. »Nicht nur aus dem Auto. Ich steige aus dem Fall aus. Ich gehe zu Fuß. Dann werden wir ja sehen, ob du nicht doch Auto fahren kannst.«

Havran öffnete den Gurt.

»Ich nehme es zurück«, sagte Kordesch. »Entschuldigung!«

Havran atmete tief ein und aus. »Wir dürfen jetzt nicht streiten«, sagte er dann. »Ich rufe eine Streife, die nach Millstatt fährt und Ina und Frau Dr. Hess abholt. Dann haben wir ihre Fingerabdrücke, können Ina über ihre Anrufe befragen, und Julia Hess soll uns erklären, was sie am Donnerstag in Villach zu erledigen hatte.

Und was Maria angeht: Wenn wir ihr versprechen, dass wir vor fünf fertig sind, kommt sie bestimmt.«

»Wir machen es, wie du sagst«, sagte Kordesch. »Ich rede inzwischen mit der Staatsanwältin.«

Havran war zufrieden und stieg aus, um zu telefonieren. Kordesch war dankbar, dass er ihn in diesem Moment allein ließ.

Kordesch hatte schon damit gerechnet, dass Wiltrud Krakauer schlecht gelaunt sein würde. Aber ihr Ärger übertraf seine Erwartungen.

»Dass Sie überhaupt noch den Mut haben, mich anzurufen, Kordesch«, sagte die Staatsanwältin zur Begrüßung.

»Ich bin eben eine Frohnatur«, sagte Kordesch. »Wie geht es Ihnen?«

»Das haben Sie ja fein hingekriegt. Sie haben jeden Tag einen Mord da unten. Kordesch, Sie können sich nicht vorstellen, was hier los ist. Ich habe das gesamte Innenministerium und das Bundeskanzleramt am Hals. Wie kommen die Medien denn darauf, dass es den Verdacht auf Gewaltverbrechen und Menschenhandel bei einem Abgeordneten des Nationalrats gäbe?«

»Wo steht das?«

»Überall in den Onlinemedien, auf Twitter und so weiter …«

»Dann kann es nur Stutzer gewesen sein, der das weitergegeben hat«, sagte Kordesch.

»Wer zum Teufel ist Stutzer?«, fragte Krakauer.

»Der Chef vom Posten Spittal.«

»Na, bei dem können Sie sich bedanken. Und nun?«

»Wir vergleichen heute noch die Fingerabdrücke von drei Verdächtigen mit denen auf der Tatwaffe vom Laggner-Mord. Und wir überprüfen die Alibis für den Schmölzer-Mord. Mehr können wir im Moment auch nicht tun.«

»Das ist zu wenig, Kordesch! Das ist ein Scheißdreck!«

»Ich weiß«, sagte Kordesch. »Aber wir haben das Handy von Schmölzer, und wenn Sie uns helfen, sind wir da ganz schnell dran.«

»Na gut, das ist jetzt auch schon egal. Aber, Kordesch: Sie werten da nur aus, was Ihren Fall betrifft. Alles andere nur an mich. Haben Sie gehört? Nicht, dass mir da jemand Chats mit dem Innenminister ausgräbt und ich das morgen in der Zeitung lesen muss.«

»Geben Sie mir noch ein oder zwei Tage!«

»Was kann ich anderes tun?« Krakauer seufzte. »Ich habe noch etwas für Sie. Die deutschen Kollegen waren an Karlsbader dran. Sie haben ein paar Unterlagen geschickt, die gebe ich Ihnen durch. Schmölzer und Laggner sind in einem Etablissement von Karlsbader ein und aus gegangen.«

»Schicken Sie es nicht an das Polizeikommando Spittal. Bitte an meinen privaten Account!«

Havran stieg wieder ein. Kordesch wollte nicht mehr weiterreden.

»Ich bin nicht blöd, Kordesch. Die Datei ist mit einem Passwort geschützt. Das kommt auf Ihr Mobiltelefon, und Sie löschen es gleich wieder.«

»Danke! Wir müssen jetzt!«, sagte Kordesch und legte auf.

Kordesch erzählte Havran von dem Telefongespräch und dass er Stutzer im Verdacht hatte, die Medien informiert zu haben. Er bat seinen Kollegen, zuerst kurz auf dem Polizeikommando in Spittal haltzumachen und dann erst nach Klagenfurt zu fahren.

»Auf welcher Seite ist Stutzer eigentlich?«, fragte Kordesch. »Ist der bei denen, die mit Schmölzer Geschäfte gemacht haben, oder bei den Gegnern?«

»Also, ich glaube, er ist bei den Gegnern«, sagte Havran. »Ziemlich sicher. Er ist mit Maria Laggner gut befreundet.«

»Und das sagst du mir jetzt?«

»Ich dachte, du weißt das.«

»Woher hätte ich das wissen sollen?«, fragte Kordesch ungehalten. »Und wieso ist Maria Laggner eigentlich eine Gegnerin der Geschäfte mit Schmölzer, wo sie doch auch so eine ukrainische Kellnerin hat? Besser gesagt, eine nicht-ukrainische. Und wieso ist der Chef der Pizzeria Arrabbiata ein Gegner der Geschäfte mit Schmölzer und dann kommt Krutov mit Schmölzer und seiner ganzen Gang dorthin und isst dort um eine halbe Million? Ich verstehe das alles nicht!«

»Was sollen die denn machen?«, fragte Havran. »Die müssen auch aufs Geschäft schauen.«

»Ihr geht mir hier alle auf die Nerven«, sagte Kordesch. »Das ist doch nicht normal, dass keiner hier redet, dass man alles irgendwie, irgendwann erfährt. Jetzt, wo Schmölzer tot ist, kann man doch reden. Die kleine Georgierin hat schon vorher geredet. Die ist mutig.«

»Aber was bringt uns das?«

In diesem Augenblick bog Havran auf einen freien Parkplatz vor dem Polizeikommando Spittal ein. »Ich habe jetzt keine Zeit, Bernie«, sagte Kordesch. »Zeig mir lieber, wo ich bei euch im Büro Fotos ausdrucken kann. Stutzer darf mich nicht dabei sehen.«

Vor dem Eingang zum Polizeikommando stand die Journalistin von der *Sonne*.

Havran bremste: »Fuck, die Lewandowsky!«

»Na, leiwand!«, rief Kordesch. »Leiwandowsky! Ur-Leiwandowsky! Die gesamte Presse weiß schon Bescheid. Laut tosend, längs der Berge Rand, da lebt der größte Denunziant.«

Havran wollte protestieren. Aber es war keine Zeit mehr. Die beiden stiegen aus und gingen auf die Tür zu, da kam sie ihnen entgegen.

»Oberst Kordesch, darf ich Sie zum Tod von Nationalrat Schmölzer befragen?«

»Nein.«

Kordesch und Havran gingen weiter. Die Journalistin folgte ihnen.

»Hätten Sie Schmölzers Tod verhindern können?«

Kordesch blieb stehen und drehte sich zu Karin Lewandowsky.

»Er selbst hätte ihn verhindern können«, sagte Kordesch. »Er war heute hier aufs Polizeikommando bestellt und ist leider nicht gekommen. Wäre er gekommen, würde er jetzt noch leben.«

Kordesch ging weiter.

»Worüber sollte er denn befragt werden?«, fragte die Journalistin. »Angeblich werden schwere Vorwürfe sexueller Gewalt und ...«

Doch da hatten die beiden Polizisten schon das Gebäude betreten.

20

Vicky war inzwischen vom psychosozialen Dienst in ein Frauenhaus gebracht worden. Ulyana, die sich schließlich ausgewiesen hatte, in Wirklichkeit Hena Berisha hieß und aus dem Kosovo stammte, hatte darauf bestanden, nach Dellach zurückzukehren, um am Abend arbeiten zu können.

Am frühen Nachmittag trafen Maria Laggner, Ina Burgstaller und Julia Hess in Spittal ein. Maria Laggner und Dr. Hess gaben freiwillig ihre Fingerabdrücke ab, Ina Burgstaller bestand darauf, sich erst mit einem Rechtsanwalt zu besprechen. Aus Klagenfurt gab es noch keine Neuigkeiten. Die Auswertung der Handydaten von Schmölzer hatte zu Kordeschs Ärger nicht einmal begonnen, geschweige denn die Autopsie von Schmölzers Leiche.

Als Erste befragte Kordesch Maria Laggner, damit sie ihren Betrieb regulär öffnen konnte. Die Nachricht, dass ihre Kellnerin in Wahrheit Hena Berisha hieß und aus dem Kosovo stammte, nahm sie überrascht, aber mit Fassung auf. Dann brachte Kordesch das Gespräch auf die Praktiken des verstorbenen Abgeordneten.

»Ihr Mann und Josef Schmölzer haben mutmaßlich Ausweise gefälscht, Behörden bestochen und Menschenhandel betrieben. Entsprechende Ermittlungen werden eingeleitet.«

»Ich wusste davon nichts«, sagte Maria Laggner.

»Wirklich nicht?« Kordesch stand auf, ging einen Schritt näher und öffnete eine Mappe, die auf dem Tisch lag. »Die deutschen Behörden sind da schon länger dran.«

Kordesch nahm ein Foto aus der Mappe und legte es auf den Tisch.

»Sie wussten, dass Ihr Mann dort ein und aus ging«, sagte Kordesch. »Sie wussten, dass es nicht legal ist, was Ihr Mann dort gemacht hat.« Kordesch schlug sein Notizheft auf. »Sie haben selbst gesagt … ich zitiere … ›Ich habe meinem Mann gesagt, er soll sich nicht auf diese Sache einlassen.‹ Und bei dieser Sache, Frau Laggner, waren Körperverletzung und Vergewaltigung an der Tagesordnung.«

»Nein«, sagte Maria Laggner. »Das glaube ich nicht, dass Erwin eine Frau geschlagen oder vergewaltigt hat.«

»Das wissen wir nicht«, sagte Kordesch. »Aber sein Freund Josef Schmölzer hat es getan.«

»Ich habe ihn hundert Mal angefleht, nicht dorthin zu fahren. Sich nicht mit denen einzulassen.«

Endlich hatte Kordesch Maria Laggner aus der Reserve gelockt und sie war emotional geworden. Er versuchte es mit einer Vermutung. Sein Bauchgefühl sagte ihm, dass er richtiglag.

»Und am Donnerstag sind Sie zu Ihrem Mann auf das Boot gegangen und haben ihn zur Rede gestellt.«

»Ja.«

»Sehen Sie! Bei unserem letzten Gespräch haben Sie noch gesagt, Sie haben bis 22 Uhr im Lokal gearbeitet.«

»Ich war einmal zehn Minuten weg. Wirklich, es war nicht länger«, sagte Maria Laggner. »Ich habe wieder einmal versucht, ihn zur Vernunft zu bringen. Dieser Karlsbader trieb sich ja auf einmal sogar in Millstatt herum.«

»Aber Ihr Mann hat nicht auf Sie gehört.«

Maria Laggner schwieg.

»Und dann sind Sie wütend geworden. Ein wenig Wut für jeden seiner Seitensprünge kam wohl noch dazu. Wut darüber, dass jeder hier weiß, dass Ihr Mann Sie notorisch betrogen hat. Und da lag diese komische Kurbel herum. Sie haben Sie genommen und Ihrem Mann von hinten …«

»Nein«, schrie Maria Laggner. »Ich habe nie Gewalt gebraucht gegen meinen Mann oder meine Tochter. Nie!«

»Frau Laggner«, sagte Kordesch. »Wenn wir auf dem Ding Ihre Fingerabdrücke finden …«

»Warum sollten meine Fingerabdrücke nicht auf einem Ding sein, das zu meinem Boot gehört? Es ist *mein* Boot. Es ist *mein* Lokal. Erwin gehörte nichts.«

»Möchten Sie ein Geständnis ablegen, Frau Laggner?«

»Ich habe meinen Mann nicht umgebracht«, sagte Maria Laggner. »Obwohl ich mir seit fünfzehn Jahren immer wieder geschworen habe, dass ich es eines Tages tun werde.«

Kordesch setzte sich. Dieser letzte Satz von Maria gab Kordesch das erste Mal das Gefühl, dass Maria Laggner ehrlich zu ihm war.

»Sie können gehen, Frau Laggner«, sagte Kordesch. »Aber Sie müssen sich zu unserer Verfügung halten.«

Noch kürzer und ebenfalls ergebnislos war die Befragung von Ina Burgstaller. Sie bestand darauf, einen Anwalt beizuziehen. Kordesch hielt es für eine Finte, doch sie telefonierte tatsächlich mit einem gewissen Dr. Holle, der Kordesch erklärte, dass er erst am nächsten Tag Zeit habe. Kordesch musste sie gehen lassen.

Folgte noch Julia Hess, die ein lässiges kariertes Hemdkleid trug. Sie war die Einzige, die sich von Kordesch Kaffee aus dem Automaten bringen ließ. Sie war allerdings auch die Einzige, die er im Beisein Havrans vernahm. Damit wollte er vor allem den Verdacht entkräften, dass die gute Frau Doktor ihn leicht einwickeln konnte. Havran hatte ja an diesem Tag nicht nur eine sarkastische Bemerkung über Kordeschs Ausflug zum Egelsee gemacht.

Und so ruhig und ausgeglichen, wie sie ihnen nun gegenübersaß, konnte Kordesch nur einmal mehr ihre Fassung bewundern.

»Täglich spreche ich mit Ihnen, Frau Hess«, sagte er. »Und täglich erfahre ich doch Neues über Sie. Es geht mir jetzt nicht um den Mord an Christof Karlsbader, sondern um den an Erwin Laggner. Sie haben mir gesagt, Sie wären vorige Woche am Donnerstag in Wien gewesen und am Freitag nach Spittal an der Drau gefahren, wo Ihr Mann Sie vom Bahnhof abgeholt hat. Das deckt sich nicht mit den Ergebnissen unserer Ermittlungen und den Auskünften, die wir vom Hotel Goldenes Lamm in Villach eingeholt haben. Dort waren Sie nämlich am 6. Juli.«

»Sie finden alles heraus, was?«

»Das ist mein Beruf. Sie lassen es aber auch darauf ankommen und sagen mir nicht gleich die Wahrheit. Und das wiederholt. Es ist mir auch egal, was Sie dort getan haben. Ich möchte nur wissen, ob Sie Erwin Laggner gesehen oder mit ihm telefoniert haben. Oder ob Sie vielleicht in Dellach waren?«

»Ich war nicht in Dellach. Erwin und ich haben telefoniert«, sagte Julia Hess. »Er wollte nach Villach kommen und mich abholen. Aber er ist nicht gekommen. Und er ist auch nicht mehr an sein Telefon gegangen.«

»Sie haben ihn danach angerufen?«, fragte Kordesch.

»Ja, mehrere Male«, sagte Julia Hess. »Ist das nicht verständlich?«

»Verständlich vielleicht«, sagte Kordesch. »Aber wir haben jetzt alle Mobilfunkdaten von Laggner ausgewertet.« Er warf Havran einen schnellen Blick zu, bevor er wieder die Verdächtige ansah. »Ich kann Sie da nicht mehr raushalten.«

»Das ist jetzt auch schon egal.«

»Was meinen Sie damit?«, fragte Kordesch.

»Ich habe meinem Mann gestern …«, sagte sie. »Ich habe ihm … die ganze Geschichte gestanden.«

»Und wie hat er reagiert?«

Sie lachte verächtlich. »Wie hat er reagiert? Er ist in der Früh noch länger laufen gegangen als sonst.«

»Kann es nicht sein, dass Sie am Donnerstag mit Erwin Laggner auf seinem Boot waren?«, fragte Kordesch.

»Das wollte ich.«

»Kann es nicht sein, dass er Ihnen erklärt hat, dass das im Vorjahr für ihn nichts Ernstes war und dass er Sie nicht wiedersehen will? Und kann es nicht sein, dass Sie das ein kleines bisschen wütend gemacht hat?«

»Ich war nie auf seinem Boot, Herr Kordesch. Ich nehme an, Sie wollen das mit meinen Fingerabdrücken feststellen. Machen Sie das!«

»Haben Sie ein Alibi für die Nacht von Donnerstag auf Freitag?«

»Ich war in meinem Zimmer im Goldenen Lamm«, sagte Julia Hess. »Am Abend war ich in einer Pizzeria in der Stadt essen. Die Pizza war grauslich, meine Stimmung schlecht. Es war – wie Sie sagen würden – schiach!«

»Wenn Sie diesmal lügen, Frau Dr. Hess, dann habe ich morgen einen Haftbefehl für Sie.«

»Das ist mir klar«, sagte Julia Hess. »Ich werfe Ihnen auch nichts vor.«

»Sobald der Todeszeitpunkt von Josef Schmölzer feststeht, muss ich Sie dann auch fragen, wo Sie zu diesem Zeitpunkt waren.«

»Ich war heute den ganzen Tag in der Villa Paradies«, sagte Julia Hess. »Mehrere Menschen können das bestätigen.«

»Das muss ich Ihnen jetzt mal glauben«, sagte Kordesch. »Haben Sie Marc Wister das erste Mal in Villach getroffen?«

Julia Hess blickte verdutzt drein. »Was reden Sie da? Nein! In Millstatt natürlich! Wie kommen Sie denn jetzt darauf?«

»Sie haben seine Telefonnummer notiert.«

»Ja, und?«

»Auf einen Notizblock vom Hotel Goldenes Lamm.«

»Ach so«, sagte Dr. Hess und lachte. »Den Notizblock hatte ich aus Villach mitgenommen. Ich nehme aus Hotels immer diese kleinen Blöcke mit. Sie nicht? Aber die Nummer habe ich erst hier in der Villa Paradies aufgeschrieben.«

»Was wollte er?«, fragte Kordesch.

»Dass ich Vicky nach ihrem Dienstschluss in ihrem Zimmer untersuche und ihm helfe, sie in ein Krankenhaus zu bringen«, sagte Julia Hess.

»Wann war das?«

»Er hat mich gleich am Freitag angesprochen.«

Kordesch sah noch einmal zu Havran, und der nickte.

»Gut«, sagte Kordesch. »Sie können gehen.«

Kordesch und Havran gingen zurück ins Dienstzimmer, wo hektisches Treiben herrschte. Havran beschwerte sich nach einem Blick auf sein Mailpostfach, dass die Ergebnisse der Autopsie und die Verbindungsdaten von Schmölzers Handy erst am Abend übermittelt werden würden. Was für ihn nur noch mehr Überstunden bedeutete, denn am darauffolgenden Tag sollte um 15 Uhr der Spatenstich für die orthodoxe Kirche stattfinden, zu dem Havran ebenfalls eingeplant war. Kordesch sagte ihm, er solle sich den Nachmittag freinehmen und am Abend in die Villa Paradies kommen. Havran quittierte das Angebot mit Schweigen.

Kordesch war ratlos. Die Befragung der drei Verdächtigen hatte wenig Neues zutage gefördert und der Trubel verhieß nichts Gutes. Er musste sich darauf verlassen, dass man bei den Fingerabdrücken fündig würde und damit wenigstens im Mordfall Erwin Laggner weiterkäme. Er rief bei Dr. Schmuttermeier an und kam direkt in die Mailbox. Er verzweifelte. Alles war ihm entglitten. Er stand wie ein Dilettant da, nicht nur vor der Staatsanwältin, sondern auch vor dem Greenhorn Havran. Von dem kam nicht einmal mehr das Angebot, Kordesch nach Millstatt zu fahren. Seit dem Streit im Auto war er distanzierter geworden, und Kordesch war zu stolz, ihn um etwas zu bitten. Er ging nach draußen.

Ratlos stand Kordesch vor der Tür des Polizeikommandos, als Julia Hess gerade aus dem Gebäude kam.

»Sie sind ja immer noch da!«, sagte er zu ihr.

Sie lächelte. »Sie stehen da so einsam ...«

»Ich wollte nur frische Luft schnappen. Dieses Gebäude und ich ...«, sagte Kordesch. »Wir haben ein recht zwiespältiges Verhältnis. Wissen Sie übrigens, dass dieser Platz – der Dr.-Arthur-Lemisch-Platz – nach einem Deutschnationalen und Antisemiten benannt ist?«

»Aber Herr Kordesch! Sie sind ein Ewiggestriger. In Kärnten ist längst alles anders. Schauen Sie sich die Stimmung an, die die jungen Menschen gestern in der Villa Paradies verbreitet haben. Es ist gut geworden hier! Glauben Sie mir, es hat sich viel getan. Sagen Sie, wollen Sie mit mir nach Millstatt fahren? Dann können wir das gerne diskutieren.«

»Bringt Sie die Streife jetzt nach Millstatt?«, fragte Kordesch.

»Ich bin selbst mit dem Auto gekommen«, sagte Julia Hess. »Ich verrechne Ihnen dann die Fahrtkosten. Wollen Sie mitfahren?«

»Da sage ich nicht Nein«, sagte Kordesch.

»Sehr schön«, sagte Julia Hess. »Versprechen Sie nur eines: Wenn ich Ihnen erlaube, etwas aus meinem Rucksack zu nehmen, müssen Sie nicht gleich alle meine Sachen durchsuchen.«

»Ach, das dürfen Sie nicht persönlich nehmen«, sagte Kordesch. »Das ist wie ein Reflex, angeboren. Ich sehe einen Zettel, und ich muss ihn einfach lesen. Ich habe schon als Kind die Einkaufszettel meiner Mutter gelesen, obwohl sie die in Kurrentschrift geschrieben hat, damit wir Kinder nichts damit anfangen konnten. So wusste ich alle Weihnachtsgeschenke schon im Oktober.«

Julia konnte nicht anders, sie musste über diesen seltsamen Kerl lachen.

»Einen Moment, ich hole noch meine Sachen«, sagte Kordesch und rannte ins Gebäude zurück.

Havran saß noch immer an seinem Schreibtisch. Er sagte, er würde sich nicht von der Stelle rühren, bis die Ergebnisse aus Klagenfurt kämen. Überhaupt war Havran nun Feuer und Flamme für die Arbeit, während Kordesch ratlos war und keine Idee hatte, was er als Nächstes tun sollte, geschweige denn was er hier überhaupt noch tun könnte. Ein Bürojob war für ihn das Richtige. Das ständige Hin- und Herfahren hier machte ihn fertig.

»Ich fahre dann nach Millstatt«, sagte Kordesch.

»Alleine?«

»Frau Dr. Hess nimmt mich mit.«

Havran schwieg, aber sein Gesichtsausdruck verriet, dass er sich so seine Gedanken machte. »Ich würde übrigens auch noch die Fingerabdrücke von diesem Gerhard Hess nehmen«, sagte er schließlich.

»Vergiss ihn! Er war zur Tatzeit gar nicht in Millstatt«, sagte Kordesch.

»Stimmt! Das habe ich ganz vergessen«, sagte Havran. »Ein Motiv hätte er aber: Eifersucht.«

»Jeder Mensch hier am See hatte ein Motiv, Erwin Laggner zu hassen. Leider. Seine Frau, weil er sie betrogen hat. Die Frauen, die er in seinem Cabrio aufgepflanzt hat, weil er sie benutzt hat. Die, die mehr von ihm wollten, weil *er* von ihnen nicht mehr wollte. Die Gastronomen, die keine Billigarbeitskräfte wollen, haben ihn gehasst, weil er den Schlepper für Krutov gemacht hat. Und die, die mitmachen, haben ihn gehasst, weil *er* der Auserwählte war und nicht *sie*.«

Havran schwieg. Kordesch schien es, als wäre der Kollege von seiner Tirade nicht überzeugt. Aber offensichtlich hatte der Wortschwall ihn überwältigt. Er fühlte, dass Havran ihn zwar für seinen Dienstgrad und seine Erfahrung achtete, seine Ermittlungen aber für lausig hielt. Und hatte er damit so unrecht? Schließlich hatte Kordesch bisher kläglich versagt.

»Ja, Hess hätte ein Motiv, was Erwin Laggner betrifft, da hast du recht«, sagte Kordesch. »Aber nicht für Karlsbader und Schmölzer.«

Havran zuckte mit den Achseln.

»Und nach meiner Analyse von Burgstallers Überwachungsvideo kann er es nicht gewesen sein.«

»Du sagst doch selbst, es könnten auch unterschiedliche Täter gewesen sein.« Havran seufzte. »Und was machen wir morgen?«

»Wenn Ina Burgstaller mit Schmölzer telefoniert hat, haben wir den Haftbefehl.«

»Sie kommt ja ohnehin morgen mit ihrem Anwalt.«

»Trotzdem«, sagte Kordesch. »Ich muss den Druck erhöhen, sonst glauben hier alle, sie können machen, was sie wollen.«

»Aber gleich in der Früh«, sagte Havran. »Am Nachmittag ist der Spatenstich.«

»Ja, ja, ich weiß«, sagte Kordesch. »Ihr kommt schon alle zu eurem Milliardär. Mensch, wie man hier den Reichen in den Arsch kriecht! Werdet ihr dann alle orthodox? Würdet ihr für diesen Krutov auch zum Satanismus konvertieren?«

»Du bist schlecht gelaunt«, sagte Havran.

Kordesch ging grußlos.

21

Julia Hess war keine gute Autofahrerin. In den Kurven bremste sie, und zwar plötzlich und ruckartig mehrere Male hintereinander. Das kam wahrscheinlich davon, dass sie einen Wagen mit Automatikgetriebe fuhr. Dafür wurde sie auf den Geraden schnell und fuhr die nächste Kurve wieder mit zu hoher Geschwindigkeit an. Sie bemerkte allerdings nichts von Kordeschs Beklemmungen.

»Was sagen Sie zu diesem Grafen, der jetzt alle Herzen in der Villa Paradies erobert?«, fragte sie. »Er ist schon ein wenig übergriffig, aber irgendwie auch galant, oder? Aber in einem Zimmer zu wohnen, in dem erst drei Tage zuvor jemand ermordet wurde, ist irgendwie dings …«

Das war so eine Redewendung, die Kordesch überhaupt nicht mochte: »Das ist irgendwie dings.« Es verärgerte ihn, dass Julia Hess so redete. Er war überhaupt verärgert, dass sie ihn jedes Mal belog und es beim nächsten Treffen einfach überspielte. Er hätte ihr von Anfang an nicht trauen dürfen. Und doch war da etwas an ihr, das ihm sagte, dass sie zwar unglücklich war und dass ihre Ehe am Ende war, dass sie aber nicht bösartig war.

»Möchten Sie mit mir zur Buschenschenke Höfler fahren? Die macht jetzt gerade auf«, fragte Julia Hess.

»Buschenschenke?«, fragte Kordesch. »Trinkt man dort Wein?«

»Most.«

»Ich habe seit sieben Jahren keinen Alkohol getrunken.«

»Wirklich?«, sagte Julia Hess erstaunt. »Das ist bewundernswert. Ich möchte Sie nicht dazu verleiten.«

»Keine Angst«, sagte Kordesch. »Ich bin schon für mich selbst verantwortlich. Vielleicht täte mir der Most ja gut. Ich trinke jedenfalls kein Bier mehr.«

»Ich habe schon seit Jahren kein Bier getrunken«, sagte sie. »Ich finde, es schmeckt nach Seife.«

Sie schwiegen lange. Dann sagte Julia Hess: »Der Buschenschank ist etwa hundertfünfzig Meter über Millstatt. Von dort oben hat man einen wunderschönen Blick auf den See.«

»Und Ihr Mann?«

»Mein Mann unternimmt an den Nachmittagen eigene Ausflüge.«

»Heißt das ... ich meine, sind Sie ...«

»Ich möchte nicht darüber sprechen«, sagte Julia in sehr lautem, scharfem Ton. Kordesch zuckte ein wenig zusammen. Stille kehrte ein.

»Ja, bitte«, sagte Kordesch. »Fahren wir zum Buschenschank.«

»Entschuldigen Sie!«, sagte Julia. »Ich wollte nicht aufbrausend sein. Sie können nichts dafür. Es ist momentan kein passendes Thema ... Gerhard ... meine Ehe ... und überhaupt ...«

Julia Hess fuhr beim Supermarkt links, und dann ging es auf einer sehr schmalen Straße bergauf. Immer wieder kamen Abzweigungen. Sie entschied souverän; sie schien den Weg gut zu kennen. Er endete unter einer Baumgruppe, hinter der sich eine Wiese befand. Einige Autos waren dort schon geparkt. Sie stiegen aus. Kordesch konnte keinen Buschenschank sehen. War das vielleicht wieder ein Finte wie mit dem Egelsee? Da hatte er dann drei Stunden mit ihr verbracht, weil sie ihn ganz falsch informiert hatte.

Julia Hess ging voran. Ein kleiner Fußweg führte an Bäumen entlang, und gleich tauchte auf der linken Seite ein Häuschen auf. Rechts sah man auf den Millstätter See hinunter. Vor dem Häuschen waren Tische und Bänke aufgestellt. Auf den meisten stand das Schildchen *Reserviert*. Sehr höflich fragte Julia, ob sie an dem vordersten Tisch Platz nehmen könnten, sie würden ohnehin in zwei Stunden wieder gehen. Sie durften sich setzen.

»Von hier ist der Ausblick am schönsten«, sagte Julia.

Wirklich überblickte man den ganzen See. Die Sonne stand

noch hoch und brannte herunter. Kordesch war es ein wenig zu viel Hitze. Er setzte seine Schirmmütze auf, die er nicht gerne trug. Nun herrschte lange Schweigen und Befangenheit. Die Kellnerin unterbrach sie und brachte die Speisekarte. Julia bestellte einen großen gespritzten Most. Um nicht nachdenken zu müssen, nahm Kordesch dasselbe. Bei der Essenswahl hätte er es auch gerne so gemacht, aber Julia meinte, es sei besser, zwei verschiedene Bestellungen zu machen, damit man vom anderen kosten könne. Die Kellnerin kam bald mit den zwei großen Gläsern zurück. Und auf Julias Vorschlag wurde nun eine Brettljause und eine Schweinsbratenplatte geordert. Sie stießen die Gläser aneinander und tranken.

Nach Kurzem war Kordeschs Glas zu drei Vierteln leer. Er war plötzlich entspannt. Diesmal hatte er seine Sonnenbrille mit, und sie war auch nötig, denn das Sonnenlicht war gleißend hell. Sie saßen nebeneinander auf der Bank, und manchmal berührte Julias Ellbogen seinen Körper. Nur beim ersten Mal hatte sie sich dafür entschuldigt.

»Ina Burgstaller«, sagte er. »Sie kennen sie seit mehr als zehn Jahren. Was halten Sie von ihr? Schlummert in ihr etwas …«

»Haben Sie denn nie frei?«

»Bis hier alles aufgeklärt ist, nicht!«

»Dann machen Sie schnell«, sagte Julia Hess. »Damit wir auch noch etwas Entspannung haben an diesem Nachmittag. Ina möchte das Hotel weiterführen, das ist alles. Die Villa Paradies ist ihr Leben. Sie fühlt sich bedroht. Aber wenn sie die Morde begangen hat, kann sie das Hotel nicht mehr übernehmen.«

»Wieso nicht?«

»Weil sie dann jahrelang im Gefängnis sitzt.«

»Wenn man sie des Mordes überführt.«

»Sie finden alles heraus, Herr Kordesch. Können wir jetzt den Nachmittag und den Most genießen?«

»Wenn Sie mich nicht wieder belügen.«

»Es tut mir leid. Wissen Sie, ich habe dieses Gefühl, dass alles zusammenbricht«, sagte Julia Hess. »Ich kann tun, was ich will. Mein Mann ... er redet nur mehr über diesen Oligarchen ...«

»Krutov?«

»Ja, so heißt er. Krutov und seine Hintermänner und seine Firmenkonstrukte. Er sucht da nächtelang Artikel im Netz. Er weiß so viel über diese Dinge. Ich frage mich: Wozu? Es gibt doch so viele Oligarchen. Aber er ist besessen von diesem Krutov.«

»Interessant!«

»Alles bricht zusammen!«

»Wollen Sie nicht, dass alles zusammenbricht? Ich meine ... verzeihen Sie, wenn ich das so offen sage: Sie suchen doch die Nähe anderer Männer.«

»Heute wollen Sie mich fertigmachen«, sagte Julia Hess und zeigte auf die leeren Gläser. »Wollen wir noch zwei?«

Und mit der nächsten Runde kam auch das Essen. Es wurde auf runden Jausenbrettern serviert. Nur das Brot kam extra in einem Körbchen, war aber zu wenig, sodass sie bald nachbestellen mussten. Kordesch war so hungrig, dass er sich sofort über seine Schweinsbratenplatte hermachte und vergaß, auch Julia Hess etwas davon anzubieten. Erst nach einer Weile hielt er inne, und sie nahm ein paar Scheiben Braten von seiner Platte und er von ihrer Wurst.

»Es schmeckt Ihnen!«

»Ausgezeichnet«, sagte Kordesch. »Ich habe schon vergessen, wie gut diese Kärntner Würste sind. Sie haben die richtige Bestellung gemacht.«

»Dann tauschen wir!«

»Aber nein, ich nehme mir nur noch ein wenig von Ihrer Wurst.«

Sie lachte über den Appetit des Polizisten und schaute ihm beim Essen zu. »Gibt es denn keine Frau Kordesch, die sich ein wenig um Sie kümmert? Oder ist Ihre Trauer um diese ... um Gabi – so hieß sie doch, oder?«

»Gabi Troppan.«

»Ist das eine lebenslange Trauer? Um einen Kuss im Pferdestall?«

»Um einen Kuss kann man länger trauern als um Tausende. Vor allem, wenn es bei diesem einen bleibt.«

Julia Hess errötete, und Kordesch fragte sich, ob sie gerade an den Kuss bei der Wanderung vom Egelsee nach Großegg dachte. Er bediente sich währenddessen an der Schale mit den Senfgurken.

»Ich meine es ernst. Da ist niemand?«

»Ha!«, sagte Kordesch und verschluckte sich fast. »Sie wollen nicht über Ihren Mann sprechen und fragen mich so etwas.«

»Sie müssen nicht antworten.«

»Es gab einmal eine Frau Kordesch. Die mochte mich aber nicht sehr, glaube ich«, sagte Kordesch. »Und dann ... Wissen Sie, ich hatte vor sieben Jahren eine Krise, eine schwere Lebenskrise. In dieser Zeit war ich völlig ungenießbar. Und da ist sie irgendwann gegangen. Ich war so erleichtert.«

»Eine Krise?«, fragte Julia Hess. »Was für eine Krise?«

»Ich möchte nicht darüber sprechen«, sagte Kordesch. »Wissen Sie, wenn man so tief unten war wie ich, dann ist es schon ein Wunder, wenn man es wieder ins Erdgeschoss schafft. Dann will man nicht mehr höher hinaus. Man freut sich, wieder zu funktionieren und wenigstens normal zu wirken. Für einen Partner ist das aber langweilig.«

»Haben Sie Kinder?«

»Nein. Von meiner Frau ist nichts geblieben außer der Nachname.«

»Sie tragen den Nachnamen Ihrer Frau?«

»Ja.« Kordesch grinste. »Das ist das Beste, was sie mir hinterlassen hat.«

»Sie sind ein Arsch! Die arme Frau.«

»Sie ist heute dankbar, dass sie mir entkommen ist.«

»Ich weiß nicht, ob Sie wirklich so ein Ätzer sind oder ob Sie nur so tun«, sagte Julia Hess. »Wie Sie über Kärnten reden! Sie sehen doch gar nicht, was hier wirklich los ist. Es ist ein wunderbares Land. Überall sehen Sie nur Nazis. Und dann haben Sie noch ein ähnliches Wort gesagt: Lazis.«

Kordesch lachte. »Sie meinen *Lazi*. Meine Wiener Oma hat immer gesagt: ›Mach keine Lazi!‹ Das bedeutet: ›Mach keinen Unsinn! Lass die Fisimatenten!‹ Sie sprechen anscheinend nicht Wienerisch.«

»Das haben Sie schon einmal gesagt«, antwortete Julia Hess entrüstet. »Es hat mich damals schon verärgert. Ich kann Wienerisch. Warum sind Sie so verächtlich?«

»Bin ich das?«

»Manchmal nicht«, sagte Julia Hess. »Aber wenn Sie mit den Leuten im Hotel sprechen oder mit anderen Polizisten, sind Sie herablassend und autoritär.«

»Wissen Sie, bei solchen Ermittlungen, da erfährt man Dinge, die einen ... wie soll ich sagen ... Ich weiß ja über Sie auch Dinge, die Ihr Mann nicht weiß. Und so ist es mit allem hier.«

»Stimmt es, dass es hier Menschenhandel gibt?«

»Es gibt Indizien dafür, dass Billigarbeiterinnen hierhergebracht wurden«, sagte Kordesch. »Die zuständige Staatsanwaltschaft kümmert sich darum.«

»Und dieser Oligarch, der hier eine Kirche bauen lässt, der hat damit zu tun?«

»Frau Dr. Hess, lesen Sie nicht diese Schundzeitungen, die in fünf Minuten Dinge wissen wollen, die andere erst in monatelanger Arbeit herausfinden müssen.«

»Stimmt es, was Herr Wister – der Freund von Vicky – sagt?«, fragte Julia Hess. »Wurde sie misshandelt?«

»Er ist nicht ihr Freund.«

»Na, Sie haben ja schon starke väterliche Gefühle entwickelt in diesen zwei, drei Tagen«, sagte Julia.

»Herr Wister ist durchaus wichtig«, sagte Kordesch. »Er hat mich erst auf diese Sache aufmerksam gemacht. Sie ja auch.«

»Am Egelsee haben Sie sich jedenfalls mehr für mein Gepäck interessiert als für mich«, sagte Julia Hess.

»Kommen Sie, Frau Doktor«, sagte Kordesch. »Ich habe meine Liebe gerecht auf Sie und Ihren Rucksack verteilt. Im Fall von Vicky haben sich die Ermittlungen jedenfalls ausgezahlt. Ich habe sie an einen sicheren Ort bringen lassen, wo sie psychologisch betreut wird.«

»Da bin ich froh«, sagte Julia Hess. »Ich mache mir solche Vorwürfe, dass ich nicht selbst die Polizei verständigt habe.«

»Ich möchte ihr helfen«, sagte Kordesch. »Ich möchte, dass sie nach Georgien zurückkehren kann.«

»Sie meinen, in die Ukraine.«

»O nein!«, sagte Kordesch. »Ich Esel! Ich habe Ihnen soeben ein Ermittlungsergebnis verraten. Frau Dr. Hess, Sie dürfen mit niemand darüber sprechen.«

»Von mir erfährt niemand etwas«, sagte Julia. »Wenn Sie wollen, bringe ich Vicky nach Hause. Ich habe ja ohnehin nichts mehr zu tun hier.«

»Das ist nett von Ihnen«, sagte Kordesch. »Aber sie braucht Geld.«

»Geld?«

»Es ist eine lange Geschichte«, sagte Kordesch. »Eine traurige Geschichte. Ich muss die Morde hier aufklären. Dann gehe ich zu meiner Bank. Und dann erst kann Vicky nach Hause.«

»Herr Kordesch«, sagte Julia und legte ihre Hand auf seinen Handrücken. »Bitte sagen Sie mir die Hälfte des Betrags, den Sie ihr geben wollen.«

»Viertausend Euro.«

Julia zog die Hand zurück. Es wurde ein dritter Most bestellt. Kordesch stieg er zu Kopf. Er begann, Geschichten zu erzählen, aus seiner Kindheit und Jugend, von der Polizeiarbeit, von einem missglückten Urlaub in einem Single-Hotel. Die Geschichte mit seinem Unfall zu erzählen, vermied er. Die Sonne hatte das Ihre dazu getan, dass er nun beschwipst war. Wenigstens war sie jetzt nicht mehr so stark und verschwand sogar vier, fünf Mal hinter einem harmlosen weißen Wölkchen.

Als die dritte Runde geleert war, standen sie auf und gingen die Wiese entlang bis zum Steilhang, um auf den See zu blicken. Plötzlich wollte Kordesch nicht mehr weg. Er spürte, dass die Zeit mit Julia hier beim Buschenschank zu Ende ging und dass sie beide einander nie wieder so nah sein würden wie an diesem Tag.

»Kennen Sie das Kärntner Lied, das die drei jungen Männer da gestern gesungen haben?«, fragte er.

»Aber sicher. Das kennt jeder in Kärnten.«

»Also, ich bin Kärntner und kannte es nicht.«

»Vorher waren Sie Wiener, jetzt sind Sie plötzlich Kärntner«, sagte Julia Hess. »Kordesch, in Wahrheit sind Sie ein Außerirdischer.«

Als sie zum Tisch zurückgehen wollte, drehte Kordesch sich schnell um, und sein Ellbogen streifte Julias Hüfte. Er wurde verlegen. Er tat so, als wäre nichts gewesen, und winkte der Kellnerin. Er verlangte die Rechnung und bezahlte. Mit der Rechnung bekamen sie noch Zirbenschnaps. Die Kellnerin brachte die kleinen Schnapsgläser auf einem Holzbrett, auf dem eine Fahrradklingel montiert war, die sie drei, vier Mal betätigte.

Sie stießen auch mit dem Schnapsglas an und tranken es in einem Zug leer. Der Zirbenschnaps brachte Kordesch nun völlig in Fahrt. Er redete ohne Unterbrechung. Julia ging schweigend neben ihm her zum Auto. Plötzlich dachte er, dass sie nun einsteigen und wieder hinunter nach Millstatt fahren würden. In ein paar Minuten wäre alles vorbei. Julia stand neben dem Auto.

»Schade, dass Sie immer so schiach lügen«, sagte Kordesch. Julia stieß Kordesch in Protest ihren Ellbogen in die Seite. Er nahm ihre Hand. Dann umarmte er Julia Hess und küsste sie. Es dauerte, bis es eine kleine Pause gab.

»Ich habe mir so vorgenommen, es nicht zu tun«, sagte Kordesch.

»Das ist der Zirbenschnaps«, sagte sie. »Ich spüre ihn auch. Ich glühe. Mein ganzer Körper glüht.«

Sie küsste ihn nochmals.

Dann stiegen sie ins Auto. Während der Fahrt bewunderte Kordesch ihr Knie. In der Alexanderhofstraße, als er rechts den großen Supermarkt auftauchen sah, bat er sie, stehen zu bleiben. Nichts fiel ihm schwerer, als jetzt auszusteigen. Aber es musste sein.

»Ich gehe da besser alleine hinunter«, sagte Kordesch.

»Verstehe«, sagte Julia Hess. »Immer noch per Sie?«

»Immer noch per Sie«, sagte Kordesch. »Es war ein herrlicher Ausflug. Danke sehr!«

»Ich danke Ihnen«, sagte Julia Hess.

Sie ließ ihn aussteigen und fuhr weiter. Kordesch schlenderte die Häuserzeile entlang, als wolle er nicht ankommen, als gebe es gar kein Ziel. Er sang vor sich hin. Und dann überlegte er, was die dritte Strophe des Liedes *Is scho still uman See* bedeuten könnte?

Übas Wåssa muaß i ume,
hear de Fischlan springan,
liegg a Ringle ban Bodn,
kånns nit aufabringan.

»Herr Kommissar«, sagte Kordesch zu sich selbst. »Dieses *Ringle* ist der Ehering von Julia Hess.«

Und dann unterbrach ihn ein Anruf von Havran in seinen tiefsinnigen Betrachtungen. Er überbrachte ihm die Nachricht, dass die Fingerabdrücke von Maria Laggner und Frau Dr. Hess nicht mit denen an der Kurbel der Seilwinde von Erwin Laggner übereinstimmten. Eine Hiobsbotschaft. Und trotzdem war Kordesch in diesem Moment überglücklich, dass Julia Hess Erwin Laggner nicht umgebracht hatte.

»Bei Schmölzer dasselbe wie bei Karlsbader«, sagte Havran. »Keine Fingerabdrücke auf dem Messer. Todesursache Verbluten. Der Stich unter dem Rippenbogen perfekt ins Herz.«

»Das verstehe ich nicht«, sagte Kordesch. »Karlsbader war

besoffen. Aber Schmölzer doch nicht. Wieso hat er sich nicht gewehrt?«

»Kann ich dir auch nicht sagen.«

»Und das Messer?«

»Ein handelsübliches Küchenmesser«, sagte Havran. »Man kann es bestimmt in Spittal oder Villach kaufen. Und man kann es im Internet bestellen. Die Klinge ist 26 Zentimeter lang. Keine Fingerabdrücke.«

»Das hatte der Täter vielleicht schon im Zimmer von Karlsbader mit und dann nicht gebraucht«, sagte Kordesch.

»Der Täter oder die Täterin«, ergänzte Havran.

»Wir sind bei null«, sagte Kordesch.

»Ich habe da noch was«, sagte Havran. »Weißt du, wem die Hotelgruppe Diodore gehört? Sie wurde vor Kurzem von Accent Hotels aufgekauft, einer Tochter der Omnichem Holding. Und die wiederum gehört Fjodor Krutov.«

»Ja, ja, und meine Zahnbürste gehört Elon Musk. Alles gehört irgendeinem Milliardär. Bernie, was willst du mir damit sagen?«

»Wo bist du denn?«

»Ich gehe gerade zu Fuß zur Villa Paradies.«

22

In der Villa Paradies war auch an diesem Abend wieder Party. Nachdem es um 19 Uhr noch sonnig und fast heiß war, standen alle um den Pool versammelt, und der Graf rannte mit Aperitifs und Cocktails hin und her. Der alte Burgstaller war bei bester Laune und schien auch schon getrunken zu haben. So gelöst und euphorisch hatte Kordesch ihn noch nie erlebt.

»Was auch immer Sie gemacht haben, Herr Kommissar«, sagte er. »Das Telefon läutet ununterbrochen. Seit dem Vormittag habe ich so viele Reservierungen – ich bin bis Mitte September ausgebucht. Und dann kommt das Nockis-Fest, da sind wir sowieso schon voll.«

Offenbar war die Klatschpresse dafür verantwortlich. Eine Art voyeuristisches Interesse für den Ort, an dem diese Morde passierten, lockte die Gäste an. Für Kordesch war das eigentlich keine gute Nachricht, aber er war in diesem Moment ebenfalls euphorisch von Most und Zirbenschnaps, und die Nachrichten waren ihm ziemlich gleichgültig. Er mischte sich unter die Gäste am Pool, unter denen auch einige Neuankömmlinge waren. Julia Hess war nicht da. Kordesch stand noch keine zwei Minuten ohne Glas herum, da sprach ihn schon der Graf an.

»Herr Kommissar, darf es ein Aperitivo sein?«, fragte er. »Ich habe es heute Nacht in den Sternen gesehen, und ich bin sicher: Morgen fangen Sie den Mörder.«

Es war also schon ein Spiel geworden, ein Spiel mit Wetten und Wahrsagerei, eine Volksbelustigung. Kordesch war auch das in diesem Moment völlig gleichgültig. Er überließ sogar die Wahl des Getränks diesem selbst ernannten Superkellner, und es zahlte sich aus. Er bekam irgendetwas mit Soda, Weißwein und einem bitteren Likör. Es schmeckte hervorragend.

Manche Gäste standen im Pool und hatten die Getränke am Beckenrand abgestellt, andere standen neben dem Pool. Die Musikanlage beschallte die spontane Party.

In diesem Augenblick trat Ina Burgstaller neben Kordesch. »Sehen Sie, das sind Menschen, wie mein Vater sie sich erträumt«, sagte sie. »Er meint, diesen Grafen hat ihm der Himmel geschickt.«

»Der Himmel geschickt!«, wiederholte Kordesch. »Mit dieser Phrase geht er zu leichtfertig um. Er hat das auch über Josef Schmölzer gesagt.«

Ein wenig provokant fand Kordesch schon, dass gerade Ina, die bis zur Beiziehung ihres Anwalts nicht aussagen wollte, ihn da nun in ein Gespräch verwickelte. Er wollte sich das aber gleich zunutze machen und sehen, ob sie sich tatsächlich zurückhalten konnte, wenn er sie ein wenig provozierte.

»Tut es nicht weh, wenn man sieht, wie der eigene Vater Schmölzer und Karlsbader und die jungen Herren hier vergöttert und seine eigene Tochter wie eine Putzfrau behandelt?«, sagte Kordesch.

»Was wollen Sie mir damit sagen?«, fragte Ina und blickte Kordesch in die Augen. »Glauben Sie, dass ich wen umbringe, um unser Hotel weiterzuführen? Nein, Herr Kommissar, ich wäre dumm, mich damit selbst daran zu hindern, mein Ziel zu erreichen. Ich habe mein Studium und meine Berufspläne aufgegeben, um dieses Haus weiterzuführen. Und ich werde dieses Haus weiterführen! Und niemand wird mich davon abhalten. Auch Sie nicht!«

Vor Schreck über die Heftigkeit von Inas Antwort trank Kordesch seinen Aperitivo mit einem Schluck aus. Er überlegte, wie er das Thema wechseln könnte. »Warum heißt dieser selbst ernannte Kellner hier eigentlich *der Graf*?«

»Er erzählt allen, dass er aus einem Adelsgeschlecht stammt und ein Schloss in der Steiermark hat«, sagte Ina. »Wir können seine Hilfe tatsächlich gebrauchen. Vicky ist nicht da. Wo ist sie?«

»Sie ist an einem sicheren Ort unter psychologischer Betreuung«, sagte Kordesch. »Frau Burgstaller, Victoria ist in ihrer Zeit hier Opfer wiederholter Gewalt und sexuellen Missbrauchs geworden.«

Ina schwieg.

»Das scheint Sie nicht sonderlich zu interessieren«, sagte Kordesch.

»Schmölzer war ganz auf sie fixiert. Das widerliche Schwein!«

»Und warum haben Sie nichts getan?«

»Getan?«, fragte Ina. »Was hätte ich denn tun sollen?«

»Was tut man, wenn man Unrecht sieht?«

»Sie stellen sich das so vor«, sagte Ina. »Sie wissen nicht, welche Macht die hier haben.«

»Wissen Sie, aus Ihnen werde ich nicht schlau«, sagte Kordesch. »Es würde mich freuen, wenn Sie die Villa Paradies übernehmen. Wirklich! Ich wünsche mir das für Sie. Und ich teile Ihre Meinung über Schmölzer und alle Arschkriecher von diesem Krutov. Aber ich verstehe nicht, warum Sie da nicht ehrlich und entschieden vorgehen.«

»Ich glaube, ich bin nicht auf der Welt, um verstanden zu werden.«

»Aber Sie könnten mit einer Frau, der Unrecht angetan wird, solidarisch sein«, sagte Kordesch. »Vicky ist eine gute Arbeitskraft. Sie könnten sie hier ganz regulär anstellen.«

»Sie mögen ja was von Ihrer Arbeit verstehen, lieber Herr Kommissar«, sagte Ina. »Aber vom Gastgewerbe verstehen Sie nichts. Wissen Sie, was das kostet? So ist man nicht wettbewerbsfähig.«

»Sie lehnen also die Ausbeutung von Menschen, wie Krutov und Schmölzer sie betreiben, ab und praktizieren sie selber?«

Ina schüttelte den Kopf und blieb stumm. Dieses Gespräch, das musste Kordesch sich eingestehen, machte seine gute Laune zusehends zunichte. Und ebenso musste er zugeben, dass seine bisherigen Versuche, Ina Burgstaller entgegen seinem ersten

Eindruck sympathisch zu finden, gescheitert waren. Jedes weitere Gespräch und jeder weitere ausgetauschte Satz würden nur das Gegenteil von dem bewirken, was er damit eigentlich bezweckt hatte.

Außerdem hatte Ina Burgstaller gerade Kordeschs Abneigung gegen Kärnten bestätigt. Hier betete man Autos an und reiche Menschen. Diesen beiden Göttern huldigte und opferte man bedingungslos. Der Most und der Zirbenschnaps hatten Kordesch vielleicht ein wenig sentimental und wehleidig gemacht. Er bereute diese Gefühle sofort wieder.

»Sie kommen morgen mit Ihrem Anwalt auf das Polizeikommando«, sagte Kordesch. »Und wenn wir bei der Auswertung von Schmölzers Handy Anrufe von Ihnen finden, dann habe ich einen Haftbefehl für Sie.«

»Sie müssen Ihre Arbeit machen«, sagte Ina trocken. »Aber Sie verdächtigen mich zu Unrecht. Wie schon gesagt: Ich begehe keinen Mord. Das müssten Sie doch verstehen. Wenn ich dafür morden würde, die Villa Paradies zu übernehmen, müsste ich meinen Vater umbringen. Sonst niemand.«

Damit ging Ina wieder an die Bar, um dem alten Burgstaller zu helfen. Kordesch trat an den Rand des Schwimmbeckens.

Die Schwedin stand in ihrem gelben Bikini im Pool. Sie hatte ihre Fingernägel rot lackiert, was Kordesch missfiel. Als sie ihn erblickte, rief sie ihm laut zu: »Herr Kommissar, kommen Sie auch herein! Bitte!«

»Ich habe keine Badehose an!«

»Ach«, rief Livia. »Sie gehen doch gerne in der Unterhose schwimmen. Ich habe das mit eigenen Augen gesehen.«

Kordesch winkte ab. Er wollte noch einen Drink. Es war schon alles egal. Dann aber rief Havran an. Um in Ruhe sprechen zu können, lief er auf sein Zimmer und rief den Kollegen dort zurück.

»Du wirst es nicht glauben, Benedikt«, sagte er. »Schmölzers Handy. Wir haben alles. Alles! Anrufe, SMS und Chats. Hier zum

Beispiel! Karlsbader schrieb ihm: *Die Villa Paradies hat wirklich Potenzial. Jetzt musst du mir ein wenig helfen.* Oder Schmölzer an Laggner am 30. April: *Für Burgstaller hab ich ein Mädchen. Das mache ich persönlich. Muss aufpassen, seine Tochter zickt ein wenig. Ihr könnt für den Fischimbiss eine ganz junge haben, bildhübsch. Du wirst sehen!* Oder am ...«

»Bernie«, sagte Kordesch mit Resignation in der Stimme. »Das dürfen wir doch alles nicht verwenden. Die Krakauer meinte, wir sollen nur sichten, was für unseren Fall relevant ist. Alles andere muss zur Wirtschaftskriminalität.«

»Aber das ist doch relevant. Da geht's um die Villa Paradies«, kreischte Havran ins Telefon. »Hier ist der Beweis, dass Karlsbader an der Übernahme interessiert war.«

»Bernie, warum gehst du nicht nach Hause und verbringst einen netten Nachmittag mir deiner Frau? Sie hat dich ja nicht viel gesehen in den letzten beiden Tagen.«

»Was ist denn los mir dir?«, fragte Havran. »Du wirkst heute, als hättest du völlig das Interesse verloren. Mann, das ist unsere Arbeit! Ist es diese Frau?«

Kordesch suchte noch nach Worten, die er dem jungen Polizisten entgegnen konnte, doch Havran las weiter vor: »Hier! Ina Burgstaller an Schmölzer: *Wenn du dich am Besitz unserer Familie vergreifst, hast du es mit mir zu tun. Und dann lauf um dein Leben.* Oder das hier, das hat Karlsbader von Ina bekommen und an Schmölzer weitergeleitet: *Wenn Ihnen Ihre Gesundheit am Herzen liegt, reisen Sie ab!*«

»Das hat sie geschrieben?«, fragte Kordesch. Er streckte den Rücken durch und betrachtete sich selbst in dem großen Spiegel in seinem Zimmer.

»Da kommt noch viel mehr!«

»Sehr gut.« Kordesch seufzte. »Ich besorge gleich den Haftbefehl. Holst du mich morgen ganz früh ab? Dann nehmen wir sie gleich mit. Wissen wir schon den Todeszeitpunkt von Schmölzer?«

»Ja«, sagte Havran. »Schmuttermeier gibt die Zeit nur ungefähr an. Aber ich weiß es genauer. Es muss kurz vor 14 Uhr gewesen sein, da hatte er ein Treffen mit Ina im Strandcafé in Großegg vereinbart. Dorthin war er unterwegs.«

»Per SMS?«

»Per SMS!«

»Darum wollten beide nicht nach Spittal kommen! Das ist gute Arbeit«, sagte Kordesch. »Kannst du mir einen Screenshot aufs Handy schicken? Ich brauche es für die Staatsanwältin. Ich sehe zu, dass wir den Haftbefehl noch heute Abend kriegen. Bleib in Bereitschaft. Ich melde mich, dann kommst du rüber. Wir nehmen sie doch gleich heute mit.«

»Und wir haben noch einen Phantomanruf.«

»Von wem?«

»Vom Handy von Erwin Laggner«, sagte Havran. »Aber der Anruf ist von gestern Abend.«

»Das war er«, sagte Havran. »Das war unser Täter! Super, Bernie, ich melde mich!«

Kordesch legte auf und rief die Staatsanwältin an, die ihm versprach, sofort zum Richter zu gehen. Anschließend legte er alle Unterhosen, die er eingepackt hatte, auf das Bett, um zu sehen, welche einer Badehose am ähnlichsten sah.

Dann ging er wieder hinunter, wies den Grafen an, ihm noch einen Drink zu bringen, und sprang in den Pool. Dort waren nun schon acht oder neun Gäste versammelt. Nun aber folgte einer nach dem anderen, bis schließlich an die zwanzig Personen mit ihren Cocktailgläsern im Becken standen. Es fehlte nur das Ehepaar Hess. Irgendjemand kam auf die Idee, ein Foto zu machen, auf dem alle Gäste der Villa Paradies sein sollten. Kordesch aber musste abwinken. Da er ermittelnder Beamter sei, könne er es sich nicht erlauben, dass ein Foto mit ihm und den Gästen im Netz kursiere.

Kordesch bot sich aber als Fotograf an. Eigentlich stand der Graf dazu schon am Beckenrand bereit. Er ließ Kordesch den

Vortritt und nutzte die Tatsache, dass er nun fast alle Gäste vor sich hatte, zu einer kleinen Verlautbarung: »Meine Damen und Herren, heute servieren wir entweder Pilzrisotto mit grünem Salat oder gegrillte Hühnerbrust mit Reis und Bratkartoffeln!«

Kordesch machte nun mit seinem Mobiltelefon an die fünfzehn Fotos. Die Staatsanwältin hatte sich noch nicht wieder gemeldet. Dann sprang er in Unterhose und T-Shirt ins Becken und gesellte sich zu den anderen, wobei er jedem – auch dem Ehepaar Kräuter – versprechen musste, alle Fotos per E-Mail zu schicken. Die Schwedin hatte die Idee, eine WhatsApp-Gruppe zu gründen, sodass man Fotos leicht mit allen teilen könne.

»Sie sind heute so entspannt«, sagte Livia Mnozil.

»Ich bin immer entspannt«, sagte Kordesch.

»Na, na, na! Ich glaube, Sie haben mich anfangs für nicht ganz voll genommen. So streng, wie Sie mich angeschaut haben!«

»Ich hatte Angst vor Ihnen«, sagte Kordesch.

Livia Mnozil lachte. »Angst, dass ich eine Mörderin bin?«

»Vielleicht sind Sie ja eine?«

»Sie werden das bestimmt herausfinden«, sagte die Schwedin.

Kordesch schaute in ihre blauen Augen. In diesen Augen sah er nichts. Er sah einen jungen, unschuldigen Menschen, ohne Lebenserfahrung, ohne einen Konflikt oder eine Katastrophe in seinem Leben. Mit einem solchen Menschen konnte er nichts anfangen. Nun wusste er nicht, was er noch sagen sollte, und wechselte das Thema. »Sagen Sie, wie machen die jungen Menschen das mit dem Essen? Wird hier jetzt jeden Tag etwas serviert?«

»Ben und Niko haben ein Lokal in Wien, die haben das organisiert«, sagte Livia Mnozil. »Und der Graf ist der Promoter. Das sehen Sie ja!«

»Aber Ben und Niko sind doch gar nicht zu Gast in der Villa Paradies.«

»Nein, Villa Verdin. Aber hier können sie die Gastro in Schwung bringen«, sagte Livia Mnozil. »Wissen Sie, dass Sie auf Twitter ein Star sind?«

»Ich glaube wohl eher, dass da viel Negatives über mich steht.«

»Na ja, heute schon. Aber wie heißt es so schön: Viel Feind, viel Ehr'.«

»Feel fine! Feel air!«, sagte Kordesch, aber die Schwedin verstand seinen Scherz nicht. Er fügte hinzu: »Als Ermittler bleibt man besser im Hintergrund.«

»Es ist so schön, dass alle da sind und so zusammenkommen«, sagte Livia Mnozil. »Vorher war es richtig öd hier. Aber jetzt: Stimmung! Party! Yeah!«

»Nur Herr und Frau Hess fehlen.«

»Ach, die zoffen sich den ganzen Tag.«

»Wirklich? Haben Sie an der Zimmertür gelauscht?«

»Nein! Ganz öffentlich hier beim Frühstück«, sagte die Schwedin. »Sie verschwindet dann immer. Und wenn man ihn trifft, lächelt er freundlich und tut so, als wäre nichts gewesen.«

»Frau Hess tut auch so, als wäre nichts gewesen«, sagte Kordesch.

»Übrigens: Ich bin Livia«, sagte sie und hielt ihm die Hand hin. »Ist ja nicht sehr cool, neben einem Polizisten in Unterhose im Pool zu stehen und *Sie* zu ihm zu sagen wie zu einem Universitätsprofessor.«

»Ich bin Bene«, sagte Kordesch.

»Bene? Von Benedikt?«

»Genau. So hat aber schon lange niemand mehr zu mir gesagt. Sie sind sozusagen die Erste.«

»Du.«

»Oh, sorry. Du bist die Erste.«

»Wow, ein neuer Nick und nur vier Buchstaben. Na ja, zu mir sagen manche Livi, aber das klingt nicht so gut. Kommst du dann auch zum Essen?«

»Wenn nicht wieder ein Mord passiert«, sagte Kordesch. »Aber wo ist denn dein Freund?«

»Er ist nicht mein Freund«, sagte Livia. »Er ist abgereist. Diese Ukrainerin hat sein Herz gebrochen. Sie will nichts von ihm wissen. Und ich … ich will auch nichts mehr von ihm wissen. Ihr alten Knacker seid doch viel interessanter!«

»Tolles Kompliment! Danke!«

In diesem Moment rief der Graf zum Essen. Die Schwedin kletterte aus dem Pool und schlüpfte in ihr gestreiftes Kleid. Auch die anderen Gäste trockneten sich hektisch ab. Nur Kordesch hatte wieder das Handtuch vergessen. Er musste in sein Zimmer, um sich umzuziehen.

Dass Kordesch nach einer Schweinsbratenplatte in der Buschenschenke auch noch das Abendessen in der Villa Paradies essen konnte, erstaunte ihn selbst. Es schmeckte. Und die Gastritis war tatsächlich verschwunden. Wenn es so weiterging, würde er in Kärnten fettleibig werden, wie es das grausliche Schweißlaberl Schmölzer gewesen war. Während des Essens läutete Kordeschs Telefon. Er blickte kurz auf das Display: unbekannter Anrufer. Es war noch dazu eine Nummer aus dem Ausland. Er ging nicht ran. Bestimmt war es einer dieser Werbeanrufe. Kaum hatte er aufgegessen, läutete sein Telefon wieder. Diesmal aber war es Oberstaatsanwältin Krakauer. Sie hatte den Haftbefehl für Ina Burgstaller. Kordesch rief Havran an, der sofort in Spittal losfuhr.

Wieder kamen die drei Herren nach dem Essen in den Frühstücksraum zu einer kleinen Gesangsdarbietung. Sie sangen das Lied *Das Radl der Zeit*. Kordesch hatte es sein Leben lang nicht leiden können. Er dachte dabei an Frauen in Trachtenkleidern und die schrecklich besoffenen Männer, die in seiner Kindheit immer endlos am Küchentisch seiner Mutter herumsaßen, nicht mehr gehen wollten und nach jedem Glas noch falscher sangen als zuvor. Doch in diesem Moment war er ergriffen.

»Amål noch mecht i mit dir lei alan, gånz a klans bißl die Zeit hintadrahn«, sangen die drei am Schluss, und nicht nur das Ehepaar Kräuter, auch Livia Mnozil hatte Tränen in den Augen.

Kordesch wagte es nicht, in die anderen Gesichter zu schauen. Hätte er noch jemanden weinen sehen, hätte er auf der Stelle ebenfalls losgeplärrt. Tosender Applaus brach aus. Und dann stand plötzlich Vicky in der Tür. So, als ob sie gerade einen Kaffee servieren würde.

Kordesch stand sofort auf, ging auf sie zu und schob sie hinaus in den Schankraum.

»Was ist denn los? Warum sind Sie zurück?«

»Ich möchte arbeiten«, sagte Vicky.

»Kommen Sie bitte vor die Tür, sonst hört uns noch jemand zu«, sagte Kordesch verärgert. »Wie sind Sie denn überhaupt hierhergekommen?«

»Mit dem öffentlichen Bus«, sagte Vicky.

Kordesch und Vicky gingen hinaus und bleiben auf der Stiege stehen.

»Also, Sie haben Nerven! Wir bringen Sie in Sicherheit, und Sie laufen davon.«

»Aber ich habe gehört, dass er tot ist.«

»Ja, Schmölzer ist tot. Aber er ist ja nicht die einzige Gefahr«, sagte Kordesch. »Er hat Gefolgsleute. Sie sind nicht in Sicherheit. Wissen die im Frauenhaus überhaupt davon, dass Sie weg sind?«

Vicky senkte schweigend den Kopf.

»Na, das ist ja eine schöne Bescherung«, sagte Kordesch. »Wie soll ich Sie denn jetzt schützen?«

»Sie müssen mich nicht schützen. Ich habe keine Angst. Ich möchte arbeiten und Geld verdienen«, sagte Vicky.

In diesem Moment fuhr Havran auf dem Parkplatz vor. Zum Glück war Ina gerade am Pool und hatte begonnen, Badetücher und Liegestühle wegzuräumen. Kordesch zeigte ihm schon von der Ferne, dass er gleich zu ihr gehen sollte. Vicky sah verdutzt zu, wie Havran zu Ina ging. Die aber kam vom Pool zum Eingang und blieb vor Kordesch stehen.

»So ist das also, jetzt verhaften Sie mich gleich an meinem Arbeitsplatz«, sagte sie. Dann drehte Ina sich zu Vicky: »Bitte kümmere dich um alles. Du kriegst Überstundengeld. Ich bin morgen wieder da.«

»Keine Sorge, Ina, ich schaffe das!«, sagte Vicky.

Zum Glück war bisher niemand aus dem Hotel gekommen. So hatte kein Gast bemerkt, dass Ina Burgstaller verhaftet worden war. Sie stieg zu Havran ins Auto, und sie fuhren los.

Dann ging Vicky an Kordesch vorbei und betrat die Villa Paradies. Kordesch blieb vor der Tür stehen und ärgerte sich. Sie hatte seinen Plan durchkreuzt, aber er konnte ihr nicht wirklich böse sein. Die rätselhafte junge Frau aus Georgien, merkwürdig gut in Deutsch, hatte das Recht auf ein besseres, ein glückliches Leben, fand Kordesch.

In diesem Moment kam ein Gast aus dem Schankraum. Es war Gerhard Hess, er huschte regelrecht an Kordesch vorbei in den Garten, doch Kordesch rief ihm nach: »Ach, Herr Hess!«

Gerhard Hess blieb stehen und drehte sich um. Kordesch konnte sehen, dass er in Rage war und wahrscheinlich nach einem Streit oder neuerlichen Zerwürfnis mit seiner Frau an die frische Luft gehen wollte.

»Bitte sehr, Herr Oberst!«

»Oh, Sie kennen meinen Dienstgrad«, sagte Kordesch. »Könnten Sie morgen um die Mittagszeit auf die Polizeiwache nach Spittal an der Drau kommen? Wir brauchen Ihre Fingerabdrücke. Reine Routine!«

»Alles klar«, sagte Hess. »Passt es Ihnen um 13 Uhr 30?«

»Perfekt! Ich danke Ihnen!«

Kordesch rief ein Taxi, um nach Spittal zu fahren. Umständlich erklärte ihm die Stimme am Telefon, dass er warten müsse, da der Fahrer erst nach Millstatt kommen müsse. Unbedingt wollte Kordesch auf der Polizeiwache übernachten und gleich am nächsten Tag in der Früh Ina Burgstaller verhören.

23

Da saßen sie nun zu viert in der kleinen Abstellkammer: Ina Burgstaller, ihr Anwalt Dr. Holle, Bernhard Havran, dem Kordesch erlaubt hatte, die Befragung zu leiten, und Benedikt Kordesch selbst. Es war so eng und stickig in diesem Raum, und Kordesch war müde. In einer nicht benötigten Zelle hatte man ihm ein Feldbett aufgestellt. Jedes Mal, wenn er sich nur einen Zentimeter bewegt hatte, hatten die verrosteten Federn dieses Betts ihn quietschend aufgeweckt.

Noch am Vorabend hatte er versucht, Ina Burgstaller zum Reden zu bringen. Sie schwieg demonstrativ und verwies auf den nächsten Tag, an dem sie in Anwesenheit ihres Anwalts sprechen würde. Immerhin hatte man ihre Fingerabdrücke abgenommen und nach Klagenfurt geschickt. Doch Dr. Schmuttermeier war nicht mehr im Dienst, und Kordesch wurde auf den nächsten Morgen vertröstet.

Zumindest blieb Havran und Kordesch noch Zeit, sich abzusprechen. Und sie hatten ein weiteres Ass im Ärmel: Havran hatte noch mit der Kellnerin des Strandcafés in Großegg gesprochen. Sie bestätigte, dass Ina Burgstaller am frühen Nachmittag dort gewesen war. Die genaue Zeit wusste sie nicht mehr. Sie habe alleine an einem Tisch gesessen, zwei Getränke konsumiert und sei nach etwa einer Stunde wieder gegangen, wahrscheinlich, um mit der *Peter Pan* direkt nach Millstatt zu fahren.

Dann war Havran nach Molzbichl gefahren, und Kordesch hatte sich auf sein Feldbett begeben. Er schlief auch schnell ein, schreckte dann aber aus einem seltsamen Traum auf. In diesem Traum stand er in der Bar der Villa Paradies. Es sah zwar alles ganz anders aus als in Wirklichkeit, aber er wusste eben, dass es die Villa Paradies war. Er selbst trug einen Anzug, und neben ihm stand eine Frau in gelbem Kleid mit einem riesigen Blumenstrauß in der Hand. Immer wieder sagte sie zu ihm: »Sie ist gleich fertig, dann kann es losgehen.« Und sie sagte etwas wie: »Nur noch ein kleines bisschen Geduld.«

Kordesch hatte eine kleines Samtpölsterchen mit zwei goldenen Ringen in der Hand. Doch plötzlich stürzte seine geschiedene Frau Ulli bei der Tür herein. Die Gesellschaft, die um Kordesch versammelt war – er hatte sie zuvor gar nicht bemerkt –, raunte und wurde unruhig. »Halt!«, rief Ulli Kordesch. »Unterbrechen Sie sofort die Zeremonie. Wissen Sie denn nicht, dass dieser Mann ein Mörder ist.« Und dabei streckte sie die Hand aus und zeigte mit dem Finger auf ihn.

Danach war Kordesch nur mehr für einige Minuten eingeschlafen, erwachte gleich wieder und döste ein wenig. So ging es für den Rest der Nacht. In der Früh dauerte es ewig, bis Havran zum Dienst kam. Zum Glück war dieser Dr. Holle pünktlich um neun anwesend, und man hatte sich gemeinsam in die Abstellkammer begeben.

Da saßen sie nun. Kordesch war froh, dass er nicht sprechen musste. Havran begann mit der Befragung: »Frau Burgstaller, wir haben nach Auswertung von Mobilfunkdaten herausgefunden, dass Sie sowohl dem Abgeordneten Josef Schmölzer als auch Christof Karlsbader gedroht haben.«

»Bernie«, sagte Ina Burgstaller. »Ich kenne dich seit einer halben Ewigkeit. Wir waren immer per Du.«

»Ich möchte hier beim Sie bleiben«, sagte Havran. Kordesch musste schmunzeln, versuchte es aber nicht zu zeigen. Havran fuhr fort: »Sie hatten weiters vor zwei Tagen ein Treffen mit Josef Schmölzer vereinbart, das gestern um 14 Uhr in Großegg stattfinden sollte.

»Um 14 Uhr 15«, korrigierte Ina Burgstaller.

»Waren Sie dort?«

»Natürlich. Ich bin um 14 Uhr 5 mit der Fähre nach Großegg gefahren«, sagte Ina Burgstaller. »Ich habe auf ihn gewartet, aber er ist nicht gekommen.«

»Dieses Treffen war vermutlich der Grund, warum Schmölzer mit dem Auto in Richtung Großegg fuhr«, sagte Havran. »Er kam dort nicht mehr an, weil er auf dem Weg ermordet wurde. Was war der Grund dieses Treffens?«

Ina Burgstaller blickte Dr. Holle an, der ihr zunickte.

»Als Sprecherin einer Bürgerinitiative, die sich gegen den geplanten Bau einer russisch-orthodoxen Kirche in Millstatt richtet, wollte ich ihm eine Petition übergeben, die an die sechshundert am Millstätter See ansässige Personen unterzeichnet haben«, sagte Ina Burgstaller an Kordesch gerichtet.

»Das ist ja auch nicht verwunderlich«, sagte Dr. Holle, ebenfalls in Kordeschs Richtung. »Josef Schmölzer war Nationalratsabgeordneter und einflussreicher Bundespolitiker.«

Havran ließ sich nicht provozieren und legte nach: »In einer Textnachricht an Schmölzer schrieben Sie am 6. Juli dieses Jahres um 18 Uhr 23 – ich zitiere: *Wenn du dich am Besitz unserer Familie vergreifst, hast du es mit mir zu tun. Und dann lauf um dein Leben.*«

»Ja, das habe ich geschrieben«, sagte Ina Burgstaller.

»*Und dann lauf um dein Leben*«, wiederholte Havran eindringlich.

»Das hätte ich nicht schreiben sollen«, sagte Ina Burgstaller wieder zu Kordesch. »Das tut mir leid. Ich habe das geschrieben, als ich herausfand, dass unser Gast Christof Karlsbader, ein bekannter Szenegastronom, nur in unserem Hotel war, um Pläne für eine Übernahme der Villa Paradies zu machen. Eine Gruppe um den Abgeordneten Schmölzer hat meinem Vater immer wieder Summen genannt, für die sie die Villa kaufen würden. Ich bin die einzige Tochter von Leopold Burgstaller und arbeite im Hotel mit, seit ich ein Kind war. Dass mein Vater dieses Haus an Fremde verkaufen könnte, hat mich zutiefst getroffen und aufgebracht.«

»Ich bitte Sie, Herr Kommissar«, sagte nun Dr. Holle, der Havran ebenfalls ignorierte. »Der emotionale Ton in dieser Lage ist vielleicht übertrieben, aber verständlich. Um warum stellen Sie eigentlich nicht die Fragen, Herr Kommissar?«

»Frau Burgstaller«, sagte Havran nun ein wenig wütend. »Wo waren Sie gestern, bevor Sie nach Großegg gefahren sind?«

»In der Villa Paradies.«

»Kann das jemand bezeugen?«

»Jawohl«, sagte Ina Burgstaller. »Du kannst es bezeugen, Bernie. Ich habe mit Vicky gearbeitet. Schon um sieben bist du gekommen und hast Vicky verhaftet, und ich habe mich bei Herrn Kordesch beschwert, warum ihr sie nicht wenigstens erst um zehn Uhr abholt. Dann habe ich die Zimmer im Hotel gemacht und staubgesaugt. Herr Kräuter, Frau Dr. Hess, Herr Wister und andere Gäste haben mich dabei gesehen. Dann war ich bei der Pressekonferenz, was Herr Kommissar Kordesch bezeugen kann, der mich dort gesehen und danach angesprochen hat. Dann habe ich wieder in der Villa gearbeitet. Die junge Frau Mnozil auf Zimmer 20 hat geheult und mir einen Schwangerschaftstest gezeigt, um mich zu fragen, ob ich auch zwei violette Striche sehe. Und einer Dame – sie heißt Lenka Pruscha – habe ich frische Badetücher gebracht. Die können Sie alle fragen.«

»Wer wusste denn noch, dass Sie diese Petition Schmölzer um 14 Uhr 15 in Großegg übergeben sollten?«, fragte Havran.

»Das wussten alle Unterzeichner, die auf unserem Mailverteiler sind«, antwortete Ina Burgstaller.

»Von wie vielen Personen sprechen wir da?«

»Puuuh!«, sagte Ina Burgstaller. »Sicher drei- oder vierhundert.«

»Gut, Frau Burgstaller«, sagte Havran mit einem Frosch im Hals. »Ich komme zum Mordfall Laggner. Für den Zeitraum haben Sie kein Alibi. Wir haben daher Ihre Fingerabdrücke für eine Überprüfung mit denen auf der Tatwaffe genommen … also … wir … wir erwarten das Ergebnis in der nächsten Stunde.«

Ina Burgstaller nickte.

»Wann wurden die Fingerabdrücke genommen?«, fragte Dr. Holle.

»Gestern. Mit Frau Burgstallers Einverständnis. Die Fingerabdrücke werden in Klagenfurt von einer Forensikerin, Frau Dr. Schmuttermeier, mit denen auf der Tatwaffe abgeglichen«, sagte Kordesch laut. »Danach werden die Originale und digitalen Scans sachgemäß vernichtet und dürfen nicht wieder zu Untersuchungszwecken verwendet werden.«

Dr. Holle nickte und lächelte dabei: »Sind euch die Kriminaltechniker ausgegangen, dass die Gerichtsmedizinerin jetzt Daktyloskopie macht?«

»Herr Doktor, nicht nur die Hoteliers haben Personalprobleme«, sagte Kordesch.

Havran hüstelte nervös.

»Ich komme zu Christof Karlsbader«, sagte Havran. »Sie schrieben, ebenfalls am 6. Juli, eine Textnachricht an ihn: *Wenn Ihnen Ihre Gesundheit am Herzen liegt, reisen Sie ab!*«

»Für die emotionale Wortwahl dieser Nachricht gilt dasselbe wie vorhin für die Textnachricht an Herrn Schmölzer«, sagte Dr. Holle.

»Unsere Ermittlungen haben ergeben, dass nur eine Person, die Zugang zu den Zweitschlüsseln für die Zimmer der Villa Paradies hat und die drei Überwachungskameras, die dort – übrigens ohne behördliche Genehmigung – installiert sind, kennt … also … dass nur … eine solche Person Karlsbader getötet haben kann.«

»Diese Genehmigung müsste wohl der Betreiber Leopold Burgstaller einholen und nicht meine Mandantin«, sagte Dr. Holle.

»Aber Ihre Aussage, dass Sie zur Tatzeit auf Ihrem Zimmer waren, ist kein Alibi«, sagte Havran zu Ina Burgstaller.

»Von halb drei bis halb vier Uhr morgens war ich bei Vicky im Zimmer«, sagte sie. »Also Victoria Serdyul.«

»Sie heißt in Wirklichkeit Victoria Mikadse«, sagte Kordesch. »Nur für das Protokoll. Untersuchungen der Staatsanwaltschaft wegen Fälschung amtlicher Dokumente laufen.«

Ina Burgstaller riss die Augen auf. »Na, so was! Aber wie sie auch immer heißt, ich war auf ihrem Zimmer. Mit ihr.«

»Das ist doch nicht glaubwürdig.« Havran stand auf. »Warum hast du das in deinen bisherigen Aussagen nicht gesagt?«, fragte er nun sehr laut.

»Ich musste es Vicky versprechen«, sagte Ina. »Und ich halte, was ich verspreche. Der Junge da, dieser Wister, der steht auf sie. Er hat Frau Dr. Hess gesagt, dass man Vicky untersuchen muss. Aber Vicky wollte das nicht, und sie hat auch nicht zugegeben, dass es Schmölzer war, der sie so zugerichtet hat. Das Schwein! Ich bin froh, dass er tot ist.«

Dr. Holle räusperte sich lange und auffällig.

»Eine Stunde habe ich auf sie eingeredet, dass sie sich von mir zu einem Arzt bringen lässt!«, rief Ina Burgstaller laut. Dann war es für eine Weile still im Raum.

Der Rechtsanwalt wandte sich an Kordesch: »Nun, Herr Oberst, ich sehe bisher keinen Grund, der eine Untersuchungshaft rechtfertigt. Wir können gerne noch ein wenig auf Ihren Fingerabdrucks-Hokuspokus warten. Aber die Befragung ist jetzt wohl beendet.«

Kordesch nickte. Er nahm sein Mobiltelefon. Er hatte eine E-Mail von Dr. Schmuttermeier bekommen: *Wieder daneben, Herr Kommissar von der traurigen Gestalt. Die Fingerabdrücke auf der Handseilwinde stimmen nicht mit denen von Ina Burgstaller überein. Keep going! Ihre Silvana Schmuttermeier.*

Kordesch hielt Havran sein Mobiltelefon hin. Der las die Nachricht und blieb stumm.

»Gut. Wir werden diese letzte Aussage, also das Alibi im Mordfall Karlsbader, noch überprüfen«, sagte Kordesch. »Damit, dass Sie so lange zugewartet haben, uns das zu sagen, haben Sie jedenfalls die Ermittlungen behindert. Vielleicht hätte der Mord an Josef Schmölzer dann noch verhindert werden können.«

»Mit dieser Schuld kann ich gut leben«, sagte Ina Burgstaller. Dr. Holle ergriff mit der Hand ihre Schulter, um sie am Weiterreden zu hindern. Sie verstummte.

Kordesch verstand sie nur zu gut. »Frau Burgstaller, Sie können gehen«, sagte er. »Wir bedanken uns für Ihre Kooperation. Sie müssen sich allerdings weiterhin zu unserer Verfügung halten.«

Ina Burgstaller stand auf. Sie ging zu Havran und fuhr mit der rechten Hand durch sein wuscheliges Haar. »Ich bin dir nicht böse, Bernie«, sagte sie. »Du bist ein Guter. Du bist immer ein lieber Mensch gewesen.«

Dann verließ sie den Raum, gefolgt von Dr. Holle, der Kordesch und Havran noch die Hand schüttelte.

»Es tut mir leid, Benedikt«, sagte Havran, als sie alleine in der Abstellkammer waren. »Ich habe mich die ganze Zeit wie ein Idiot aufgeführt. Ich habe so getan, als wäre ich Kriminalpolizist, und dir Vorwürfe gemacht, dass du alles falsch machst. Aber ich mache alles falsch. Und ich bin kein Kriminalpolizist. Ich habe es vermasselt!«

»Was hast du vermasselt?«, fragte Kordesch. »Jetzt wissen wir, dass sie es nicht war. Ich hätte das genauso gemacht.«

»Nein, du hättest abgewartet«, sagte Havran. »Es hat mich geärgert, dass du so zögerlich bist. Du redest so viel mit diesen Leuten und gehst mit ihnen spazieren und änderst dauernd deine Vermutungen. Das hat mich frustriert. Du drehst alles hundert Mal um. Da kennt man sich nicht aus. Aber du weißt genau, was du tust. Du hast Erfahrung. Ich nicht.«

»Also, jetzt reicht's aber mit den Selbstvorwürfen. Komm, wir müssen drei Morde aufklären«, sagte Kordesch. »Aber zuerst darfst du heute noch einen Milliardär beschützen, der Sushi-Rollen um dreitausend Euro frisst.«

24

Benedikt Kordesch begleitete Gerhard Hess zur Tür der Polizeiwache und verabschiedete sich. Er sah dem Mann hinterher, der ihm leidtat. Er wusste bestimmt, dass er sich endlich von seiner Frau scheiden lassen musste, aber er hatte dazu wahrscheinlich noch nicht den Mut gefasst.

Die Abnahme der Fingerabdrücke von Hess kurz zuvor war zu einer Komödie geraten. Hess war um Punkt 13:30 Uhr auf dem Polizeikommando eingetroffen. Etwas anderes hatte Kordesch auch nicht erwartet. Havran hätte die Sache mit einem Kollegen abwickeln sollen, doch Stutzer hatte ihn angebrüllt: »Jetzt hört endlich auf mit dem Scheiß, wir haben heute einen Großeinsatz.«

Also hatte Kordesch die Sache erledigt, und er war sicher, dass er es so dilettantisch gemacht hatte, dass Dr. Schmuttermeier ihm die Fingerabdrücke als unbrauchbar zurückschicken würde. Jetzt blieb er noch einen Moment vor der Tür stehen und schnappte etwas Luft. Er musste sich darum kümmern, ob diese Damen einander hier geschickt Informationen weitergegeben hatten. Konnte Ina Burgstaller Erwin Laggner ermordet haben? Was, wenn Maria Laggner im Gegenzug Schmölzer für Ina Burgstaller ermordet hatte? Dank der Mailingliste der Bürgerinitiative hatte sie ja sicher von dem geplanten Treffen mit Schmölzer in Großegg gewusst. Aber hätte sie Karlsbader umbringen können? Kordesch holte sein Notizbuch hervor und schrieb *Bürgerinitiative* hinein und *Alibi Maria Laggner*. Er unterstrich den Namen dreimal, da klingelte sein Handy.

Wie am Vortag war es eine unbekannte, ausländische Nummer. Diesmal nahm Kordesch den Anruf an. Es meldete sich ein Herr Palatin aus Ljubljana.

»Ihr Kollege hat mich nicht erreicht«, sagte Palatin. »Sie wollten mich etwas fragen. Ob ein Mitarbeiter von uns an einer Besprechung teilgenommen hat.«

»Ja«, sagte Kordesch. »Warten Sie!«

Er blätterte zur richtigen Seite in seinem Notizheft.

»Ja, es geht um Gerhard Hess«, sagte Kordesch. »Er soll am 6. Juli an einer Besprechung bei Ihnen teilgenommen haben.«

»Das stimmt!«, sagte Palatin. »Ich muss zuerst vorausschicken, dass wir uns von Herrn Hess getrennt haben. Er ist formal noch bis Ende Juli angestellt, aber wir haben ihm deutlich gesagt, dass er nicht mehr ins Büro kommen muss. Er war zu dieser Besprechung schon seit längerer Zeit eingeladen und hat darauf bestanden, teilzunehmen.«

»Das tut mir leid für Herrn Hess«, sagte Kordesch. »Mir geht es aber nur um eines: Sie haben Herrn Hess am 6. Juli in Ljubljana gesehen. Richtig?«

»Nein!«

»Aber Sie sagen doch, er hat an der Besprechung teilgenommen.«

»Ja«, sagte Palatin. »Aber das war eine Video-Konferenz. Er hat via Internet teilgenommen.«

»Ach, ich verstehe ... ah ... Das heißt, er könnte zu dieser Zeit irgendwo gewesen sein?«

»Genau.«

»Herr Palatin«, sagte Kordesch. »Es geht mich ja nichts an, aber warum haben Sie sich von Herrn Hess getrennt?«

»Nun, Diodore wurde von Accent Hotels, einem großen Player, übernommen. Und das Management von Accent möchte das Controlling in Zukunft selbst machen«, sagte Palatin. »Daher können wir Herrn Hess leider nicht länger beschäftigen.«

Kordesch bedankte sich und verabschiedete sich. Er war verwirrt. Havran hatte ihm doch erzählt, dass Krutov hinter einer Firma steckte, die diese Hotelkette geschluckt hatte. Er versuchte, Havran auf dem Gang zu finden, aber da war er nicht, und Kordesch konnte auch keinen anderen Kollegen sehen. Er klopfte an die Tür des Sekretariats, erhielt keine Antwort, öffnete die Tür und fand das Büro leer vor. Dann hörte er in der Ferne eine Stimme und ging auf den Ausgang zu. Er hatte sich nicht getäuscht. Drei Mann hatten sich vor ihrem Chef Stutzer aufgestellt, der laut herumbrüllte. Kordesch war froh, dass er hier nicht mehr arbeiten musste, denn er war sicher, dass er Stutzer schon nach einem halben Tag tätlich angreifen würde.

Anscheinend war ein Kollege plötzlich zu einem Unfall auf der A10 abkommandiert worden, und keiner der drei hatte dagegen Einspruch erhoben. Stutzer brüllte, dass ihm nun ein Mann fehlte. Kordesch ging betont lässig und langsam auf die Gruppe zu und blieb neben Stutzer stehen. Als der aufgehört hatte zu reden, fragte Kordesch lässig: »Wie viele Leute braucht ihr denn, um einem Russen dabei zuzusehen, wie er mit einer Schaufel zehn Deka Erde umgräbt?«

Einer der Männer grinste, aber er wurde sofort wieder ernst, denn Stutzer stampfte mit dem Bein auf und brüllte wieder: »Vier Mann müssen schon eine Stunde früher dort sein! Die Prominenten kommen eine halbe Stunde vor Beginn. Wegen der Presse. Ich brauche vier Mann, verdammt. Vier Mann. Und ich sage das jetzt seit Tagen!«

»Aber ihr seid doch vier«, sagte Kordesch. Er zeigte auf die Polizisten und zählte sie an den Fingern ab. »Eindeutig vier!«

»Ja, ja, vier«, polterte Stutzer. »Aber einer muss die Gabi Troppan aus Seeboden abholen. Der Krankentransport hat keine Zeit, und ich habe es ihr wohl versprochen.«

Plötzlich horchte Kordesch auf. Hatte er richtig gehört?

»Gabi Troppan?«

»Bene, kümmere dich um deinen Fall«, sagte Stutzer. »Du störst jetzt nur.«

»Woher kennst du die Gabi Troppan?«, fragte Kordesch.

»Du bist lustig«, sagte Stutzer. »Du bist von hier abgehaut. Ich kenne alle Menschen hier am See – und das seit Jahrzehnten. Die Gabi kann nicht fahren.«

»Ich hole sie ab«, sagte Kordesch. »Gebt mir einen Wagen.«

Plötzlich kam Stutzer auf ihn zu, tippte ihm mit dem Finger auf die Brust und sagte diesmal ganz ruhig und nicht laut: »Bene! Bene! Ich dachte, du fährst nicht mehr mit dem Auto. Jetzt sag nur, dass das alles ein Schwindel war. Hältst du mich hier zum Narren?«

»Ich will dir helfen«, sagte Kordesch. »Ich hole die Gabi aus Seeboden.«

Nun war Stutzer nicht mehr cholerisch, sondern verwirrt. Er schien der Sache nicht zu trauen. Aber es blieb keine Zeit mehr. Er musste Kordeschs Angebot annehmen.

»Na gut! Es geht eh nicht anders. So machen wir's. Du musst wohl den Mini-Van nehmen, Bene«, sagte Stutzer.

»Okay«, sagte Kordesch.

Aus dem Augenwinkel sah Havran Kordesch seltsam an. Er dachte vielleicht, dass Kordesch ihn die ganze Zeit verarscht und als Chauffeur benutzt hatte. Aber alles war in Aufruhr und Hektik. Kordesch bekam den Autoschlüssel, und Stutzer schickte ihm die Adresse von Gabi Troppan auf sein Handy. Kordesch wurde eingeschärft, dass er um 14:40 Uhr am Zwergsee sein musste. Um 15 Uhr war der Spatenstich. Und schon zischte Stutzer mit den drei anderen Polizisten ab.

Kordesch schlotterten die Knie, als er den Zündschlüssel umdrehte. Der Wagen sprang an. Er legte den ersten Gang ein und fuhr los. Er schaltete in den zweiten Gang und fuhr damit Richtung Lieser. In den dritten Gang zu schalten, wagte er nicht. Doch bald wurde hinter ihm gehupt. Er war zu langsam.

Nun schaltete Kordesch doch höher. Sein Herz raste. Er hatte das Geräusch noch genau im Ohr, diesen dumpfen Schlag, mit dem das Kind auf der rechten Seite plötzlich gegen den Wagen gedonnert war. Er blickte mehr nach rechts als nach vorne, um zu sehen, ob da auch niemand zwischen den parkenden Autos stand, ob da auch niemand über die Fahrbahn laufen wollte.

Ulli hatte recht gehabt, als sie im Traum auf ihn gezeigt und gesagt hatte, dass er ein Mörder sei. Benedikt Kordesch war ein Mörder. Ein Mörder, der einmal davongekommen war. Jetzt aber hantierte er wieder mit der Tatwaffe. Er fuhr ein Auto. Und warum tat er das? Wegen einer Frau, die er seit über dreißig Jahren nicht mehr gesehen hatte.

Die Lieser entlang war ihm leichter, da waren rechter Hand nur Leitplanken. Bald erreichte er Seeboden. Kalter Schweiß stand ihm auf der Stirn. Heißer Schweiß tropfte aus seinen Achselhöhlen und rann in Strömen auf seinen Bauch. Er würde überall Schweißflecken auf seinem Hemd haben, und das an dem Tag, an dem er Gabi wiedersah.

Kordesch fand den Liedweg auf Anhieb. Hier hatte sich in 26 Jahren nichts verändert. Er bog in die Trefflinger Straße hinauf, und dann ging es rechts in die Schloßau. Auf einem Schild las er, dass es dort ein Bonsaimuseum gab. Er hätte gerne darüber geschmunzelt, aber da war er schon am Liedweg. *Landgasthaus Troppan* stand da auf einem selbst gebastelten, hölzernen Wegweiser. Kordesch parkte davor und stellte den Motor ab. Er atmete auf. Er hatte es geschafft.

Kordesch überlegte, was er Gabi sagen könnte. Aber er hatte nicht viel Zeit. Stutzer hatte ihm eingetrichtert, pünktlich zu sein. Sollte er ihr überhaupt erzählen, dass er in sie verliebt gewesen war und gedacht hatte, sie beide würden heiraten? Und das mit fünfzehn. Kordesch musste rechnen. Er war jetzt fünfundvierzig Jahre alt, also musste Gabi siebenundvierzig sein. Bestimmt hatte sie zwei Kinder. Oder vier? Bestimmt hatte sie nicht mehr die schöne dunkle Hautfarbe und die langen pechschwarzen Haare bis zur Hüfte, und wahrscheinlich schon lange nicht mehr flocht sie sich diese schönen Zöpfe. Er sah Gabi in der schwarzen Reithose und dem dunkelblauen T-Shirt vor sich. Wie anmutig sie gewesen war beim Traben. Dieses Aufstehen aus dem Steigbügel bei jedem zweiten Tritt des Pferds hatte Kordesch nie wirklich beherrscht. Bei Gabi hatte es elegant ausgesehen.

Kordesch stieg aus dem Auto und ging zur Eingangstür. Es war eine kleine Pension. Eine ältere Frau kam ihm entgegen. »Grüß Gott! Wir sind leider voll belegt!«

»Der Stutzer schickt mich«, sagte Kordesch. »Ich hole Gabi ab. Für den Spatenstich.«

»Na, so was«, sagte die Dame. »Ein Neuer, und das in Zivil!«

Kordesch kramte lange in seiner Tasche und zog dann seine Dienstmarke hervor.

Die Dame musterte sie lange. »Kriminalpolizei! Na, so was. Ich hoffe, wir halten Sie nicht von Ihrer Arbeit ab. Das ist sehr reizend von Ihnen. Der Krankentransport hat null Personal. Niemand. Alle sind krank. Und die Gabi macht doch die Fotos fürs Bezirksblatt. So hat sie wenigstens ein bisserl zu tun. Und da hat der brave Stutzer uns versprochen, dass er oder ein Kollege die Gabi nach Millstatt bringt. Ich hol sie gleich.«

Die ältere Dame verschwand und kam, einen Rollstuhl mit einer Frau vor sich herschiebend, zurück. Die Frau streckte Kordesch die Hand entgegen. »Hallo! Gabriele.«

»Benedikt«, sagte Kordesch.

»Die Kamera brauche ich noch, Mama. Die Spiegelreflex«, sagte Gabi Troppan zu der älteren Dame, die in der Rezeption verschwand.

Dann drehte sie sich zu Kordesch. »Ich fotografiere.«

Er brachte kein Wort heraus.

»Wir können Du sagen. Ich bin die Gabi«, sagte Gabi Troppan.

Dann wartete sie ein paar Sekunden. Kordesch sagte noch immer nichts.

»Danke, dass du mich zum Zwergsee bringst. Das ist nett«, fügte sie hinzu.

»Du warst mit mir einmal reiten. In der Nähe vom Längsee, glaube ich.«

»Auf dem Haflingerhof? Da warst du auch? Mein Gott, das muss tausend Jahre her sein. Und du kannst dich noch immer an mich erinnern?«

»Haflingerhof?«, sagte Kordesch. »Aber wir sind auf Arabern geritten.«

»Die haben auch vier Araber gehabt.«

»Dort gab es einen Parcours für Springreiten«, sagte Kordesch. »Ich erinnere mich noch ganz genau.«

»Ja, ich mich auch. Dort bin ich gestürzt«, sagte Gabi Troppan. »Ich bin querschnittsgelähmt ab L1.«

»Von einem Sturz beim Reiten?«, fragte Kordesch.

Sie nickte. Es war Kordesch nun unangenehm, dass er die Erinnerung an den Pferdehof zurückgebracht hatte. Zum Glück rief die Mutter nun von der Rezeption: »Da ist die Kamera. Herr Inspektor, würden Sie so freundlich sein und sie mitnehmen?«

Kordesch ging zu ihr, und Mama Troppan gab ihm eine Kameratasche. Er blickte amüsiert auf eine Plexiglasscheibe, die über und über mit Post-Its beklebt war. Auf solchen Notizen standen immer die wichtigsten Dinge, Passwörter, Termine und schnell aufgeschriebene Telefonnummern, dachte Kordesch. Und da, inmitten all dieser gelben Zettel, entdeckte er einen, auf dem stand: *GERHARD HESS MAHNUNG!!!*

»Entschuldigung«, sagte Kordesch. »Was heißt das hier?«

Er nahm das Post-It von der Plexiglasscheibe und hielt es Frau Troppan hin, die ihre Brille aufsetzte.

»Das ist ein Herr aus Wien, der hier war und nicht bezahlt hat«, sagte Frau Troppan.

»Er hat hier übernachtet? Wann? An welchem Tag?«, fragte Kordesch laut.

»Sie sind wirklich ein Kriminalpolizist?«, sagte Frau Troppan. »Ich sage Ihnen, wann das war. Aber Sie müssen mir helfen, dass ich mein Geld von diesem Herrn bekomme.«

»Das verspreche ich Ihnen.«

Sie schlug ein großes Buch auf und blätterte darin.

»Am 6. Juli«, sagte sie dann. »Eine Nacht mit Frühstück.«

Kordesch war wie vom Blitz getroffen. Gerhard Hess war hier gewesen, hier am See, an dem Tag, als Erwin Laggner ermordet wurde. Gerhard Hess war gekündigt worden, weil eine von Krutovs Firmen seinen Arbeitgeber geschluckt hatte. Und Julia Hess hatte doch in der Buschenschenke gesagt, dass ihr Mann regelrecht besessen sei von Krutov und alles über ihn, seine Hintermänner und seine Firmenkonstrukte recherchiere. War er nicht in der Pizzeria hinter ihm gestanden und hatte ihm gezeigt, welcher der Männer der Oligarch Krutov war?

Sein nächstes Opfer sollte Krutov sein. Wer sonst? Kordesch erstarrte. Er musste Havran anrufen und ihm Bescheid sagen. Vielleicht wollte Hess schon jetzt beim Pressetermin zuschlagen.

»Sie bringen mir mein Mädchen dann wieder heil zurück, Herr Kommissar?«, rief ihm Gabi Troppans Mutter noch hinterher, als er sie hektisch aus der Tür schob.

Doch Kordesch hörte nicht mehr und antwortete nicht mehr. Er schob Gabi Troppan so schnell über die Türschwelle, dass der Rollstuhl fast nach vorne gekippt wäre. Schnell stellte er die Tasche mit der Kamera in Gabis Schoß. Nun hatte er eine Hand frei, mit der er sein Mobiltelefon krallte. Er rief Havran an. Mailbox. Er probierte es bei Stutzer. Auch der ging nicht ran.

Jetzt war ihm Gabi Troppan ein Klotz am Bein. Er überlegte, sie stehen zu lassen. Sie jetzt auch noch umständlich in den Mini-Van zu hieven und den Rollstuhl zu verstauen, brauchte wertvolle Zeit.

Sie schien seine Gedanken zu erraten. »Der Dolfi hebt mich immer auf den Sitz, und dann faltet er den Rollstuhl zusammen. Dauert nur ein paar Sekunden.«

Kordesch hob Gabi Troppan aus dem Rollstuhl. Sie war nicht sonderlich schwer. Dann stieg er ins Auto und fuhr los.

»Hey, du hast denn Rollstuhl vergessen«, brüllte Gabi Troppan.

»Keine Zeit«, rief Kordesch zurück. »Wir haben einen Einsatz! Schnall dich an!«

Wie man an diesem Wagen das Blaulicht anschaltete, wusste er nicht, er war zu ungeübt. So ist es, wenn man jahrelang nicht im Dienst war, dachte er. Er raste durch die Ortschaft Seeboden.

»Fährst du nicht ein wenig zu schnell?«, fragte Gabi Troppan.

»Ich habe hier den Führerschein gemacht«, sagte Kordesch. »Ich fahre genauso deppert wie alle Kärntner. Schnall dich an, verdammt!«

Bald hatten sie das Ortsende erreicht. Er beschleunigte nochmals. Gabi Troppan schrie auf. Endlich läutete sein Handy. Er nahm den Anruf an und klemmte das Mobiltelefon zwischen seine linke Schulter und sein linkes Ohr. Es war Havran. Kordesch brüllte: »Bernie, es ist Gerhard Hess. Als Nächsten will er Krutov töten. Er wird schon am Zwergsee sein. Findet ihn und bleibt mit zwei Mann ganz dicht an ihm dran. Stell jetzt keine Fragen! Gerhard Hess! Gerhard Hess ist der Mörder! Ich bin gleich da!« Er legte auf.

»Ach, du bist wegen dem Serienmörder hier«, rief Gabi Troppan. »Ich erinnere mich: Ich habe dich im Fernsehen gesehen.«

»Jetzt haben wir ihn«, sagte Kordesch.

»Wow, und ich bin live dabei.«

Wie gut, dass sie sich plötzlich über den Einsatz freute und nicht der Meinung war, dass sie einem Entführer in die Hände gelaufen war. Kordeschs Handy läutete wieder. Er wollte abheben, da fiel das Mobiltelefon auf den Boden. Er lenkte mit einer Hand und tastete mit der anderen nach dem Handy. Kurz blickte Kordesch auf. Er fuhr schon auf der Gegenfahrbahn und riss schnell das Lenkrad herum. Wieder schrie Gabi auf. Wenn ich an diesem Tag einen weiteren Menschen töte, dachte er, dann hab ich endgültig ausgeschissen. Er beugte sich nochmals nach vorne und tastete nach dem Handy. Zum Glück fand er es schnell und hob es auf.

»Ja?«

»Schmuttermeier hier, haben Sie kurz Zeit?«

»Sie haben fünfzehn Sekunden!«

»Wow«, sagte Schmuttermeier. »Das ist ein bescheidener Slot für gute Nachrichten. Gratuliere, Don Quijote. Gerhard Hess ist Ihr Mann. Seine Fingerabdrücke sind auf dieser Handwindkurbel oder wie das Ding aus diesem Boot heißt.«

»Danke«, sagte Kordesch. »Ich liebe Sie!«

»Bitte nicht! Schönen Tag noch!«

»Ist es überhaupt erlaubt, beim Fahren zu telefonieren?«, schrie Gabi Troppan auf dem Rücksitz.

Kordesch wollte noch Stutzer anrufen. Er hatte das Mobiltelefon in der linken Hand und suchte bei den ausgehenden Anrufen Stutzers Nummer. In diesem Moment wurde das Display schwarz. Akku leer. Verdammt!

25

Als Kordesch auf die kleine Straße zwischen Millstatt und Pesenthein Richtung Zwergsee einbog, sah er schon an den Kennzeichen der dort abgestellten Wagen, dass man offensichtlich in ganz Kärnten Anhänger des Projekts mobilisiert hatte. Sie waren vielleicht nicht einmal Anhänger des Kirchenbaus, sondern vielmehr einer russlandfreundlichen Politik, und sie waren aus den Bezirken Villach, Hermagor und St. Veit an der Glan, ja sogar aus Wolfsberg gekommen. Das Ziel war klar: Man wollte mehr Menschen beim Spatenstich haben, als zwei Tage zuvor bei der Demonstration gegen die Kirche teilgenommen hatten. Und man wollte natürlich größere Medienaufmerksamkeit, als sie die Gegner bekommen hatten.

Politiker, Prominenz, Unternehmer und Sportler hatten sich eingestellt, um mit Krutov zu posieren. Der millionenschwere Bauunternehmer Marchetti, der die Kirche errichten sollte, und der Millstätter Bürgermeister durften dabei ebenso wenig fehlen wie Vertreter aller möglichen Sportvereine, die von Krutov Spenden erwarteten oder bereits bekommen hatten.

Die Baustelle befand sich etwa dreihundert Meter vom Zwergsee entfernt, auf halbem Weg zum Schloss Heroldeck in einer extra dafür ausgeschlägerten Waldlichtung. Die Zufahrt war eine ebenfalls erst kürzlich geschlagene Schneise, die man planiert und mit Kies befahrbar gemacht hatte. Autos konnten darauf kaum mehr als Schritttempo fahren. Kordesch und Gabi Troppan kamen an einem abgesperrten Bereich vorbei, wo der Fototermin stattgefunden haben musste. Er war offensichtlich schon beendet. Kordesch fuhr ungeduldig weiter. Einige Menschen waren noch auf dem Weg zur Baustelle, andere standen schon oben. Der Spatenstich musste in Kürze beginnen.

Kordesch konnte Havran sehen, der mit dem Mobiltelefon am Ohr dem Menschentross folgend schnell nach oben stapfte. Doch der junge Kollege drehte ihm den Rücken zu. Kordesch fuhr mit dem Wagen so nahe wie möglich an die Baustelle heran, sprang aus dem Auto und ließ die keifende Gabi Troppan drinnen sitzen. In einiger Entfernung entdeckte er nun auch die anderen Polizisten: Stutzer lief mit einem Beamten hinter der Gruppe mit Krutov, seiner Frau, den Kindern und seinen Gefolgsleuten her. Ein vierter Beamter stand bereits an der Stelle, wo der Spatenstich erfolgen sollte. Alles war mit Holzpflöcken und Sicherheitsband notdürftig abgesperrt worden. Die Einheimischen standen dahinter und zückten ihre Mobiltelefone. Die Presse hatte sich vor der Absperrung postiert, um Fotos zu machen.

Kordesch dachte, dass er noch Zeit hatte, Havran einzuholen. Da aber geschah etwas Unerwartetes. Ob Krutov nun ein bekanntes Gesicht entdeckte oder ob ihm gerade nach einem Bad in der Menge war, er ging jedenfalls plötzlich nach links auf die Absperrung zu, schüttelte die Hand eines dort stehenden Mannes und klopfte ihm mit der anderen auf die Schulter. Sofort streckte dessen Nachbar die Hand nach dem Milliardär aus.

Kordesch hielt in der Menge Ausschau nach Gerhard Hess. Da war er! Er wartete in Sportkleidung, seinen Laufrucksack am Rücken, hinter der Absperrung. Endlich drehte sich Havran um. Kordesch winkte mit beiden Armen und deutete in die Richtung von Gerhard Hess. Er stand dort in der Reihe jener Menschen, die Krutov nun langsam abschritt. Schnell lief Havran auf die andere Seite, überholte einen Gefolgsmann Krutovs nach dem anderen und kam der Absperrung immer näher. Noch fünf Hände hatte der Oligarch zu schütteln, bis er bei Hess angelangt war.

Für Kordesch war es aussichtslos, Hess vor Havran zu erreichen. Aber sein Kollege hatte endlich die Absperrung erreicht und rannte nun auf Krutov zu. Noch bemerkte ihn aber niemand. Der Russe schüttelte noch drei Hände, dann entdeckte er Havran und wandte sich zu ihm um. Havran rief etwas. Stutzer rief etwas zurück. Krutov hob die Arme ausgestreckt vor sich in die Luft, als wolle er protestieren, dass der Polizist ihn hier an etwas hindern wollte. Dann drehte der Oligarch sich wieder zu den Wartenden. Vor Gerhard Hess stand nur noch ein Mann, der auf den Handschlag wartete. Krutov ging auf ihn zu und schüttelte seine Hand.

Kordesch sah, wie Gerhard Hess den rechten Arm an die Seite des Körpers drückte. In der Hand hielt er vermutlich ein Messer oder eine Schusswaffe. Havran machte die letzten drei Schritte auf Krutov zu. Da beugte Gerhard Hess sich über die Absperrung. In diesem Moment rannte Havran mit voller Wucht gegen Krutov und stieß ihn dabei um. Krutov ging schreiend zu Boden, während das Messer von Gerhard Hess Havran am linken Oberarm traf. Vier Bodyguards stürzten sich sofort auf den Milliardär und begruben ihn unter sich, um ihn zu schützen. Kordesch bewunderte die Opferbereitschaft dieser Bodyguards; sie waren bereit, für den Oligarchen zu sterben. Krutovs Frau kreischte. Havran hielt sich den blutenden Oberarm, wo ihn das Messer getroffen hatte. Hess drehte sich sofort um und schlüpfte durch die Menschenmenge, die schreiend zur Seite wich, statt ihn aufzuhalten. Er rannte über das Gelände den Hügel hinauf. Und Gerhard Hess war ein sehr guter Läufer. Havran folgte ihm zwar, und Stutzer rannte hinterher, doch Hess zog davon.

Kordesch und die anderen beiden Polizisten liefen nun ebenfalls Hess hinterher. Sie überholten Stutzer, der anhielt und keuchend seine Dienstwaffe zückte und entsicherte. Der Major sah dabei sehr ungeschickt aus, doch ein paar Augenblicke später hörte Kordesch den Schuss. Ein Geschrei ging durch die Menge, aber der Schuss hatte Gerhard Hess verfehlt. Ein zweiter Schuss folgte nicht. Hess war für Stutzer offensichtlich schon zu weit entfernt.

Kordesch ging ebenfalls bereits der Atem aus, doch Havran verfolgte Hess noch immer. Aber Gerhard Hess war ein trainierter Ausdauerläufer, und sie hätten ihn niemals eingeholt, wäre er nicht im Laufen gestolpert. Er rappelte sich auf und wollte weiterrennen, da konnte ihn Havran kurz am Bein festhalten und wieder zu Fall bringen.

Aus zwanzig Metern Entfernung sah Kordesch, wie Havran sich auf Gerhard Hess stürzte, der auf dem Bauch lag. Er drückte ihm die Arme hinter den Rücken. Kordesch schloss auf, aber er hatte keine Dienstwaffe. Er hatte der Pistole genauso abgeschworen wie dem Auto und seit Jahren keine Schießübungen mehr gemacht. Also half er Havran, dem um sich schlagenden Hess die Handschellen anzulegen. Dann folgten die anderen beiden Polizisten und hielten Hess fest. Der keuchende Stutzer kam als Letzter und richtete seine Waffe auf Hess.

»Bene«, keuchte Stutzer. »Wo ist deine verdammte ...«

Den Rest konnte Kordesch, der ebenfalls keuchte und kurz einmal Luft holte, nicht verstehen.

»Die Rettung!«, rief Kordesch. »Bernie ist verletzt!«

Die beiden Polizisten hatten Hess fest im Griff, und Kordesch ging zu Havran, um seine Wunde zu besehen. Stutzer blieb vor Hess stehen und bedrohte ihn weiter mit der Pistole.

»Es ist nichts«, rief Havran. »Bringen wir ihn zum Auto.«

»Zeig her, Bernie!«, sagte Kordesch, doch Havran stieß ihn weg.

»Es ist nichts!«, rief er noch lauter als zuvor. »Bringen wir ihn zusammen zum Auto!«

Nie in seinem Leben würde Kordesch die Eindringlichkeit und Bestimmtheit von Havran vergessen können. Und sie war völlig angebracht. Auch Kordesch befürchtete, die Leibwächter Krutovs könnten aus Rache auf Hess losgehen. Bestimmt hatten sie Waffen in den Autos. Es war also ganz richtig, was Havran da forderte: Hess schnell in einen Streifenwagen stecken und ihn wegbringen.

Zu fünft umringten sie Gerhard Hess, die Männer links und rechts von ihm hielten ihn an den Oberarmen fest, und so gingen sie auf den Parkplatz zu. Die Zuschauer standen noch immer wie gelähmt da und sahen den Polizisten zu. Die Journalisten hatten zum Teil ihre Kameras in ihre Richtung gedreht, zum Teil hatten sie sie von den Stativen genommen und kamen ihnen entgegengelaufen, um sie aus nächster Nähe zu fotografieren.

Stutzer, der immer noch die Pistole in einer Hand hielt, ging nun voran und brüllte die Journalisten an, die ihnen den Weg zu versperren drohten. Niemand kümmerte sich um Krutovs Frau und Kinder, die von vier Männern in schwarzen Trainingsanzügen umringt wurden. Die Leibwächter des Oligarchen schoben ihn nun langsam zu einem der Autos, wobei sie seinen Körper nach allen Richtungen abschirmten.

Erst als sie den Kiesweg erreichten, sah Kordesch, dass Gabi Troppan die Fensterscheibe des Mini-Vans geöffnet hatte und mit ihrer Kamera Bilder schoss.

Zum Glück schafften sie es. Havran und ein weiterer Beamter schoben Hess auf den Rücksitz eines Streifenwagens. Stutzer nahm mit der Pistole auf dem Rücksitz neben Hess Platz. Der dritte Polizist stieg ein und fuhr mit Blaulicht davon. Als er auch die Sirene einschaltete, hielten sich die meisten Anwesenden die Ohren zu. Havran und der vierte Polizist folgten im zweiten Polizeiauto, ebenfalls mit Blaulicht und maximalem Sirenengetöse.

Kordeschs Puls raste. Er stand neben dem Wagen, aus dessen Fenster Gabi Troppan immer noch fotografierte.

»Ich habe ein paar tolle Bilder«, rief sie.

Kordesch konnte jetzt nicht darauf antworten. Er keuchte noch immer. Er war nicht fit. So viel war klar.

»Wieso sind bei so einer großen Sache eigentlich nur fünf Polizisten da?«, fragte Gabi Troppan.

»Personalmangel«, sagte Kordesch. »Ein Drittel ist krank. Und ein Drittel ist im Urlaub.«

»Und du?«

»Das hier ist mein Urlaub.«

Jetzt setzten sich auch die drei schwarzen Limousinen, die Kordesch schon vor der Pizzeria Arrabbiata gesehen hatte, in Bewegung. Er atmete auf.

Die Menge teilte sich nun in drei Gruppen: Die einen griffen zu ihren Mobiltelefonen und machten Anrufe. Die anderen setzten sich auf den Boden und starrten vor sich hin. Wieder andere, besonders die, die Kinder dabeihatten, liefen zu ihren Autos und fuhren so schnell davon, dass der Kiesweg bald von einer riesigen Staubwolke eingehüllt war.

Auch Kordesch stieg, nachdem er sich wieder gefasst hatte, in den Wagen. Im Auto war es ganz still. Auf der Rückfahrt nach Seeboden blickte er immer wieder auf den See. Die Geschichte von Gabi Troppan war traurig. Die Frau tat ihm leid. Aber seine Gedanken waren jetzt woanders.

Als sie durch Millstatt fuhren, blickte Kordesch ängstlich auf die parkenden Autos, die er passierte.

»Hat man als Polizist nie Angst?«, fragte Gabi Troppan.

»Ich habe immer Angst«, sagte Kordesch.

»Wirklich? Das bemerkt man gar nicht. Ist dieser Mann der Serienmörder, den ihr sucht?«

»Ich hoffe es.«

»Du bist also der Kommissar, über den sie auf Twitter so lästern!«

»Ich bin zwar kein Kommissar, aber egal. Was schreiben sie denn auf Twitter?«

»Dass die Polizei total versagt hat und dass du behauptet hast, dass es Serienmörder nur in Filmen gibt.«

»Tja, das stimmt alles«, sagte Kordesch.

In Seeboden bog er in den Liedweg ein. Gabis Mutter kam auf die Straße gelaufen.

»So einen Anfänger schickt uns Stutzer!«, rief sie empört. »Sie haben den Rollstuhl vergessen.«

»Die Gabi muss Ihnen erzählen, was passiert ist«, sagte Kordesch. »Ich habe jetzt leider noch zu tun.«

Gabi Troppan bat ihre Mutter, sich zu beruhigen. Kordesch hob sie aus dem Mini-Van und setzte sie in den Rollstuhl. Die alte Dame aber war immer noch sehr aufgeregt.

»Und was ist mit meinem Geld für das Zimmer von Herrn Hess?«, fragte sie, ohne zu lächeln.

»Na ja, der Herr Hess, der hat jetzt ganz andere Schwierigkeiten«, sagte Kordesch. Er nahm sein Portemonnaie aus der Hosentasche. »Wissen Sie was, Frau Troppan: Ich bezahle mal und hole es mir dann von ihm zurück.«

Gabi hielt sich die Hand vor den Mund. »Nein, sag jetzt nicht ... *Gerhard Hess* ist der Mörder?«

»Welcher Mörder?«, fragte Frau Troppan verwirrt.

»Er war so nett zu mir«, sagte ihre Tochter. »Und ich hab ihm sogar noch die Laufhose und das Leiberl gewaschen.«

Mutter und Tochter waren beschäftigt. Kordesch übergab Frau Troppan einen Hunderteuroschein und verabschiedete sich.

»Du musst aber wiederkommen«, sagte Gabi Troppan. »Wir sind schließlich Reitfreunde.«

»Was?«, fragte ihre Mutter.

»Wir kennen uns seit einunddreißig Jahren, die Gabi und ich.«

»Kannst du morgen kommen?«

»Ich habe jetzt leider zu tun«, sagte Kordesch. »Ich muss eine lange Dienstreise machen. Aber ich komme bestimmt im August.«

»Du musst es versprechen!«

»Ich verspreche es.«

Kordesch winkte noch aus dem Auto. Die Troppans standen vor der Tür. Endet so die größte Liebesgeschichte des Lebens?, fragte er sich.

26

Eine halbe Stunde später saß Gerhard Hess Kordesch in der kleinen Abstellkammer gegenüber. Diesmal waren zwei Mann vor dem Zimmer postiert. Hess sah gefasst aus. Kordesch setzte sich. Er betete die Belehrungsformel herunter.

»Herr Hess«, sagte er. »Ich möchte heute noch schwimmen gehen und mich mit Ihrer netten Frau unterhalten. Also, machen wir es kurz.«

Gerhard Hess, eine Riese, der in dieser Abstellkammer eigentlich vor Platzangst sterben müsste, verstand Kordeschs Provokation nicht oder ignorierte sie. Mit aufgerissenen Augen starrte er auf das Tischchen vor sich.

»Fünfzehn Sekunden!«, sagte Hess. »Fünfzehn Sekunden hätten Sie mir noch geben müssen. Und die Welt wäre für Sie, für mich, für alle eine bessere gewesen.«

»Bei meiner Ausbildung habe ich gelernt, dass das Verhindern von Straftaten meine allererste Aufgabe ist.«

»Sie haben einen Verbrecher gerettet. Stolz darauf?«

»Stolz ist ein Wort, das ich nicht mag. Auch wenn Sie recht haben, ist es immer noch meine Aufgabe, Straftaten zu verhindern. Und auch wenn Sie recht haben, rechtfertigt das nicht, eine Straftat zu begehen. Ich weiß, dass Sie Ihre Anstellung verloren haben. Das tut mir leid. Aber Sie hätten sie auch nicht zurückbekommen, wenn Ihnen der Anschlag heute gelungen wäre.«

Hess schwieg. Es klopfte. Havran trat ein und warf Hess einen bösen Blick zu. Kordesch war erstaunt. Havran trug nur ein T-Shirt, und sein rechter Oberarm war in einen dicken Verband gewickelt. Er setzte sich.

»Fangen wir bei Erwin Laggner an. Wussten Sie von der Affäre, die Ihre Frau 2022 mit Erwin Laggner hatte?«

»Ja.«

»Woher?«

»Von Ina Burgstaller.«

Jetzt war Kordesch überrascht. Überrascht und ein wenig düpiert. Hätte er das nicht selbst herausfinden müssen? Er tat also so, als wisse er davon.

»Das ist mir klar. Aber wann hat sie es Ihnen gesagt, und warum haben Sie ihr geglaubt?«

»Sie hat es mir im Juni gesagt. Und warum sollte ich es ihr nicht glauben? Sie ist schließlich mit Maria Laggner befreundet. Außerdem habe ich Anfang Juli ein SMS von Erwin Laggner auf dem Handy meiner Frau gesehen.«

An diesem Vormittag hatte Ina Burgstaller sich bei der Befragung bravourös geschlagen und perfekte Alibis für alle Morde geliefert, sodass der arme Havran am Boden zerstört gewesen war. Was aber, dachte Kordesch in diesem Moment, wenn beide Frauen auf geschickte Weise diesen Hess manipuliert hatten, damit er die Morde für sie beging? Was, wenn Maria Laggner und Ina Burgstaller hier etwas angezettelt hatten, bei dem gleich mehrere Fliegen mit einer Klappe geschlagen worden waren?

Kordesch war sicher: Ina Burgstaller hatte Gerhard Hess zumindest mit klaren Hintergedanken informiert. Sie hatte selbst wasserdichte Alibis, war aber erst in letzter Minute damit herausgerückt, damit man dem Täter so spät wie möglich auf die Schliche kam. Und sie hatte auch erst in letzter Minute ihre Fingerabdrücke abgegeben, nur um die Ermittlungen zu verzögern.

»Und da haben Sie dann beschlossen …«

»Ich habe gar nichts beschlossen, Herr Kommissar«, sagte Hess. »Glauben Sie mir, ich wusste damals nicht einmal, dass das Arschloch Laggner auch für Schmölzer und Krutov gearbeitet hat. Ich wollte mit ihm reden. Ihm sagen, dass er meine Frau nie wieder kontaktieren soll.«

»Und da haben Sie ein Zimmer in Seeboden genommen und Ihrer Frau erzählt, dass Sie nach Ljubljana müssen.«

»Ich bin dort oft gewesen«, sagte Hess. »Nur Ende Juni hat man mich einfach fallen gelassen. Nach vierzehn Jahren wurde ich per E-Mail gekündigt. Fristlos. Stellen Sie sich das vor. Da kriegen Sie schon Angst, dass alles um Sie herum sich gegen Sie verschworen hat.«

»Auch Ihre Frau?«

»Meine Frau ...«, sagte Hess. »Wissen Sie, immer wieder hatte sie Verehrer, die sie eine Nacht lang anstarren wollten. Aber weiter ging sie nicht.«

»Bei Laggner schon. Und dann sind Sie am ersten Tag, den Sie hier mit Ihrer Frau verbrachten, gleich in den Fischimbiss Laggner essen gegangen? Nachdem Sie den Besitzer am Tag zuvor umgebracht hatten?«

»Ich wollte sehen, wie sie sich verhält«, sagte Gerhard Hess. »Aber sie saß so ruhig da wie immer. Sie kann alles so perfekt überspielen.«

Ja, das kann sie, dachte Kordesch, aber er sagte es natürlich nicht.

»Aber dann wurde es ihr zu viel«, sagte Gerhard Hess. »Ich ging aufs Klo, und als ich zurückkam, stand sie schon da und wollte gehen.«

»Ja, weil Maria Laggner sie hinausgeworfen hat, als Sie auf dem WC waren.«

»Ach, so war das«, sagte Hess.

»Ja, Herr Hess, so war das.«

Zumindest hatten Maria Laggner und Julia Hess es so erzählt. Kordesch spann seinen Gedanken noch weiter: Hatten sich vielleicht alle drei Frauen zusammengetan, um die Männer loszuwerden?

»Also, noch einmal zurück zum 6. Juli. Sie haben ein Zimmer im Landgasthaus Troppan in Seeboden genommen.«

»Woher wissen Sie das denn?«

»Herr Hess, ich bin von der He«, sagte Kordesch. »Wissen Sie, was das heißt?«

»So sagt man im Dialekt zur Polizei.«

»Richtig, Herr Hess! Ich bin Polizist, ich ermittle«, sagte Kordesch. »Aufgefallen ist es aber nur, weil Sie bei Frau Troppan Ihre Rechnung nicht bezahlt haben. Ich habe das für Sie erledigt. Sie schulden mir 93,50.«

»Julia soll es Ihnen geben.«

»Und dann sind Sie nach Dellach gefahren?«

»Ich bin hingefahren«, sagte Gerhard Hess. »Am Telefon hat er mir gesagt, dass ich nicht in den Fischimbiss kommen soll, sondern auf sein Boot. Aber er sagte kaum etwas. Laggner war ein Arschloch. Er lachte mich aus. Er braucht keine moralischen Vorträge, hat er gesagt. Er hörte nicht einmal auf, sein Boot zu reparieren, als ich mit ihm sprechen wollte. Er sagte noch zu mir: ›Geben Sie mir die Kurbel.‹ Als wäre ich sein Lehrbub!«

Kordesch blickte den groß gewachsenen Hess an, der aufrecht, den Rücken durchgestreckt, dasaß wie ein Musterschüler. Er war auch nicht nervös, er zuckte und zappelte nicht, er schluckte nicht und räusperte sich nicht.

»Ich kann Ihnen nicht sagen, warum ich es getan habe.«

»Aus Eifersucht«, sagte Havran plötzlich.

»Ja, aus Eifersucht«, sagte Kordesch und nickte Havran zu, um ihn zu loben. »Die Eifersucht ist ein Hund. Oder wie sehen Sie das, Herr Hess?«

»Ich wollte ihn gar nicht ...«, begann Hess einen Satz, den er nicht fertig sagte. »Es ist vielleicht, weil ich einmal Handballer war. Ich habe zu fest zugeschlagen. Ich war entsetzt, als er nach dem Schlag umfiel und nicht wieder zu sich kam. Ich habe ihn im Auto weggebracht. Und dann wollte ich ...«

»Dass es aussieht wie ein Trittbrettfahrermord. Aber Sie waren ja Ihr eigener Trittbrettfahrer.«

»Ich bin später noch einmal zurück zum Boot gekommen, um die verdammte Kurbel zu suchen«, sagte Hess. »Aber ich war nervös und habe sie nicht gefunden.«

»Wo haben Sie ihn in der Zeit versteckt?«

»Im Wald zwischen Rothenthurn und Großegg.«

Das war also das Lauftraining in der Früh gewesen, und darum hatte es immer länger gedauert, dachte Kordesch. Er nahm einen Schluck Kaffee. Nach so viel Kaffee, wie er in den vergangenen Tagen getrunken hatte, müsste er eigentlich schon Magenschmerzen haben. Aber er vertrug ihn gut. Mit einer Geste fragte er Gerhard Hess, ob er auch einen wolle. Der schüttelte den Kopf.

»Wo sind die Handys von Laggner und Karlsbader?«, fragte Kordesch dann.

»Mein Laufrucksack«, sagte Hess. »Ihr Kollege hat ihn mir abgenommen. Da sind sie drinnen.«

Kordesch blickte Havran an, der nickte und aufstehen wollte. Kordesch bedeutete ihm, sitzen zu bleiben.

»Und warum haben Sie Schmölzer das Handy nicht abgenommen?«

»Na ja, mit den Handys von Karlsbader und Laggner konnte ich Schmölzer erpressen. Krutov wollte ich nicht drohen. Sonst wäre der ja gar nicht zum Spatenstich gekommen oder von Hunderten Polizisten umringt gewesen. Außerdem dachte ich, vielleicht findet die Polizei auf Schmölzers Handy ja etwas, das sie interessiert.«

»Weiter«, sagte Kordesch. »Warum Karlsbader?«

»Ich wusste, was der Kerl vorhatte«, sagte Hess.

»Von wem?«

»Von Ina.«

»Sagen Sie!«, sagte Kordesch. »Kann es sein, dass Frau Burgstaller großen Einfluss auf Sie hat? Ich meine, sie hat Erwin Laggner und Christof Karlsbader bei Ihnen angeschwärzt.«

»Das hat sie nicht«, sagte Hess scharf. Es entstand eine kleine Pause.

Kordesch musste nun einen weiteren sehr selbstkritischen Gedanken denken: dass er es versäumt hatte, die offensichtlich enge Bindung zwischen Ina Burgstaller und Gerhard Hess zu bemerken. Jetzt fiel ihm auf, wie oft Hess sie erwähnt hatte. Und vielleicht hatten ihr verzweifelter Versuch, das Familienunternehmen zu retten, und Hess' Kündigung bei seinem Arbeitgeber die beiden zusammengeschweißt.

»Sie haben einen Starkoch mit seinem eigenen Messer getötet«, sagte Kordesch.

»Er lag da ... dieser Mensch, dessen Kochbücher ich geliebt habe ...«, sagte Hess. »Ich konnte sein T-Shirt hochziehen ... er schnarchte selig weiter.«

»Der Messerkoffer stand offen?«, fragte Kordesch.

»Ich hatte ein eigenes Messer mit. Aber der Koffer ... er war leicht zu öffnen. Es war so einfach«, sagte Gerhard Hess. »Meine Frau hat mir die Stelle oft gezeigt. Nicht von oben auf jemand einstechen wie in schlechten Filmen, sondern von unten, unter dem Rippenbogen durch ins Herz.«

»Warum haben Sie das T-Shirt dann wieder über das Messer gezogen?«, fragte Kordesch.

»Ich kann kein Blut sehen.«

»Sie wussten, dass Ihre Frau mit ihm nachts noch getrunken hatte?«, fragte Kordesch.

»Ina hat es mir gesagt«, sagte Hess.

»Gesagt?«, fragte Kordesch. »Sie waren doch im Bett.«

»Eine Chatnachricht.«

»Wie haben Sie das Zimmer aufgesperrt?«, fragte Kordesch.

»Ich kenne die Lade in der Küche, in der die Zimmerschlüssel herumliegen«, sagte Hess. »Der alte Burgstaller hat sie mir vor zwei Jahren selbst gezeigt. Meine Frau hatte damals geglaubt, dass sie den Schlüssel verloren hat. Er ist dann bald wieder in einem Rucksack gefunden worden. Burgstaller hat mir einen zweiten Schlüssel gegeben. Er kramte in dieser Lade. Aber die Zimmerschlösser hier kann ich auch mit einem Kleiderhaken in ein paar Sekunden öffnen. Ich führe Ihnen das gerne vor.«

Ja, dieser Fremdenlegionär, MacGyver und Superhero Gerhard Hess, dachte Kordesch neidisch. Er war ein richtiger Mann. Und daher auch richtig in seiner Eitelkeit gekränkt.

»Herr Hess, Sie führen hier nichts mehr vor. Sie werden dem Richter vorgeführt; so sieht's aus«, sagte Kordesch. »Ist der Schlüssel auch in Ihrem Laufrucksack?«

»Nein, der liegt dort, wo die tausend Statuen des heiligen Domitian liegen«, antwortete Hess.

»Dann gab es also insgesamt drei Ersatzschlüssel von Karlsbaders Zimmer«, stellte Havran fest.

Kordesch wusste kurz nicht, ob das eine Kritik des Kollegen an ihm war oder ob er es nur für sich feststellte.

»Was Karlsbader betrifft, interessiert mich eines schon noch brennend: Wie sind Sie zur Kamera gekommen, ohne dass man Sie sieht?«

Nun blickte Hess Kordesch herausfordernd an und grinste: »Sehen Sie, ich war mir sicher, dass Sie das nie herausfinden. Von unserem Fenster aus schaffe ich es auf den großen Nussbaum an der hinteren Hausmauer.«

»Und so sind Sie auch zurück ins Zimmer gekommen?«

Hess nickte, Kordesch schüttelte den Kopf.

»Das ist perfid. Ich bin enttäuscht von mir selbst.«

»Ich dachte, dass Sie nie auf meine Spur kommen«, sagte Hess. »Aber dann, als Sie in der Pizzeria Arrabbiata standen und Schmölzer und Krutov betrachteten, da wusste ich, dass ich es schaffen musste, Krutov beim Spatenstich zu erwischen.«

»Moment! Moment!«, sagte Kordesch und blätterte in seinem Notizheft. »Woher kamen die drei anderen Messer?«

»Ich habe sie gekauft.«

»Das erste haben Sie dem toten Laggner in die Brust gerammt, bevor Sie ihn im See versenkt haben«, sagte Kordesch.

»Das war schwierig und unappetitlich. Auch, ihn nach Pesenthein zu bringen.«

»Wozu überhaupt? So nahe am Ufer?«

»Damit er gefunden wird.«

Kordeschs Kaffeebecher war leer. Aber er wollte jetzt keine Unterbrechung mehr.

»Und Schmölzer?«

»Ich wusste von Ina, dass sie ihn nach der Pressekonferenz in Großegg treffen wollte«, sagte Gerhard Hess. »Sie wollte ihm die Unterschriftenliste der Bürgerinitiative übergeben. Ich postierte mich auf der Straße dorthin, hielt ihn an und fragte ihn, ob er die Handys von Karlsbader und Laggner haben wollte. Er ist ausgestiegen. Wie naiv kann man sein? Dieser Mann war so selbstherrlich. Nie im Leben hätte er gedacht, dass ihm je etwas passiert. Ein dummer Mensch. Es war so einfach. Haben Sie schon einmal jemanden getötet?«

Kordesch schwieg.

»Es ist ganz leicht. Die Angst ist vorher. Und der Schrecken danach. Aber währenddessen ist da nichts. Der Kopf ist leer. Es ist ein absolut klarer, gedankenfreier Zustand. Bei Karlsbader war es unnötig. Ich hätte ihm das Kissen drei Minuten aufs Gesicht drücken können. Es hätte nicht einmal nach Mord ausgesehen. Aber ich wollte, dass es nach Mord aussieht.«

»Warum?«

»Damit die Öffentlichkeit aufmerksam wird«, sagte Hess. »Karlsbader zu töten war keine Heldentat. Er schlief und schnarchte dabei. Also eigentlich war es ein seltsames Ausatmen. Seine Lippen waren verklebt, aber beim Ausatmen schaffte der Luftstrom es, sie ein wenig zu öffnen. Das klang ganz seltsam. Wie ein Blasebalg. Bei Schmölzer war es anders: Er stand vor mir. Ich zeigte ihm die zwei Handys mit der linken Hand. In der rechten hatte ich das Messer. Ich musste durch hundert Kilo Fett. Er ist aber gleich zusammengesackt und rückwärts gegen das Auto gefallen. Wie gut, dass er tot ist.«

»Die Welt ist die gleiche wie zuvor, Herr Hess«, sagte Kordesch. »Nur für Sie nicht. Auf Sie warten jetzt fünfundzwanzig Jahre Schmalz.«

»Ich habe die Welt von einem schlimmen Übel befreit«, sagte Hess. »Aber das schlimmste Übel konnte ich heute nicht entfernen. Diesen Menschen, der glaubt, er könne alles kaufen, sich an anderen bereichern und sie ruinieren, Frauen versklaven, schlagen und vergewaltigen, überall seine Denkmäler errichten lassen und so tun, als wäre er mildtätig und ein großer Unternehmer, wo er doch nur ein Verbrecher ist.«

»Ihre Frau muss jetzt Ihren Hochzeitstag und den Geburtstag alleine verbringen«, sagte Kordesch.

Hess schwieg.

»Eine schöne Frau, in den besten Jahren. Und Sie hätten bestimmt in wenigen Monaten eine andere Anstellung gefunden.«

»Diese Welt ist nicht mehr schön«, sagte Hess. »Sie wird nur mehr von Verbrechern beherrscht und Menschen, die diesen Verbrechern in den Arsch kriechen. Ich habe in dieser Welt nichts mehr verloren. Ich mache mir nur einen einzigen Vorwurf: dass Krutov nicht tot ist.«

»Sehen Sie, das verstehe ich nicht«, sagte Kordesch. »Wenn Krutov tot ist, kommen andere Krutovs. Es gibt sie überall.«

»Glauben Sie mir«, sagte Gerhard Hess. »Bevor all diese Milliardäre und Oligarchen nicht gänzlich beseitigt sind, wird es keine Gerechtigkeit auf der Welt geben.«

»Herr Hess, ich bin nicht da, um mit Ihnen zu diskutieren«, sagte Kordesch. »Aber vielleicht stellen Sie in den nächsten Jahren einmal die von Ihnen gewählte Methode infrage. Die Welt retten – da bin ich dabei. Aber morden? Nein!«

»Und Sie schnappen sich jetzt meine Frau, nicht wahr?«, sagte Gerhard Hess, der plötzlich aufbrauste.

»Herr Hess«, sagte Kordesch. »Schnappen kann man einen Mörder wie Sie. Eine intelligente und gebildete Frau lässt sich nicht schnappen. Damit beleidigen Sie Ihre Frau und niemand sonst.«

Kordesch stand auf. Plötzlich erhob sich Hess ebenfalls und schrie: »Ich bin noch nicht fertig.«

Die vor dem Zimmer postierten Polizisten stürmten herein, hielten Hess fest und legte ihm wieder Handschellen an.

»Aber wir sind fertig«, sagte Kordesch und verließ mit Havran den Raum.

27

»Das ist ungerecht, Kordesch«, sagte die Staatsanwältin Krakauer am Telefon. »Nun wird dieser Havran in den Medien als der Held von Millstatt gefeiert. Dabei haben *Sie* den Fall aufgeklärt.«

»Lassen Sie ihm doch die Freude«, sagte Kordesch.

»Krutov hat sich bei der Polizei bedankt«, sagte Krakauer.

»Stiftet er jetzt eine Ikone fürs Präsidium?«

»Wie habe ich Ihre ätzenden Bemerkungen vermisst! Der Bau der Kirche wird auf unbestimmte Zeit verschoben. Der Herr Milliardär ist nämlich verschnupft, dass er Feinde in Kärnten hat, die ihn umbringen wollen. Wie war es mit diesem Hess?«

»Wir haben zum Glück ein umfassendes Geständnis«, sagte Kordesch. »Es wäre nicht einfach gewesen, ihm die Morde an Karlsbader und Schmölzer nachzuweisen.«

»Ich wusste gleich, dass Sie der Richtige sind.«

»Und die wichtigste Frage: Ist der Herr Innenminister zufrieden?«

»Der hat allerlei Probleme. Angeblich war schon ein Parteiausschlussverfahren gegen Schmölzer im Gang. Den Ausschluss will man jetzt noch posthum besiegeln.«

»Dann ist alles wieder sauber, nicht wahr?«

»Gut, jetzt machen Sie Urlaub!«

»Wir sehen uns bald in Wien«, sagte Kordesch.

»O nein! Heißt das, ich muss jetzt losfahren und Sie abholen, wie meinen neunjährigen Sohn vom Blockflötenunterricht?«

»Nein, keine Sorge«, sagte Kordesch. »Ich werde jetzt Fernfahrer, um meine Phobien zu bekämpfen. Machen Sie's gut!«

»Adieu!«

Havran fiel der Abschied von Kordesch an diesem Tag schwer.

Seine Verletzung war nur oberflächlich, aber er wollte unbedingt, dass Kordesch mit nach Molzbichl kam, um seine Frau kennenzulernen. Er erklärte, dass er noch zwei wichtige Dinge zu erledigen habe und am nächsten Tag früh losmüsse. Danach aber werde er nach Millstatt zurückkommen und beide besuchen.

»Du hast ihn gekriegt«, sagte Havran.

»Nein, du hast ihn gekriegt«, sagte Kordesch. »Aber hätte Hess Laggner nicht im Affekt erschlagen und Fingerabdrücke hinterlassen, hätten wir ihn nie gekriegt. Wenn er die Morde an Karlsbader und Schmölzer leugnen würde, hätten wir nichts in der Hand, um ihn zu überführen.«

»Warum hat er dann gestanden?«

»Er will ja, dass alle wissen, dass er es war«, sagte Kordesch. »Er wollte nur noch Krutov. Das war sein Ziel. Leider zeigt er dadurch, wie wichtig auch er den Oligarchen nimmt. Hess hat seiner Sache nur geschadet.«

»Als du mich angerufen hast, vor dem Spatenstich ... Woher wusstest du es?«

Kordesch erzählte Havran nun die ganze Geschichte von Gabi Troppan. Er schilderte, wie er nach Seeboden fuhr, um Gabi abzuholen, und dort das Post-It an der Rezeption der Pension Troppan entdeckte.

»Das heißt ...«, sagte Havran und schüttelte dabei den Kopf. »Wenn du nicht ... also, wenn dir nicht vor dreißig Jahren hier in deinem Urlaub ... wenn du diese Gabi nicht gekannt hättest und Stutzer ihr nicht versprochen hätte, sie abzuholen, dann ...«

»Dann hätte Hess Krutov erwischt«, sagte Kordesch.

Diese Betrachtungen versetzten Havran in solches Erstaunen, dass er plötzlich wie verwandelt erschien. Er hatte Tränen in die Augen, und Kordesch hatte Angst, Bernie könnte ihm jede Sekunde um den Hals fallen und losplärren. Havran schwor ihm, dass er nun auch Kriminalpolizist werden wolle und dass Kordesch sein Vorbild sei. Außerdem wären sie beide ja auf gewisse

Weise verwandt oder zumindest seit seiner Kindheit miteinander verbunden. Er umarmte ihn und drückte ihn lange an sich. Kordesch musste ihn von diesem Trip runterholen.

»Du bist ein super Kiwara und ein super Hawara, Bernie«, sagte er. »Aber dieser Ina bist du nicht gewachsen. Irgendwie ist diese Dame schon sehr gerissen. Die erzählt dem Hess, dass ihre beste Freundin von ihrem Mann betrogen wird, und: ›Ach ja, übrigens tut er auch mit Frau Hess herum‹, erzählt ihm, dass ein Starkoch ihr Hotel will und der Schmölzer an allem schuld ist. Und was macht der Ritter der korrekten italienischen Pluralbildung? Er reitet aus, und – zack, zack, zack! – spießt er sie alle auf.«

»Bene«, sagte Bernie, der die Hälfte nicht verstanden hatte, aber über die neuerliche Verdächtigung Ina Burgstallers empört war. »Sprichst du da etwa einen Verdacht aus? Was würde Dr. Holle dazu sagen?

»Du weißt ja«, sagte Kordesch. »Ich verdächtige immer die Falschen.«

Beide lachten. Dann wurde Havran wieder ernst. »Die letzten Tage waren meine beste Erfahrung als Polizist. Wie soll ich dir nur danken?«

»Du kannst mir für ein paar Tage dein Auto borgen. Ich bringe es hierher zurück. Dann muss ich dich besuchen.«

»Auf einmal willst du Auto fahren?«, fragte Havran erstaunt.

»Ich habe etwas Wichtiges zu erledigen«, sagte Kordesch. »Etwas sehr Wichtiges. Sonst würde ich dich, den besten Polizisten hier, nicht darum bitten.«

»Also, dann: Bitte sehr! Aber du fährst damit nicht ins Ausland, oder?«

»Na ja … Nur ans Schwarze Meer.«

»Ans Schwarze Meer?«, wiederholte Havran. »Wäre das nicht etwas für eine Flugreise?«

»Also, Fliegen …«, sagte Kordesch.

»In diesem Fall ist Flugscham wohl am falschen Platz.«

»Es ist wohl eher Flugangst als Flugscham.«

Irgendwie verabschiedeten sie sich dann doch, aber nur, weil Dr. Schmuttermeier anrief.

»Ich höre, Sie sind der Held von Millstatt«, sagte sie. »Warum waren Sie denn gestern so kurz angebunden?«

»Ich stand unter hormonellem Stress«, sagte Kordesch. »Ich war spät dran für die Arbeit, bin gerade mit 120 Stundenkilometer durch Seeboden gefahren, und auf dem Rücksitz keifte meine Jugendliebe, die ich seit dreißig Jahren nicht gesehen habe.«

»Ich höre, Sie sind der Held von Millstatt«, sagte sie noch einmal.

»Ich bin kein Held. Aber *Sie* waren toll. Danke!«, sagte Kordesch. »Sie haben einen Wunsch frei!«

»Okay«, sagte Dr. Schmuttermeier. »Morgen keine Leiche, bitte!«

»Das wird zu 99 Prozent klappen«, sagte Kordesch, und sie verabschiedeten sich.

In der Villa Paradies wurde er an diesem Abend mit Jubel empfangen. Am Pool wurde schon wieder Aperitif getrunken, und der Graf verkündete die Abendkarte. Die Schwedin kredenzte Kordesch einen Willkommenscocktail, aber Kordesch winkte ab.

»Na, komm schon, Bene! Du willst doch heute nicht trocken bleiben«, sagte Livia Mnozil.

»Ich habe gestern mitgefeiert«, sagte Kordesch. »Aber ich bin zu alt. Noch einen Tag schaffe ich nicht. Ich esse noch mit euch. Und dann muss ich ins Bett.«

»Ich habe es Ihnen gestern vorausgesagt«, sagte der Graf. »Sie sind unser Held!«

»Ich bin kein Held«, sagte Kordesch.

»Komm, wir müssen deinen Abschied gebührend feiern«, sagte Livia Mnozil.

»Du solltest dich schonen«, sagte Kordesch. »Das heißt: Du musst!«

»Ich trinke keinen Alkohol mehr. Ich habe auch gestern nicht getrunken, wenn es dir vielleicht aufgefallen ist.«

»Das ist auch gut so. Übrigens: Gratuliere! Ich hoffe, es wird ein

Mädchen. Eines mit deutlich besserem Betragen als seine Mutter.«

»Sieh an! Sieh an! Es ist also wahr, was sie auf Twitter schreiben.«

»Was schreiben sie denn?«, fragte Kordesch.

»Dass der Superermittler der Polizei alles aufdeckt«, sagte Livia Mnozil. »Und dass er die gesamte Öffentlichkeit getäuscht hat mit seinem Es-gibt-keinen-Serienmörder.«

»Tja, man wäre doch nur verwirrt gewesen, wenn das Gegenteil von dem, was ich gesagt habe, nicht falsch gewesen wäre.«

Die blauen Augen blickten ihn ratlos an. »Also, über diesen Satz muss ich erst einmal eine Woche lang nachdenken.«

Kordesch antwortete nicht. Er war traurig. Der wirkliche Abschied hatte für ihn schon am Vortag stattgefunden. Und es war ein schöner Abschied gewesen. Hätte er an diesem Tag noch einmal ein Kärntner Lied vorgesungen bekommen, er hätte bestimmt zu heulen begonnen. Es stand ihm ohnehin noch ein schwerer Gang in den zweiten Stock bevor. Er wollte es schnell hinter sich bringen, ging die Stiege hinauf und klopfte an die Tür von Zimmer 21. Julia Hess öffnete. Die Koffer standen gepackt im Zimmer.

»Sie reisen morgen ab?«

»Noch heute! Was glauben Sie, wie ich hier angeschaut werde«, sagte Julia Hess. »Die Frau des Serienmörders. Mein Leben ist zerstört.«

»Nein, es beginnt neu.«

»Für Sie vielleicht. Sie sind jetzt der Superhero! Dafür, dass Sie einem Arschloch das Leben gerettet haben.«

»Ich muss Ihnen eine Dienstpflicht wohl nicht erklären«, sagte Kordesch. »Sie sind Ärztin. Sie können sich auch nicht aussuchen, wem Sie das Leben retten.«

»Da haben Sie recht.«

»Jetzt könnten wir …«

»Was?«

»Du zueinander sagen!«

»Okay! Julia.«

»Benedikt.«

»Mach's gut, Benedikt«, sagte Julia Hess. »Ich habe da noch was für dich. Also, nicht für dich. Was gibt man schon einem verbitterten Zyniker? Aber für die Dame, die dir wirklich am Herzen liegt.«

Sie hielt ihm ein Kuvert hin. »Ich habe beschlossen, ihr auch achttausend Euro zu geben.«

»Das ist zu viel!«

»Nein«, sagte Julia. » Ich möchte helfen. Ich wollte ihr schon am Freitag helfen. Marc wollte, dass ich sie untersuche, und ich wollte auch schon rübergehen, aber er hat mir am Telefon gesagt, dass sie nicht will. Und dann ist noch Ina in der Nacht bei ihr gewesen und hat sie angefleht, dass sie zu einem Arzt geht. Sie wollte nicht.«

»Tja, jetzt packt ihr alle aus und sagt, was ihr wirklich in der Nacht des Mordes gemacht habt«, sagte Kordesch. »Nur jetzt interessiert es mich nicht mehr.«

»Bitte gibt ihr das Geld«, sagte Julia, und er nahm das Kuvert.

»Ich mach es. Weil du mir nämlich genauso am Herzen liegst wie sie. Aber zuerst einmal: Brauchst du den psychosozialen Dienst?«

»Nein, um Himmels willen! Bitte nicht diese armseligen Psychologen, die keine eigenen Kunden kriegen.«

»Du redest wie eine verbitterte Zynikerin«, sagte Kordesch.

»Bitte: Mach mir nichts vor! Du hast dich nur auf mich eingelassen, um dicht an meinem Mann dran zu sein. Ich Idiotin.«

Kordesch stand vor Julia Hess und blickte ihr in die Augen. »Nein, das stimmt nicht.«

»Ich bin so dumm gewesen.«

»Nein«, sagte Kordesch. »Du bist durch den Wind, weil deine Ehe am Ende ist. Das musst du dir erst selbst zugeben, und das ist verdammt hart. Aber du weißt es doch selbst: Ob Erwin Laggner oder ich oder Christof Karlsbader ...«

Julia versetzte Kordesch eine Ohrfeige. Eine kräftige. Er war so verdutzt, dass er einen Schritt zurücktrat. Plötzlich kam sie wieder einen Schritt auf ihn zu. Er dachte, sie würde ihn nun attackieren, aber sie umarmte ihn schluchzend.

»Bitte verzeih mir!«, sagte Julia Hess.

Kordesch schwieg. Er wusste nicht, wie ihm geschah, und stand starr da. Wie bei einem unangenehmen Krankenbesuch hoffte er nur, bald durch die Tür verschwinden zu können und wieder frei zu sein. Kordesch hatte schon wieder etwas falsch gemacht: Er hatte die Wahrheit gesagt.

Er wartete ein paar Sekunden und noch ein paar Sekunden, dann sagte er: »Mach's gut. Du schaffst das!«

Sie ließ ihn los. Nachdem er die Tür hinter sich geschlossen hatte, hörte er, wie sie zu weinen begann. Schnell machte er sich davon.

Kordesch ging nicht mehr zum Abendessen in den Frühstücksraum, sondern verschwand auf sein Zimmer und legte sich auf das Bett. Um zehn machte er sich auf den Weg ins Nebenhaus zu Vicky.

»Guten Abend, Frau Mikadse«, sagte Kordesch. »Ich habe da etwas für Sie.«

Er überreichte ihr beide Kuverts, seines und das von Julia Hess. Sie öffnete sie und legte sie sofort wieder aus der Hand. »Was ist das? Das kann ich nicht annehmen.«

»Sie müssen, und ich dulde keine Widerrede«, sagte Kordesch. »Wenn Sie wollen, können wir morgen losfahren.«

»Wohin?«

»Zu Ihnen nach Hause! Ich habe mir schon ein Auto ausgeborgt.«

»Mit dem Auto?«, sagte Vicky. »Wissen Sie, wie weit das ist?«

»Dreitausend Kilometer«, sagte Kordesch. »Wir schaffen es in drei Tagen.«

Vicky weinte. Sie weinte vor Glück und umarmte Kordesch.

»Warum tun Sie das?«, fragte Vicky.

»Also, wir haben auf der Fahrt … da haben wir ja vielleicht … vielleicht ist da Zeit, kurz zu plaudern«, sagte Kordesch. »Da erkläre ich es Ihnen. Ist eine längere Geschichte.«

Vicky schüttelte den Kopf. »Sie schickt der Himmel!«

»Nein«, sagte er. »Sagen Sie das nicht. Ich habe das schon zu oft gehört. Die, die der Himmel schickt, sind schnell selbst im Himmel.«

»Sie müssen ein Glas georgischen Wein mit mir trinken!«

»Was, in Georgien wird Wein angebaut?«, sagte Kordesch.

Vicky hob den Zeigefinger. »Also, wenn Sie das noch einmal fragen, werfe ich Sie sofort hinaus. Georgien ist das älteste Weinland der ganzen Welt.«

»Aber …«, sagte Kordesch. »Ich werde heute nicht trinken.«

»Ich dulde keine Widerrede. Oder wie haben Sie gerade vorhin gesagt?«

Beim zweiten Glas waren sie per Du. Beim dritten sagte Kordesch das erste Mal, dass er jetzt ins Bett gehen müsse.

»In der Nacht, als Karlsbader ermordet wurde«, sagte er. »War Ina Burgstaller da wirklich um halb drei hier bei dir?«

»Ja. Sie wollte mich überreden, zum Arzt zu gehen«, sagte Vicky. »Ich habe ihr geschworen, niemand davon zu erzählen. Der Alte durfte nichts davon wissen.«

»Hätte Ina gleich am Anfang die Wahrheit gesagt, hätte sie dir ein Alibi verschafft und ich hätte dich nicht festnehmen können«, sagte Kordesch. »Es war zwar falsch, was ihr getan habt. Aber ich bin froh, dass es so gekommen ist.«

Beim vierten Glas erzählte Vicky eine Geschichte aus ihrer Kindheit. Bei der zweiten Flasche sagte Kordesch, dass er jetzt wirklich ins Bett gehen müsse. Bei einem der vielen letzten Gläser fragte Kordesch: »Wie ist es eigentlich so in Georgien?«

Vicky antwortete, indem sie Wiener Dialekt imitierte: »Haas is'!«

Und dann lachten sie stundenlang darüber, und immer wieder wiederholten sie: »Haas is'!«

28

Am nächsten Tag stand Kordesch um halb sechs auf. Er weckte Vicky, brachte ihr Gepäck nach unten, und sie fuhren los. Sie fuhren bis Niš in Serbien. Vicky beeindruckte Kordesch damit, dass sie mit den Menschen sprechen konnte. Sie redete auch mit dem Mann an der Rezeption des Motels, in dem sie übernachteten. Als Kordesch sie fragte, ob sie Serbisch beherrsche, sagte sie nur, dass sie mit ihm Russisch gesprochen habe. Vicky bestand darauf, ein Doppelzimmer zu nehmen, um Geld zu sparen. Kordesch war befangen. Die junge Frau lag neben ihm im Doppelbett, und er wagte es nicht, sich zu bewegen, aus Angst, sie zu berühren. Aber er war über neunhundert Kilometer gefahren und schlief zum Glück sofort ein.

Am nächsten Tag fuhren sie über Bulgarien in die Türkei, und obwohl sie vor der Grenzkontrolle Angst gehabt hatte, wurde Vicky danach viel fröhlicher. Sie hielten nun mehrmals an und aßen eine Kleinigkeit oder tranken Kaffee. Den ganzen Tag hatte Vicky von ihrer Kindheit erzählt. Sie hatte Kordesch das georgische Alphabet in sein Notizheft geschrieben, er begann zu lernen und beherrschte nach diesem Tag das I. Sie schafften es bis Bolu nördlich von Ankara. Wieder waren sie über neunhundert Kilometer gefahren. Diesmal nahmen sie zwei Einzelzimmer nebeneinander. Wieder übernahm Vicky die Kommunikation im Motel. Auf die Frage, ob sie Türkisch könne, antwortete sie, es sei ähnlich wie Wienerisch, nur mit noch mehr Ü.

»Woher kannst du denn Wienerisch?«, fragte Kordesch. Aber er bekam keine Antwort. Die Welt war verkehrt: Wienerinnen verstanden kein Wienerisch mehr, dafür konnte es diese Zuwanderin.

In der Nacht klopfte es. Kordesch hatte Todesangst. Er war in der Türkei mit einer Frau unterwegs, mit der er nicht verheiratet war. Zwar hatte er sie überall als seine Tochter ausgegeben, aber er hatte bemerkt, dass ihm das niemand glaubte. Er dachte, die Polizei sei ihnen auf den Fersen. Als er aber öffnete, war es Vicky. Sie hatte allein im Zimmer Angst gehabt. Sie schlief nun in seinem Bett, während er die Nacht auf zwei Decken auf dem Fußboden verbrachte.

Nach weiteren tausend Kilometern erreichten sie am dritten Tag den Grenzübergang bei Sarpi. Hier flossen die ersten Tränen. Kordesch hatte ein wenig Angst vor dieser seltsamen Landschaft, dem Wind, den wilden Hunden, den gelbgrauen Feldern. Von hier aus waren es nur noch zwanzig Kilometer bis Batumi. Kordesch war zwar todmüde, aber plötzlich wünschte er sich noch eine gemeinsame Nacht in einem Hotel, in der er Vicky nur anschauen und an sie denken, sie aber niemals berühren würde. Doch da standen sie schon vor dem Haus von Vickys Mutter.

Drei Nächte lang blieb Kordesch. Oft saß er stumm am Tisch und hörte der fremden Sprache zu. Dann kam Vicky zu ihm und übersetzte. Zu Mittag und am Abend wurde ohne Ende Essen aufgetischt und dazu Wein serviert. Einer der Weine, der eines Abends getrunken wurde, befand sich nicht in einer Flasche, sondern in einem Tonkrug, dessen Hals aufgeschlagen werden musste. Es schien ein besonderer Wein zu sein. An diesem Abend lernte Kordesch Vickys Schwestern und ihre Männer und Kinder kennen. An diesem Abend lief im Radio ein Lied im Dreivierteltakt, und Kordesch, der schon sehr betrunken war, forderte Vicky zum Tanz auf und legte mit ihr einen Walzer hin, als wären sie in Wien und es wäre Silvester. Vickys Mutter lachte ohne Ende über diesen seltsamen Polizisten aus Österreich, der so viel Glück gebracht hatte. Kordeschs Magen schmerzte jeden Morgen vom Trinken. Und sein Kopf auch. Seine Hände fühlten sich vom reichlichen Essen feist und unbeweglich an. Jeden Tag nahm er sich vor, an diesem Tag keinen Alkohol zu trinken und kein Fleisch mehr zu essen. Und jeden Tag wurde nichts daraus.

Einmal zeigte Vicky Kordesch ihre Heimatstadt. Kordesch fielen die vielen Hunde auf, die meist schlafend in Hauseingängen oder kleinen Gässchen lagen. Mit den georgischen Buchstaben war er nicht weitergekommen, dafür hatte er das Zählen schnell erlernt. Er war verblüfft, dass alles in Zwanzigereinheiten gezählt wurde. Die Zahl 35 hieß im Georgischen zwanzig-plus-fünfzehn und 98 viermal-zwanzig-und-achtzehn. Er schüttelte den Kopf. Vicky lachte. Als er ein Klo suchte, fanden sie in einem Park das Schild: *WC 20 m.*

Sie tranken schon am frühen Nachmittag wieder Wein in einer Bar. An die Hausmauer gegenüber war eine schwarze Katze gemalt. Daneben stand etwas auf Georgisch.

»Warum sind überall schwarze Katzen auf den Hausmauern?«, fragte Kordesch.

»Ist das so?«, fragte Vicky. »Ist mir noch nie aufgefallen.«

»Was steht dort neben der Katze geschrieben?«

»Dort steht: *Lass dich impfen!*«

Kordesch lachte. Er kündigte an, am nächsten Tag abzureisen.

»Meine Mutter sagt, es wäre schön, wenn wir heiraten würden«, sagte Vicky.

»Ach, Vicky«, sagte Kordesch. »Ich bin nicht zwanzig. Ich bin auch nicht zwanzig-plus-fünf. Ich bin mehr als doppelt so alt wie du. Was wirst du in ein paar Jahren mit mir machen? Rollator – Rollstuhl – Tod. Das ist meine Zukunft.«

»Ich werde jeden Tag beten, dass ich vor dir sterbe.«

»So ein Unsinn! Hör auf damit!«

»Ich würde dich wirklich gerne heiraten.«

»Nein, das würdest du nicht. Und das ist gut so. Da gibt es einen anderen, einen sehr jungen Mann, der wegen dir sehr unglücklich ist.«

»Ich habe schon mit ihm gechattet.«

»Ich möchte nur, dass du …«, begann Kordesch seinen Satz. Doch dann konnte er nicht weiterreden.

Am Abend wurde wieder im Haus mit der Mutter gegessen.

Kordesch kündigte an, morgen abzureisen. Man holte noch besseren Wein. Schnell war er besoffen. Da saß dieses schöne junge Mädchen neben ihm, und er hatte Angst. Angst, sich nicht im Griff zu haben. Er wollte auf der Stelle nüchtern sein. Wie leicht wäre es, die Hand auf Vickys Oberschenkel zu legen, ihr in die Augen zu schauen, sie zu küssen. Sie würde es zulassen. Aus Dankbarkeit. Nein, sagte Kordesch zu sich selbst, du bist ein widerlicher alter Mann.

»Du hast mich gerettet«, sagte Vicky.

»Ich habe meine Arbeit getan«, sagte Kordesch schnell und blickte zu Boden, damit sie nicht sehen konnte, wie gerührt er war.

»Du hast ein wenig mehr für mich getan, als du musstest.«

Am nächsten Tag flossen so viele Tränen, dass er es erst zu Mittag schaffte, sich loszueisen. Säckeweise bekam er Nahrungsmittel mit. Dazu eine Unmenge Wein. Kurz vor der Grenze zur Türkei, an der Ortseinfahrt eines kleinen Städtchens, stand eine Familie von Bettlern. Die Töchter boten Kordesch an, für Geld seine Windschutzscheibe zu putzen. Er ließ sie machen und stieg aus. Er schenkte dieser Familie alles, was ihm Vicky und ihre Mutter mitgegeben hatten.

Er fuhr weiter. Jeden Abend, bei jedem Tankstopp und in jeder Pause musste er Vicky Fotos und Chatnachrichten schicken. Sie schrieb, dass Marc die Woche darauf nach Georgien kommen würde. Kordesch ließ sich sogar auf ein Video-Telefonat ein, damit Vickys Mutter ihn sehen und ihm winken konnte.

Drei Tage später erreichte Kordesch seine Wohnung in Wien vierzehn Minuten nach Mitternacht. Als er aufsperrte und das Licht anmachte, wollte er gleich zu Bett gehen. Dann aber ging er plötzlich in die Küche und öffnete den Kühlschrank. Im Kühlschrank ganz rechts unten befand sich immer noch das Sixpack Bier, das er an jenem Abend, als der Unfall mit dem Kind passiert war, hatte trinken wollen. Immer hatte er abends noch Bier getrunken. Das Bier war an allem schuld gewesen. Sieben Jahre seines Lebens hatte ihm das Bier gestohlen.

Kordesch nahm das Sixpack aus dem Kühlschrank und tastete nach dem Flaschenöffner. Er zog die erste Flasche heraus und öffnete sie. Dann leerte er den Inhalt in die Abwasch. Dann tat er dasselbe mit der nächsten Flasche, der dritten und den restlichen. Er stellte die Bierflaschen in den Trolley, mit dem er Altglas und Plastikmüll zur Sammelstelle brachte. Morgen würde er die Flaschen in den Container werfen, und dann wären sie ein für alle Mal aus seinem Leben verschwunden.

Kordesch wollte sich schon ausziehen und ins Bett legen. Dann aber griff er nach dem Trolley und verließ noch einmal die Wohnung. Die Flaschen mussten sofort weg, erst dann würde er endlich schlafen können. Und am nächsten Tag würde er in das Geschäft am Franz-Josefs-Kai gehen und die Autohandschuhe kaufen.

Ende